Wolfgang Wettstein

Feuertod

Kriminalroman

Wolfgang Wettstein

Feuertod

Kriminalroman

Bibliografische Information der Deutschen Nationalbibliothek:
Die Deutsche Nationalbibliothek verzeichnet diese Publikation in der
Deutschen Nationalbibliografie; detaillierte bibliografische Daten sind
im Internet über http://dnb.d-nb.de abrufbar.

(c) 2022 Wolfgang Wettstein

Umschlaggestaltung: Felipe Wettstein
Lektorat: Irène Kost, Biel/Bienne (CH)

Herstellung und Verlag: BoD – Books on Demand, Norderstedt

ISBN: 9783754372722

Für Rolf und Martin

Und für meinen One Life Stand

Carmen

Jeder Mensch hat auch seine moralische backside,
die er nicht ohne Not zeigt, und die er so lange als möglich
mit den Hosen des Anstandes zudeckt

Georg Christoph Lichtenberg

PROLOG

»Feuer!
Oh mein Gott!
Bitte nicht!
Ich will nicht sterben!
Lassen Sie mich raus!
Ich habe nichts getan, ich bin unschuldig!
Bitte! Hilfe! Hilfe!«

Wie von Sinnen schlug er mit der Faust gegen die massive Holzkiste, immer und immer wieder, so hart, dass die Haut auf seinen Knöcheln aufplatzte. Er hustete und röchelte, als der Rauch zwischen den Ritzen in seinen Bretterverschlag hereinquoll. Als die Flammen um seine Hosenbeine zu züngeln begannen, zuckte er unter den Qualen. Er strampelte und stiess um sich.

Ein langgezogener gellender Schrei, der schliesslich abstarb, war das Letzte, was er von sich gab. Dann war es totenstill.

Nur das Knistern der Flammen war noch zu hören.

EINS

Sokrates schloss seine Augen. Blind drückte er aus der Shampoo-Flasche etwas Gel auf seinen Handteller, fuhr sich mit beiden Händen durch das nasse Haar und schäumte seine grauen Locken ein. Den Kopf hielt er nach vorne gebeugt. Der warme Duschstrahl prasselte auf seinen Buckel und linderte den Schmerz, der sich zwischen den Schulterblättern eingenistet hatte. Langsam kreisten seine Finger um den Schädel. Siebenundzwanzig Mal. Er dachte an Eva, seine Coiffeuse, und wie es war, als sie ihm jeden Morgen vor seiner Arbeit die Haare gewaschen hatte. Nun war alles anders. Seine Kopfhaut kribbelte nicht. Er hörte nicht, wie die Schaumbläschen platzten. Und er roch nicht ihren Duft. Er dachte daran, wie sich ihre Hände angefühlt hatten, als sie seine Kopfhaut massierten. An ihre vollen Brüste, die seine Schultern berührten und an das Kreuz an ihrem Goldkettchen, das sein Gesicht streichelte. Er wollte diese intimen Momente mit ihr wiederholen. Es gelang ihm nicht. Seine Fingerkuppen fühlten sich auf dem Schädel tot an. Die morgendliche Kopfwäsche empfand er so öde wie Masturbation. So einsam. Es ist wohl so, dachte er, man kann sich ja auch nicht selbst kitzeln und zum Lachen bringen.

Sokrates öffnete die Augen, stellte die Brause ab und stieg aus der Dusche. Vom Halter nahm er ein vergilbtes Frottéhandtuch, das vom vielen Waschen etwas steif geworden war und auf der Haut scheuerte. Kräftig rubbelte er damit seinen Körper ab, bis Buckel, Brust, Arme und Beine durchblutet waren. Der Nebel in seinem Kopf verzog sich allmählich. Die Flasche Rotwein von gestern Abend pochte nur noch schwach in seinem Schädel. Er griff nach seiner Brille, die auf dem Sims des Lavabos lag, hauchte auf die Gläser, putzte sie sorgfältig mit einem Papiertaschentuch und setzte sie auf. Graue Augen blickten ihn im Spiegel an. Sein Gesicht war zerknautscht, eine Falte vom Kopfkissen hatte sich in die hohe Stirn geprägt. Er blinzelte und wandte sich ab.

Nackt schlurfte er ins Schlafzimmer zurück, schüttelte Daunendecke und Kissen auf, so wie er es jeden Morgen getan hatte, bevor seine Frau gestorben war, und stellte das Buch »Emil und die Detektive« von Erich Kästner, das ihm beim Einschlafen aus der Hand gefallen war, zurück ins Regal. Er zögerte einen Moment, als wüsste er nicht so recht, was als nächstes zu tun wäre. Dann gab er sich einen Ruck, schlüpfte in eine Bundfaltenhose, die neben dem Bett auf dem Parkettboden lag, zog sich ein hellblaues Hemd an mit einem Rotweinflecken am Bauch, den er zwar bemerkt hatte, aber nicht so wichtig nahm und griff ein mausgraues Jackett mit abgestossenen Ärmeln von der Stuhllehne.

Auf der kleinen Dachterrasse goss er mit einer Giesskanne, feuerverzinkt, weil ihm Wetterfestigkeit wichtig war, seine erst am Wochenende gesetzten Pflanzen: Basilikum, Petersilie, Schnittlauch, Thymian, Salbei, Zwiebeln und Knoblauch, die er für seine Kochkünste benötigen würde, sollte er einmal Besuch bekommen. Doch Gäste hatte er nur selten. Kräuter und Gartengemüse waren seine einzigen Gefährten.

Sokrates atmete tief durch. Die Luft roch mild nach Frühling, Vögel zwitscherten, der Kirschbaum im Innenhof stand in voller Blüte und verbreitete seinen Duft. Die Kirchturmglocke der Predigerkirche schlug neun Mal. Der Morgen versprach schön zu werden. Diese Woche würde er Maria zum Abendessen einladen. Er hatte seine Tochter schon lange nicht mehr gesehen. Für sie würde er ihr Lieblingsgericht zubereiten, Lammbraten mit Ofenkartoffeln, Rosmarin und viel Knoblauch.

In der kleinen Küche kochte er sich mit der italienischen Espressomaschine einen Kaffee. Er rührte im Stehen einen Löffel Zucker hinein und stürzte das Gebräu in einem Zug hinunter. Dann griff er nach seiner schwarzen Nylontasche, stieg die knarrende Holztreppe hinunter und verliess seine Wohnung.

Auf dem Rindermarkt war keine Menschenseele unterwegs. Sokrates liebte diese Ruhe am Morgen. Uhrenläden, Antiquariate und Galerien waren geschlossen. Sie würden heute am »Sechseläuten« auch nicht öffnen. An diesem Feiertag stand Zürich still. Wie jedes Jahr würden Reiter am Bellevue ihren Rössern die Sporen geben und wie wild um den Böögg galoppieren, so nannten die Zürcher den Schneemann aus Holzwolle, dessen Kopf mit Knallkörpern gefüllt war. Sobald der Scheiterhaufen brannte, auf dem der Böögg stand, begannen die Zuschauer zu zählen. Je schneller der Kopf des Bööggs explodierte, desto schöner sollte der Sommer werden.

Langsam schritt Sokrates auf den Neumarkt zu. Von der Parkanlage beim Obergericht roch es nach Narzissen und trockenen Pflastersteinen. Vor dem Herrensalon Eva blieb er stehen. Ihm war, als müsse er innehalten. Ein halbes Jahr war nun vergangen, aber noch immer krampfte sich sein Brustkorb zusammen. Er hob eine Hand vor die Stirn und blickte durch die Glastüre. Evas Salon war leergeräumt. Der altmodische Coiffeurstuhl, worauf er jeden Morgen gesessen hatte, das Holztischchen mit der Marmorabdeckung, der Jugendstil-Spiegel mit

10

den Ornamenten und das Regal mit Shampoos und Haargels waren allesamt abtransportiert worden. Mitten im Raum stand eine Bockleiter, woran ein Plastikkübel befestigt war. Davor kniete ein Maler mit fleckigem Arbeitskittel und rührte Farbe in einem grossen Bottich. In einer Holzkiste lagen Pinsel in allen Grössen, Farbdosen, grüne Gummihandschuhe, Klebebänder und Flaschen mit Lösungsmitteln. Der Parkettboden war mit einer durchsichtigen Folie abgedeckt. Was wohl aus diesem Ladenlokal werden wird?, fragte sich Sokrates.

Er wandte seinen Blick ab, was ihm schwerfiel, streckte seinen Buckel durch und bog in den Hirschengraben ein. Langsam steuerte er auf das Schauspielhaus zu, das in Leuchttafeln für das Stück »Der Besuch der alten Dame« von Friedrich Dürrenmatt warb. Am Pfauen wartete er auf das Tram Nummer 9. Er schaute auf seine Jaeger LeCoultre. Neun Uhr siebenundvierzig. Er blickte auf. Die Uhr auf dem geschwungenen Jugendstildach eines Wartehäuschens, worin nun ein Kiosk untergebracht war und sich gegenüber dem Schauspielhaus befand, zeigte eine Minute später an. Sokrates runzelte die Stirn. Seine Uhr ging nach. Schon wieder. Erst vor wenigen Tagen hatte er ihren ungenauen Gang bemerkt. Das gefiel ihm nicht. Die Bestimmung einer Uhr war es, die Zeit exakt anzuzeigen. Seine erfüllte diese Aufgabe zurzeit nicht mehr optimal. Er musste sie dringend zur Revision bringen. Er stellte den Minutenzeiger auf die Achtundvierzig.

Vom Bellevue sah er das Tram herauffahren, das quietschend vor ihm anhielt. Sokrates wollte gerade einsteigen, als sein Handy klingelte. Er stellte die Nylontasche auf den Boden und fischte aus der Innentasche seines Jacketts das Telefon hervor, während das Tram ohne ihn losfuhr.

»Ja, was gibt's?«, fragte er bloss, hörte ein paar Augenblicke zu und nickte. »In fünfzehn Minuten bin ich dort.« Ein Mord, dachte er, ein Mordfall bereits am Morgen. Dabei wusste er als Rechtsmediziner, dass Verbrecher auf Tageszeiten, Wochenenden und Feiertage keinerlei Rücksicht nahmen.

***

Der Tote lag im geräumigen Entrée einer Attikawohnung. Seine Beine hielt er aufreizend gespreizt, die Arme lagen eng am dünnen Körper. An beiden Händen klebte eingetrocknetes Blut. Am Hals klaffte eine breite Stichwunde. Das grüne Hemd war am Kragen und auf der Brust blutdurchtränkt, ebenso der terrakottafarbene Teppichboden. Vom Oberlicht fiel ein Lichtkegel auf die dunkelbraune Hose. Auf Höhe der Lenden hatte der Täter Brandbeschleuniger gekippt und angezündet. Die Genitalien des Opfers waren verkohlt. Der Lichtkegel beleuchtete den Brandherd wie ein Spot. Es roch scharf nach verbranntem Fleisch und Brennsprit. Der Tote hatte seinen Kopf nach rechts geneigt, Mund und Augen waren halb geöffnet. Kriminalpolizist Theo Glauser schätzte den Mann auf Mitte vierzig. Er prägte sich jedes Detail vom Toten ein: schmales Gesicht, rasiert, dünne Nase, dunkelbraune Haare, die ihm in Strähnen in die Stirn fielen, sehniger Hals, durchschnittliche Körpergrösse, hagere Statur.

Aufmerksam beobachtete Glauser die Arbeit der Kriminaltechniker. Sie trugen weisse Schutzanzüge mit Kapuzen aus Fliesspapier, dazu Gesichtsmasken, blaue Handschuhe und Überschuhe. Philip Kramer, der das Team leitete, trug mit einem feinen Zephyrpinsel an der Tür zum Treppenhaus Magna Brush Pulver auf, um daktyloskopische Spuren sichtbar zu machen. Auf jeden der zahlreichen Fingerabdrücke presste er eine schwarze Gelatinefolie und zog die Spur ab. Danach überprüfte er das Schloss der Eingangstür. Es war intakt. Keine Kratzspuren. Türzarge und Türblatt waren unversehrt. Glauser kniff seine Augen mit den buschigen Brauen zusammen. Niemand hatte versucht, mit einem Schraubenzieher oder einem Stemmeisen die Tür aufzuwuchten. Kramer blickte durch den Türspion. »Freies Sichtfeld. Leon Oswald muss seinem Mörder die Tür geöffnet haben«, sagte er. »Er schöpfte keinen Verdacht. Vielleicht hat er ihn gekannt.«

Glauser drehte sich zu Konrad Pfister um, der neben ihm stand und einen halben Kopf kleiner war als er. Der Staatsanwalt machte eine säuerliche Miene und sah um die Nase herum etwas blass aus. Verbrannte Genitalien einer Leiche schienen ihm auf den Magen zu schlagen.

»Kannst du überprüfen lassen, wer in den letzten zwei Tagen mit seinem Handy von der Basisstation am Zürichberg registriert wurde?«, fragte Glauser.

Pfister schüttelte den Kopf. »Zu einer Rasterfahndung wird das Zwangsmassnahmengericht kaum grünes Licht geben. Zu viele unbescholtene Bürger, die gestern den Zoo besucht haben, wären von dieser Massnahme betroffen. Aber ich kann es versuchen.«

»Wir wären wesentlich effizienter in der Verbrechensbekämpfung, wenn die Gesetze die Polizeiarbeit nicht so stark behindern würden«, erwiderte Glauser. »Wir missbrauchen die Daten ja nicht, sondern wollen damit nur einem gefährlichen Gewaltverbrecher das Handwerk legen.«

»Ja, es leuchtet tatsächlich wenig ein, warum der Persönlichkeitsschutz schwerer wiegen soll als das berechtigte Interesse der Öffentlichkeit, einen Verbrecher so schnell als möglich dingfest zu machen.«

Wenigstens der Staatsanwalt stand auf ihrer Seite, dachte Glauser und widmete sich wieder der Spurensicherung. Lara Odermatt holte aus ihrer Fotokiste eine Vermessungskamera, schraubte ein Weitwinkelobjektiv darauf und schoss Übersichtsfotos vom ganzen Raum. Graziös bewegte sich die Polizeifotografin durch den Raum. Wenn sie durch das Entrée schritt mit erhobenem Kopf, drückte sie ihre Schultern leicht zurück. Wie eine Balletttänzerin, dachte Glauser jedes Mal, wenn er sie sah. Ihre roten Locken hatte sie unter der Kapuze des Overalls hochgesteckt. Konzentriert blickte sie durch den Sucher. Anschliessend baute sie einen 3D-Laserscanner auf, der den gesamten Tatort abtastete. Die Ermittler konnten sich dann am Monitor virtuell in der Wohnung bewegen, die Perspektive wechseln und markierte Spuren von allen Seiten in Nahaufnahme betrachten.

Glauser wandte seinen Blick von Lara ab und schaute sich um. Die Türe zum Treppenhaus stand offen. Davor hatten die Spurensicherer ihre Materialkisten deponiert. Eine weitere Türe führte in den Lift. Daneben war in einer Nische ein Garderobenschrank eingebaut. Glauser stand vor einer dritten Türe, die in den Wohnbereich führte. Er hatte sie versiegeln lassen. Die Kriminaltechniker sollten die Spuren im Wohnzimmer und im Schlafzimmer erst sichern, wenn sie ihre Arbeit im Entrée getan hatten, und Sokrates mit der Leichenschau fertig war.

Das Entrée wirkte streng, kühl, etwas leblos. An den Wänden hingen gerahmte Grafiken, lauter Dreiecke. In einer Ecke stand ein dunkelblauer Polstersessel, worauf eine zusammengefaltete Tageszeitung lag. Links vom Sessel kniete Kramer und inspizierte einen dunkelblauen Regenschutz aus dünner Plastikfolie, den jemand achtlos auf den Boden geworfen hatte. Der Umhang war über und über mit Blutspritzern verschmiert.

»Theo, den Regenmantel trug vermutlich der Täter, als er sein Opfer attackiert hat«, sagte Kramer. »Er musste gewusst haben, dass aus einer Stichwunde im Hals viel Blut herausspritzt. Mit dem Umhang schützte er sich. Vielleicht hat er Fingerabdrücke hinterlassen.«

Glauser nickte.»Für den Täter war es weniger riskant, den Regenschutz hier zu lassen, als ihn mitzunehmen. Ein Mann mit blutverschmiertem Umhang wäre sofort aufgefallen.« Kramer markierte die Spur auf dem Boden mit einer Ziffer. Lara trat heran und schoss ein paar Fotos. Anschliessend stopfte Kramer den Regenschutz in einen Klarsichtbeutel, den er zuvor beschriftet hatte, und trug die Angaben in die Asservatenliste ein. Neben der Stelle, wo der Umhang gelegen war, stand eine Plastikflasche mit Brennsprit auf dem Teppich, die nur zu einem Drittel gefüllt war. Glauser hatte die Flasche von Anfang an bemerkt und war stutzig geworden. Niemand brauchte Brennsprit in einem Entrée.»Philip, nimm die Flasche ins Labor mit. Vielleicht hat der Täter mit dem Sprit die Genitalien seines Opfers verbrannt.«

»Es sieht ganz danach aus«, antwortete Kramer. Lara Odermatt legte einen Massstab neben die Flasche und dokumentierte die Spur mit ihrer Digitalkamera. Kramer nahm eine braune Papiertüte aus seiner Materialkiste und verstaute die Flasche mit zwei Fingern.

Währenddessen benetzte ein weiterer Kriminaltechniker ein Wattestäbchen mit destilliertem Wasser und rieb damit neben der Leiche etwas eingetrocknetes Blut vom Teppich ab.

Die Lifttüre öffnete sich mit einem Summen. Glauser drehte sich um. Franz Ulmer, ein bulliger Mann mit kantigem Schädel und Emma Vonlanthen, eine junge Polizistin mit blondem Pagenschnitt, traten ein.»Guten Morgen, Chef. Ein Mordfall gleich nach dem Morgenkaffee soll Sodbrennen geben, habe ich gelesen«, begrüsste ihn Ulmer und zwinkerte mit den Augen.»Wer ist der Tote?«

»Leon Oswald. Tierarzt im Zoo. Erstochen. Seine Putzfrau hat ihn heute Morgen um acht Uhr entdeckt.«

Emma starrte auf die Leiche. Ihre Wangen waren vor Aufregung gerötet.»Was ist mit seinem, äh, mit seiner Hose passiert?«

»Der Täter hat mit Brennsprit den Hosenlatz angezündet.«

»Autsch«, sagte Ulmer.»Da hatte jemand eine Mordwut im Bauch.«

»Befragt alle Nachbarn in dieser Siedlung«, wies Glauser seine beiden Kollegen an.»Wir wissen bisher nur wenig über das Opfer. Ich möchte mir ein vollständiges Bild von ihm machen: Arbeit, Freunde, Hobbys.«

»Wird gemacht, Chef«, erwiderte Ulmer.»Wann treffen wir uns?«

»Um fünf Uhr zum Rapport.«

»Verstanden.«

14

Ulmer blickte Emma verschmitzt an.»Na dann, lass uns die Klinken putzen«, raunte er ihr zu und rollte theatralisch mit den Augen.»Wir frönen unserem vergnüglichsten Zeitvertreib.«

Ein Kriminaltechniker nahm aus der Materialkiste einen Handstaubsauger. Er schaltete das Gerät ein und begann den gesamten Teppich systematisch von der oberen linken bis zur unteren rechten Ecke zu saugen. Anschliessend nahm er den Staubbeutel aus dem Gerät und schüttete den Inhalt vorsichtig in einen Pergaminbeutel.

Glauser schloss seine Augen. Er hörte die Geräusche der Spurensicherer: Schaben, Kratzen, Klappern, Pinseln, das Klicken der Fotokamera, sonst war es still. Er fühlte die trockenwarme Luft auf seiner Haut, mit der Zunge leckte er sich über die Lippen. Die Augen hielt er geschlossen, so wie gestern Abend, als er zu Hause in seiner Wohnung eine Schlafmaske über seine Augen gestülpt hatte, wie er das häufig nach Feierabend tat. Gestern war ein besonderer Tag. Zum ersten Mal hatte er ein Buch, mit Kurzgeschichten von Stanislaw Lem, in Blindenschrift zu Ende gelesen. Er war stolz auf sich gewesen, hatte sich blind einen Sherry eingeschenkt, mit dem Finger über dem Glas, damit er nichts verschüttete, und es in einem Zug geleert. Sollte er jemals blind werden wie sein Grossvater, wäre er gerüstet. Seine Angst vor der Dunkelheit schwand trotzdem nur zögerlich. Jeden Tag bangte er. Hoffentlich würde er den Horror der totalen Finsternis nie erleben.

Er musste an Tina denken. Mit dem Handrücken rieb er sich über die Augenlider. Kopfschmerzen pochten hinter den Schläfen. Heute Abend oder morgen, wenn es die Arbeit zuliess, würde er sie besuchen.

»In der Halle des Bergkönigs« von Edvard Grieg riss ihn aus seinen Gedanken. Glauser klaubte sein Handy aus der Jackentasche, klappte es auf und hörte kurz zu.»Nein, nicht nötig. Sichert jetzt die Videoaufnahmen der Überwachungskameras vom Zoo bis zum Toblerplatz. Wertet die letzten vierundzwanzig Stunden aus und kontrolliert, ob das Hotel Zürichberg und die Fifa am Eingang Kameras installiert haben. An einem dieser Orte muss der Täter vorbeigekommen sein. Wir suchen nach einer Person, die einen dunkelblauen Regenschutz trug.« Glauser wandte sich an Konrad Pfister.»Meine Leute konnten die Stichwaffe nirgendwo finden. Sie haben im Quartier alle Abfalleimer geleert, Büsche durchkämmt, Dolendeckel geöffnet. Nichts. Keine Spur.«

Pfister schüttelte resigniert den Kopf.»Das habe ich befürchtet.«

Glauser schaute auf seine Uhr.»Ist Sokrates schon eingetroffen?«

***

Sokrates stieg die drei Stufen in das Tram Nummer 9 hinauf und schob sich wie immer auf einen Sitzplatz auf der linken Seite des Wagens. Sein Buckel knackste, als er die Nylontasche auf den Nachbarsitz stellte. Das Tram roch säuerlich nach abgestandener Luft. Passagiere konnte er nur wenige ausmachen. Drei Reihen weiter vorne sass ein Junge, der in sein Smartphone starrte und angestrengt die Tasten drückte, er spielte wohl ein Game. Seine klobigen Turnschuhe hatte er auf den vorderen Polstersitz gelegt und die Kopfhörer in die Ohren gestöpselt. Maria würde ihn zusammenstauchen. Seine Tochter konnte es nicht ausstehen, wenn sich Leute unflätig benahmen. Er selbst verspürte keine Lust, dem Jungen Benehmen beizubringen. Am Wagenende schaukelte eine Mutter einen Kinderwagen, um das quengelnde Baby zur beruhigen. Eine alte Frau mit schlohweissem Haar klammerte sich an ihre schwarze Lederhandtasche, als ob sie befürchtete, jemand wolle sie ihr entreissen.

Das Tram ruckelte los, kletterte bergauf, am Hauptgebäude der Universität vorbei. Der kupferne Kuppelturm, von Patina grün verfärbt, erhob sich mächtig vor dem stahlblauen Himmel. Sokrates blickte aus dem Fenster, er bemerkte feine Kratzer, die sich im Frühlingslicht brachen. Das milchige Licht tauchte die Gebäude der ETH, die langsam an ihm vorbeizogen, in einen warmen Farbton.

Frühling, endlich Frühling!

Am Licht konnte er sich kaum satt sehen, die Natur schien zu explodieren, Blüten, Farben und Gerüche gab es in verschwenderischer Fülle.

Widerwillig unterbrach er seine Gedanken. Er hatte zu tun. Aus der Tasche seines Jacketts fingerte er sein Handy hervor. Er öffnete Google Maps und tippte die Adresse des Tatortes ein, der an der Zürichbergstrasse gelegen war, in der Nähe des Zoos. Er überlegte. Nik würde ihm heute nicht zur Hand gehen. Seinen Assistenten hatte er seit drei Wochen nicht mehr gesehen. Nik hatte zum WK einrücken müssen und bis am letzten Freitagabend den Dienst als Militärarzt verrichtet. Sokrates selbst hatte den Militärdienst aus Gewissensgründen verweigert. Er hatte nie so recht verstanden, wozu es Armeen braucht, ausser um Kriege zu führen. Und Gewalt lehnte er entschieden ab. Bei seiner Musterung beurteilte ihn das Kreiswehrersatzamt in Göttingen auf Tauglichkeitsgrad drei, eingeschränkt wehrtauglich, weil er damals schon einen kleinen Buckel trug und gänzlich unsportlich war. Seinen Antrag als Kriegsdienstverweigerer hatte er zuvor eingereicht. Er erinnerte sich, wie er als junger Bursche vor dem Prüfungsausschuss der Bundeswehr hatte antraben müssen. Der Ausschuss sollte ihn mit Gewissensfragen löchern und herausfinden, ob er es ehrlich meinte, und er tatsächlich den Dienst an der Waffe aus moralischen Gründen nicht leisten könne.

»Stellen Sie sich vor«, hatte ihn ein Bundeswehrbeamter gefragt, »Sie arbeiten in einem Büro im zehnten Stock eines Hochhauses. Sie schauen aus dem Fenster. Unter ihnen spielen Kinder in einem Kindergarten. Da bemerken Sie, wie sich ein Irrer den Kleinen nähert und einen Flammenwerfer auf sie richtet. Er beginnt zu feuern. Ein Kind fängt an zu brennen. Dann ein zweites.« Der Mann in Uniform blickte ihm in die Augen. »So ein Fall hat sich in Deutschland tatsächlich einmal zugetragen. Sie fragen sich: Was kann ich tun, um die Kinder zu schützen? Plötzlich haben Sie eine Idee: Sie packen Ihre Schreibmaschine und werfen sie dem Irren, der unmittelbar unter Ihnen steht, vom zehnten Stock auf den Kopf. Das würde er aber nicht überleben. Sie zögern. Was tun Sie? Töten Sie diesen einen Mann, um viele Kinder zu retten?«

Sokrates wusste nicht mehr, was er damals geantwortet hatte. Aber er hatte die Gewissensprüfung bestanden und durfte den Zivildienst leisten. Als Arzt stellte er sich seither diese Frage immer wieder: Gibt es Fälle, in denen es moralisch gerechtfertigt ist, einen Menschen sterben zu lassen oder ihn sogar zu töten?

An der ETH wechselte er in das Tram Nummer 6, das hinauf zum Zoo fuhr. Im vorderen Wagen stieg eine Schulklasse mit Primarschülern ein. Wohl eine Schulreise. Sie kicherten, schubsten sich und hüpften munter umher. Sokrates setzte sich ein wenig abseits.

Er dachte an seine Zeit als Zivildienstleistender, die er in einem Pflegeheim verbracht hatte. Er wusch die alten Menschen, fütterte sie und gab ihnen ihre Medikamente. Viele von ihnen hatten unerträgliche Schmerzen. Sie wimmerten und wollten nichts anderes als sterben. Sie verweigerten Essen und Trinken. Die Kanülen schlugen sie mit der Hand weg. Ein Arzt gab ihnen jeweils ein starkes Opiat, damit sie wegdämmerten. Er setzte ihrem Leiden ein Ende, auch wenn das für alte Menschen den Tod bedeuten konnte. Die Gefahr war gross, dass die starken Medikamente ihr Leben verkürzten. Aber das nahm der Arzt in Kauf. Sokrates hatte damals verstanden: Wir müssen dieses Leiden beenden, auch wenn das in letzter Konsequenz den Tod bringt.

Das Tram steuerte an der Kirche Fluntern vorbei, überquerte den Toblerplatz und ratterte auf der Krähbühlstrasse steil nach oben bis zur Endhaltestelle Zoo, die in eine Schleife mündete. Die Primarschüler stürzten schreiend aus dem Wagen, die Lehrerin mahnte vergeblich um etwas Ruhe. Sokrates erhob sich von seinem Sitzplatz und stieg aus. Er ging auf einem Trottoir unter einer Platanenallee entlang, die zum Zoo führte. In Gedanken zählte er die Strassenlaternen auf beiden Seiten. Wenn es bis zum Tatort weniger sind als siebenundzwanzig, sagte er sich, dann wird es heute ein guter Tag. Nicht so wie vor einem halben Jahr, als er den grössten Alptraum seines Lebens erlitten hatte. Über dem Zoo stiegen zwei Störche in den Himmel auf. Von weit her hörte er das laute Gelächter eines Jägerliest, einem Eisvogel aus Australien, wie er wusste, und der im Volksmund »Lachender Hans« genannt wurde. Hinter dem Friedhof Fluntern bog er in ein asphaltiertes Gässchen ein, das nach links abzweigte. Nach wenigen Metern sah er den mächtigen Mercedes-Kastenwagen der Spurensicherung. Der Tatort lag in einer kleinen Siedlung, umgeben von Sträuchern und Hecken. Nach einundzwanzig Strassenlaternen, ein gutes Omen!, erreichte Sokrates die Eingangstüre, die mit einem rot-weiss-gestreiften Plastikband versperrt war. Davor stand ein korpulenter Stadtpolizist in stahlblauer Uniform, den Sokrates schon von früheren Tatorten kannte. »Nehmen Sie den Lift nach oben in die Attikawohnung«, wies ihn der Polizist an, nachdem er Sokrates begrüsst hatte. »Die Kollegen von der Spurensicherung sind mit ihrer Arbeit fast fertig. Sie werden erwartet.«

»Wer ist das Opfer?«, fragte Sokrates.

»Leon Oswald, Mitte vierzig, Angestellter beim Zoo, tödlicher Stich in den Hals. Zudem hat ihm der Täter den Hosenlatz angezündet. Schwanz und Eier sind verkohlt. So sieht's aus.«

»Oha«, sagte Sokrates nur. Dann schlüpfte er unter dem Absperrband hindurch und begab sich ins Gebäudeinnere.

***

(Rascheln, Rumpeln)

(dumpfe Männerstimme) »Wo ... wo bin ich?« *(Klopfen, Kratzen)* »Oh mein Gott. Eine Kiste.« *(lautes Poltern)* »Hallo! Hallo, Herr (Tonschnitt), was soll das! Lassen Sie mich raus, verdammt!«

(verzerrte tiefe Stimme) »Sie haben mir alles genommen. (Pause) Sie haben

sich aufgespielt, als wären Sie Gott, als wüssten Sie, was gut und böse ist. Dafür werden Sie büssen.«

»Was? Was soll ich getan haben? Ich habe Ihnen nichts getan.« (heftiges, dumpfes Schlagen)

»Lügen Sie mich nicht an! (Tonschnitt) Ich werde Ihnen Ihre Unverfrorenheit heimzahlen. Sie sind in mein Haus eingedrungen, in meinen Besitz. Ohne Skrupel. Taten so, als wüssten Sie alles besser. (Tonschnitt) Das werden Sie bereuen.«

»Bitte, bitte. Ich wollte nur helfen. Lassen Sie mich frei. Ich bin unschuldig! Keiner wird je davon erfahren, wenn Sie mich gehen lassen. Das verspreche ich Ihnen, Herr (Tonschnitt)«

»Zu spät. Ich kann nicht zulassen, dass Sie weiterhin Unheil anrichten. Ich muss Sie stoppen. Mein Entschluss steht fest. Ich werde Sie vernichten!«

(Knacken)

Maria Noll schaute Orlando Lenzin verdutzt an, als sie die Tonaufnahme zu Ende gehört hatten. »Was war denn das? Spielt mir da jemand einen Streich?«

Ihr Cutter zuckte mit den Schultern. »Vermutlich ein Spinner oder Wichtigtuer.«

Zusammen hörten sie das Audiofile nochmals an, das ein Unbekannter Maria gemailt hatte. Kein Name, keine Adresse. Die Stimmen auf der Aufnahme kannte sie nicht. Sie pustete sich eine kastanienbraune Locke aus dem Gesicht. Ihre schmale Nase hatte sie gekräuselt, die vollen Lippen geschürzt, in den blaugrauen Augen standen Fragezeichen. »Klingt aber echt, da hat einer wirklich Angst.«

»Oder es sind Schauspieler, die eine Theaterszene ins Netz gestellt haben«, erwiderte Lenzin. »Auf YouTube findest du haufenweise solchen Schrott.«

»Mag sein, aber weshalb schickt mir jemand diese Tonaufnahme? Was bezweckt er damit? Und warum hat er eine Stimme elektronisch verzerrt? Das macht alles keinen Sinn. Womöglich schwebt jemand in Lebensgefahr. Ich muss das der Kripo melden.«

Maria sass neben Lenzin auf einem Schnittplatz, der in einem klimatisierten Kabäuschen im dritten Stock des Schweizer Fernsehens untergebracht war, wo sich alle Schnittplätze der tagesaktuellen Sendungen befanden. Die Kabine war mit silberfarbenen Platten verschalt. Schmale Fenster an den Seiten, so gross wie Schiessscharten, warfen vom Flur her Licht auf den Schnittplatz.

Lenzin, rote Pausbacken, Zahnlücke, Igelfrisur, trug einen

dunkelbraunen Nicki über ein verwaschenes T-Shirt, das sich um seinen Bauch spannte. Wie immer fläzte er sich auf seinen Stuhl. Er war so tief heruntergerutscht, dass sein Kinn gerade noch über die Tischkante ragte. Seine linke Hand stützte wie gelangweilt den Kopf, mit der rechten bediente er die Tastatur für die Schnittsoftware. Maria wusste, dass der Eindruck täuschte. Orlando hatte eine schnelle Auffassungsgabe, war konzentriert und dachte mit. Sie arbeitete gerne mit ihm.

Auf dem Laptop hatte sie ein Dokument mit ihrem Drehbuch geöffnet, das mit »Mörderzeichen« betitelt war. In der linken Spalte beschrieb sie in Stichworten die einzelnen Filmszenen, in der rechten Spalte verfasste sie dazu den Filmkommentar. Sie arbeitete an einem Dokumentarfilm über einen Kriminalfall, der vor einem halben Jahr Zürich in Schockstarre versetzt hatte. Innerhalb einer Woche waren mehrere Menschen mit einem Genickschuss hingerichtet und verstümmelt worden. Maria hatte damals mehrfach über die Mordtaten in der Nachrichtensendung »Schweiz aktuell« berichtet. Ihre Recherchen trugen dazu bei, dass die Kripo den Fall lösen konnte. Der DOK-Chef hatte sie daraufhin angefragt, aus ihrem Filmmaterial einen fünfundvierzigminütigen Film zu schneiden. Maria hatte sofort zugesagt, sie wollte schon immer einmal eine grössere Geschichte für das Fernsehen realisieren.

»Einen Moment, Orlando, es dauert nicht lange«, sagte sie und klaubte mit zwei Fingern ein Smartphone aus ihrer engen Jeans. In ihren Kontakten suchte sie die Nummer von Theo Glauser. Sie lümmelte ihre Füsse auf den Tisch und drückte die Taste. Das Handy klemmte sie zwischen Schulter und Kinn.

»Kriminalpolizei Zürich«, meldete sich Glauser nach dem ersten Mal Klingeln.

»Hallo Theo, ich bin's, Maria Noll.«

»Was für eine Überraschung!« Glausers Stimme klang hörbar erfreut. »Seit unserem letzten grossen Fall habe ich nichts mehr von dir gehört. Was gibt's?«

»Jemand hat mir vor ein paar Minuten anonym ein Audiofile gemailt, ohne Kommentar. Nicht einmal in der Betreffzeile steht etwas geschrieben. Vielleicht ist es ein dummer Streich, aber es hört sich so an, als ob jemand entführt worden wäre und ihn der Täter verhört.«

Am andern Ende der Leitung blieb es einen Moment lang still. »Ein Kollege von der digitalen Forensik wird sich in den nächsten Minuten mit dir in Verbindung setzen«, sagte Glauser. »Wir gehen der Sache sofort nach. Er wird dir sagen, was zu tun ist.«

»Okay.«

»Sehr gut. Danke für die Meldung, auch wenn wir bereits in Arbeit ersticken«, sagte Glauser und legte auf.

Hoffentlich nimmt mich dieser Fall nicht allzu sehr in Anspruch, dachte Maria, mit meinem Dokumentarfilm habe ich momentan genug um die Ohren. Und mein Chef will auch ständig Geschichten von mir.

Sie wandte sich an Lenzin. »Orlando, lass uns das Interview mit Gerichtspsychiater Anton Zuberbühler nochmals anhören.«

»Jawoll, Ma'am«, antwortete Lenzin gedehnt wie ein Cowboy aus Texas. Er zog den Clip auf die Timeline und drückte auf Start. Konzentriert blickte Maria auf den Monitor.

»Bis dahin können wir das Interview ungekürzt übernehmen«, sagte sie. »Das steigert die Spannung. Was denkst du?«

Lenzin trommelte mit seinen Fingern auf dem Tisch. »Ja, das funktioniert.«

Maria dachte nach. Dann hatte sie einen Einfall. »Orlando, geh an den Schluss des Clips. Dort findest du den Telefonanruf, den ich vom Bestatter im Büro von Zuberbühler bekommen habe.«

Lenzin klickte auf das Ende des Clips. »Glücklicherweise hat dein Kameramann einen Zweier mit dir gedreht«, sagte er. »So können wir die Szene optimal dran schneiden.«

Glück dem Tüchtigen, freute sich Maria, auf Leo ist Verlass. Sie blickte auf den Monitor. Sie sah sich gegenüber dem Gerichtspsychiater sitzen, ihr Handy klingelt. »Ja, Herr Bodmer«, hörte sie sich mit belegter Stimme sagen, nachdem sie ihr Handy einen Augenblick lang ans Ohr gepresst hatte. »Ich habe Sie gehört. Danke für den Hinweis.« Maria sah auf dem Monitor, wie sie sich die Adresse notiert und auflegt. »Ein weiterer Mord im Kreis 7.«

Maria beugte sich zum Monitor vor, sie spürte, wie entsetzt der Gerichtspsychiater damals gewesen war.

Ihr Handy klingelte. Sie wandte ihren Blick vom Monitor ab und nahm es vom Tisch. Das Display zeigte die Nummer der Kripo an. »Ja, Maria Noll.«

»Benedikt Yerly, Kantonspolizei Zürich. Theo Glauser hat mich informiert, dass Sie ein verdächtiges E-Mail erhalten haben.«

»Ja, ein Audiofile mit einer Art Verhör. Jemand bedroht einen andern, den er vermutlich in einer Kiste gefangen hält.«

»Leiten Sie mir das Mail weiter. Und kopieren Sie den Quelltext. Wissen Sie, wie das geht?«

»Das krieg ich hin«, antwortete Maria.

Sie war froh, dass Yerly nicht ihren Laptop beschlagnahmen wollte. Das würde sie niemals zulassen. Auf ihrem Laptop hatte sie wichtige Quellen, Informanten und heikle Dokumente gespeichert, die sie unter allen Umständen schützen musste. Notfalls hätte sie ihren Laptop vor einem Zugriff der Polizei zerstört und im Leutschenbach vor dem Fernsehstudio versenkt.

»Orlando, du kannst eine Kaffee-Pause machen. Ich muss etwas für die Kapo erledigen.«

»Aye, aye, Ma'am.«, erwiderte Lenzin und hievte seinen Körper unter dem Tisch hervor.

Maria öffnete das anonyme E-Mail mit dem Audiofile. Sie klickte auf den Options-Pfeil, der sich rechts oben des Mails befand und drückte »Original anzeigen«. Sofort wurde der komplette Quelltext sichtbar.

Normalerweise half sie der Kripo nicht mit eigenen Recherchen oder Daten, die sie erhalten hatte. Sie wollte kein Handlanger der Behörden sein. Das wäre unprofessionell. Aber in diesem Fall, bei einem möglichen Kapitalverbrechen, war das etwas anderes. Sie kopierte den Datenwust des Quelltextes mitsamt Header und den IP-Adressen in ein Word-Dokument und mailte alles zusammen mit dem Audiofile an Yerly.

Dann griff sie zum Handy. »Eugen, vielleicht haben wir eine Räuber-Geschichte. Eine Entführung. Der Täter hat mir ein Audiofile gemailt, auf dem er sein Opfer verhört. – Keine Ahnung warum. Die Kripo ist am Fall dran.« Sie hörte dem Produzenten kurz zu. »Verstanden. Redaktionssitzung um elf.« Nachdenklich öffnete sie ein neues Word-Dokument und speicherte es unter: »Entführung«. Die verzerrte Stimme auf der Tonaufnahme ging ihr nicht mehr aus dem Kopf. »Ich werde Sie vernichten ... Ich werde Sie vernichten.«

Zwei

Sokrates roch den Gestank von verbranntem Fleisch, als er mit dem Lift in die Attikawohnung fuhr. Das Opfer war keine vierundzwanzig Stunden tot, schätzte er, Verwesungsgeruch hatte sich noch nicht ausgebreitet. Er grüsste Glauser, der gerade telefonierte, mit einem kurzen Nicken und begab sich zu ihm. »Lukas, schau nach, ob ein Leon Oswald irgendwo registriert ist, Vorstrafen, Betreibungen, Handelsregisterauszug und so weiter«, hörte er ihn sagen. Glauser war ein paar Jahre jünger als er, grossgewachsen, sehnig, jede seiner Bewegungen schien kontrolliert. Er hatte braune, an den Schläfen graumelierte Haare, dunkelbraune Augen, eine hohe Stirn und ein markantes Kinn. Das letzte Mal war er Glauser bei einem Todesfall vor ein paar Wochen begegnet. Die Leiche, eine dreiundachtzig Jahre alte Frau, wies tiefe Stichverletzungen im Brustkorb auf. Bei der Obduktion stellte er jedoch fest, dass sie sich diese Wunden selbst zugefügt hatte. Suizid auf eine brutale, schmerzvolle Art.

Sokrates stellte seine schwarze Nylontasche, die Utensilien enthielt, wie sie ein Rechtsmediziner bei einer Leichenschau benötigte, auf den Boden und öffnete sie. Er nahm einen Overall hervor, schlüpfte in Überschuhe und zog Latexhandschuhe an. Dann nahm er seine Brille ab, hauchte auf die Gläser und putzte sie. Er blickte sich um. Das Entrée war grosszügig geschnitten. An den glatten, weissen Wänden mit modernen Schattenfugen bemerkte er fünf gerahmte Grafiken mit gleichschenkligen Dreiecken. Die geometrischen Formen waren mit einer kobaltblauen Linie gezeichnet, die spiralförmig zusammen liefen, sodass ein äusseres Dreieck ein kleineres im Innern einschloss. Der Eingangsraum war fast unmöbliert. Auf dem Polstersessel sicherte ein Forensiker mit einer durchsichtigen Klebefolie Fusseln, Haare und Stofffasern. Zone für Zone zog er ab. Die Spuren, die am Klebeband anhafteten, verstaute er in einer Kiste.

»Die Spurensicherung ist gleich abgeschlossen«, sagte Glauser zu Sokrates, nachdem er das Telefongespräch beendet hatte, und gab ihm die Hand. »Vermutlich hat das Opfer seinen Mörder gekannt«, informierte er ihn. »Darauf deutet auch die heftige, emotionale Tat hin.«

»Du gehst von einem Beziehungsdelikt aus?«, fragte Sokrates.

»Ja, vorläufig. Der Täter war offensichtlich hasserfüllt. Der Stich in den Hals und die verbrannten Genitalien lassen darauf schliessen.«

»Sokrates, du kannst loslegen«, rief ihm Philip Kramer durch die

Gesichtsmaske zu.

»Einen Moment, bitte. Bevor ihr den Toten entkleidet, muss ich noch Nahaufnahmen von ihm machen«, sagte Lara. Sie trat mit ihrer Digitalkamera heran, beugte sich über den Toten und fotografierte die Stichwunde. Eine rote Locke, die aus der Kapuze herausgerutscht war, wippte neben ihrer Schläfe. Mit einer anmutigen Handbewegung strich sie die Locke wieder zurück. Dann begab sie sich zur verbrannten Hose. Konzentriert und ohne Regung, wie Sokrates fand, schoss sie ein Foto nach dem andern. Zum Schluss überprüfte sie auf dem Display die Aufnahmen. »Fertig«, sagte sie und spitzte zufrieden ihre Lippen.

»Kannst du mir bei der Legalinspektion helfen?«, bat Sokrates Kramer. »Mein Assistent hat heute frei.«

Kramer nickte.

»Wir ziehen ihm zuerst das Hemd aus«, wies ihn Sokrates an. »Der Kragen darf dabei die Stichwunde nicht berühren.« Kramer ging in die Hocke und öffnete den obersten Knopf. Sokrates hielt den Hemdkragen zwischen Daumen und Zeigfinger fest und zog den Stoff von der Wunde weg. Dabei bemerkte er auf der Krageninnenseite das eingestickte Logo des Kleiderherstellers, ein winziges rosarotes Herz, das in einem etwas grösseren Herzen gefangen war. Vorsichtig knöpfte Kramer das Hemd auf. Sokrates versuchte, den rechten Arm der Leiche zu beugen. Das war nicht möglich. »Die Totenstarre ist vollständig ausgeprägt«, sagte er. »Leon Oswald ist seit mindestens neun Stunden tot. Er wurde voraussichtlich gestern Abend getötet.«

Glauser schaute auf seine Uhr. »Also vor Mitternacht? Kannst du den Todeszeitpunkt stärker eingrenzen?«

»Tut mir leid, das ist auf die Schnelle nicht möglich.«

Glauser notierte sich die Angaben in ein Heft. Zusammen mit Kramer zog Sokrates dem Toten das Hemd aus, öffnete dessen Gürtel und entfernte die Hose. Um den Reissverschluss herum waren grosse Brandlöcher zu sehen, der Stoff war an vielen Stellen verkohlt oder angesengt, die Feinrippunterhose hing in schwarzen Fetzen um die Lenden. Kramer verstaute die Kleidungsstücke in grossen Papiersäcken. Lara dokumentierte die Wunden mit ihrer Fotokamera. Die Leiche mit den verkohlten Genitalien zwischen den bleichen Schenkeln und dem blassen Oberkörper wirkte unwirklich wie eine kaputte Schaufensterpuppe auf einer Müllhalde.

»Bringen wir die Leiche in die Seitenlage«, sagte Sokrates, »damit ich die Körpertemperatur bestimmen kann.« Zusammen drehten sie den

Toten um. Sokrates nahm aus seiner Tasche einen elektronischen Thermometer mit Digitalanzeige. Er mass die Raumtemperatur, einundzwanzig Komma vier Grad, und führte anschliessend das Messgerät rektal acht Zentimeter tief in die Leiche ein, sechsundzwanzig Komma zwei Grad. Beide Daten notierte er sich auf ein Leichenschauformular. »Mit dem Temperaturnomogramm sollte ich den Todeszeitpunkt ziemlich genau bestimmen können«, sagte er zu Glauser gewandt. »Meine Erfahrung sagt mir aber schon jetzt, dass Oswald seit zwölf bis vierzehn Stunden tot ist.«

»Woher weisst du das?«

Sokrates tippte mit seinem Zeigfinger auf die Nase. »Instinkt.«

Glauser lächelte. »Danke, Sokrates. Leon Oswald wurde also gestern Abend zwischen acht Uhr und zehn Uhr getötet. Das hilft uns weiter.«

Sokrates strich von der Leiche die Nackenhaare weg und untersuchte das Genick. Keine Ausstichwunde. Das Messer hat den Hals des Opfers nicht durchstossen. Er inspizierte jeden Quadratzentimeter des Rückens. Spuren von Gewalteinwirkung konnte er keine entdecken, obwohl das wegen den Totenflecken erschwert war. Die Haut war am Rücken, an den Unterseiten von Armen, Oberschenkeln und Waden dunkelviolett verfärbt. Nur auf dem Gesäss, an Schultern und Fersen waren helle Flecken zurückgeblieben. Dort hatte der Körper aufgelegen und das Blut weggedrückt, sodass es nicht in die Kapillaren der Lederhaut fliessen und gerinnen konnte. »Die Leiche von Oswald wurde zwanzig Minuten nach Eintritt des Todes nicht mehr bewegt. Das zeigen uns die Totenflecken«, sagte er.

Sokrates rollte die Leiche wieder auf den Rücken, während Kramer einen Wattetupfer aus der Materialkiste holte. »Lass mich eine Probe vom Fingernagelschmutz nehmen. Vielleicht hat sich das Opfer gewehrt und wir finden Hautpartikel, die vom Täter stammen. Obwohl die Chance klein ist.« Er kniete sich hin, nahm die linke Hand der Leiche und rieb den Wattebausch unter den Fingernägeln hin und her. Den Tupfer klemmte er in die Halterung einer Kartonschachtel.

»Wir sind mit der Spurensicherung fertig. Ihr könnt Ausrüstung und Asservate in den Laster bringen«, wies Kramer seine Leute an. »Die restlichen Spuren in der Wohnung sichern wir morgen. Ich werde hierbleiben und Sokrates bei der Leichenschau assistieren.«

Sofort machten sich die Kriminaltechniker an die Arbeit. Elf Kisten, gefüllt mit gesicherten Spuren, Werkzeugen, und Hilfsmitteln schleppten sie vom Absatz des Treppenhauses nach unten.

***

»Die Vorstellung ist gruselig, dass über unserer Wohnung ein Killer unseren Nachbarn ermordet hat. Gestern Nachmittag habe ich Herrn Oswald noch aus seinem Kellerabteil kommen sehen. Er hatte sich eine Flasche Wein geholt. Wir haben kurz miteinander geplaudert. Und dann? Ein paar Stunden später ist er tot.« Der Nachbar schüttelte seinen kahlen Kopf und strich mit der Hand seinen struppigen rotblonden Schnauz glatt, der aussah wie von einem Pornodarsteller aus den siebziger Jahren, fand Emma. Als Jugendliche, sie war gerade fünfzehn Jahre alt geworden, hatte sie sich einmal mit einem älteren Jungen aus dem Taekwondo-Club getroffen, der mit ihr zusammen unbedingt ein paar Pornos anschauen wollte. Sie tat ihm den Gefallen. Danach nötigte er sie, mit ihr die Szenen nachzuspielen. Sie schlug ihm die Nase blutig, als er aufdringlich wurde. Ihr schwarzer Gurt, vierter Dan, hatte sich ausbezahlt. Von da an wusste sie endgültig, dass ihr Gefühl sie seit ihrer Kindheit nicht trog und sie Frauen wesentlich anziehender fand.

»Meine Frau und die Kinder, wir waren gestern Abend alle zu Hause. Der Mörder befand sich nur wenige Meter von uns entfernt. Ein grauenhafter Gedanke.«

Emma und Franz Ulmer standen im Treppenhaus vor der Wohnungstüre im zweiten Stock. Obwohl es später Vormittag war, hatten sie den Nachbarn angetroffen. Er sei Lehrer an der Technischen Berufsschule und habe heute schulfrei, hatte er ihnen erklärt.

»Wie haben Sie vom Tötungsdelikt erfahren?«, fragte Emma. Den lästigen Gedanken an den Pornoschnauz, der sie wie das Ticken einer Wanduhr nervte, schob sie beiseite.

»Die Putzfrau klingelte bei uns so gegen acht Uhr. Sie hat am ganzen Körper gezittert. ›Herr Oswald ist tot, der Herr Oswald ist tot‹, rief sie die ganze Zeit. Ich schenkte ihr eine Tasse Tee ein und bin anschliessend mit dem Lift nach oben gefahren. Da habe ich ihn liegen sehen. Erstochen. Mit verbrannten ...« Er stockte. »Ich rief sofort die Polizei.«

»Haben Sie gestern Abend etwas Ungewöhnliches gehört? Einen Streit oder Geschrei?«

»Nein, das ist es ja. Da stirbt ein Mensch und keiner bekommt das mit.« Der Nachbar kratzte mit seinen kurzen Fingern den kahlen Schädel.

»Kannten Sie Herrn Oswald?«

»Nur flüchtig. Er wohnt erst seit etwa einem halben Jahr in dieser Siedlung. Als er im Herbst einzog, lud er alle Nachbarn auf seiner Dachterrasse zu einem Apéro ein. Das war eine schöne, kleine Feier, ein gelungener Einstand.«

»Wie haben Sie ihn erlebt?«

»Leon ist sehr aufmerksam. Meine Frau sagt, er sei ein Charmeur. Er hat tadellose Manieren, hört interessiert zu, erzählt aber auch von sich, wenn man ihn fragt.«

»Sie duzen sich?«

»Ja, alle Nachbarn hier tun das. Es ist eine kleine Siedlung, wir kennen uns. Jeden Sommer veranstalten wir eine Grillparty, es geht bei uns sehr familiär zu.«

»Herr Oswald lebte allein, auf dem Klingelschild steht nur sein Name. Hatte er eine Frau oder Freundin?«, fragte Ulmer.

»Nein, ich denke nicht. Zumindest nichts Festes. Aber seine Tochter besucht ihn alle zwei Wochen. Er ist ganz vernarrt in sie. Von seiner Freundin hat er sich schon vor Jahren getrennt, hat er mir einmal erzählt.«

»Wie heisst sie?«

»Seine Ex-Freundin?«

»Ja.«

»Tut mir leid, das weiss ich nicht. Ich bin ihr nie begegnet. Ich glaube, sie bringt ihre Tochter zu Leon und verschwindet sofort wieder. Sie scheinen nicht viel miteinander zu reden.«

»Kennen Sie die Tochter?«, fragte Emma weiter.

»Vor etwa drei Wochen habe ich sie auf dem Spielplatz der Siedlung gesehen, als ich meine Kinder von dort abholte. Sie spielen öfters miteinander. Sie ist so alt wie meine Tochter, fünf.« Der Nachbar drehte seinen Kopf um und rief durch die offene Türe: »Paula, wie heisst die Tochter von Leon?«

»Selina.«

Emma notierte sich den Namen.

»Wir müssen in Erfahrung bringen, wie die Ex-Freundin von Herrn Oswald heisst«, sagte Ulmer. »Gibt es jemand in der Siedlung, der das wissen könnte?«

»Fragen Sie Frau Bucher im gegenüberliegenden Gebäude, die weiss immer alles«, antwortete der Nachbar und verdrehte dabei die Augen.

»Pflegte Herr Oswald ein besonderes Hobby, was tat er in seiner Freizeit?«

Das Gesicht des Nachbarn hellte sich auf. »Er schnitzt Holzmasken für die Fasnacht. Im Keller hat er eine Werkstatt eingerichtet. Dort trifft man ihn immer wieder nach Feierabend an. Ich war einmal dort. An den Wänden hängen Dutzende furchteinflössende Masken. Wollen Sie sein Atelier sehen?«

»Haben Sie denn für seinen Keller einen Schlüssel?«

»Ja, die Putzfrau hat ihn mir heute Morgen gegeben.«

»Händigen Sie ihn mir aus«, sagte Emma. »Der Keller darf nur von der Polizei betreten werden.«

Zusammen stiegen sie die Treppen hinunter. Der Nachbar zeigte auf die Tür zur Werkstatt. Emma öffnete das Schloss und schaltete das Licht an. Zwei Reihen Neonröhren flackerten auf und tauchten einen etwa zwanzig Quadratmeter grossen Raum in grelles Licht. Emma und Ulmer traten ein. Es roch nach Holz, Farbe und Benzin. Auf der gegenüberliegenden Seite stand eine mächtige Werkbank, darüber waren Werkzeugkästen an die Betonwand geschraubt. Was Emma sah, kam ihr vertraut vor. Ihr Vater war Möbelschreiner gewesen, als Kind hatte sie ihn häufig in seiner Werkstatt besucht. Auf der Werkbank lagen Stechbeitel unterschiedlicher Grösse, Schnitzmesser, Stemmeisen und ein Holzhammer. Zwei grob behauene Rohlinge einer Teufelsmaske lehnten an der Wand. In einer Ecke hatte Oswald mehrere Holzblöcke gestapelt, Arvenholz, vermutete Emma. Darauf lagen eine Motorsäge und eine Schleifmaschine. Ein Schränkchen war mit Acrylfarben, Lackdosen und Flaschen mit Chemikalien gefüllt. An den Wänden hingen Masken von Hexen, Teufeln und Dämonen mit Hörnern, gefletschten Zähnen und blutunterlaufenen Augen.

»Damit kann man Kinder ganz gehörig erschrecken«, raunte Ulmer leise zu Emma und schaute sie schelmisch an. »Kinderschreck Oswald.«

Emma lächelte. Sie arbeitete gerne mit ihrem humorvollen Kollegen zusammen, der immer einen lustigen Spruch auf den Lippen hatte. Sie hatte ihn kaum einmal mit schlechter Laune gesehen. Ein Text, der in einem Bilderrahmen gefasst war und oberhalb der Werkbank hing, weckte Emmas Aufmerksamkeit. Sie trat heran und las ihn: »Die Maske war schon immer da. Man muss nur das Überflüssige weghauen. Zitat nach Michelangelo«.

»Vielleicht hat Leons Tod etwas mit seinem Hobby zu tun«, sagte der Nachbar, der am Türrahmen lehnte. »Ein Ritualmord. Womöglich hat er in einem Geheimzirkel mitgemacht. Oder in einer Teufelssekte.«

»Das wissen wir nicht«, erwiderte Ulmer.

Nachdem sie jeden Winkel der Werkstatt inspiziert hatten, ohne einen Hinweis auf ein Tatmotiv gefunden zu haben, stiegen sie wieder die Treppe nach oben. Vor der Haustüre sagte Ulmer zum Nachbarn: »Eine letzte Frage: Jemand musste Leon Oswald so sehr gehasst haben, dass er ihn auf diese Weise umbrachte. Können Sie sich vorstellen, wer das gewesen sein könnte?«

Der Nachbar schüttelte den Kopf, seine braunen Augen sahen dabei so bekümmert aus wie von einem Dackel, der um eine Wurst bettelte. »Nein, Leon war freundlich zu jedem, kinderlieb, ein Tierarzt im Zoo, der kranke Tiere behandelte. Warum sollte er Feinde haben? Es ist mir unbegreiflich, wer ihm das antun konnte.«

»Gehörnter Ehemann, enttäuschte Geliebte?«

»Keine Ahnung, davon weiss ich nichts.«

Emma und Ulmer verliessen das Haus und überquerten den Innenhof, der gesäumt war mit Sträuchern und Bäumen. Es roch frisch nach geschnittenem Gras.

Einige Bewohner der Siedlung waren abwesend, andere wussten nur wenig von Oswald zu berichten. Leon habe sich um den gemeinsamen Komposteimer gekümmert, erzählte eine Nachbarin. Für ihn sei der Umweltschutz sehr wichtig gewesen. Eine andere sah ihn einmal auf der Terrasse vom »Alten Klösterli« ein Bier trinken. Sein tägliches Feierabendbier, habe er ihr schmunzelnd anvertraut, das sei für ihn ein wichtiges Ritual. Emma und Ulmer gingen von Haustüre zu Haustüre. Jede Einzelheit trugen sie zusammen. Das war nicht viel.

»Was wollen Sie?«, fragte ein Mann schroff, als er die Türe öffnete.

»Kriminalpolizei Zürich«, antwortete Ulmer.

»Können Sie sich ausweisen? Da könnte ja jeder kommen.«

Ulmer zeigte ihm seinen Dienstausweis. Der Mann, Ende dreissig, muskulös, Kurzhaarfrisur, nahm ihn entgegen und betrachtete ihn genau.

»Was wollen Sie?«

»Wir müssen Ihnen ein paar Fragen zu Ihrem Nachbarn Leon Oswald stellen.«

»Den kenne ich nicht, noch nie gesehen.«

»Dann wissen Sie auch nicht, was ihm zugestossen ist?«

»Nein, interessiert mich auch nicht. Auf Wiedersehen.« Er wollte gerade die Türe zuschlagen, als Ulmer sie wieder aufdrückte.

»Wir sagen, wann wir fertig sind«, sagte er mit schneidender Stimme. »Zeigen Sie uns Ihre ID, wir nehmen Ihre Personalien auf.«

Emma blickte erstaunt zu Ulmer. Das hatte sie bei ihrem Kollegen selten erlebt. Franz regt sich über den Kerl auf, dachte sie, und nimmt ihn ein bisschen in die Mangel. Na ja, verständlich, der Typ ist ein Rüpel. Nach den Formalitäten, die der Kurzhaarige grummelnd über sich ergehen liess, klingelte Emma an der gegenüberliegenden Wohnung. Frau Bucher öffnete die Wohnungstüre einen Spaltbreit und steckte ihren Kopf hindurch. Ihre blondierten Haare hatte sie mit Lockenwicklern eingedreht. Emma schätzte ihr Alter auf Ende fünfzig. Das Permanent Make-up wirkte auf ihrem runzeligen, solariumgebräunten Gesicht seltsam clownesk. Die schmalen Lippen waren kirschrot geschminkt, die braunen Augen mit einem pflaumenfarbenen Lidschatten versehen.

»Die Polizei!«, rief Frau Bucher erfreut und öffnete die Türe sperrangelweit. Sie trug einen hellblauen Bademantel mit offenherzigem Decolletée und grüne Flip-Flops. Ihre Stimme klang schrill. »Ich habe Sie schon erwartet. Schrecklich, was mit Leon passiert ist.« Bekümmert hielt sie sich eine Hand vor den Mund. »Heutzutage ist man nirgendwo mehr sicher. Nicht einmal in der eigenen Wohnung. Erstochen, an einem Sonntag! Das tut man doch nicht.«

»Frau Bucher, können Sie uns sagen, wie die Mutter von Selina heisst, die Ex-Freundin von Herrn Oswald?«, unterbrach Ulmer ihren Redeschwall.

Buchers Augen leuchteten, ihre Wangen glühten vor Aufregung. »Ja, das weiss ich«, antwortete sie wichtig und senkte ihre Stimme. »Sie heisst Sofia.« Und nach einer Pause. »Sofia Hartwig.«

»Wo wohnt sie?«

»In Zürich. Die Adresse kenne ich nicht.«

»Vielen Dank, Ihre Information hilft uns weiter«, sagte Emma. Ulmer schrieb den Namen auf.

»Kennen Sie Herrn Oswald?«, fragte Emma.

»Ja, ein Mann mit Stil. Gebildet. Angenehm im Umgang. Ein Gentleman. Und überhaupt nicht hochnäsig. Einmal hat er mir von der Tramhaltestelle die Einkaufstaschen nach Hause geschleppt.«

»Hatte er Freunde?«

»Manchmal kamen Leute zu Besuch. Mehr weiss ich nicht.« Frau Bucher schaute auf eine Art, wie es Schüler tun, die sich ertappt fühlen, weil sie ihre Hausaufgaben nicht gemacht haben. »Aber eine Freundin hatte er nicht. Da bin ich mir sicher.«

»Wer konnte Herrn Oswald den Tod gewünscht haben?«

Frau Bucher senkte ihre Augen, als ob sie sich schämen würde, weil sie die Antwort schon wieder nicht kannte. »Das weiss ich nicht. Leon war ein herzensguter Mann. Einmal lud er alle Kinder im Quartier in den Zoo ein. Er organisierte eine Führung für sie, ein Blick hinter die Kulissen, mit Fütterung und so. Solch einen Menschen tötet man doch nicht.«

***

»*Was soll das! Lassen Sie mich raus, verdammt!*« Diese Stimme kenne ich von irgendwoher, dachte Maria, als sie das Band noch einmal abhörte. Den Mann habe ich schon einmal gehört. Berner Dialekt. Dieser Tonfall. Mit wem hatte sie einmal zu tun gehabt, der so sprach? Sie zermarterte sich das Hirn. Es fiel ihr nicht ein. Sie sass an ihrem Schreibtisch in einem modernen Grossraumbüro der Redaktion von »Schweiz aktuell«. Ihr Computer war aufgestartet. Nachdenklich starrte sie auf das mp3-File auf ihrem Monitor. Sie hatte ihre Füsse auf den Tisch gelegt und löffelte Birchermüesli aus einem Becher, den sie im Personalrestaurant geholt hatte.

»Wer war das?«, fragte Hugo Stalder, der soeben das Büro betrat. Ihr Kollege hatte einen unförmigen Stadtrucksack geschultert, der ihm schlapp am Rücken herunterhing. Die Trageriemen waren zu lang eingestellt, die Unterseite des Rucksacks quoll ihm über den Hintern. Maria fragte sich, ob der Hodensack von Hugo ähnlich schlapp aussah. Was bist du doch für ein vulgäres Weib, schalt sie sich in Gedanken, musste innerlich aber kichern. Hugo nahm ihr gegenüber Platz. Er kaute auf seiner dicken Unterlippe, die feucht schimmerte. Das schüttere Haar hatte er nach hinten gekämmt und mit Gel auf den Schädel gepappt, die knollige Nase mit den viel zu grossen Löchern zuckte, seine wässrigen Augen wanderten unruhig hin und her. Den kleinen Kopf hielt er gesenkt. Er trug eine braune Strickjacke, die sich um seinen Bauch spannte. Zwischen den Maschen blickte das Weiss eines Unterhemdes hervor. Maria hörte Neid in seiner Stimme.

»Das Mail eines Entführers, worauf zu hören ist, wie er sein Opfer bedroht«, antwortete sie mit geheimnisvoller Stimme und zwinkerte ihm mit ihren graublauen Augen zu, die im Neonlicht des Büros einen grünen Schimmer hatten.

Hugo wischte sich mit der Hand, die immer gerötet war, als ob er sie ständig mit einer Bürste scheuern würde, über das schwammige

Gesicht.

»Ein Entführer? Kennst du ihn? Warum hat er dir die Aufnahme geschickt?«

»Keine Ahnung. Ich weiss nicht, wer es ist. Vermutlich will er sich wichtigmachen.«

»Was machst du mit dem Tonband, was hast du vor?«

»Die Aufnahme bekommen unsere Zuschauer heute Abend zu hören, wenn der Chef damit einverstanden ist. Die Kripo ermittelt bereits.«

»Du stösst immer auf so spannende Geschichten«, maulte Hugo. »Mir passiert so etwas nie.«

»An was bist du dran?«

»Sechseläuten. Zünfter, Reiter, Böögg. Der ganze Kram. Wichtigste Frage: Wie lange dauert es, bis der Knallkopf explodiert. Pah! Damit muss ich mich rumschlagen.« Er leckte sich über die Lippen. »Jedes Jahr erwischt es mich.«

»Wer weiss, vielleicht läufst du beim Umzug einer spannenden Geschichte in die Arme«, versuchte Maria ihn aufzumuntern. »Die gesamte Polit- und Wirtschaftsprominenz marschiert mit. Diese Edelzünfter haben alle Dreck am Stecken.«

Hugo knetete seine fleischigen Finger und fragte: »Darf ich mir das Band anhören? Vielleicht kann ich dir bei dieser Geschichte helfen.«

Maria blickte auf die Uhr. »Wir haben gleich Redaktionssitzung, und ich muss vorher noch etwas erledigen. Danke für dein Angebot, aber du weisst, ich arbeite am liebsten alleine.«

Hugos Hamsterbacken kippten noch spannungsloser nach unten als sonst. Maria sah ihm an, dass er schmollte. Tut mir leid, Kollege, aber das ist meine Geschichte. Sie erhob sich von ihrem Bürostuhl und füllte einen Pappbecher mit Wasser aus einem Wasserspender, der in der Ecke stand. Als sie zurückkam, bemerkte sie, wie Hugo auf seinem PC zwei Videoclips aus einem »sportaktuell«-Bericht zusammenschnitt, die ihn als GC-Fan bei einem Fussballspiel auf der Tribüne zeigten. Sie spürte, wie stolz er war, dass die Kamera ihn gefilmt hatte und er im Fernsehen gekommen war.

Die SBB-Wanduhr im Sitzungszimmer zeigte kurz nach elf. Oskar Lehmann trat aus seinem gläsernen Kabäuschen, von dem er das Grossraumbüro überblicken konnte und setzte sich mit einem Stapel Lokalzeitungen, die er unter seinen Arm geklemmt hatte, an den

Sitzungstisch. Dem Redaktionsleiter von »Schweiz aktuell« standen die grauen Haare wirr vom Schädel, die fahle Haut spannte sich wie Butterbrotpapier um die Backenknochen, der sehnige Hals erinnerte Maria an ein gerupftes Suppenhuhn. Um den Sitzungstisch hatten sich bereits mehrere Reporter versammelt, die den A-Dienst verrichteten und sofort losrennen mussten, sobald etwas in der Schweiz passierte. Hugo trat hinzu und nahm missmutig Platz. Gegenüber Maria sass Eugen Voss, der ein paar Artikel sichtete, die er aus Zeitungen herausgerissen hatte. Auf der Nase des Produzenten klebte eine Mullbinde, die von mehreren Pflastern fixiert wurde. Seine Tränensäcke waren blutunterlaufen. Hooligans vom FC Basel hatten ihn vor einer Woche nach einem Spiel gegen den FCZ im Letzigrund verprügelt. Er hatte ihnen seinen Schal entgegengehalten, stolz, wie er später sagte, trotz der Niederlage seines Clubs. Das hätte er lieber bleiben lassen. Der Arme sah immer noch zum Fürchten aus, dachte Maria.

»Eugen, was haben wir heute in der Sendung?«, eröffnete Lehmann die Sitzung und fuchtelte dabei mit seinen dürren Fingern über der Tischplatte. Der Adamsapfel hüpfte in seinem Hals. Seine Stimme klang munter. Ihr Chef hatte heute offensichtlich gute Laune. Nicht so wie häufig in den letzten Wochen, in denen er gereizt war und jeden Reporter zusammenstauchte, der ihm vor die Füsse lief.

Voss schaute auf sein Smartphone, wo er das Planungsprogramm Open Media geöffnet hatte. »Momentan sieht es gar nicht so schitter aus, und wir haben erst elf Uhr«, antwortete er näselnd. »Mal sehen: Schiffsunglück auf dem Vierwaldstättersee, Dampfer prallt ungebremst in einen Steg, drei Schwerverletzte. Die Meldung kam gerade rein. Die Geschichte eignet sich als Aufmacher. Im Bündnerland hat die Rhätische Bahn einen jungen Bären überfahren. Wir könnten der Frage nachgehen, wie viele tote Wildtiere der Zugverkehr jedes Jahr fordert, und was die Bahn dagegen unternimmt. Und wir haben ein paar Bilder vom Sechseläuten.«

»Wie viel gibst du mir?«, fragte Hugo, ohne den Produzenten anzusehen.

»Eine Meldung, dreissig Sekunden.«

»Nur so wenig«, maulte Hugo. »Da lohnt sich der ganze Aufwand ja gar nicht.«

»Das ist Pflichtstoff! Aber wir sind nicht ›Tele Züri‹, sondern ›Schweiz aktuell‹«, herrschte ihn Lehmann an. »Das Sechseläuten in Zürich interessiert im Emmental niemanden.« Hugo tat Maria leid. Ihr

Chef machte keinen Hehl daraus, dass er ihren Kollegen nicht ausstehen konnte, und er es auf ihn abgesehen hatte.

»Unser Bundespräsident marschiert als Ehrengast beim Umzug mit. Wenn du ihn vor die Kamera kriegst, und er dir ein Statement abgibt, ohne dass er ständig züngelt und sich deswegen unsere Zuschauer fremdschämen müssen, gebe ich dir eine Minute«, sagte Voss versöhnlich und strich mit dem Finger ein Pflaster glatt. Er wandte sich an die Reporter. »Leute, raus mit euren Geschichten! Was habt ihr erfahren oder gelesen?«

Niemand rührte sich. Alle schauten stumm vor sich hin.

Voss grummelte unwillig. »Für was kassiert ihr Lohn, wenn ihr nicht Geschichten ausgrabt?« Er blickte Maria an. »Maria, du hast eine spannende Geschichte zu erzählen. Wenigstens arbeitet eine Person auf der Redaktion, die ihr Geld wert ist. Nicht so wie ihr, ihr Schnarchsäcke!«

»Vor einer halben Stunde bekam ich ein E-Mail anonym zugeschickt. Ein Audiofile, ohne Kommentar«, begann Maria. Auf dem Band ist ein Mann mit verzerrter Stimme zu hören, der einen anderen bedroht.« Sie blickte in die Runde. Alle lauschten gespannt.

»Ein dokumentierter Raubüberfall?«, fragte Lehmann, seine Stimme klang belustigt. Maria spürte, wie Lehmann Spass an der Sache bekam. Er war seit vierzig Jahren im Nachrichtengeschäft, ein alter Hase, der als Journalist schon fast alles gesehen hatte. Auf Maria machte er einen abgebrühten Eindruck, den nichts mehr so leicht erschüttern oder in Erstaunen versetzen konnte. Meldungen über Krieg, Vergewaltigungen und Naturkatastrophen kommentierte er oft mit zynischen, manchmal auch sarkastischen Worten. Eine Berufskrankheit. Sie wollte nie so enden wie er.

»Nein, es hört sich eher wie eine Entführung an«, antwortete sie. »Der Täter hat sein Opfer in eine Kiste gesperrt und bedroht es mit dem Tod.«

»Weiss die Kripo schon davon?«, fragte Lehmann.

»Ja, als gewissenhafte Bürgerin habe ich der Kriminalpolizei die Aufnahme gemailt. Sie nimmt den Fall ernst.«

»Wozu hat dir der Täter die Aufnahme geschickt?«

»Vielleicht wendet er sich an die Medien, um seine Tat in der Öffentlichkeit zu rechtfertigen. Womöglich ist er geltungssüchtig. Oder einfach nur verrückt.«

»Oder er spielt Katz und Maus mit der Polizei«, erwiderte Lehmann.

»Und wir sind sein Spielfeld. Uns soll es recht sein. Wir haben dafür eine exklusive Gaunergeschichte. Eugen und ich hören jetzt zusammen mit dir das Band ab und beraten die nächsten Schritte.« Er zwinkerte ihr zu.

Lehmann verhielt sich zunehmend seltsam gegenüber den Frauen in seinem Team, dachte Maria einmal mehr. Sie hatte Glück. Für ihn war sie wie eine Tochter, auf die er stolz war und die er förderte. Andere Journalistinnen in der Redaktion dagegen sah er als Geliebte, Mutter oder Psychotherapeutin. Er wollte, dass jede ihre Rolle spielte. Viele taten sich schwer damit. Doch wehe, sie enttäuschten ihn, dann bekamen sie das zu spüren.

Voss klatschte in die Hände. »Leute, jeder weiss, was er zu tun hat. Heute will ich eine tolle Sendung auf dem Sender haben. Los geht's!«

Maria ging mit Lehmann und Voss zu ihrem Schreibtisch. Ihr Chef schnappte sich einen Stuhl und setzte sich neben sie. Voss blieb stehen. Zusammen hörten sie sich das Band an.

»Von irgendwoher kenne ich die Stimme«, sagte Maria. »Ich glaube, ich habe das Opfer schon einmal gehört. Aber mir will nicht einfallen, wer das ist. Kommt euch die Stimme bekannt vor?«

Beide schüttelten den Kopf. »Nie gehört.«

»So ein Mist. Wenn ich wüsste, wie das Opfer heisst, hätte ich für die Geschichte Fleisch am Knochen.«

»Hoffentlich jagt uns da nicht jemand ins Bockshorn«, sagte Lehmann.

»Ich glaube nicht, wozu sollte er das tun? Die Aufnahme klingt authentisch«, erwiderte Maria. »Das Opfer hat spürbar Angst. Und der Täter hat seine Stimme im Nachhinein mit viel Aufwand verzerrt.«

»Trotzdem: Es ist heikel, etwas zu veröffentlichen, das von einer Quelle stammt, die wir nicht kennen.«

»Maria bekam ein anonymes Mail mit einer bedrohlichen Tonaufnahme zugeschickt«, entgegnete Voss. »Die Kripo untersucht den Fall, weil sie davon ausgeht, dass ein Mann entführt wurde, der sich jetzt in Lebensgefahr befindet. Das sind Fakten. Ich denke, die können wir in aller Sachlichkeit nennen.«

Lehmann atmete tief ein. »Nun gut. Machen wir die Geschichte. Ein mutmasslicher Entführer hat uns exklusiv eine Tonaufnahme zugespielt. Damit sind wir unserer Konkurrenz einen Schritt voraus. Das müssen wir nutzen. Maria, was hast du vor?«

»Viel kann ich dir nicht bieten. Kein Opfer, kein Täter, kein Tatort. Nichts. Wir haben einen Bild- und Informationsnotstand. Vor der

Sitzung habe ich ein Interview mit dem Sprecher der Kantonspolizei organisiert. Und Leo kann ein paar Bilder drehen mit mir im Schnittraum, wo ich das Mail erhalte und das Band abhöre.«

»Hm, das ist tatsächlich etwas dünn«, sagte Voss. »Ein Statement eines zweiten Protagonisten täte deinem Beitrag gut. Vielleicht ein Experte. Hast du eine Idee?«

Maria dachte kurz nach. »Spannend wäre ein Täterprofil vom Entführer. Am Psychologischen Institut der Uni arbeitet eine Expertin, die für die Kripo solche Profile anhand von Erpresserbriefen, E-Mails oder Tonaufnahmen erstellt. Die Profilerin könnte ich für ein Interview anfragen.«

»Was kann sie denn aus den wenigen Sätzen des Entführers herauslesen?«

»Erstaunlich viel. Es ist verblüffend, wie viel jemand über sich verrät, sobald er etwas sagt oder schreibt. Du wirst sehen.«

»Okay, einverstanden. Hört sich interessant an. Ruf sie an.«

»Die Geschichte wird unsere Zuschauer sicherlich noch eine Weile in Atem halten«, sagte Lehmann. »Wir übernehmen die Themenführerschaft und verfolgen die Polizeiarbeit auf Schritt und Tritt. Dazu brillieren wir mit eigenen Recherchen. ›Schweiz aktuell‹ überführt den Täter. Diese Schlagzeile möchte ich lesen. Und zwar sobald als möglich.«

Maria lachte. »Du traust mir mehr zu als der Kripo.«

»Klar doch! Von dir erwarte ich intelligente Recherchen und Enthüllungsgeschichten.«

Maria zwinkerte Lehmann zu. »Dann sollte ich keine Zeit verlieren.«

»Leo wartet auf der Piazza auf dich«, sagte Voss. »Spute dich.«

Maria schnappte ihre Jacke und sprintete zum Lift, wie sie das immer tat, wenn sie wegen einer Geschichte Feuer gefangen hatte.

***

Sokrates begann mit der äusseren Besichtigung des Toten. Er schaute sich die nackte Leiche eine Minute lang an. Das schmale Gesicht war fahl, der halb geöffnete Mund blutleer, eine braune Haarsträhne klebte auf der wächsernen Stirn. Die Rippen stachen durch die magere, haarlose Brust, auf den bleichen Beinen hatten sich Besenreiser gebildet, die Genitalien an der schmalen Hüfte waren fast vollständig verbrannt. Nur noch ein paar verkohlte Gewebefetzen konnte Sokrates feststellen.

Er ging in die Hocke und berührte mit dem Zeigfinger einen schwarzen Klumpen, der einmal der Penis gewesen war. Nicht mehr viel davon übrig, der Täter hat ganze Arbeit geleistet. Dann begab sich Sokrates zum Kopfende und klappte mit einer Pinzette die Augenlider des Toten hoch. Auf der Iris waren keine roten Pünktchen einer Stauungsblutung zu sehen, die ein Zeichen dafür gewesen wären, dass Leon Oswald vor seinem Tod gewürgt worden war. Er klemmte eine Körperschemazeichnung auf ein Brett und machte sich Notizen. Mit einem roten Farbstift kennzeichnete er am Hals die Stichwunde, mit einem schwarzen Stift malte er auf Höhe der Lenden einen schwarzen Punkt. Er stülpte die Lippen der Leiche um und betrachtete die Innenseite der Schleimhäute. Keine Auffälligkeiten. Er drückte den halbgeöffneten Mund weiter auf, indem er das Kinn kräftig nach unten drückte. Wegen der Totenstarre war das nur unter grossem Kraftaufwand möglich. Mit einer Stablampe leuchtete er in die Mundhöhle. »Spuren eines Knebels sind keine zu sehen«, sagte er ohne aufzublicken.

Glauser notierte sich den Befund.

Am linken Ohrläppchen der Leiche entdeckte Sokrates ein kleines verwachsenes Loch. »Leon Oswald trug früher einen Ohrring.«

»Links oder rechts?«, fragte Glauser.

»Nur links.«

»Dann war er vermutlich nicht schwul«, erwiderte Glauser. »Soviel ich weiss, tragen nur heterosexuelle Männer einen Ohrring auf der linken Seite.«

Langsam ging Sokrates um den Toten herum, musterte jeden Zentimeter des Körpers, konnte aber nichts Ungewöhnliches feststellen, keine Blutergüsse von Tritten oder Schlägen, keine weiteren Verletzungen. Er kniete sich neben die Leiche und inspizierte das Handgelenk. Rötungen oder Abschürfungen waren nicht zu erkennen. »Keine Fesselspuren. Oswald wurde vom Mörder weder festgebunden noch angekettet.« Er hob die Hand, untersuchte ihre Innenfläche, den Handrücken und den Unterarm auf Schnittwunden. Nichts. »Fehlende Abwehrverletzungen an Händen und Unterarmen«, sagte Sokrates. »Der Täter hat Oswald vor dem Angriff nicht bedroht, nicht mit einem Messer vor ihm herumgefuchtelt, sondern ohne Vorwarnung zugestochen.« Er stand auf und streckte sich, bis sein Buckel knackte. »Das ist momentan alles, was wir in Erfahrung bringen können. Warten wir die Obduktion ab.«

»Danke, Sokrates«, sagte Glauser und drehte sich zu Kramer um.
»Philip, mit allem, was wir bisher wissen, schildere uns den mutmasslichen Tathergang«, forderte Glauser den Forensiker auf. Kramer überlegte kurz. Dann begab er sich zur Wohnungstüre.

»Gestern Abend. Sonntag. Der Täter, es war ganz sicher ein Einzeltäter, steigt die Treppe nach oben bis zur Attikawohnung«, begann Kramer. »Er klingelt.«

»Warum nahm er nicht den Lift?«, fragte Sokrates.

»Vielleicht wollte er nicht riskieren, im Lift einen Nachbarn anzutreffen«, antwortete Glauser. »Kaum jemand benutzt das Treppenhaus, wenn ihm ein Lift zur Verfügung steht. Der Täter durfte davon ausgehen, dass er ungestört zur Attikawohnung kommt.«

Sokrates nickte. »Das leuchtet ein.«

»Eine Stichwaffe und eine Flasche mit Brennsprit hält der Täter unter seinem Regenschutz verborgen«, fuhr Kramer fort.

»Ein Mann mit Regenschutz musste aufgefallen sein. Gestern Abend hat es nicht geregnet«, warf Glauser ein.

»Aber es war stark bewölkt«, erwiderte Sokrates. »Meteo Schweiz hatte lokale Schauer angekündigt. Mir wäre eine Person mit Umhang nicht ungewöhnlich vorgekommen.«

Glauser rieb sich das Kinn. »Na gut. Wie spielte sich die Tat weiter ab, Philip?«

»Oswald blickt durch den Türspion. Er sieht den Täter, kennt ihn vielleicht, hat auf jeden Fall keinen Grund argwöhnisch zu sein und öffnet ihm die Türe.« Kramer stellte sich ins Treppenhaus. »Der Mörder von Oswald tritt zwei Schritte auf ihn zu und sticht mit einem Messer, das er bereits in der Hand hält, unerwartet auf sein Opfer ein.« Kramer trat in das Entrée und führte mit seiner rechten Hand eine imaginäre Stichbewegung aus. »Ein einziger Stich, direkt in den Hals. Oswald hatte keine Chance. Er konnte sich nicht einmal reflexartig schützen, darauf deuten die fehlenden Abwehrverletzungen hin.«

»Was passierte dann?«

»Blut spritzt. Eine Menge Blut. Oswald hält sich beide Hände an die Wunde«, sagte Kramer und zeigte auf die Leiche. »Das belegen diese Spuren hier. An den Händen des Opfers klebt eingetrocknetes Blut.« Er überlegte. »Oswald torkelt drei Schritte zurück. Das sehen wir an der Form der Blutspritzer auf dem Teppich. Dann bricht er zusammen.«

»Ob er zu diesem Zeitpunkt bereits tot war, wissen wir nicht«, sagte Sokrates. »Aber er war sicherlich nicht mehr bei Bewusstsein. Der

Blutverlust muss enorm gewesen sein.«

»Der Täter bückt sich, greift Oswald unter die Achseln und legt ihn gerade auf den Rücken«, führte Kramer weiter aus. »Er spreizt die Beine seines Opfers, schraubt die Flasche mit Brandbeschleuniger auf und giesst Brennsprit auf die Hose. Danach stellte er die Flasche hierher auf den Boden.«

»Wie hat er die Hose in Brand gesteckt?«, fragte Glauser.

»Unklar. Vielleicht mit einem Feuerzeug. Ein abgebranntes Streichholz liess er nicht zurück.«

»Die Rauchentwicklung muss sehr begrenzt gewesen sein.« Sokrates überlegte. »Der Brand blieb unbemerkt. Einen Feuermelder, der womöglich Alarm geschlagen hätte, kann ich nirgendwo entdecken.«

»Ja, eine Bratwurst, die jemand versehentlich in der Bratpfanne verbrutzeln lässt, entwickelt mehr Rauch. Die Nachbarn werden kaum etwas mitbekommen haben.« Kramer tat so, als würde er ein Kleidungsstück ausziehen. »Der Täter schlüpft aus dem blutverschmierten Regenschutz und lässt ihn auf den Teppichboden fallen.«

»Hat der Täter Blutspritzer abbekommen?«, fragte Glauser.

»Eher nein. Er scheint planmässig vorgegangen zu sein. Er hat sich sicherlich die Kapuze des Umhangs über den Kopf gezogen. Vermutlich trug er Handschuhe und vielleicht sogar Überschuhe.«

»Er wird darauf geachtet haben, keine Fingerabdrücke auf dem Regenschutz und auf der Plastikflasche zu hinterlassen.«

»Ja, das befürchte ich. Aber vielleicht hat er sie unsorgfältig weggewischt. Dann kommen wir weiter.«

Glauser fuhr sich mit seiner grossen Hand durchs Haar. »Ja, so kann sich die Tat zugetragen haben. Wir gehen vorerst von dieser These aus. Leute, wir packen zusammen.«

Nachdem sich Sokrates verabschiedet hatte, stieg er die Treppen hinab. Dabei zählte er die Stufen. Unten angekommen waren es siebenunddreissig. Zu viel für einen guten Tag.

Im Innenhof wartete ein Mann vom Bestattungsamt, den er schon ein paarmal bei Todesfällen angetroffen hatte. Der Bestatter trug einen dunklen Anzug, der an den Schultern etwas zu eng geschnitten war. Sokrates musterte ihn kurz: breiter Nacken, gedrungener Körperbau, Boxergesicht mit Knollennase, die aussah, als ob sie mehrmals gebrochen war, schiefe Zähne, kurzgeschnittenes, schwarz-graues Haar. Sokrates schätzte ihn auf Anfang fünfzig. Neben sich hatte der

Bestatter einen schlichten Holzsarg auf einem höhenverstellbaren Sargroller aufgebockt. Der Bestatter nickte ihm zu, als er an ihm vorbeigehen wollte. »Können Sie mir sagen, wie spät es ist?« Seine Stimme klang heiser.

Sokrates schaute auf seine Uhr. »Elf Uhr zweiundvierzig. Es wird nicht mehr lange dauern, und Sie können den Toten abtransportieren.«

»Oh, eine alte Jaeger LeCoultre, eine wunderschöne Uhr«, sagte der Bestatter und zeigte auf das Handgelenk von Sokrates. Trotz seiner Körperkraft wirkte er schüchtern. »Aus welchem Jahr stammt sie?«

»1958, mein Geburtsjahr«, antwortete Sokrates.

»Darf ich sie mir ansehen?«

»Gerne.« Sokrates zog seine Uhr aus und reichte sie dem Bestatter, der sie eingehend betrachtete.

»Ein herrliches Stück. Wissen Sie, ich arbeite nur tageweise für das Bestattungsamt. Sonst finden Sie mich in meiner Werkstatt. Ich habe in Solothurn eine Lehre als Uhrmacher absolviert und anschliessend die Meisterprüfung abgelegt. Wenn Sie wollen, können Sie mir Ihre Jaeger zur Revision bringen, sollte sie wieder einmal fällig sein. Ich mache Ihnen einen guten Preis.« Der Bestatter nahm sein Portemonnaie aus der Hosentasche und holte eine Visitenkarte hervor. »Yannick Bodmer heisse ich. Hier befindet sich meine Uhrmacherwerkstatt«, sagte er und zeigte auf die Adresse.

»Das trifft sich gut«, antwortete Sokrates. »Meine Uhr läuft momentan etwas ungenau. Das letzte Mal brachte ich sie vor neun Jahren zur Revision. Es wird höchste Zeit.«

Bodmer reichte ihm die Hand. »Rufen Sie mich an. Sie werden es nicht bereuen.«

»Mach ich«, sagte Sokrates gut gelaunt. Ihm gefiel es, wenn ihm Lösungen eines Problems ohne eigenes Zutun unverhofft in den Schoss fielen.

***

»*Lügen Sie mich nicht an! (Tonschnitt) Ich werde Ihnen Ihre Unverfrorenheit heimzahlen. Sie sind in mein Haus eingedrungen, in meinen Besitz. Ohne Skrupel. Taten so, als wüssten Sie alles besser. (Tonschnitt) Das werden Sie bereuen.*«

Benedikt Yerly, Ende fünfzig, breitschultrig, zerknautschtes Gesicht, hörte sich die Tonaufnahme drei Mal hintereinander an und machte sich

Notizen:
elektronisch verzerrte Stimme
männlich
Zürcher Dialekt
keine auffälligen Sprachfehler
leicht zischendes S, rollendes R
gleichmässige Satzmelodie
beherrscht
leichtes Beben in der Stimme, wenn er seinem Opfer widerspricht.

Der Experte für digitale Forensik sass im ersten Stock der Militärkaserne, die sich auf dem Kasernenareal in der Nähe des Stauffachers befand. Das Gebäude, erbaut im neunzehnten Jahrhundert, war einem barocken Schloss nachempfunden. Die Wände der geräumigen Büros waren mit crèmefarbenem Täfer ausgestattet, der bis zur Decke reichte. Hohe Fenster boten eine prächtige Aussicht auf die Kasernenwiese. Der Boden war mit braungrau gesprenkeltem Spannteppich überzogen. An zwei Wänden standen Aktenschränke, die mit Ordnern und Büchern vollgestopft waren. Auf seinem Schreibtisch hatte Yerly drei Computermonitore aufgebaut, die mehrere geöffnete Programme zeigten. Die Kirchturmuhr der nahegelegenen Jakobskirche schlug zwei Mal, es war halb eins. Yerly biss in ein Schinkenbrötchen, das er sich in der Kantine organisiert hatte, Zeit für ein ordentliches Mittagessen in der »Reithalle«, wie er es sonst immer zu sich nahm, blieb ihm heute nicht vergönnt.

Der Entführer hatte seine Tonaufnahme in ein mp3-Format konvertiert. Das File zeigte Datum und Uhrzeit an. Heute Morgen, acht Uhr drei. Das kann stimmen, der Täter hat die Uhrzeit nicht geändert, mutmasste Yerly. Nun machte er sich an die Metadaten. Dazu nutzte er das Programm Mp3tag, das ihm die gespeicherten Daten anzeigte, die der Täter eingegeben hatte. Ein Fenster ploppte auf. Titel: »Verhör«. Interpret: »ein Mensch«. Album: »???« Stück: »???« Genre: »???« Viele Fragezeichen. Aber welche Angaben hätte der Täter auch machen sollen. Beim Jahr hatte er vermerkt: »AD«. Anno Domini. Im Jahre des Herrn. Yerly schüttelte den Kopf. Seltsam. Mit der Papierserviette, die um das Sandwich gewickelt war, wischte er sich die fettigen Hände ab und schob sich den Rest des Brötchens in den Mund.

Im Header des Quelltextes suchte er die IP-Adresse des Absenders heraus und kopierte sie ins Whois.com. Der Provider war die Swisscom. Zum Glück hatte der Täter nicht Gmail benutzt, dann hiesse der

Provider Google, mit Sitz in den USA, Mountain View, Kalifornien. Das hätte ihm die Ermittlungen erschwert. Er loggte sich beim Eidgenössischen Justiz- und Polizeidepartement ein. Der Dienst Überwachung Post- und Fernmeldeverkehr, ÜPF, sollte die Swisscom anfragen, wer dieses Mail verschickt hatte. Mit etwas Glück würde er in wenigen Stunden wissen, wie der Täter hiess, allerdings nur, wenn der seinem Provider nicht einen falschen Namen angegeben hatte.

Kaum war er mit der Analyse der Daten fertig, ertönte der Soundtrack vom Film »Enemy of the state«. Yerly nahm sein Handy vom Tisch, schluckte den letzten Bissen des Sandwiches hinunter und drückte auf das grüne Telefon-Icon.

Theo Glauser war am Apparat. »Benedikt, kopiere bitte für mich von der Tonaufnahme zwei Szenen, auf denen das Opfer zu hören ist. Der Täter darf nicht auf Band sein. Ich möchte die Stimme jemandem vorspielen, der heute Morgen eine Vermisstenanzeige aufgegeben hat.«

»Wird gemacht.« Yerli startete das Programm Audacity und importierte die Datei in dieses virtuelle Tonstudio auf seinem Computer. Er hörte sich die Tonaufnahme nochmals an. An der Stelle, wo das Opfer »Wo ... wo bin ich?«, stammelte, markierte er die Tonspur mit dem Cursor, ging ans Ende der Szene und kopierte die Aufnahme. Anschliessend wählte er eine zweite Passage des Opfers, »Bitte, bitte, ich wollte nur helfen«, und kopierte sie ebenfalls. Das mp3-File mailte er Glauser.

Yerly stand auf und öffnete das Fenster. Er streckte sich, bis ein Halswirbel knackte. Von der Kasernenwiese her duftete es nach Gras, das Frühlingslicht flirrte und die Insekten tanzten. Etwas wehmütig, weil er an diesem schönen Tag in seinem Büro gefangen war, ging er wieder an seinen Platz zurück. Aufmerksam schaute er sich die Tonspur auf dem mp3-File an. An vier Stellen schnellte die Amplitude nach oben, ein Hinweis für einen Tonschnitt. Dort hatte der Täter die Aufnahme gekürzt, wohl um sich nicht zu verraten, das Opfer hatte seinen Namen genannt.

Mit dem Cursor markierte er die gesamte Tonaufnahme, drückte den Stopp-Button und wählte auf der Menüleiste »Effekte«. Er fuhr zu »Tonhöhe ändern« hinunter, um die Stimme etwas höher zu stellen, denn der Entführer hatte seine Stimme verzerrt, indem er sie elektronisch in den Bass verschoben hatte. Er hörte sich an wie Darth Vader. Langsam drückte er den Regler nach rechts, bis die Stimme natürlich klang. Der Täter hatte noch weitere Effekte genutzt, um seine

Stimme unkenntlich zu machen. Um die Originalstimme möglichst exakt wieder herzustellen, nahm Yerly das Echo heraus, erhöhte leicht das Sprechtempo und nutzte den Kompressor. Er probierte eine halbe Stunde lang, bis er alle Effekte, so gut es ging, rückgängig gemacht hatte. Zufrieden rieb er sich die Hände. So in etwa redet der Kerl, dachte er. Er nahm einen kräftigen Schluck Mineralwasser aus dem Plastikbecher und rülpste. Merkt ja keiner.

Konzentriert hörte er sich die Tonaufnahme nochmals an. Dabei achtete er aber nicht auf das Verhör, sondern auf die Geräusche. Auf einem Zettel notierte er alles, was ihm auffiel:

- kaum Hintergrundgeräusche, sehr still – das Verhör fand in einem geschlossenen Raum statt.

- wenig Hall – eher kleiner Raum, nicht in einer Halle, nicht im Keller.

- hohles Klopfen – der Täter hat sein Opfer in eine Holzkiste gesperrt.

Yerly drehte die Lautstärke auf und hörte das Band nochmals ab. Weil aber nur eine Tonspur vorhanden war, wurden die Stimmen ebenfalls lauter. Er konzentrierte sich auf die Hintergrundgeräusche, nahm aber keine wahr, zu dominant klangen die Stimmen. Er überlegte. Dann bewegte er die Maus über die Tonspur, schnitt alle Sekundenschnipsel heraus, auf denen nichts gesprochen wurde und setzte sie zusammen. Anschliessend stöpselte er sich Kopfhörer in die Ohren. Er schob den Lautstärkeregler auf maximal und liess das Band laufen. Jetzt konnte er einige Hintergrundgeräusche heraushören, er schrieb sie auf und notierte sich dazu seine Überlegungen:

- leises Tramquietschen von weit weg – Entführer wohnt in einer Stadt. Zürich?

- merkwürdiges Summen, unklare Bedeutung

- hoher, zischender Pfeifton???

- kaum vernehmbares Ticken

- langsames Taktak. Standuhr?

- Kirchenglocken, mehrere Schläge, dann abgeschnitten

- Hupen, Auto? Schiff?

In welcher Stadt schlagen diese Kirchenglocken? Dunkel, voluminös, langsam. Er wusste, dass die reformierte Kirche in Zürich auf einer Webseite alle Glockengeläute der Stadt aufgeschaltet hatte. Er fand die Seite und hörte jede Kirchenglocke ab.

Ja, das ist sie! Die Glocke der Fraumünsterkirche mit den weltberühmten Fenstern von Chagall und Giacometti. Der Entführer hält sein Opfer demnach in Zürich gefangen. Yerly hörte das Audiofile nochmals ab, an der Stelle, wo die Glocke ertönte. Unter den Stimmen von Täter und Opfer konnte er sie nur ganz schwach wahrnehmen. Die Uhr schlug elf Mal. Der Entführer hatte sein Opfer also gestern Nacht um elf Uhr verhört. Im Umkreis dieser Kirche, in der Altstadt. Benedikt Yerly trank einen Schluck Mineralwasser, als ob es Champagner wäre. So machte ihm der Job Spass.

DREI

»Heute Morgen haben Sie Ihren Freund ...«, begann Glauser und blätterte in seinem Ringheft, »... Felix Unteregger bei der Kantonspolizei als vermisst gemeldet. Wann haben Sie ihn das letzte Mal gesehen?« Glauser sass zusammen mit Lukas Oppliker auf einer Bank im »Holzschopf«, einer kleinen Gaststube, die für ihre Cordon Bleus bekannt war. Das Lokal befand sich in der Nähe vom Röntgenplatz und war rustikal eingerichtet: Fachwerkwand, kleine Fenster mit Butzenscheiben, grob gezimmerte Holzbretter an den Wänden, Tische und Stühle aus Holz geschreinert. Mitten im Raum stand ein mannshoher Kühlschrank, der Dutzende Flaschen Bier verschiedener Sorten enthielt. An der Theke zapfte die Kellnerin zur Mittagszeit und am Abend Appenzeller Bier. Doch nun hatte Helena Stoll Pause. Am Sechseläuten war es ruhig in der Gaststube, die letzten Gäste waren bereits gegangen. Stoll sass den beiden Kriminalpolizisten gegenüber. Glauser blickte sie ruhig an. Sie hatte ihre rotblonden Haare straff nach hinten gezogen und zu einem Knoten geschnürt, eine Locke kringelte sich an ihrer Wange. Am Nacken kräuselten winzige Härchen. Sie war zierlich, Ende zwanzig, schätzte Glauser, blasses Gesicht, blaue Augen, kleine Nase mit Sommersprossen, Piercing aus Edelstahl an der Oberlippe. Sie trug eine schwarz-weiss gestreifte Hose, dazu eine türkisfarbene Bluse mit kurzen Ärmeln, unter denen verblichene Tattoos hervorschauten. Ihre Hände hatte sie auf dem Tisch verschränkt.

»Gestern. Felix war hier zum Mittagessen«, antwortete sie. »Zweimal in der Woche jobbe ich im ›Holzschopf‹. Da kommt er mich besuchen. Er bestellt immer das Vegi-Menü. An den anderen Tagen treffen wir uns in der Mensa im Toni-Areal. Ich studiere Grafikdesign.«

»Seither haben Sie nichts mehr von ihm gehört?«

»Doch. Am Nachmittag habe ich mit ihm telefoniert. Er arbeitet im Tierspital als Tierpfleger.«

»Am Sonntag?«

»Ja, manchmal hat er am Wochenende Dienst. Die Tiere müssen jeden Tag versorgt werden. Wir haben uns für den Abend verabredet. Um sieben Uhr im Riffraff. Wir wollten dort in der Bar etwas trinken und danach einen Film schauen.«

Stoll blickte auf ihre Finger. Glauser wartete.

»Er ist nicht aufgetaucht«, fuhr sie stockend fort. »Das ist sonst gar nicht seine Art. Wenn ihm etwas dazwischen kommt, gibt er mir vorher Bescheid.«

»Und dann?«

»Ich habe mir furchtbare Sorgen um ihn gemacht, ihm SMS geschrieben, mehrmals auf die Mailbox gesprochen. Nichts. Er hat sich nicht gemeldet. Seltsam war, dass er sein Handy abgeschaltet hatte. Das tut er sonst nie. Nach einer Stunde in der Bar ging ich zurück in seine Wohnung. Von dort rief ich das Unispital an, weil ich dachte, dass Felix vielleicht einen Unfall gehabt hatte und eingeliefert worden war. Aber das war er nicht. Ich konnte die ganze Nacht kein Auge zutun. Heute Morgen ging ich zur Polizei.« Helena Stoll stiegen Tränen in die Augen. »Ich glaube, ihm ist etwas Schreckliches passiert. Es ist ihm irgendetwas zugestossen. Das spüre ich.«

»Seit wann kennen Sie Herrn Unteregger?«, fragte Lukas Oppliker nach einem kurzen Moment.

Stoll schaute betreten auf die Tischplatte. »Erst seit drei Wochen. Ich habe ihn im Tierspital kennengelernt, als ich meine Katze untersuchen lassen musste. Sie hatte schlimme Koliken. Felix war unglaublich einfühlsam.«

Glauser merkte, wie ihre Gedanken abschweiften.

»Seine Augen schauten so ernst, als er die Katze aus dem Körbchen nahm. Das ist mir als Erstes an ihm aufgefallen. In seinem Blick lag immer etwas Verzweifeltes, aber auch Kämpferisches. Ich glaube, er hat an der Welt gelitten und wollte sie retten oder wenigstens etwas dazu beitragen.« Sie schlug ihre Hände vors Gesicht. »Oh mein Gott, jetzt rede ich schon so, als ob er tot wäre.«

»Frau Stoll, wir tun alles, um Ihren Freund zu finden«, sagte Glauser. »War Herr Unteregger in den letzten Tagen bedrückt oder nervös?«

Stoll schüttelte fast unmerklich den Kopf. »Nein, er war so wie immer. Wir haben viel miteinander geredet. Vor drei Tagen bin ich bei ihm eingezogen, weil es in meiner WG Knatsch gab. Er gebe mir und meiner Katze Asyl, sagte er. Es war das erste Mal, dass ich ihn grinsen sah. Er will immer allen helfen. Aber ich spürte, dass er sich freute, weil ich bei ihm war.«

»Hat er Feinde? Wurde er bedroht?«

»Nein, ich glaube nicht. Er hat so etwas nie erwähnt.« Stoll lächelte gequält. »Wer hasst schon einen Tierpfleger?«

»Und Freunde? Was tut er in seiner Freizeit?«

»Kino, Mountainbike fahren, vegan kochen. Und er engagiert sich in einem Tierschutzverein. Wie der heisst, weiss ich aber nicht.« Sie saugte mit der Unterlippe an ihrem Piercing. »Tut mir leid, mehr kann ich nicht sagen. Ich kenne ihn noch nicht so lange.«

»Familie, Eltern, Geschwister?«

»Eine Mutter im Berner Oberland. Und zwei ältere Brüder. Sein Vater ist vor ein paar Jahren gestorben.«

»Wo wohnt die Mutter?«

»In der Nähe von Adelboden, wo genau, weiss ich nicht.«

»Welchen Dialekt spricht Herr Unteregger? Zürcher?«

»Nein, breites Berndeutsch, dafür redet er aber ziemlich schnell.«

Glauser warf Oppliker einen kurzen Blick zu. »Frau Stoll, heute Morgen bekamen wir ein Mail mit anonymen Tonaufnahmen. Es hört sich an, als ob jemand einen anderen gefangen hält und ihn verhört. Das Opfer spricht Berndeutsch.« Er öffnete seine Tasche und holte sein Handy hervor. »Hören Sie sich bitte diese Aufzeichnung an und sagen Sie uns, ob das Ihr Freund ist.« Glauser schaute sie ernst an. »Was Sie hören, wird Ihnen vielleicht Angst machen. Seien Sie gefasst.« Er drückte auf seine Musik-App.

Helena Stoll schloss ihre Augen.

»Wo ... wo bin ich?« (Klopfen, Kratzen) »Oh mein Gott. Eine Kiste.« (lautes Poltern) »Hallo! Hallo, Herr (Tonschnitt), was soll das! Lassen Sie mich raus, verdammt!«

Glauser beobachtete jede Regung von Helena Stoll. Ihr Mund zuckte, als sie die Aufnahme hörte. Ihre Augen füllten sich mit Tränen.

»Bitte, bitte. Ich wollte nur helfen. Lassen Sie mich frei. Ich bin unschuldig! Keiner wird je davon erfahren, wenn Sie mich gehen lassen. Das verspreche ich Ihnen, Herr (Tonschnitt)«.

»Ja, das ist er«, sagte sie, als das Band zu Ende war. Dann brach sie in Tränen aus und schlug ihren Kopf auf den Tisch. »Er ist tot. Ich weiss es, Felix ist tot!«

***

»Na, du alter Gauner«, sagte Maria und boxte ihrem Kameramann von hinten in die Rippen.

Erschrocken drehte sich Leo Oberholzer um. Als er sie sah, grinste er breit, die Lachfältchen um seine blauen Augen vertieften sich. »Guten Tag, schöne Maid, welches Begehr führt euch zu mir?«. Aus seinem Lausbubengesicht blitzte der Schalk. Die weizenblonden Haare standen ihm wild vom Kopf. Leo war fünf Jahre älter als sie, gross gewachsen und drahtig. Er sass auf einem Hocker an der Kaffeebar der Piazza, vor ihm stand eine Tasse Espresso. Sein rechter Daumen berührte wie zufällig den Porzellanhenkel. Sachte strich er über die Glasur. Maria stellte sich mit einem Mal vor, wie Leo ihre Bluse öffnete und den Reissverschluss ihrer Jeans herunterzog. Seine Hände gefielen ihr, kräftige Handteller, breite, nicht allzu lange Finger, gepflegte Nägel. Solche Hände versprachen tollen Sex.

»Eine Entführung. Das Opfer befindet sich vielleicht in Lebensgefahr«, antwortete Maria mit leicht errötetem Kopf, was Leo hoffentlich nicht bemerkt hatte, und strich sich eine Locke hinter das Ohr. »Eine mysteriöse Geschichte. Wir müssen los. Ich erzähl dir unterwegs mehr darüber.«

Leo stürzte den Espresso in einem Zug hinunter. »Dann wollen wir hier nicht länger der Musse frönen«, sprach er in der Art eines Theaterschauspielers und stand auf. »Die Pflicht fürs Vaterland, äh fürs Fernsehen ruft.«

Maria kicherte. Mit wiegendem Schritt steuerte Leo auf den Lift zu, den Blick nach vorne gerichtet. Maria liebte seinen Gang. Männer, die so gingen wie Leo, aufrecht, körperbewusst, mit erhobenem Haupt, waren gut im Bett. Das hatte sie schon oft erfahren.

»Eine Entführung. Hört sich spannend an«, sagte Leo, als sich die Lifttüre öffnete und sie in die Kabine stiegen. »Was ist passiert?«

»Vor drei Stunden bekam ich ein anonymes Mail zugeschickt, worauf ein Mann mit verzerrter Stimme zu hören ist, der einen anderen mit dem Tod bedroht. Vermutlich hat der Entführer sein Opfer in eine Kiste gesperrt. Das Mail habe ich der Kripo weitergeleitet. Sie ermittelt bereits. Und ich berichte darüber.«

»Mit dir erlebe ich immer die verrücktesten Geschichten«, sagte Leo. »Ts, ts, ts. Ausgerechnet dir mailt der Entführer seine Tonaufnahme. Das war eine grosse Dummheit von ihm. Er weiss offensichtlich nicht, auf was für einen ausgebufften Profi er sich da eingelassen hat.«

Maria zog eine Grimasse und streckte ihm die Zunge raus. Im Parterre des Fernsehstudios gingen sie durch die Drehtüre nach draussen, wo Leo seinen weissen VW-Lieferwagen geparkt hatte. Auf der Seite klebte die Aufschrift »TVart«, so hiess seine Produktionsfirma. Leo hatte vor vielen Jahren eine Firma gegründet, die fünf Mitarbeiter beschäftigte. Aber er war abhängig vom Schweizer Fernsehen, weil der gebührenfinanzierte Sender mit Abstand sein wichtigster Kunde war.

Das bekam er oft schmerzhaft zu spüren. Immer wieder wurde er vom Staatsfernsehen gegängelt. Maria hasste diese Unternehmenspolitik. Auf diese Weise wurden die besten Kameramänner aus dem Markt gedrängt. Trotz dieser Widrigkeiten war Leo immer guten Mutes. Schwungvoll öffnete er für Maria die Beifahrertüre. »Sehr galant«, säuselte sie und hielt ihm die Hand mit spitzen Fingern entgegen, damit er ihr beim Einstieg behilflich sein konnte. Stattdessen gab Leo ihr einen Klaps auf den Hintern. »Huch, welch ein Rüpel Ihr doch seid!«, rief sie und warf empört ihren Kopf in den Nacken.

Leo lachte. Er setzte sich auf die Fahrerseite und drehte den Zündschlüssel um. »Was hast du vor?«

»Zuerst fahren wir zur Polizeikaserne. Dort interviewe ich den Mediensprecher«, antwortete Maria. »Anschliessend versuche ich eine Profilerin vom Psychologischen Institut der Uni vor die Kamera zu kriegen, die für mich hoffentlich anhand der Tonaufnahme ein Täterprofil erstellt. Und zum Schluss brauche ich ein paar Bilder, wie ich am Schnittplatz arbeite und das anonyme Mail erhalte.«

»Das schaffen wir locker. Es ist erst Mittag.«

Er fuhr mit seinem Wagen langsam dem Leutschenbach entlang. Maria schaute aus dem Seitenfenster. Am blauen Himmel bildeten sich flockige Wölkchen. Es wird bald ein Gewitter geben, dachte sie. Um den rechteckigen Badesee, den die Stadt inmitten des Glattparks angelegt hatte, verbrachten etliche Fernsehmitarbeiter ihre Mittagspause. An der vorderen Ecke des Sees parkte eine mobile Imbissbude, in der ein Italiener in einem echten Holzofen Pizzas buk. Davor stand eine Schlange. Der Pizzaiolo war beim Schweizer Fernsehen beliebt, er verstand sein Handwerk. Auch Maria hatte bei ihm schon einige Male eine Pizza bestellt und auf einer Parkbank am See gegessen. Maria wunderte sich immer wieder, was aus diesem Quartier geworden war. Als sie vor zwanzig Jahren bei einem Schulausflug zum ersten Mal das weitläufige Gelände des Schweizer Fernsehens mit seinen Studios, Werkstätten, Requisitenlager, Regieräumen und Schnittplätzen bewundert hatte, stand das Fernsehstudio inmitten eines Ackers, am Stadtrand von Zürich. Seither hatten Investoren etliche Blöcke mit Mietwohnungen hochgezogen. Restaurants, Bars und Cafés hatten aufgemacht, ein Retortenstädtchen war geboren.

Damals, als Primarschülerin, hatte sich Maria entschieden, Fernsehjournalistin zu werden. Gleich nach ihrem Studium der deutschen Literaturwissenschaft, Geschichte und Betriebswirtschaft begann sie eine Ausbildung zur Fernsehjournalistin beim Schweizer Fernsehen. Wie schnell die Zeit vergeht, dachte sie fast wehmütig. Noch dreimal blinzeln und ich bin alt.

Leo steuerte auf der Glattparkstrasse Richtung Innenstadt. »Sei einen Augenblick ruhig«, sagte sie. »Ich rufe die Profilerin an und mache mit ihr einen Interviewtermin ab. Hoffentlich erreiche ich sie.« Sie klappte ihr Smartphone auf und wählte die Auskunft. »Verbinden Sie mich bitte mit dem Psychologischen Institut der Uni Zürich und senden Sie mir ein SMS mit Adresse und Telefonnummer.« Maria wartete. »Kann ich bitte mit Professorin Dolder sprechen?«, sagte sie, als die Verbindung hergestellt war. Sie nahm aus ihrer Jackentasche ein Ricola und schob es in den Mund. »Guten Tag, Frau Dolder, Maria Noll vom Schweizer Fernsehen. Können Sie mir ein Täterprofil von einem Entführer erstellen?«. Sie erzählte der Professorin von der Tonaufnahme, die ihr der Entführer geschickt hatte. »Von Ihnen hätte ich gerne erfahren, was Sie über diesen Mann sagen können.«

»Frau Noll, es dauert Stunden, manchmal sogar Tage, ein Profil auszuarbeiten«, erwiderte Dolder. »Und aus einer Aufnahme mit verzerrter Stimme kann man vermutlich kaum etwas herauslesen.«

»Mir ist bewusst, dass Sie in so kurzer Zeit kein vollständiges Profil vom Täter erstellen können. Aber vielleicht können Sie mir Ihre ersten Eindrücke schildern und sagen, wie Sie bei Ihrer Arbeit vorgehen.«

Dolder zögerte einen Augenblick. »Nun gut. Aber versprechen kann ich Ihnen nicht viel. Wann wollen Sie vorbeikommen?«

»Am liebsten am frühen Nachmittag«, antwortete Maria hastig. Bingo, rief sie innerlich und ballte die Faust.

»Tut mir leid, aber heute habe ich einen übervollen Terminkalender.«

»Schade, ich hatte gehofft, Sie schon in der heutigen ›Schweiz aktuell‹-Ausgabe zeigen zu können.« Sie überlegte. »Kann ich Sie morgen Vormittag interviewen?« Maria hörte es am anderen Ende der Leitung rascheln.

»Einverstanden. Um zehn Uhr, aber nicht im Psychologischen Institut, sondern in meiner Psychotherapeutischen Praxis, an der Universitätsstrasse, hundert Meter oberhalb der ETH. Mailen Sie mir so rasch als möglich die Tonaufnahme. So kann ich mir heute Abend ein paar Gedanken dazu machen. Und noch etwas: Vielleicht können Sie einen Tontechniker damit beauftragen, die elektronische Verzerrung aus der Stimme zu nehmen. Das würde mir helfen.«

Maria versprach, sich darum zu kümmern, tippte die Mailadresse von Dolder in ihre Kontakte und legte auf. Leo fuhr über die Kornhausbrücke, überquerte den Limmatplatz und bog in die Langstrasse ein. Im Kreis Cheib, wo sich das Rotlichtviertel befand, mit seinen Clubs, Bordellen, Kinos und Fastfood-Restaurants, war um diese Uhrzeit wenig los. Maria sah eine betrunkene Frau auf dem Trottoir torkeln, an einer Ecke rauchten zwei dicke Prostituierte in roten Latexkleidern, vor einem Kebabstand warteten zwei Kunden auf ihr mit Lammfleisch gefülltes Fladenbrot.

Nach einer weiteren Minute hatten sie ihr Ziel erreicht. Hinter dem schmiedeeisernen Zaun der Polizeikaserne stoppte Leo seinen Lieferwagen. Das mächtige Backsteingebäude mit hohen Rundbogenfenstern war neben der Militärkaserne erbaut worden. Leo stieg aus und öffnete die hintere Türe zum Laderaum, wo er seine Kameraausrüstung in mehrere Holzkisten verstaut hatte.

»Richte schon mal alles her«, wies ihn Maria an. »Ich gehe voraus und gebe der Medienstelle Bescheid, dass wir eingetroffen sind.«

Während Leo HD-Kamera, Stativ und Ansteckmikrofon aus der Kiste herausholte, stieg Maria ein paar Steinstufen nach oben, die zu einer Eingangstüre führte. Sie ging hindurch und gelangte in einen Vorraum, wo sie sich beim Empfang anmeldete.

»Herr Wenger wird Sie in wenigen Augenblicken hier unten abholen«, sagte ein grauhaariger Polizist in Uniform, der mit den vielen Runzeln im Gesicht aussah, als ob er schon längst pensioniert sein müsste.

Maria setzte sich im angrenzenden Warteraum auf einen Stuhl. Die automatische Türe öffnete sich und Leo trat ein, die Kamera trug er in der rechten Hand, das Stativ hatte er geschultert, die Kabel des Ansteckmikrofons ragten aus seiner Jeanstasche. Er wollte sich gerade zu Maria setzen, als Wenger auftauchte.

»Guten Tag, Frau Noll«, sagte Wenger und schüttelte ihre Hand. »Wenn Sie an einer Geschichte dran sind, schrillen bei mir alle Alarmglocken.« Leo nickte er zu. »Begleiten Sie mich bitte in mein Büro.«

Mit dem Lift fuhren sie in den dritten Stock. »Welche Fragen möchten Sie mir stellen?«, wollte Wenger wissen, als sich die Lifttüre wieder öffnete. Er sah müde aus, seine Wangen waren eingefallen, die Schultern liess er hängen.

»Die üblichen. Es wird heute in der Sendung nur einen kurzen Bericht geben, zu vieles ist noch unklar. Die Kripo steht ja erst am

Anfang der Ermittlungen.«

Leo schaute sich im Empfangszimmer der Kommunikationsabteilung um.»Vor dem Logo der Kantonspolizei wäre ein Interview hübsch, was meinst du?«, fragte er zu Maria gewandt.»Dazu brauche ich aber noch etwas Licht. Ich hole zwei Lampen.«

»Einverstanden«, sagte Maria. Sie vertraute ihrem Kameramann.

»Werden Sie die Tonaufnahmen heute Abend senden?«, fragte Wenger.

»Ja, das habe ich vor. Es interessiert unsere Zuschauer, dass sich der Entführer ans Fernsehen gewandt hat.«

»Vielleicht instrumentalisiert er Sie?«

»Mag sein, ich bin auf der Hut.«

Nachdem Leo Licht und Kamera aufgebaut hatte, sagte er zu Wenger:»Stellen Sie sich bitte für das Interview hierher«, und zeigte mit der Hand auf eine Stelle des schwarz-grau gesprenkelten Teppichs.»So habe ich das Logo der Kantonspolizei schön im Bild.« Er steckte Wenger ein Mikrofon an das Revers des olivfarbenen Jacketts.»Fertig. Es kann losgehen.«

Maria stellte sich rechts von ihm hin, Leo blickte durch den Sucher und drückte den roten Knopf.»Kamera läuft.«

»Für ›Schweiz aktuell‹ spreche ich Mundart, richtig?«, fragte Wenger.

»Richtig, am liebsten Walliser Dialekt«, antwortete Maria und grinste.

»Leider kann ich nur mit Zürcher Dialekt dienen«, erwiderte Wenger lächelnd. Seine Stimme klang schon etwas munterer.

»Herr Wenger, ›Schweiz aktuell‹ erhielt heute Morgen ein anonymes Mail mit einem Audiofile, worauf zu hören ist, wie ein Mann einen anderen mit dem Tod bedroht«, begann Maria.»Wissen Sie schon Näheres?«

»Die Kriminalpolizei nimmt die Tonaufnahmen sehr ernst. Wir haben es offensichtlich mit einer Entführung zu tun. Das Opfer befindet sich womöglich in Lebensgefahr. Wir unternehmen alles, um ein Tötungsdelikt zu verhindern.«

»Weiss die Polizei bereits, wer das Opfer ist?«

»Wir haben einen vielversprechenden Hinweis, dem wir nachgehen. Wir überprüfen, ob es sich beim Opfer um eine Person handelt, die seit gestern Abend vermisst wird.«

»Fordert der Täter Lösegeld? Weiss die Kripo, was er mit der Entführung bezweckt?«

»Nein. Das ist Gegenstand unserer Ermittlungen. Bisher hat sich der Täter noch nicht gemeldet und keine Forderungen gestellt.«

»Kann sich die Kripo erklären, warum der Täter eine Tonaufnahme ›Schweiz aktuell‹ geschickt hat?«

»Nein, für solch ein Verhalten kann es mehrere Motive geben. Es ist noch zu früh, darüber etwas zu sagen. Das wäre Spekulation.«

»Wie geht die Kripo in diesem Fall konkret vor?«

»Das kann ich Ihnen aus ermittlungstaktischen Gründen nicht sagen.«

»Der Täter hat sein Opfer in eine Kiste gesperrt. Vielleicht ist die Luft knapp und der Mann erstickt darin, wenn die Kripo zu spät kommt.«

»Ja, die Zeit drängt. Wir setzen alles daran, dass das nicht passiert.«

»Vielen Dank Herr Wenger, das war's schon.«

Leo schaltete seine Kamera aus und sagte zu Wenger: »Wir brauchen noch eine Szene, um Sie unseren Zuschauern vorzustellen.«

Vor der Polizeikaserne filmte er, wie Wenger die Steintreppe hinauf in das Gebäude lief. Zum Schluss schwenkte er auf den Schriftzug der Kantonspolizei hinauf, damit Maria genügend Bilder für ihren Filmkommentar hatte. Die Schäfchenwolken am Himmel tauchten alles in ein milchiges Licht, ohne harte Schatten, ohne überstrahlte Flächen, ohne grelle Sonnenflecken. Leo nickte Maria zufrieden zu. »Du wirst weinen.«

Maria lächelte, vielleicht war Leo für sie mehr als nur ein Kameramann und gelegentlicher Liebhaber.

***

»Wer ist da?«, ertönte eine leise Frauenstimme aus der Gegensprechanlage.

»Kriminalpolizei Zürich. Öffnen Sie bitte die Türe. Wir müssen mit Ihnen reden.« Am Ende der Leitung blieb es still.

»Frau Hartwig, machen Sie die Tür auf.« Franz Ulmer wollte gerade nochmals klingeln, als der Türöffner surrte. Emma stiess die Türe auf und stieg zusammen mit ihrem Kollegen die Treppe aus geschliffenem Beton in den zweiten Stock eines modernen Mehrfamilienhauses in Erlenbach. Oben angekommen erwartete sie eine attraktive Frau, Mitte dreissig, Modelfigur. Mahagonifarbene, dichte Locken, die ihr weit über

53

die Schultern fielen, rahmten ein hübsches Gesicht ein, mit hochstehenden Wangenknochen, schmaler Nase, vollen Lippen und bernsteinfarbenen Augen. Make-up hatte sie keines aufgetragen. Sie trug enge Jeans und ein moosgrünes Männerhemd aus groben Leinen, das ihre Figur sehr gut zur Geltung brachte. Schöne Frauen in Männerkleidern fand Emma schon immer ungemein sexy.

»Treten Sie bitte ein«, sagte Hartwig. »Was ist passiert?« Ihre Augen blickten unruhig. Emma bemerkte, dass sich an ihrem Hals rote Flecken gebildet hatten.

»Es dauert nicht lange«, antwortete Ulmer. »Wir haben nur ein paar Fragen an Sie.«

Sofia Hartwig trat zur Seite und führte die Polizisten in ein geräumiges Wohnzimmer.

Emma schaute sich um. Hohe Fenster, die von der Decke bis zum Boden reichten, traumhafter Blick über den Zürichsee, geölter Riemenparkettboden, vermutlich aus gebeizter Eiche, Designermöbel. Vor einer ockerfarbenen Wand stand ein grosser Tisch aus Kirschholz mit sechs weisslasierten Stühlen. Ein Kronleuchter hing von der Decke. In einer Ecke sass ein zierliches Mädchen, fünf Jahre alt, schätzte Emma, das mit einer winzigen Bürste die langen Haare einer Barbiepuppe kämmte. Es schaute kurz auf, als die Polizisten eintraten, widmete sich aber sogleich wieder seiner Puppe. Die braunen schulterlangen Haare des Mädchens waren zu Zöpfen geflochten, die Augen blickten ernst. Es trug eine rosarote Rüschen-Bluse und einen Rock mit bunten Blumen. Um sich herum hatte es zahlreiche Plüschtiere und Hallo-Kitty-Puppen gebettet, eine alte Puppenstube mit kunstvoll gefertigten Jugendstil-Möbeln befand sich neben ihm, davor stand ein Puppenwagen aus Korbgeflecht wie zur Biedermeierzeit.

»Können wir Sie alleine sprechen, Frau Hartwig?«, fragte Emma mit Blick auf das Mädchen. »Es wäre besser.«

»Aber natürlich«, antwortete sie und wandte sich an ihre Tochter. »Selina, geh bitte auf dein Zimmer zum Spielen. Nachher gehen wir zusammen ins Kindertheater.« Sie lächelte ihr zu. »Es kommt ›Der verliebte kleine Stier‹.«

Das Mädchen jauchzte und rannte mit tippelnden Schrittchen aus dem Wohnzimmer, die Barbiepuppe eng an sich gedrückt.

»Setzen Sie sich bitte«, sagte Hartwig, als Selina die Türe geschlossen hatte, und wies mit der Hand auf ein kaffeebraunes Sofa. »Darf ich Ihnen etwas zum Trinken anbieten, ein Mineralwasser vielleicht?«

»Nein, danke«, antwortete Ulmer und nahm Platz. Emma öffnete ihre Tasche und holte einen iPad hervor. Hartwig setzte sich auf einen Sessel gegenüber und schlug ihre langen Beine übereinander. Sie war barfuss, die pedikürten Zehennägel hatte sie kirschrot lackiert. Emma schalt sich innerlich dafür, dass sie das erst jetzt bemerkt hatte.

»Es muss etwas Schlimmes vorgefallen sein, wenn die Polizei kommt«, begann Sofia Hartwig zögernd. Ihre Augen hatte sie auf den Parkettboden gerichtet.

»Ihr ehemaliger Partner ist tot«, sagte Emma vorsichtig und beobachtete die Reaktion von Hartwig.

»Leon. Wie ist er gestorben?«, fragte sie nach ein paar Augenblicken und schloss ihre Augen.

»Er wurde in seiner Wohnung ermordet.«

»Ermordet.« Sie schwieg. Dann hob sie ihren Kopf und sah Emma in die Augen. »Ich möchte Ihnen nichts vorspielen. Mit Leon habe ich mich zerstritten. Er war ein schlechter Mensch, der nur an sich dachte. Ein Egoist. Es tut mir nicht weh, dass er tot ist.«

Die heftige Reaktion überraschte Emma. »Was hat er Ihnen angetan?«

»Angetan?« Hartwig lächelte gequält. »Er war witzig, hilfsbereit, ein Charmeur, den alle mochten. Sie können seine Arbeitskollegen fragen. Mich hatte er sofort erobert«, antwortete sie nach einer Weile. »Aber er hatte auch eine dunkle Seite. Aggressiv. Gemein. Unbeherrscht.« Sie stockte.

»Hat er Sie geschlagen?«

»Nein, das hat er nicht.«

»Und Ihre Tochter?«

»Nein, nein.«

»Herr Oswald hat Ihre gemeinsame Tochter regelmässig gesehen. Sie hat ihn besucht.«

»Ja. Ich habe das nicht gewollt. Aber er bestand darauf. Und der Richter gab ihm recht.« Sofia Hartwig zupfte sich eine unsichtbare Fluse von ihrem Hemd.

Emma fiel auf, dass sie sich gar nicht danach erkundigt hatte, auf welche Weise Oswald ermordet worden war. »Wie lange waren Sie mit Leon Oswald zusammen?«

»Knapp zwei Jahre. Nachdem ich mich von ihm getrennt hatte, merkte ich, dass ich im dritten Monat schwanger war.«

»Sie haben sich für das Kind entschieden?«

»Ja, ich wollte schon immer ein Kind, selbst wenn der Wunschpartner fehlte.«

»Sie wohnen in einer reichen Gegend, an der Goldküste, Ihre Wohnung ist luxuriös eingerichtet«, fuhr Ulmer fort, der das Gespräch aufmerksam verfolgt hatte. »Was arbeiten Sie?«

Ein Lächeln huschte über das Gesicht von Hartwig. »Sie unterschätzen mich, wie die meisten Männer«, antwortete sie. In ihrem Mund blitzten makellose Zähne. »Ich habe keinen Sugar Daddy, der mich aushält.«

»Sondern?«

»Studium an der Hochschule St. Gallen. Rechtswissenschaft. LLM in New York. Seit drei Jahren arbeite ich bei Homburger im Prime Tower als Spezialistin für Mergers & Acquisitions. Für Laien: Fusionen und Firmenkäufe. Teilzeitangestellt. Achtzig Prozent. Das reicht zum Leben.«

Ulmer blieb ungerührt. »Hatte Leon Oswald Feinde, gibt es jemanden, der ihm den Tod gewünscht hat?«

»Keine Ahnung. Er war sehr beliebt. Ich denke nicht, dass er jemanden dermassen verletzt hat. So schnell bringt man doch keinen um.«

»Denken Sie bitte nach. Kein betrogener Ehemann, keine zurückgewiesene Geliebte?«

»Ich weiss es nicht. Von Leon habe ich mich vor fünf Jahren getrennt«, antwortete Hartwig. »Seither interessiert es mich nicht, was er so treibt. Sein Leben ist mir vollkommen gleichgültig. Mit ihm komme ich nur in Kontakt, wenn ich Selina zu ihm bringe. Wir wechseln ein paar Worte, mehr nicht.«

Emma bemerkte, dass sie von Leon Oswald mit einem Male in der Gegenwart sprach, als ob er noch leben würde. »Wo waren Sie gestern Abend?«, fragte sie unvermittelt.

Hartwig griff sich an den Hals. »Sie verdächtigen mich, Leon umgebracht zu haben? Das ist ...« Sie schüttelte ungläubig den Kopf.

»Wir verdächtigen zurzeit niemanden«, erwiderte Emma. »Das sind Routinefragen. Wo waren Sie gestern?«

»Hier, bei meiner Tochter. Wir haben zusammen Pizza gebacken, miteinander gegessen und dann Mühle gespielt. So gegen acht Uhr brachte ich Selina ins Bett. Ich telefonierte mit meiner Mutter und schaute anschliessend den Tatort.«

Emma warf Ulmer einen Blick zu. »Haben Sie mit einem

Festnetztelefon angerufen oder mit dem Handy?«

»Mit dem Handy. Ein Festnetztelefon besitze ich schon seit Jahren nicht mehr.«

»Wie lautet die Telefonnummer Ihrer Mutter?«

Hartwig gab die Nummer bekannt. Emma tippte die Angaben in ihren iPad.

»Dürfen wir das überprüfen? Wir möchten gerne Ihre Handydaten auswerten. Bei welchem Provider sind Sie?«

»Bei der Swisscom. Aber warum wollen Sie das tun?«

»Wenn die Daten bestätigen, dass Sie von hier aus mit Ihrer Mutter telefoniert haben, können wir Sie von der Liste streichen. Aber wir müssen das schwarz auf weiss haben. Dazu brauchen wir Ihre Einwilligung.«

»Mein Handy kann ich Ihnen nicht mitgeben, ich muss erreichbar sein.«

»Das ist gar nicht nötig«, beeilte sich Emma zu sagen. »Sobald Sie uns schriftlich die Erlaubnis erteilen, wenden wir uns an die Swisscom und fordern die Daten an. Mehr brauchen wir nicht.«

Sofia Hartwig dachte einen Augenblick nach. »Einverstanden. Ich gebe Ihnen meine Erlaubnis. Wohin soll ich das Schreiben schicken?«

Emma reichte ihr eine Visitenkarte. »An diese Adresse. Bitte mailen Sie uns Ihren Brief auch, damit wir rasch loslegen und Ihre Unschuld beweisen können.«

Die Tür zum Kinderzimmer öffnete sich. Selina rannte heraus zu ihrer Mutter, hüpfte auf ihren Schoss und schlang beide Arme um ihren Hals. »Ich hab dich so lieb, Mami.«

Emma bemerkte, wie sich Sofia Hartwig heimlich eine Träne aus den Augenwinkeln wischte.

Emma und Ulmer standen auf. »Das war es schon, Frau Hartwig«, sagte Ulmer. »Wenn Ihnen noch etwas einfällt, was uns weiterhelfen könnte, rufen Sie uns bitte an.«

»Das mache ich«, antwortete Hartwig und drückte dabei einen Kuss auf die Stirn ihrer Tochter.

***

Balou liess die ganze Prozedur geduldig über sich ergehen. Er winselte nicht einmal leise, als ihm Elena Vollenweider das Fell an der linken Vorderpfote mit einem Haarschneidegerät wegrasierte, als wüsste er, dass sie es gut mit ihm meinte. Der junge Hunderüde, ein Jack Russell Terrier, erbrach sich häufig und war abgemagert. Er wog nur noch vier Kilogramm. Eine Computertomografie, sollte zeigen, was ihm fehlte. Zuvor hatte die Tierärztin bei ihm eine Ultraschalluntersuchung am Bauch durchgeführt, eine Blutprobe genommen und ihm Beruhigungsmittel verabreicht.

»Wie alt ist Balou?«, fragte sie ohne aufzublicken. Sie hatte ihre langen haselnussbraunen Haare zu einem Pferdeschwanz gebunden, um ihren Nacken baumelte ein Stethoskop, der weisse Arztkittel war gebügelt.

»Zehn Monate«, antwortete eine junge Frau mit geröteten Wangen, die ihren Hund fest an sich drückte, während seine Pfote geschoren wurde. »Meine Eltern haben ihn mir zum Geburtstag geschenkt.«

Vollenweider lächelte ihr ermutigend zu. »Wir kriegen Balou wieder gesund, er ist tapfer.« Vom Bestecktablett nahm sie eine Kanüle, stach sie in die Vorderpfote und legte dem Hund einen Venenkatheder an. »Wir spritzen ihm nachher intravenös Flüssigkeit und ein Kontrastmittel. Damit können wir nach dem CT die inneren Organe von Balou gut erkennen«, erklärte sie. Gemeinsam brachten sie den Hund in den Röntgenraum und legten ihn auf eine grüne Pritsche. Ein Anästhesist in blauem Kittel spritzte ein Mittel in den Katheter. Dann steckte er Balou einen Schlauch in den Rachen, um ihn unter Narkose zu setzen. Sobald der Hund eingeschlafen war, verschwand er langsam in der Röhre. Hinter einer Glasscheibe sass Vollenweider und beobachtete den Monitor. »Bald werden wir den Befund sehen, ob Balou eine angeborene Lebermissbildung hat, und wir ihn operieren müssen«, sagte sie zur Hundehalterin, die neben ihr stand.

»Hoffentlich nicht«, seufzte die junge Frau. »Bitte, bitte, lieber Gott! Ich wünsche mir so sehr, dass es nichts Schlimmes ist.«

Glauser und Oppliker steuerten auf die Kleintierklinik zu, ein schlammfarbenes quaderförmiges Gebäude, das hinter dem Irchelpark gelegen war. Die moderne Klinik gehörte zum Tierspital, ein weitläufiger Komplex, welcher der veterinärmedizinischen Fakultät der Universität Zürich angegliedert war. Glauser betrat die Kleintierklinik durch eine gläserne Schiebetüre, die zum Empfangsschalter führte.

»Theo Glauser, Kriminalpolizei Zürich«, stellte er sich vor. »Wir müssen mit der Oberärztin Elena Vollenweider sprechen.«

»Sind Sie angemeldet?«, fragte die Empfangsdame hinter einer

Glasscheibe, ihre grauen Locken hatte sie mit Haarfestiger fixiert, eine schwere Holzkette lag auf ihrer Brust, Glauser roch ihr süssliches Parfum durch die Sprechöffnung. Er verneinte. Eine Kollegin der Empfangsdame, die den Telefonhörer in der Hand hielt und schon ein paar Ziffern gedrückt hatte, schaltete sich ein. »Jemand von der Kripo hat sich vorhin bei mir erkundigt, mit wem Felix Unteregger gestern zuletzt gearbeitet hatte.«

»Der Anruf kam von mir«, meldete sich Oppliker. »Deswegen sind wir hier. Frau Vollenweider weiss vielleicht, was Herr Unteregger nach der Arbeit tat.«

Die Empfangsdame spielte mit ihrer Holzkette. Auf Glauser machte sie einen neugierigen, aber auch besorgten Eindruck. »Felix ist heute nicht zum Dienst erschienen. Ist ihm etwas passiert?«, fragte sie.

»Das können wir nicht sagen«, erwiderte Glauser. »Wir müssen das abklären. Rufen Sie bitte Frau Vollenweider, es ist wichtig.«

»Einen Moment bitte, ich frage nach, wo sie ist.« Sie griff zum Telefon und erkundigte sich nach der Oberärztin. »Frau Vollenweider macht momentan bei einem Patienten ein CT. Sie sollte in zehn Minuten fertig sein. Bitte nehmen Sie Platz.«

Glauser und Oppliker begaben sich in den Wartesaal, der sich linkerhand vom Empfangsschalter befand. Sie setzten sich auf rote Schalensitze aus Plastik, die von Charles Eames entworfen worden waren, wie Glauser wusste. Seine Frau hatte sich diesen Designerstuhl einst zum Geburtstag gewünscht. Alles erinnerte ihn an Tina. Er konnte nichts dagegen tun.

Glauser verscheuchte seine schweren Gedanken und schaute sich um. Die Uhr an der Wand zeigte drei. Ihm gegenüber vertrieb sich ein Rentner, dem ein Labrador zu Füssen lag, die Wartezeit mit einem Kreuzworträtsel, eine junge Frau hatte neben ihrem Sitz einen Katzenkorb aus geflochtener Weide gestellt, auf den Schultern eines Kindes, kaum zehn Jahre alt, hockte eine Ratte. Sonst war der Wartesaal leer. Die Klinik machte einen luxuriösen Eindruck, Betonwände, viel Glas und Stahl, gelber Linoleumboden. Alles vom Feinsten, dachte Glauser. Für unsere Haustiere ist uns nichts zu teuer.

Nach der Befragung von Helena Stoll hatte er im »Holzschopf« noch ein Mineralwasser getrunken und auf seinem Smartphone im Internet alles recherchiert, was er auf die Schnelle über das Tierspital herausfinden konnte: Neunhundert Angestellte behandelten in mehreren Kliniken jährlich zwanzigtausend Tiere. Mit einem millionenteuren Apparatepark boten Tierärzte alle nur erdenklichen Therapien und Operationen an. Alleine die Kleintierklinik verfügte neben CT über MRI, mehrere Ultraschallgeräte und Röntgenapparate. Spezialisierte Tierärzte setzten Hunden und Katzen neue Hüftgelenke aus Titan ein, linderten schmerzende Kniegelenke mit arthroskopischen Eingriffen, operierten Gallenblasen heraus, verpflanzten Herzschrittmacher und behandelten Bandscheibenvorfälle. Die Intensivstation war mit modernsten Geräten ausgestattet, ein Team von Oberärztinnen und Assistenten stand rund um die Uhr zur Verfügung. Physiotherapeuten machten die Tiere nach einer Operation wieder fit mit Massagen und einem schonenden Training im Unterwasserlaufband. Spezialisten führten bei Hunden und Katzen sogar Zahnwurzelbehandlungen durch, bauten Zahnprothesen ein und verschrieben ihnen Zahnspangen. Zahnsprechstunde war dienstags.

Was Glauser über das Tierspital gelesen hatte, stimmte ihn nachdenklich. Es ist gut, Tiere anständig zu behandeln, damit sie nicht leiden müssen. Aber für Flüchtlinge in Todesgefahr tun wir nicht annähernd so viel wie für Hunde und Katzen. Wir haben mehr Mitleid mit Haustieren als mit Menschen in Not.

»Wie kann ich Ihnen helfen?«, unterbrach Elena Vollenweider seine Gedanken. Die Oberärztin kam auf die beiden Polizisten zu. Glauser und Oppliker erhoben sich von ihren Plätzen und gaben ihr die Hand.

»Wir haben ein paar Fragen zu Felix Unteregger«, sagte Glauser.

»Ja, ich habe davon gehört. Er soll verschwunden sein«, erwiderte sie und wies mit der Hand auf den Flur. »Bitte folgen Sie mir, wir gehen in unseren Pausenraum, wo wir ungestört sind.« Vollenweider eilte voraus. Am Ende des Flures öffnete sie die Türe zu einem Zimmer, das gemütlich eingerichtet war. Auf einem Tisch stand eine Porzellanvase mit frischen Blumen, in einer Ecke luden Polstersessel und eine Couch zum Verweilen ein, an den Wänden hingen Ausstellungsbilder vom Kunsthaus Zürich. »Setzen Sie sich«, sagte Vollenweider und stellte eine Espressotasse unter eine Kolbenmaschine. »Mögen Sie einen Kaffee oder ein Mineralwasser?«

»Nein danke, sehr freundlich von Ihnen, aber wir bleiben nicht lange«, antwortete Glauser und nahm am Tisch Platz. Vollenweider füllte den Kolben mit Kaffeepulver, schraubte ihn unter die Maschine und drückte den Knopf. Es ratterte. Der Raum füllte sich mit Kaffeeduft. Aus einer Kommodenschublade holte sie einen Müesliriegel. »Entschuldigen Sie bitte, ein Zuckerloch, ich habe den ganzen Tag nichts gegessen«, sagte sie, riss die Verpackung auf und biss in den Riegel. »Schon besser«, seufzte sie kauend. Dann holte sie sich ihren Espresso und setzte sich gegenüber von Glauser und Oppliker. Das Stethoskop legte sie auf den Tisch. »Was ist Ihr Anliegen?«

»Seit gestern Abend ist Felix Unteregger nicht mehr aufgetaucht. Seine Freundin hat ihn als vermisst gemeldet. Wir befürchten, dass ihn jemand entführt hat. Sie waren zuletzt mit ihm zusammen. Was haben Sie gemacht?«, fragte Glauser.

Vollenweider lachte kurz auf, um ihren Mundwinkel bemerkte Glauser einen bitteren Zug. »Entführt habe ich ihn nicht, das können Sie mir glauben.« Sie wurde wieder ernst. »Hoffentlich ist Felix nicht in Gefahr. Der Gedanke ist furchtbar, dass ihm etwas zustossen könnte.« Nervös rückte sie ihr Namensschild auf ihrem Arztkittel zurecht. »Gestern war es ruhig in der Klinik. Wir gaben den stationären Patienten Medikamente, überwachten ihre Werte und wechselten Verbände. Am Nachmittag kamen drei Notfälle herein: eine Katze mit Bisswunden von einem Kater, ein Meerschweinchen mit gebrochenem Bein und ein Retriever mit epileptischen Anfällen. Das Übliche.«

»War Herr Unteregger immer an Ihrer Seite?«

»Ja, meistens. Er geht mir zur Hand und assistiert mir. Er musste gestern aber auch die Stallungen säubern, die Tiere füttern und mit den Hunden Gassi gehen.«

»Wann hat er die Klinik verlassen?«

»So gegen fünf Uhr, vielleicht etwas später.« Oppliker notierte sich ihre Angaben auf einen Block.

»Wissen Sie, was er vorhatte?«, fuhr Glauser fort.

»Nein, Felix sagte nur, dass er noch irgendwohin musste, ich glaube, er traf sich mit jemandem. Mehr weiss ich nicht.«

»Welchen Eindruck machte er gestern auf Sie? War er nervös, angespannt, besorgt?«

»Nein, er arbeitete wie immer, sehr konzentriert. Auch gestern hat er alle Aufgaben äusserst gewissenhaft erledigt. Ich glaube nicht, dass ihn etwas belastet hat.«

»Will ihm jemand schaden? Hat er Feinde?«

»Oh ja, die hat er.«

Glauser hob seine Augenbrauen. »Gleich mehrere? Wer sind die?«

»Felix engagiert sich stark im Tierschutzbund Zürich. Er recherchiert verdeckt. Nachts dringt er in Bauernhöfe ein, wenn er Hinweise hat, dass dort Tiere gequält werden. Er platziert in den Ställen versteckte

Kameras und filmt heimlich, wie Bauern ihre Tiere misshandeln. Er hat damit schon mehrere Skandale aufgedeckt. Da gibt es einige Bauern, die ihn am liebsten ins Güllenloch werfen würden.«

»Wozu benötigte Herr Unteregger die Filmaufnahmen?«

»Die Bilder spielt der Tierschutzbund den Medien zu, die über den Missstand berichten. Sogar das Schweizer Fernsehen hat schon Aufnahmen von Felix gezeigt.«

»Welche Bauernhöfe hat er an den Pranger gestellt?«

»Schweinezüchter, Hühnerfarmen, Kälbermastbetriebe. Wenn Sie genauere Auskünfte brauchen, müssen Sie den Tierschutzbund fragen.«

»Bekam Herr Unteregger Drohungen von Bauern?«

»Ja, immer wieder. Aber er hat sich davon nicht abschrecken lassen. Ihm liegt das Tierwohl sehr am Herzen. Er leidet, wenn er ein Tier sieht, das schlecht behandelt wird.«

»Wissen Sie, wer ihm gedroht hat?«

»Tut mir leid, aber das weiss ich nicht. Vielleicht kann Ihnen der Tierschutzbund weiterhelfen.«

Glauser und Oppliker standen auf. »Vielen Dank für Ihre Zeit. Sie gaben uns wertvolle Hinweise.«

Vollenweider reichte ihnen die Hand und schaute Glauser in die Augen. »Bitte, finden Sie Felix, bevor ihm etwas geschieht, er ist ein guter Mensch.« Sie schluckte leer. »Das sage ich nicht so einfach dahin. Felix ist wirklich ein guter Mensch.«

***

Ein ohrenbetäubender Knall erschütterte das Sitzungszimmer, zuckende Blitze warfen grelle Lichtreflexe auf die Gesichter der Kriminalpolizisten. Regentropfen prasselten nieder. Ein Gewitter entlud sich über Zürich, so gewaltig, wie es Glauser schon lange nicht mehr erlebt hatte. Innerhalb weniger Minuten hatte sich der Himmel über Zürich verdunkelt. Eine kühle Windböe fauchte durch das Zimmer, es roch nach nassem Asphalt. Glauser schloss das Fenster und knipste den Lichtschalter an. Die Neonröhren flackerten auf. Der Polizeirapport begann pünktlich um siebzehn Uhr im dritten Stock des Kripogebäudes an der Zeughausstrasse elf, ein unscheinbares Gebäude aus den siebziger Jahren, das sich schräg gegenüber der Polizeikaserne befand.

»Dieses Audiofile bekam Maria Noll vom Schweizer Fernsehen

heute Morgen zugeschickt«, begann Theo Glauser die Sitzung, während er seinen Laptop aufklappte und einen Computerlautsprecher dranstöpselte. »Der Täter hat seine Stimme elektronisch verzerrt. Benedikt konnte aber die Originalaufnahme ...«, er zeigte auf den IT-Forensiker, der verlegen auf seine gefalteten Hände schaute, »weitgehend rekonstruieren. Wir konzentrieren uns zuerst auf den Täter. Später wenden wir uns dem Opfer zu. Hört euch die Aufnahme genau an. So in etwa klingt die Stimme des Entführers.« Er drückte den Start-Button des mp3-Files. Gebannt lauschten seine Leute der Tonaufnahme, einige machten sich Notizen. Glauser schaute in die Runde. Die Polizisten sassen links und rechts von ihm an Tischen, die zu einem U zusammengestellt waren. Er selbst befand sich am Kopfende. Neben ihm hatte Staatsanwalt Konrad Pfister Platz genommen.

»Der Täter droht seinem Opfer mit dem Tod. ›Ich werde Sie vernichten.‹ Das müssen wir ernst nehmen. Tragen wir zusammen, was wir über den Täter wissen«, sagte Glauser, als das Band fertig war. Ein erneuter Donnerschlag zerriss seine letzten Worte.

»Männlich, vermutlich mittleren Alters«, machte einer den Anfang.

»Zürcher Dialekt.«

»Seine Stimme hört sich leicht gequetscht an. Etwas kratzig.«

»Kalt, monoton, aber mit Beben in der Stimme.«

»Unterdrückte Wut.«

»Er siezt sein Opfer, die Beziehung zwischen Täter und Opfer scheint also nicht sehr eng zu sein. Sie sind keine Freunde, es ist niemand aus der Familie.«

»Fehlerfreie Sprache, kein Stottern oder Verhaspeln«, warf Emma ein. »Gewählte Ausdrucksweise, aber nicht abgehoben, keine Fremdwörter.«

»Sehr gut, Emma.« Meine junge Kollegin ist selbstsicherer geworden, dachte Glauser, sie entwickelt sich zu einer hervorragenden Polizistin. Er blickte in die Runde. »Mehr können wir über den Täter zurzeit nicht sagen. Oder hat noch jemand Ideen?«

»Warum hat der Entführer sein Verhör aufgezeichnet und die Aufnahme einer Journalistin geschickt?«, fragte Franz Ulmer. »Damit ging er ein unnötiges Risiko ein.«

»Das wissen wir nicht. Vielleicht Geltungsdrang. Womöglich will er sich erklären und seine Tat rechtfertigen«, antwortete Glauser.

»Oder er fühlt sich unbesiegbar und berauscht sich an der Macht, die er über sein Opfer hat«, ergänzte Lukas Oppliker. »Uns spannt er ein, weil ihm das einen zusätzlichen Kick gibt. Nicht einmal die Kripo kann ihm etwas anhaben.«

»Möglicherweise will er von uns gefasst werden«, sagte Emma. »Es kommt immer wieder vor, dass ein Täter Spuren legt, weil er insgeheim hofft, dass ihn jemand stoppt.« Von draussen drang Donnergrollen ins Sitzungszimmer.

»Wir werden die Antwort herausfinden. Spekulationen bringen uns nicht weiter«, beendete Glauser die Überlegungen. »Benedikt, konntest du die Hintergrundgeräusche herausfiltern?«

»Ja, aber nur wenige«, antwortete Yerly und las von seinem Notizblock ab. »Tramquietschen, undefiniertes Summen, leises Ticken, hoher, zischender, Piepston, ein dunkles Hupen und Kirchenglocken.«

»Kirchenglocken?«

»Ja, ich konnte sie der Fraumünsterkirche zuordnen. Die Turmuhr schlug elf Mal. Der Entführer muss sein Opfer also nachts verhört haben.«

»Gute Arbeit, Benedikt. Täter und Opfer halten sich im Umkreis dieser Kirche auf. In der Innenstadt.«

»Konnte uns das ÜPF weiterhelfen?«, fuhr Glauser fort. »Wem gehört die IP-Adresse des Senders?«

Yerly verzog sein zerknautschtes Gesicht. »Leider hatten wir Pech, Theo. Die Leute vom ÜPF waren zwar schnell, und Swisscom hat die Daten sofort geliefert. Aber die IP-Adresse gehört nicht einer Privatperson.«

»Sondern?«

»Starbucks am Limmatquai. Der Täter hat das WLAN des Cafés benutzt und sein Mail von dort gesendet. So konnte er seine Spuren verwischen.«

So ein Mist, dachte Glauser und sagte: »Der Entführer scheint schlau zu sein.«

Yerly grinste. »Aber wir sind schlauer. Wir kriegen den Kerl.«

Glauser hob seine Hand und nickte, als wollte er sagen: Du hast vollkommen recht.

»Um welche Uhrzeit hat der Täter das Mail gesendet?«

»Um neun Uhr zwölf. Am Morgen ist das Café immer rappelvoll. Ich trinke dort jeden Mittwoch vor der Arbeit eine Schale und lese Zeitungen. Die Bedienung wird kaum jemanden identifizieren können, der an einem Laptop arbeitete. Das tun dort viele.«

»Wir versuchen es dennoch. Vielleicht war heute Morgen am Sechseläuten weniger los. Lukas geh nach der Sachbearbeiterkonferenz dort vorbei und erkundige dich.« Glauser wandte sich an Staatsanwalt Konrad Pfister. »Felix Unteregger besitzt ein Smartphone. Hat das Zwangsmassnahmengericht deine Verfügung für die Echtzeitüberwachung genehmigt?«

»Ja, und das ÜPF hat die Handydaten des Opfers bereits von der Swisscom erhalten, aber nur rückwirkend. Denn das Handy von Herrn Unteregger ist momentan ausgeschaltet. Ich habe die Daten vor einer Stunde Benedikt gemailt.«

Yerly rückte sich auf seinem Stuhl zurecht. »Mir blieb keine Zeit, die Daten für euch aufzubereiten, erwartet also keine Powerpoint-Präsentation von mir mit lustigen Bildchen oder so. Aber ich konnte ein Bewegungsprofil vom Opfer erstellen.« Er blätterte in seinen Unterlagen. »Gestern, Sonntagnachmittag um siebzehn Uhr dreizehn empfing die Basisstationen am Irchel zum letzten Mal ein Signal, das vom Handy des Opfers stammte.«

»Um diese Uhrzeit verliess Herr Unteregger das Tierspital, er arbeitet dort als Tierpfleger«, informierte Glauser. »Das hat uns die zuständige Tierärztin bestätigt.«

»Unteregger fuhr dann vermutlich mit dem Tram ins Seefeld. Die Basisstationen entlang der Tramlinie 9 bis zum Bellevue und entlang der Tramlinien 2 oder 4 nach Seefeld empfingen alle kurze Signale vom Opfer. Im Seefeld an der Tramhaltestelle Höschgasse stieg Unteregger aus. Die Basisstation wechselte ab diesem Zeitpunkt nicht mehr. Vierunddreissig Minuten später, um achtzehn Uhr siebzehn, wurde das Handy abgeschaltet. Von Unteregger oder vom Täter. Der Tatort, wo der Entführer sein Opfer gefangen hielt, befindet sich also maximal eine halbe Stunde Fussweg im Umkreis von der Höschgasse. Und zwar innerhalb des Radius der Basisstation. Im Seefeld sind das aber Tausende Wohnungen.«

»Seither gab es kein Signal mehr?«, fragte Glauser.

»Doch. Knapp vier Stunden später. Um zweiundzwanzig Uhr eins wurde das Handy am Zürcher HB wieder eingeschaltet. Daraufhin empfingen die Basisstationen Zug, Arth-Goldau, Göschenen, Airolo, Faido und Biasca kurze Signale.«

»Was bedeutet das?«

»Der Täter, sein Opfer oder beide zusammen fuhren ins Tessin.«

»Ins Tessin«, riefen alle gleichzeitig. »Wie?«

»Mit dem Interregio 2441 Richtung Chiasso.«

»Woher weisst du das?«

»Der Zug fuhr am Sonntagabend um zweiundzwanzig Uhr neun von Zürich los. Er passierte alle Stationen exakt zur selben Zeit, als das Handy von Unteregger dort registriert wurde.«

»Weiter«, knurrte Glauser.

»Ankunft in Bellinzona: dreiundzwanzig Uhr siebenundvierzig. Dort verliessen der Täter oder das Opfer den Interregio. Um ein Uhr drei wurde das Handy abgeschaltet. Seither empfangen wir keine Signale mehr.«

»Es ist ziemlich unwahrscheinlich, dass der Täter gemeinsam mit Unteregger ins Tessin fuhr«, gab Glauser zu bedenken. »In der Kiste hat er ihn sicherlich nicht transportiert. Zu sperrig und zu schwer. Und freiwillig ging Unteregger auch nicht mit.«

»Vermutlich nahm ihm der Entführer das Handy ab, bevor er ihn einsperrte«, spann Ulmer den Gedanken weiter. »Sonst hätte Unteregger in der Kiste ein Hilfe-SMS schreiben können.«

»So ist es«, erwiderte Glauser. »Der Täter reiste gestern Abend alleine mitsamt dem Handy nach Bellinzona.«

»Aber wer hat dann heute morgen um neun Uhr das Mail aus dem Starbucks geschickt?«, fragte Yerly.

»Ja. Und wie konnte er Unteregger um elf Uhr nachts verhören, wenn er im Zug sass?«, fragte Glauser. »Das passt nicht zusammen. Vielleicht hat er Helfer.« Er blickte in die Runde.

»Eines ist sicher: Unteregger steckt noch in einer Kiste in Zürich. Die Zeit eilt. Vielleicht ist die Kiste luftdicht verschlossen und der Mann am Ersticken. Kontaktiert unsere Kollegen im Tessin!«

»Das habe ich versucht, Theo, um halb fünf, aber die haben dort schon Feierabend.«

»Jetzt schon?«

»Ja.«

»Ein Kapitalverbrechen in der Deutschschweiz und unsere Tessiner Kollegen lassen uns hängen«, sagte Glauser zerknirscht. »Die trinken wohl schon Merlot in einem Grotto.« Ich hasse Klischees, die sich bewahrheiten, dachte er.

»Wenden wir uns Felix Unteregger zu. Wir müssen ihn befreien. Lukas, erzähle, was wir über das Opfer wissen.«

Oppliker drückte mit einer Hand seine Gelfrisur an den Kopf und knackte mit den Fingern. »Felix Unteregger, zweiunddreissig Jahre alt,

66

ist im Berner Oberland, in Adelboden, aufgewachsen, wohnt aber schon seit zwölf Jahren in Zürich.«

»Konntest du mit seiner Mutter sprechen?«

»Nein, ich habe mit der Polizeiwache in Adelboden telefoniert. Der Kollege wusste sofort, wer Frau Unteregger ist. Ihr verstorbener Mann war lange Zeit als Verwaltungsratspräsident von der Mineralwasserfabrik ›Adelbodner‹ tätig, eine respektierte Persönlichkeit in der Region. Der Kollege meinte, dass die alte Frau sehr gebrechlich sei, bevor ich anrufe, würde er gerne zuerst mit ihr reden. Ich war damit einverstanden.«

»Gut. Konnte er etwas in Erfahrung bringen?«

»Nein, die Nachricht über ihren Sohn hat die Frau erschüttert. Sie wusste aber nichts, was uns weiterhelfen könnte.«

»Gibt es sonst noch Informationen über Felix Unteregger?«

»Das Opfer engagiert sich im Tierschutzbund Zürich. Das hat uns die Tierärztin im Tierspital erzählt. Mit versteckter Kamera, die er in Ställen einsetzt, prangert er Tierquälereien an. Dabei hat er sich viele Feinde gemacht. Er wurde mehrfach bedroht. Einige Bauern würden ihm liebend gerne die Mistgabel in seinen Hintern rammen.«

»Wir müssen unbedingt herausfinden, wer Unteregger in der Vergangenheit bedroht hat«, sagte Glauser. »Leider war heute vom Tierschutzbund niemand erreichbar. Morgen früh werde ich als Erstes ihr Büro aufsuchen. Nur so kommen wir weiter. Hoffentlich ist es dann nicht zu spät.«

»Wie sehen die Akten von Unteregger aus?«

»Keine Betreibungen, keine Schulden. Aber zwei Vorstrafen wegen Hausfriedensbruch und Sachbeschädigung.«

»Die bekam er vermutlich für seine Tätigkeit als Tierschutzaktivist aufgebrummt. Was er getan hat, war sicherlich nicht immer legal«, sagte Emma.

Aber legitim, dachte Glauser. Tierquälereien aufzudecken und an die Öffentlichkeit zu bringen, rechtfertigte den unerlaubten Zutritt in einen Stall, war er überzeugt, wenigstens moralisch. »Leute, hat jemand einen Geistesblitz, wie wir dem Entführer von Unteregger auf die Spur kommen könnten?« Glauser schaute in die Runde und sah nur ratlose Gesichter. »Nein? Dann ist alles besprochen. Zehn Minuten Pause«, beendete er den Polizeirapport mit Blick auf seine Uhr. »Gleich beginnt die Sachbearbeiterkonferenz. Holt euch in der Kantine etwas zu essen, später kommt ihr nicht mehr dazu. Sokrates und die Kriminaltechniker werden jeden Moment zu uns stossen. Wir diskutieren die Ermittlungsergebnisse zum Mordfall Leon Oswald.«

Herr Unteregger befand sich in Lebensgefahr und es gab nichts, was sie tun könnten, um ihn zu retten, dachte Glauser, und eine unbändige Wut stieg in ihm auf.

Maria hielt ihre Augen geschlossen, als sie die Tonaufnahme des Entführers anhörte. Sie wollte die Dunkelheit nachempfinden, wie sie das Opfer in der Kiste erlebte. Finsternis und Angst.

(Rascheln, Rumpeln)
(dumpfe Männerstimme) »Wo ... wo bin ich?« *(Klopfen, Kratzen)* »Oh mein Gott. Eine Kiste.« *(lautes Poltern)* »Hallo! Hallo, Herr (Tonschnitt), was soll das! Lassen Sie mich raus, verdammt!«

»Orlando, den Bericht beginnen wir mit diesem O-Ton«, sagte Maria und trommelte mit ihren Fingern auf dem Tisch. Sie hatte eine Idee, die ihr gefiel.

»Unter welche Bilder soll ich den Ton legen?«, fragte Lenzin.

»Keine Bilder. Nur schwarz. Siebzehn Sekunden schwarz. Und das verzweifelte Rufen des Opfers.«

Lenzin schob seinen Körper unter dem Schnittplatztisch hervor und setzte sich aufrecht auf den Stuhl. Seine Pausbacken waren gerötet. »Stark. Emotional. Gefällt mir.« Er wiegte seinen Kopf mit den kurzgeschorenen Haaren hin und her. »So können die Zuschauer nachempfinden, wie es dem Opfer in der Kiste geht. Dunkelheit, nichts als Dunkelheit. Und Angst.«

Maria klopfte Lenzin auf die Schulter. »Bingo, Orlando. Du hast es kapiert.«

Lenzin zog den O-Ton vom Opfer auf die Tonspur. Vor dem Cutter waren zwei Flachbildschirme montiert, auf dem rechten Monitor konnten sie die geschnittenen Szenen betrachten, auf dem linken platzierte Lenzin die Videoclips auf einer Timeline. Es war halb sechs Uhr.

Zuvor hatte Maria an ihrem Dokfilm weitergearbeitet. Leo filmte, wie sie am Drehbuch feilte und wie der Cutter jede Szene sorgfältig zusammensetzte. Später hatte sie am tragbaren Monitor Leos Aufnahmen bewundert. Schönes Licht auf den Gesichtern mit Spitzlicht im Haar, Totale mit Vordergrund, spannende Perspektiven, ruhige Schwenks, Nahaufnahmen mit unscharfem Hintergrund und Schärfefahrten. »Wie in einem Spielfilm«, hatte sie ihren Kameramann gelobt.

Leo hatte seine Kamera im winzigen Kabäuschen neben der Türe aufgebaut, eine Lampe brannte in der gegenüberliegenden Ecke. Auf dem Schnittplatz war es drückend heiss. Schweiss perlte ihm von der

Stirn. Gebückt blickte er durch den Sucher und filmte, wie Maria und Lenzin arbeiteten.

»Wir haben uns zu lange mit dem Dokfilm beschäftigt«, sagte Maria und fächerte sich mit der Hand Luft zu. »Nun rennt uns die Zeit davon. In einer Stunde sollten wir fertig sein. Sonst muss der Sprecher meinen Filmkommentar live in der Sendung vom Blatt lesen. Das will ich vermeiden.«

»Gib doch hier auf dem Schnittplatz ein In-Statement ab«, schlug Leo vor. »Der Entführer hat dir sein Audiofile geschickt. Auch wenn es schleierhaft ist, warum er das tat, bist du eine Protagonistin in deiner eigenen Geschichte.«

Maria überlegte. Ihr Gesicht hellte sich auf. »Du hast recht, Leo. Das macht Sinn. Und so sparen wir Zeit.«

Leo stellte die Kamera etwas tiefer. Maria drehte ihren Bürostuhl zu ihm hin, sodass Leo die matt leuchtenden Flachbildschirme im Hintergrund einfangen konnte. Er ging zu ihr hin und klippte ihr ein Ansteckmikrofon an die Bluse, sein Zeigfinger berührte wie zufällig ihre rechte Brust, das Sendegerät steckte er ihr tief in die vordere Jeanstasche. Maria spürte seine Hand in ihrer Leistengegend, nahe an ihrer Scham, und sie roch seinen Duft, als er sich zu ihr nach vorne beugte. Ein paar unanständige Gedanken ploppten in ihrem Kopf auf.

»Kamera läuft«, sagte er, als er mit den Vorbereitungen fertig war und drückte auf den Startknopf.

Maria schaute ein paar Sekunden lang ruhig in die Linse, um sich wieder zu fangen. »Heute Morgen kurz vor zehn Uhr hat mir ein Unbekannter ein anonymes Mail mit einer Tonaufnahme geschickt. Ohne Kommentar, ohne Betreff«, sprach sie mit fester Stimme. »Auf dem Audiofile bedroht ein Mann einen anderen, den er in einer Kiste gefangen hält, mit dem Tod. Die Kriminalpolizei in Zürich geht von einer Entführung aus und ermittelt auf Hochtouren. Warum der mutmassliche Täter das Mail an ›Schweiz aktuell‹ geschickt hat, darauf weiss die Kripo bislang keine Antwort.« Maria blickte auf, Leo streckte den Daumen nach oben. Tipptopp, alles im Kasten.

Sie erschrak. »Mist, ich habe vergessen, Frau Dolder das Audiofile zu mailen. Orlando, konntest du die elektronische Verzerrung aus der Stimme herausfiltern?« Ihr Produzent hatte Lenzin den Auftrag gegeben, die Aufnahme zu bearbeiten.

»Yes, Ma'am, weitgehend. Der Kerl hat sich Mühe gegeben, seine Stimme unkenntlich zu machen. Doch bei mir ist er an den Falschen geraten«, erwiderte Lenzin mit todernster Miene. Er drückte ein paar Knöpfe. »Du solltest die Tonaufnahme in deinem Postfach haben.«

Maria öffnete ihr Mailprogramm, schrieb ein paar Zeilen und leitete das Audiofile an die Profilerin weiter.

Kaum war sie damit fertig, steckte Eugen Voss seinen Kopf durch die Türe. Beinahe hätte er die Kamera umgestossen, die auf dem Stativ gefährlich schwankte, bevor Leo sie im letzten Moment packte. »Der Zootierarzt Leon Oswald wurde heute Morgen tot in seiner Wohnung aufgefunden, erstochen, mit Brandverletzungen«, platzte der Produzent heraus. »Dieses Pressecommuniqué hat die Kripo soeben verschickt.«

Maria drehte sich auf dem Bürostuhl zu ihm um. »Zwei Kapitalverbrechen an einem Tag«, sagte sie. »Die Kripo hat allerhand um die Ohren. Was willst du tun?«

»Wir bringen nur eine kurze Meldung in der Moderation mit einem Foto vom Mordopfer auf dem Screen. Mehr liegt nicht drin. Die Polizei gibt zum Fall keine weiteren Auskünfte.«

»Steht in der Medienmitteilung, welche Brandverletzungen das Opfer erlitten hat?«

»Nein. Es steht nur, dass der Täter Brandbeschleuniger auf sein Opfer geschüttet und angezündet hat. Die Kripo vermutet, dass er damit Spuren vernichten wollte.«

»Betrifft der Mordfall meine Entführungsgeschichte? Muss ich kürzer werden?«

»Nein, mach so weiter wie besprochen. Du hast drei Minuten. Ich habe dir den Mord an Oswald nur erzählt, weil ich weiss, wie gern du Kriminalgeschichten magst«, antwortete Voss und verschwand wieder.

»Leo, du kannst zusammenpacken«, sagte Maria. »Ich habe alles, was ich brauche.« Sie biss sich lasziv auf die Unterlippe und klimperte mit den Augen. »Fast alles.«

»Wo soll ich auf dich warten?« Leo grinste und überreichte ihr die Diskette.

»Auf der Piazza, in einer Stunde.«

Die Uhr tickte. In einer Stunde begann »Schweiz aktuell«. Marias Adrenalinspiegel stieg. Sie mochte dieses Gefühl, unter Zeitdruck arbeiten zu müssen. Ohne eine Deadline wäre ihr langweilig.

»Welche Szene folgt als nächste?«, fragte Lenzin.

»Ein paar Bilder von uns auf dem Schnittplatz.« Maria zwinkerte ihm zu. »Mit mir als Hauptdarstellerin.«

»Wie viele Sekunden brauchst du?«

71

»Einen Augenblick, Orlando. Ich muss noch texten.«

Maria hämmerte auf die Tasten ihres Laptops ein. *»Heute Morgen sass Maria Noll von ›Schweiz aktuell‹ auf dem Schnittplatz und arbeitete an einem Dokumentarfilm. Da bekam sie unerwartet Post«*, tippte sie. »Orlando, elf Sekunden.« Aus den Augenwinkeln sah sie, wie Lenzin eine Nahaufnahme ihres Gesichtes auf die Timeline setzte, während sie weitertextete. Dahinter platzierte er eine Totale des Schnittplatzes und eine Overshoulder mit ihrem Laptop im Hintergrund.

»Jetzt kommt dein In-Statement. Korrekt?«

»Richtig. Kaum zu glauben, aber du denkst mit«, foppte ihn Maria. »Anschliessend sollte ich eine Nahaufnahme haben vom mp3-Button.«

Lenzin schnitt das Bild hinter dem In-Statement und der Aufnahme ihrer Hand, wie sie die Maus bewegte und das Mail öffnete.

»O-Ton vom Entführer darunterlegen«, sagte Maria nur und textete: *»Der Täter hat seine Stimme elektronisch verzerrt, damit ihm die Kripo nicht auf die Schliche kommt.«*

»Erledigt.«

(verzerrte tiefe Stimme) *»Sie haben mir alles genommen«*, hörte Maria aus den Monitorlautsprechern, während sie an ihrem Filmkommentar schrieb. *(Pause)* *»Sie haben sich aufgespielt, als wären Sie Gott, als wüssten Sie, was gut und böse ist. Dafür werden Sie büssen. Ich kann nicht zulassen, dass Sie weiterhin Unheil anrichten. Ich muss Sie stoppen.«*

»Nun brauche ich die Einführungsszene vom Polizeisprecher. Du findest sie am Ende des Clips«, wies Maria Lenzin an. »Mir reichen zehn Sekunden.«

»Wie der Täter heisst, weiss die Kripo bis zur Stunde nicht. Sie nimmt den Fall sehr ernst. Womöglich befinde sich sein Opfer in Lebensgefahr, sagt Polizeisprecher Dominik Wenger«, schrieb Maria in ihren Laptop. Zusammen mit Lenzin hörte sie sich ihr Interview mit Wenger an. »Von da ab bringen wir das Interview«, sagte sie.

»Wir überprüfen, ob es sich beim Opfer um eine Person handelt, die gestern Abend als vermisst gemeldet wurde«, hörte sie Wenger antworten.

»Der Täter hat sein Opfer in eine Kiste gesperrt. Vielleicht ist die Luft knapp und der Mann erstickt darin, wenn die Kripo zu spät kommt«, fragte Maria den Polizeisprecher im Video.

»Ja, die Zeit drängt. Wir setzen alles daran, dass das nicht passiert.«

Maria wandte sich an Lenzin. »Wie lange ist jetzt der Beitrag?«

Lenzin markierte die Timeline. »Zwei Minuten vierzig.«

»Sehr gut, Orlando, so können wir den Beitrag mit dem Schluss der Tonaufnahme beenden.«

»Spannende Dramaturgie«, sagte Lenzin anerkennend. »Wiederum nur O-Ton, auf schwarz ohne Bilder, nehme ich an.« Er zog den Clip auf die Tonspur.

»Schlaues Kerlchen.« Zusammen hörten sie sich den Schluss des Beitrages an.

»*Lassen Sie mich frei. Ich bin unschuldig! Keiner wird je davon erfahren, wenn Sie mich gehen lassen. Das verspreche ich Ihnen, Herr (Tonschnitt)*«

»*Zu spät. Mein Entschluss steht fest. Ich werde Sie vernichten!*« *(Knacken)*

***

Das Gewitter hatte sich mittlerweile verzogen. Nur von ferne war Donnergrollen zu hören, wie wenn ein Güterzug über eine Eisenbahnbrücke rumpelte.

»Wir erleben hier in Zürich eine traurige Première«, begann Glauser die Sachbearbeiterkonferenz. »Noch nie mussten wir an einem einzigen Tag die Spuren von zwei Kapitalverbrechen aufnehmen. Sobald wir Hinweise zum Verbleib von Felix Unteregger erhalten, werden wir alles daran setzen, ihn zu befreien. Der Täter hat ihn in eine Kiste gesperrt, es geht um Leben und Tod.« Sokrates spürte, wie bedrückt Glauser war, weil ein Mensch in höchster Gefahr schwebte und die Kripo nicht weiterkam. »Leute, jetzt konzentrieren wir uns aber auf das Tötungsdelikt Oswald. Ihr wisst, innerhalb von vierundzwanzig Stunden sind unsere Chancen, den Täter zu ergreifen, am grössten. Und die müssen wir packen.«

Alle nickten zustimmend.

Glauser schenkte sich Mineralwasser in einen Plastikbecher ein und trank einen Schluck. Zuerst gab er Kramer das Wort, der aus seiner Mappe dicht beschriebene Seiten entnahm und die Ergebnisse der Spurensicherung kurz zusammenfasste. »Morgen kann ich dir sagen, ob wir auf dem Regenschutz des Täters Fingerabdrücke sicherstellen konnten und ob die DNA-Datenbank CODIS einen Hit anzeigt.«

Glauser blickte Sokrates an, der links von ihm an der Seite des u-förmigen Tisches sass. »Todeszeitpunkt?«

Sokrates rückte seine Brille zurecht. »Sonntagabend zwischen halb acht und halb neun Uhr. Das zeigt die Differenz zwischen der Raumtemperatur im Entrée und der Körpertemperatur der Leiche anhand des Temperaturnomogramms eindeutig.«

»Kein Irrtum möglich?«

»Nein, der Umstand, dass der Täter die Genitalien seines Opfers verbrannt hat, beeinflusst die Berechnung der Todeszeit nur unwesentlich.«

»Danke, Sokrates.« Glauser wandte sich an Oppliker: »Lukas, was ergab die Auswertung der Überwachungskameras?«

»Leider Fehlanzeige, Theo.« Oppliker fuhr sich mit seiner Hand über die Gelfrisur. Dabei drückte sein Bizeps durch das enge T-Shirt. »Wir hatten Pech. Die einzige Kamera zwischen Zoo und Toblerplatz war zum Zeitpunkt der Tat defekt.«

Hinter Glausers Schläfen begann es zu pochen. »Hotel Zürichberg und Fifa?«

»Das Hotel hat keine Überwachungskameras im Aussenbereich installiert, nur eine in der Tiefgarage. Die Fifa weigerte sich anfänglich, uns die Bänder rauszurücken, bis ich etwas Druck aufgesetzt habe.«

»Die Fifa gebärdet sich, als sei sie der Vatikan.« Glauser zerknüllte den Plastikbecher in seiner Hand. »Was ist auf den Aufzeichnungen zu sehen?«

»Keine Spur vom Täter. Am Sonntagabend war wenig los in dieser Gegend. Der Zoo hatte bereits geschlossen und das Wetter versprach Regenschauer. Nur vereinzelt waren Spaziergänger zu sehen, doch niemand lief mit einem dunkelblauen Regenschutz vorbei.«

»Vielleicht wusste der Täter, wo die Kameras standen und ist ihnen ausgewichen«, sagte Ulmer kauend, der in ein Schinkensandwich gebissen hatte. »Er scheint den Mord sorgfältig geplant zu haben.«

»Gut möglich, Franz«, erwiderte Glauser und klickte mehrmals mit dem Kugelschreiber. »Trotzdem ist es ärgerlich, dass eine Überwachungskamera ausgerechnet dann ausfällt, wenn wir sie dringend benötigen.«

Er schaute in sein Notizbuch, das vollgekritzelt war und übergab Emma das Wort. Sie berichtete, was die Nachbarn über Oswald ausgesagt hatten. »Oswald pflegte ein etwas aussergewöhnliches Hobby. Er schnitzte Fasnachtsmasken. Ein Nachbar meinte, er könnte vielleicht einem Ritualmord einer Satanssekte zum Opfer gefallen sein.«

Glauser schnaufte laut vernehmbar aus. »Verbrannte Genitalien, womöglich ein bizarres Brandopfer. Wer weiss. Wir müssen jede Spur verfolgen, geh der Sache nach«, wies er sie an. Er zeigte mit dem Kugelschreiber auf Emma. »Weitere Informationen?«

»Oswald hat keine nahen Familienangehörigen mehr. Seine Eltern starben 1998 beim Swissair-Absturz in Halifax. Sein Bruder kam vor fünf Jahren auf einer Ölplattform ums Leben, wo er als Ingenieur gearbeitet hatte.« Sie verhaspelte sich. Plötzlich fühlte sie wieder jene Panik, wie so oft, wenn sie vor Leuten, insbesondere vor Männern, sprechen musste. Ulmer nickte ihr aufmunternd zu. Emma schluckte leer.

»Seine Ex-Freundin, mit der er eine kleine Tochter hat, heisst Sofia Hartwig, Rechtsanwältin. Eine Frau, die weiss, was sie will, sehr clever. Ihr traue ich zu, dass sie Leute um den Finger wickelt.« Emma verschwieg, dass Hartwig zudem auch hinreissend schön aussah. Sie trank einen Schluck aus ihrer Rivella-Flasche. »Hartwig machte keinen Hehl daraus, dass sie den Tod von Oswald nicht bedauert«, sagte Emma. »Sie wollte mit allen Mitteln verhindern, dass ihre Tochter ihn regelmässig besuchen musste. Doch der Richter hat gegen sie entschieden. Das Mordmotiv könnte ein Sorgerechtsstreit sein.«

»Hat Frau Hartwig die Wahrheit gesagt und zur Tatzeit in ihrer Wohnung telefoniert?«, fragte Glauser an Benedikt Yerly gerichtet.

»Sofia Hartwig hat mir nach eurer Befragung ihr Einverständnis unverzüglich mitgeteilt, dass wir ihre Handydaten auswerten dürfen«, ergriff Staatsanwalt Konrad Pfister das Wort. »Benedikt konnte die Daten bereits sichten.«

»Die Swisscomdaten sind eindeutig. Hartwig hat am besagten Sonntagabend«, Yerly warf einen Blick auf seine Unterlagen, »um neunzehn Uhr vierundfünfzig von ihrer Wohnung in Erlenbach aus telefoniert. Das zeigen die Daten der nächstgelegenen Basisstation. Sie war also nicht am Tatort. Das Telefongespräch dauerte neun Minuten.«

»Mit wem hat sie telefoniert?«, wollte Lukas Oppliker wissen.

»Mit ihrer Mutter«, antworte Emma.

»Behauptet Hartwig. Hast du das überprüft?«, fragte Glauser.

Emma geriet ins Stocken. »Nein«, sagte sie fast tonlos. Mit einem Finger strich sie sich nervös eine blonde Haarlocke aus der Stirn. »Warum sollte sie lügen? Sie log ja auch nicht, als sie uns sagte, sie sei um acht Uhr abends zu Hause gewesen.«

»Vielleicht hat sie etwas mit dem Mord zu tun, auch wenn sie nicht am Tatort war.« Glauser nahm sein Smartphone aus seiner Tasche. »Wie lautet die Nummer von Hartwigs Mutter?« Yerly gab sie bekannt, Glauser tippte sie in sein Handy und schaltete den Lautsprecher ein.

»Hartwig, wer ist da?«, ertönte eine warme Frauenstimme, nachdem er es eine Weile lang hatte klingeln lassen.

»Guten Abend, Frau Hartwig, Kriminalpolizei Zürich«, meldete sich Glauser. »Entschuldigen Sie bitte die Störung. Wir müssen eine Information überprüfen. Sind Sie die Mutter von Sofia Hartwig?«

»Ja, das bin ich. Ist meiner Tochter etwas zugestossen?«, fragte Hartwig ängstlich.

»Nein, nein, ihr geht es gut«, antwortete Glauser schnell. »Es ist nur eine Routineabklärung. Haben Sie mit Ihrer Tochter gestern Sonntagabend telefoniert?«

Am Ende der Leitung blieb es einen Moment lang still. »Ja, sie rief mich kurz vor acht Uhr an«, sagte Hartwig schliesslich. »Ich sah gerade den Schluss von Meteo. Sofia bat mich, Selina morgen Dienstagabend zu betreuen, weil sie beruflich an einem Kongress ist.«

»Frau Hartwig, das war es schon«, erwiderte Glauser. »Vielen Dank für die Information.«

Am anderen Ende räusperte sich die alte Frau. »Sofia hat mir erzählt, dass Leon tot ist. Ermordet.«

»Ja, das ist so«, antwortete Glauser. »Wir ermitteln in diesem Fall. Kannten Sie Herrn Oswald?«

»Nein, nicht sehr gut. Ich bin ihm nur zwei oder drei Mal begegnet. Er schien ein anständiger junger Mann zu sein. Als Sofia sich von ihm getrennt hatte, wollte er anstandslos die Alimente für Selina bezahlen. Doch meine Tochter lehnte ab. Ich kann mir nicht vorstellen, wer ihm solches Leid antun konnte«, sagte sie. Und nach einer Pause. »Wir leben in schlimmen Zeiten.«

Nachdem Glauser das Telefongespräch beendet hatte, richtete er sich an die Runde. »Die Mutter von Sofia Hartwig hat das Alibi ihrer Tochter bestätigt.« Er drehte seinen Kopf zu Konrad Pfister. »Wir sollten auch die Telefondaten der Mutter auswerten. Mit wem hat sie telefoniert? Wo war sie zur Tatzeit? Kannst du eine Überprüfung in die Wege leiten?«

Der Staatsanwalt schüttelte gewichtig den Kopf. »Damit kommen wir nicht durch, Theo. Sofia Hartwig ist eine unbescholtene Frau. Sie hat mit ihrer Mutter zur Tatzeit telefoniert. Sie gab uns die Erlaubnis, ihre persönlichen Daten zu kontrollieren. Es gibt keinerlei Anfangsverdacht gegen sie und schon gar nicht gegen ihre Mutter. Das Zwangsmassnahmengericht würde dem niemals zustimmen.«

»Damit habe ich gerechnet«, erwiderte Glauser ohne Resignation in der Stimme. »Aber du siehst, dass ich nichts unversucht lasse, den Mörder zu schnappen.«

»Könnte Sofia Hartwig die Tat nicht begangen haben, nachdem sie mit ihrer Mutter telefoniert hat?«, fragte Ulmer.

»Nein, das liegt zeitlich nicht drin«, erklärte Oppliker. »Oswald wurde zwischen halb acht und halb neun Uhr getötet, nicht vorher und auch nicht später.« Er blickte auf Sokrates, der seine Ausführungen mit einem Nicken bestätigte.

»Laut Google Maps dauert die Fahrt mit dem Auto von Erlenbach bis zum Zoo achtundzwanzig Minuten, S-Bahn und Tram brauchen deutlich länger. Mindestens weitere acht Minuten kommen für den Fussweg dazu. Rechnen wir für die eigentliche Tat mit zehn Minuten. Das ist äusserst schnell bemessen, denn Hartwig musste in dieser Zeit an der Wohnungstüre klingeln, warten bis Oswald öffnete, ihm das Messer in den Hals rammen, seine Beine spreizen, Brennsprit auf die Hosen kippen und anzünden, warten, bis das Feuer aufgehört hat zu brennen, ihre Regenfolie ausziehen und vorsichtig die Wohnung verlassen, ohne gesehen zu werden. Insgesamt betrug der Zeitbedarf also nach Adam Riese sechsundvierzig Minuten. Ohne Marge für Unvorhergesehenes. Hartwig beendete das Gespräch mit ihrer Mutter erst um zwanzig Uhr drei. Da blieb zu wenig Zeit für einen Mord. Auch vor dem Telefonat hätte sie das zeitlich niemals geschafft.«

Glauser rieb sich mit seiner grossen Hand das Kinn. »Okay, obwohl Sofia Hartwig ihren Exfreund unausstehlich fand und sie ein Mordmotiv hatte, streichen wir sie von der Liste der Verdächtigen. Sie hat ein überzeugendes Alibi.«

»Der Täter muss einen abgrundtiefen Hass gegen Oswald verspürt haben, einen Groll, der lange in ihm schwelte«, warf Sokrates ein. »Die Art und Weise, wie er sein Opfer hinrichtete, zeugen von einer emotionalen Tat. Es brauchte eine grosse Portion Skrupellosigkeit, jemanden mit dem Messer abzuschlachten. Trotzdem ging er sehr entschlossen vor, kalt, berechnend, effizient und planmässig.«

»Er hat nicht im Affekt gehandelt«, stimmte ihm Glauser zu.

»Ja, alles war wie auf dem Reissbrett geplant. Das passt nicht zusammen. Seine Tat lässt auf einen emotionalen Konflikt schliessen, womöglich haben wir es mit einem Beziehungsdelikt zu tun. Er sticht brutal einen verhassten Menschen nieder und zündet ihm seine Genitalien an. Aber, und das ist sonderbar, während der Tat bleibt er die Ruhe selbst.«

»Ja, das ist in der Tat seltsam.« Glauser drehte den Kugelschreiber zwischen seinen Fingern hin und her. »Allerdings wird ein Ritualmord meist ebenso brutal ausgeführt, scheinbar emotional, der Täter wie von Sinnen, in Wahrheit aber ist jeder einzelne Schritt genau vorgegeben.«

»Kennst du Ritualmorde, die von einem Einzelnen innerhalb weniger Minuten begangen wurden?«, fragte Sokrates. Und fügte sarkastisch an:»Wo bleibt da der Spass?«

Glauser schüttelte den Kopf.»Nein, davon habe ich noch nie gehört. Du hast recht. Nichts passt zusammen. Wir stehen vor einem Rätsel.«

***

Sokrates trat aus dem Kripogebäude. Nieselregen hatte eingesetzt, der seine Brille mit feinen Tröpfchen benetzte. Er kramte ein Papiertaschentuch aus seiner Jackentasche hervor und putzte damit sorgfältig die Gläser. Langsam atmete er die kühle, regengeschwängerte Abendluft ein, die nach feuchter Erde roch. Ihm gegenüber standen die Baracken des provisorischen Polizeigefängnisses, im Volksmund Propog genannt. Aufeinandergestapelt sahen sie aus wie verlassene Schiffscontainer in einem Industriehafen. Von ferne meinte er das Gebrüll eines Gefangenen zu hören. Was der wohl verbrochen hat? Er konnte die Verzweiflung eines Inhaftierten nachempfinden, die Isolation, in einer zwei Mal drei Meter grossen Zelle eingepfercht zu sein. Wer einen Menschen wie ein Tier hinter Gitter sperrt, greift massiv in dessen Leben ein und verletzt seine Menschenwürde. Das sei nur dann gerechtfertigt, glaubte Sokrates, wenn er etwas Gravierendes auf dem Kerbholz hatte. Doch allzu oft kamen Ganoven auch wegen kleinerer Delikte ins Gefängnis. Was musste jemand getan haben, dass es ethisch einwandfrei war, ihm seine Freiheit zu rauben? Sokrates zweifelte daran, ob sich die Richter stets korrekt verhielten, wenn sie Menschen in Gefängnisse warfen. Selbst *ein* Tag in einer Zelle konnte einen Menschen brechen.

Er klappte seinen Knirps auf, den er in seiner Nylontasche mitführte und wandte sich nach rechts. Die Turmglocke der Jakobskirche bimmelte sieben Mal. An einem schönen Frühlingstag würden die Menschen auf ihren Terrassen, in den Gartenbeizen und Schrebergärten die Abendsonne geniessen, doch nun verdunkelten dichte Regenwolken den Himmel. Die Nachtlaternen waren bereits eingeschaltet und spiegelten sich in der regennassen Strasse, die Dohlen gurgelten von den Bächen in den Rinnen, von den Fahrleitungen fielen dicke Tropfen.

Sokrates drückte seinen Rücken durch, sein Buckel zwackte ein wenig, liess ihn aber sonst in Ruhe. Er musste an das Gefangenen-Dilemma denken, während er auf die Haltestelle am Stauffacher zusteuerte. Das berühmte Beispiel aus der Spieltheorie der fünfziger Jahre hatte ihn seit jeher fasziniert. Er versuchte das Dilemma in seinen Gedanken korrekt wiederzugeben: Die Polizei nimmt zwei Ganoven fest und verhört sie einzeln. Für eine hohe Strafe fehlen ihr die Beweise. Wenn beide schweigen, müssen sie wegen kleinerer Delikte nur für zwei Jahre ins Gefängnis. Deshalb machen die Polizisten den beiden ein Angebot: Wenn der eine seinen Komplizen verpfeift, kommt er straffrei davon, der andere muss für fünf Jahre hinter Gitter. Wenn sie sich gegenseitig verpetzen, werden beide für vier Jahre eingebuchtet.

Die Ganoven sind schlau. Sie überlegen: Wenn der andere plaudert, ist es für mich besser, wenn ich auch gestehe. Denn statt fünf Jahre muss ich dann nur für vier Jahre ins Gefängnis. Wenn der andere schweigt, ist es ebenfalls besser, wenn ich den anderen verpfeife. Denn dann komme ich frei. Beide entscheiden sich, den Komplizen zu verraten und werden für vier Jahre eingebuchtet. Hätten sie geschwiegen, müssten sie nur zwei Jahre hinter Gitter.

Das Gefangenen-Dilemma zeigt, dachte Sokrates, dass eigennütziges Verhalten nicht immer das Beste für einen ist. Die Ganoven haben individuell rational in ihrem eigenen Interesse entschieden. Trotzdem ist das Ergebnis für beide nicht optimal. Hätten sie moralisch gehandelt und nach Ganovenehre den Komplizen nicht verpfiffen, wären sie besser davongekommen. Sokrates huschte ein Lächeln über das Gesicht, vergnügt drehte er den Schirm in seiner Hand. Moralisch noch besser wäre es allerdings gewesen, dachte er, wenn die Ganoven gar keine Verbrechen begangen hätten.

Am Stauffacher stieg er in den 3er, der ihn zur Haltestelle Neumarkt bringen sollte. Den nassen Knirps klappte er zu und legte ihn vor sich auf den Boden. Die Nylontasche stellte er auf den Nebensitz. Als das Tram mit einem Ruckeln anfuhr, ergoss sich vom Dach ein Schwall Regenwasser entlang der Fensterscheiben auf die Strasse. Die beleuchteten Schaufenster, Reklametafeln und den Kinoaushang vom Metropol sah Sokrates hinter den regennassen Scheiben nur verschwommen. Die Regentropfen prasselten auf das Metalldach.

Er blickte sich um. Sein Tramabteil war fast leer. Zwei ältere Frauen, Zwillingen gleich, beide etwas zu aufdringlich geschminkt mit toupierten, schwarz gefärbten Haaren, vertikalen Runzeln an den

Oberlippen, behangen mit schwerem Goldschmuck an den faltigen Hälsen und den leberbefleckten Fingern, sassen ihm schräg gegenüber. Sie unterhielten sich angeregt, die Handtäschchen aus Nappaleder hatten sie auf den unteren Teil ihrer grauen Deux-Pièces gelegt, welche ihre dürren Knie bedeckt hielten. Sokrates wunderte sich, dass keine der Damen einen Regentropfen erlitten hatte, so herausgeputzt sahen sie aus, und dies ohne Regenschirm im Gepäck. Einige Bruchstücke ihres Gesprächs schnappte er auf. Sie erzählten sich von ihren Erlebnissen am verregneten Sechseläuten. Das Gewitter sei im dümmsten Moment über Zürich gezogen. Es goss wie aus Kübeln, als Punkt achtzehn Uhr der Scheiterhaufen, mit dem Böögg zuoberst, entzündet wurde. Der Böögg-Bauer musste das Feuer am feuchten Holzstapel drei Mal entfachen und literweise Brandbeschleuniger dazugiessen. Trotzdem hatte der vor Nässe triefende Böögg mehr als siebenundvierzig Minuten gekokelt, bevor sein Knallkopf unter dem verhaltenen Jubel der Zuschauer explodierte. Die beiden Damen im Tram schüttelten empört ihre Köpfe, als ob sie Zeugen von etwas Unerhörtem, ja gar Unsittlichem gewesen wären. Siebenundvierzig Minuten! So lange hatte es in der Geschichte des Sechseläuten bisher noch nie gedauert, den Winter fortzujagen, ein böses Omen für den Sommer. Da waren sie sich einig.

An der Haltestelle am Seilergraben stieg Sokrates aus. Das Tram fuhr los, da fiel ihm ein, dass er seinen Regenschirm im Wageninnern vergessen hatte. Mist, schalt er sich, den siehst du nie wieder. Wenigstens hatte er seine Nylontasche mit den Arbeitsutensilien mitgenommen. Ohne die Tasche wäre er verloren. Langsam trottete er auf dem Kopfsteinpflaster in Richtung Rindermarkt hinab. Vor dem Fenster, das einmal zu Evas Herrensalon gehört hatte, blieb er stehen. In einem Halbrund waren in weisser Farbe die Buchstaben »Pusteblume« aufgemalt. Darunter stand etwas kleiner: »Blumen und Kaffee«. Sokrates lächelte. Ein Blumenladen würde hier eröffnen. Das hätte Eva gefallen. Er drückte seine Nase an die Scheibe. Mit der Hand wischte er ein paar Regentropfen fort, um besser hineinsehen zu können. Das Ladenlokal war nicht wiederzuerkennen. Verblüffend, was Handwerker innerhalb eines Tages zustande bringen, dachte er. Bockleiter, Farbkübel und Pinsel hatte der Maler fortgeschafft. Eine Wand war honiggelb gestrichen, woran ein weitläufiger Spiegel mit Goldrahmen befestigt war, die anderen Wände trugen ein dezentes Hellgrau. Mitten im Raum stand ein langer Tisch aus geschliffenem Beton auf dem Parkettboden. Von der Decke hing eine runde Lampe aus

Reispapier. In einer Ecke befand sich ein Glastisch mit Korbgeflecht, davor standen vier Rattansessel. Der Blumenladen war gefüllt mit mächtigen Tontöpfen, bauchigen Amphoren und Porzellanvasen in allen Grössen und Formen, worin kunstvoll arrangierte Blumensträusse, Sträucher, Gräser und Zweige hineingestellt waren. Auf einer geschwungenen Kommode aus Wurzelholz erkannte Sokrates eine Kaffeekolbenmaschine, daneben standen original italienische Espressotassen und bunte Keksdosen. Geschmackvoll eingerichtet, fand er. Er begab sich zur Glastüre, die in den Laden führte. Dort klebte ein Aushang:

Eröffnung »Pusteblume«
Blumen und Kaffee
morgen um acht Uhr
Gratiskaffee den ganzen Tag
Ich freue mich auf Ihren Besuch
Sara Hadorn

Sokrates klappte seinen Jackettkragen hoch, weil es wieder zu nieseln begonnen hatte, und schritt zufrieden durch das Niederdorf. Morgen würde er in der »Pusteblume« einen Espresso trinken.

Auf der Gasse war wenig los. Links tauchte die hell erleuchtete »Kantorei« auf. Das Restaurant war überfüllt mit Gästen, die alle vor dem Regen ins Innere geflüchtet waren.

Nach wenigen Minuten erreichte er ein altes Gebäude, das an ein Haus angebaut war, wo Gottfried Keller seine Jugendzeit verbracht hatte. Er schloss eine massive Holztüre auf und stieg die knarrende Holztreppe nach oben in den dritten Stock. Im Treppenhaus roch es nach Kernseife und frisch gewaschener Wäsche. Frau Zolliker hatte heute ihren Waschtag gehabt und wie üblich hintereinander sieben oder acht Maschinen gefüllt. Seine Nachbarin, eine dralle Frau, Mitte sechzig, mit kupferrotem Haar, die stets gewagte Hutkreationen mit Federn trug, war erst gestern von einer längeren Reise aus Asien zurückgekehrt. Sie schien hauptsächlich dann nach Hause zu kommen, wenn es wieder einmal Zeit war, ihre Kleidung in Ordnung zu bringen. Etwas ausser Atem erreichte Sokrates seine Wohnung, die zuoberst lag, aber keine Schrägen oder Dachbalken aufwies. Die konnte er nicht ausstehen. Im Vorraum hängte er sein Jackett an den einzigen Haken, den er vor ein paar Monaten in den Täfer geschraubt hatte und betrat das Esszimmer. Seine Altstadtwohnung, drei Zimmer, niedrige Holzdecken, Riemenparkett, kleine Fenster mit Fensterkreuz, bot einen bezaubernden Blick auf das Niederdorf. Zwischen den Gebäuden der Altstadt konnte man von ferne den Uetliberg sehen. Als erstes ging Sokrates zum Weingestell in seiner Küche, fasste eine Flasche Ribera del Duero Roble und zog den Zapfen heraus. Der Wein musste noch ein wenig atmen. Aus dem Kühlschrank nahm er einen trockenen Sherry und goss sich ein Wasserglas voll davon ein. Er trank zwei Schlucke, griff eine Salatgurke aus dem Gemüsefach, die etwas gummig geworden war, weil er sie schon seit Tagen aufbewahrt hatte, schälte und schnipselte sie in eine durchsichtige Plastikschüssel. Eine verschrumpelte Tomate, fein gehackte Zwiebeln und gepresste Knoblauchzehen kamen dazu. Zwischendurch nippte er an seinem Sherry. Er hatte es nicht eilig. Er goss Olivenöl in die Schüssel, salzte und pfefferte den Salat und rundete das Ganze mit einem Spritzer Aceto Balsamico ab. Zum Schluss bröckelte er ein Stück Fetakäse in die Schüssel, von denen er mehrere Portionen im Kühlschrank aufbewahrte, weil ihr Verfallsdatum, wenn er sie kaufte, stets weit weg in der Zukunft lag, was ihm gefiel. Er rührte den Salat mit einem gelben Plastikbesteck um, das mit seiner ovalen Form und den Zähnen so lustig aussah wie das Faultier Sid von »Ice Age«, den letzten Film, den Sokrates vor Jahren im Kino gesehen hatte, zupfte ein paar Basilikumblätter dazu und probierte ein Stück Gurke. Er setzte sich an seinen runden Aluminiumtisch in der Küche, leerte das Glas mit dem letzten Schluck Sherry und goss sich im gleichen Glas den Wein ein. Langsam stocherte er aus der Schüssel Tomatenstücke, Gurken, Zwiebeln und Fetakäse heraus und kaute sie bedächtig. Nach einer Weile, die Dämmerung brach bereits herein, nahm er das Handy vom Tisch und wählte die Nummer seiner Tochter.

»Hallo Maria, dein Vater«, sagte er, als sie nach mehreren Klingeltönen abnahm. Als sie nichts erwiderte, fuhr er fort: »Hoffentlich störe ich dich nicht.«

»Nein, gar nicht«, beeilte sich Maria zu sagen. »Momentan sitze ich mit Leo, meinem Kameramann, auf der Piazza und trinke mit ihm ein Bier. Schön dich zu hören, Max. Was gibt's?«

Sokrates war es mit einem Mal unwohl in seiner Haut, er zögerte.

»Maria, hättest du Lust und Zeit, morgen zu mir zum Abendessen zu kommen? Es gibt Lammkeule mit viel Knoblauch, wie du es magst. Ich würde dich liebend gerne einmal wieder sehen.«

»Einverstanden. Wir haben schon lange nichts mehr voneinander gehört, und ich möchte wissen, wie es dir geht. Morgen habe ich keinen A-Dienst. Soll ich etwas mitbringen?«

»Nein, es ist alles da«, antwortete Sokrates erfreut. Mit der rechten Hand formte er eine Siegerfaust.

»Kein Früchteglacé, dein Lieblingsdessert? Ich würde uns aus dem Sprüngli welches besorgen.«

»Vielen Dank, aber ich muss auf meine Linie achten, besser gesagt, auf meinen Halbkreis, damit der nicht zu rund wird.«

Maria lachte. »Kein Waschbrettbauch mehr?«

»Nein, eher ein Waschtrommelbauch oder Waschbärbauch. Auch mit einem Waschbrettrücken kann ich dich entzücken.«

Maria kicherte. »So lustig habe ich dich selten erlebt. Wann soll ich morgen deine Lammkeule verschlingen? Ich komme mit Heisshunger.«

»Halb acht, ist das okay für dich?«

»Ja, bis morgen. Ich freue mich.«

Sokrates rieb sich seine Hände. Seine Tochter würde ihn morgen besuchen. Zufrieden trank er noch zwei Gläser Wein, sah aus dem Küchenfenster im Innenhof die Silhouette des Kirschbaumes stehen und dachte daran, was er heute erlebt hatte. Ein grausamer Mord. Leichenschau. Kaum Spuren. Hoffentlich würde die Obduktion morgen Hinweise auf den Täter liefern. Nach einer halben Stunde, als die Nacht vollständig hereingebrochen war, stieg er die vier Treppenstufen hinunter in sein Schlafzimmer, das an das Esszimmer grenzte. Darin stand ein grosses Bett mit weiss bezogener Daunendecke, die immer noch ein wenig nach seiner Frau duftete. An manchen Abenden vergrub er sein Gesicht vor dem Einschlafen in ihr Kopfkissen und atmete ihren Geruch ein, weil er sie vermisste. Mara war seit über vier Jahren tot, aber die Zeit heilte seine Wunden nicht. Doch heute fühlte er sich nicht gar so einsam, er freute sich auf die »Pusteblume« und auf Maria.

Er zog sich aus, stopfte sein Hemd mit dem Weinfleck am Bauch in den Wäschesack, faltete seine Bundfaltenhose fein säuberlich zusammen und legte sie auf einen Thonet-Stuhl neben seinem Bett. Dann schlüpfte er in ein Pyjama, blau-weiss gestreift. Aus dem weiss furnierten Bücherregal, das gegenüber einem Einbauschrank montiert war, nahm Sokrates »Emil und die Detektive« heraus und schlug die Seite auf, wo er gestern stehen geblieben war. Er liebte Kinderbücher vor dem Schlafen gehen, sein Regal war gefüllt mit Klassikern der Kinder- und Jugendliteratur, allesamt alphabethisch nach

Autorennamen geordnet. Nichts entspannte ihn mehr, als in die Welt der »Roten Zora«, von »Räuber Hotzenplotz« oder von »Jim Knopf und Lukas der Lokomotivführer« einzutauchen. Er rückte sein Kopfkissen nach oben gegen die Wand, sodass er bequem im Bett sitzen konnte. Auf diese Weise schmerzte sein Buckel am wenigsten. Sokrates begann aus »Emil und die Detektive« zu lesen, das er seit seiner Kindheit schon mindestens fünf Mal verschlungen hatte: *»Auf dem Bahnhofsplatz stiegen Frau Tischbein und Sohn aus. Und während Emil den Koffer von der Plattform angelte, brummte eine dicke Stimme hinter ihnen: ›Na, Sie fahren wohl in die Schweiz?‹ Das war der Polizeiwachtmeister Jeschke.«* Sokrates las, wie die *Mutter von Emil ihren Sohn zum Zug begleitete, der ihn nach Berlin bringen sollte, mit hundertvierzig Mark in der Jackentasche, die für seine Grossmutter bestimmt war.* »Und Emil wurde es dunkelblau, beinahe schwarz vor Augen. *Denn er hatte ein sehr schlechtes Gewissen. Neulich hatte ein Dutzend Realschüler, nach der Turnstunde auf den Flusswiesen, dem Denkmal des Grossherzogs, der Karl mit der schiefen Backe hiess, heimlich einen alten Filzhut aufs kühle Haupt gedrückt. Und dann war Emil, weil er gut zeichnen konnte, von den andern hochgestemmt worden, und er hatte dem Grossherzog mit Buntstiften eine rote Nase und einen pechschwarzen Schnurrbart ins Gesicht malen müssen.« Plötzlich war Wachtmeister Jeschke aufgetaucht. Die Schüler hatten sich aus dem Staub gemacht. Doch Emil hatte Angst, dass der Polizist ihn erkannt hatte.* »Als er seinen Koffer über den freien Platz weg zum Bahnhof transportierte, war ihm flau in den Knien. Und jeden Augenblick rechnete er damit, Jeschke werde plötzlich hinter ihm her brüllen: ›Emil Tischbein, du bist verhaftet! Hände hoch!‹ Doch es geschah gar nichts.«

Sokrates schmunzelte. Er erinnerte sich an einen Streich, den er einst als Grundschüler in Göttingen gespielt hatte. An einem Wintertag malte er auf die verschneite Windschutzscheibe von Klassenlehrer Bommel, der hiess wirklich so, ein Strichmännchenkopf mit herausgestreckter Zunge. Er war vielleicht acht oder neun Jahre alt gewesen, und ihn hatten nachher furchtbare Gewissensbisse geplagt. Zudem trieb ihn wochenlang die Angst um, der Lehrer hätte ihn ertappt und würde ihm vor der ganzen Klasse mit dem Lineal den Hintern versohlen. Doch ihm erging es wie Emil. Es passierte nichts. Kinder haben oft ein feines Gespür dafür, dachte Sokrates, was sich gehörte und was nicht. Im Gegensatz zu Erwachsenen, die abgestumpfter sind. Dann schlug er die Buchdeckel zusammen, umarmte das Kopfkissen seiner Frau und knipste das Licht aus.

84

***

»Lass uns eine Sexszene aus ›Josefine Mutzenbacher‹ spielen«, sagte Maria und klappte ihren Laptop zu. »Wenn du mir aus dem Buch von Felix Salten vorliest, macht mich das wahnsinnig heiss.« Sie lag bäuchlings neben Leo auf dem Bett. Ihre graublauen Augen schimmerten dunkel. Zuvor hatten sie zusammen zwei Stunden lang Videoaufnahmen, die Leo vor einem halben Jahr gedreht hatte, auf dem Monitor betrachtet, jeden einzelnen Clip angeschaut, am Konzept für ihren Dokumentarfilm gefeilt und getextet. Jetzt wolle sie vögeln, sagte sie. Seit ihrer Pubertät verschlang sie jedes Jahr unzählige Bücher mit erotischen Geschichten, die sie mit ihren Liebhabern nachspielte: »Reigen« von Arthur Schnitzler, »Das Dekameron« von Boccaccio, »Madame Bovary« von Flaubert, »Die 120 Tage von Sodom« von de Sade oder die berühmte Brauseszene aus »Die Blechtrommel« von Günther Grass.

»Nein, heute spielen wir keine Sexszene aus der Weltliteratur.« Der breite Mund von Leo grinste, die Zähne standen in einer Reihe. Seine weizenblonden Haare waren verwuschelt, so wie es Maria liebte. »Du bist heute zum ersten Mal bei mir. Hier bestimme ich, was läuft. Wir spielen einen Klassiker aus der Filmgeschichte.«

»Au ja. Gute Idee! Ich wünsche mir ›Basic Instinct‹. Ich reite auf dir. Und zücke meinen Eispickel. Du kannst mir glauben, das geht dir durch Mark und Bein.«

»Nein, ich möchte den Sex mit dir überleben.« Leo lachte. »Wir nehmen uns einen anderen Klassiker vor. Die Hauptdarstellerin im Film ist eine Namensschwester von dir.« Er zog eine Augenbraue nach oben. »Errätst du es? Nein? ›Der letzte Tango in Paris‹. Wir interpretieren diesen erotischen Skandalfilm aus den Siebzigern völlig neu.« Sein Lausbubengesicht strahlte.

Maria knuffte ihn. »Nur zu. Du kennst mich ja. Ich mag Überraschungen im Bett«, sagte sie und strich ihm eine widerspenstige Locke von der Stirn. »Welche Szene spielen wir?«

»Warte einen Moment«, erwiderte Leo und stand auf. »Ich muss zuvor noch etwas aus der Küche holen.«

Maria richtete sich auf und blickte ihm nach. Sie mochte seinen knackigen Hintern, der sich durch den Stoff seiner Jeans drückte. Ihr gefiel es bei Leo. Sie räkelte sich. Normalerweise bestand sie darauf, dass ihre Liebhaber zu ihr ins Bett kamen. Doch heute wollte sie, nachdem sie schon mehr als sieben Monate mit Leo zusammen war, ohne sich mit einem anderen Kerl vergnügt zu haben, einmal sehen, wie er wohnte. Er hatte eine Altbauwohnung in der Nähe der Josefwiese gemietet und hübsch eingerichtet, wie sie fand. In seinem Schlafzimmer lag neben dem breiten Bett auf dem Parkettboden ein Zebrafell ausgebreitet, ein mächtiger, rostroter Polstersessel mit geschwungenen Armlehnen, wohl aus dem Brockenhaus, stand in einer Ecke, eine Stehlampe aus den Fünfzigern, mit drei farbigen Schirmen, warf ein warmes Licht an die weisse Decke. An einer Wand hatte Leo zahlreiche Farbausdrucke von Videoszenen geheftet, die Maria sehr gelungen fand. Leo ist ein Künstler, dachte sie. Er achtete wie kaum ein anderer Kameramann auf Bildkomposition, Licht und Schatten, Farben, Vorder- und Hintergrund. Jedes Foto sah aus wie aus einem Kunstband.

»Wir spielen die berühmte Butterszene nach«, erschreckte sie Leo, als er wieder ins Schlafzimmer trat. In der Hand hielt er eine Packung. »Die Butter ist weich, ich habe sie heute Abend rechtzeitig aus dem Kühlschrank genommen.«

»Ui, mit Butter habe ich das noch nie gemacht«, erwiderte Maria, die sich noch gut an die Szene mit Marlon Brando und Maria Schneider erinnern konnte. Ihr wurde mit einem Male heiss. »Eine gespielte Vergewaltigung. Du nimmst mich rücksichtslos.« Maria gefiel der Gedanke. »Wir spielen die Szene aber ohne das alberne Gerede über die ›Heilige Familie‹.«

»Einverstanden. Am Anfang, wenn ich dich packe, wehrst du dich ein wenig zum Schein. Und dann: Geniesse es!«, wies Leo sie an und öffnete den Reissverschluss ihrer Jeans. Einen Gürtel trug sie nicht. »Lege dich wieder auf den Bauch«, befahl er. Maria drehte sich um. Es erregte sie, sich als wehrloses Opfer zu geben und willenlos zu sein. Sie wartete gespannt. Leo liess sich Zeit. Plötzlich fasste er mit beiden Händen ihren Hosenbund und zog die Jeans mit einem Ruck bis zu den Knien herunter. »Nein, nein!«, rief Maria und schlug mit der Faust auf die Matratze. Leo hörte nicht auf sie. Er packte ihren Slip und zerriss ihn. »Nein!«, schrie Maria abermals. Sie warf den Kopf hin und her. Daraufhin tauchte Leo drei Finger in die weiche Butter, strich eine grosse Portion heraus und führte die Hand, von der das Fett tropfte, zwischen ihre Pobacken. Maria atmete heftig, ihre Augen hielt sie geschlossen. Leo öffnete seinen Hosenladen, behielt die Jeans aber an. Vorsichtig legte er sich auf sie und drang langsam von hinten in sie ein. Maria stöhnte vor Lust. Sie genoss es, wie sich Leo in ihr bewegte.

Behutsam, aber auch bestimmt.

Später sassen sie sich nackt gegenüber, die Beine eng ineinander verschlungen, die Becken aneinander gepresst, beide Körper vereint. Ihre Arme hatte Maria um Leos Nacken gelegt. Sie ahmten Tierlaute nach. Leo warf seinen Kopf zurück und imitierte das Geschrei eines Gorillas, dann brüllte er wie ein Löwe und lachte wie eine Hyäne. Maria kicherte. Sie versuchte es als Taube und gurrte so hell wie sie nur konnte. Gemeinsam röhrten, wieherten, maunzten, schnatterten, trompeteten, miauten, blökten, krächzten, muhten, gackerten, quakten und zwitscherten sie um die Wette. Zwischendurch bewegten sie sich, rieben ihre Körper aneinander, kreisten mit ihren Hüften, um die geschlechtliche Lust von Mal zu Mal anschwellen zu lassen. Immer wieder brachen sie in schallendes Gelächter aus, wenn sie die Grimassen im Gesicht des andern sahen.

FÜNF

Kühle Luft wehte Sokrates entgegen, als er die Glastüre zur »Pusteblume« öffnete. Es roch nach Blüten, Torferde und frischer Farbe. Er fühlte sich seltsam aufgeregt. Seit einem halben Jahr hatte er diesen Raum nicht mehr betreten. Nun stand er wieder hier. Die Reispapierlampe über dem langen Betontisch verbreitete ein warmes Licht. Spots beleuchteten üppige Blumengebinde, Forsythiensträuche und Birkenzweige, die in Porzellanvasen und Tontöpfen im Wasser standen. Unschlüssig blieb Sokrates vor dem Glastisch mit Korbgeflecht stehen. Im grossen Spiegel mit Goldrahmen an der honiggelben Wand sah er sich mit gebügeltem, blau-weiss kariertem Hemd, darüber eine mausgraue Jacke, durch die sein Buckel drückte. Er streckte sich, um nicht ganz so bucklig auszusehen.

Heute Morgen fühlte er sich erstaunlich munter. Rückenschmerzen plagten ihn keine. Die drei Gläser Wein von gestern Nacht benebelten seinen Kopf nicht, anders als in den Wochen zuvor, als er jeden Abend wesentlich mehr getrunken hatte. Eine Locke, die sich über seinen Ohren vom Kopf wegkringelte, drückte er mit dem Handteller flach auf den Schädel. Da sah er, wie aus dem Nebenzimmer eine Frau auf ihn zukam. »Guten Morgen, schön, dass Sie mich besuchen. Sie sind mein allererster Kunde, was mich ganz besonders freut«, sagte sie mit weicher Stimme und reichte ihm die Hand, die sich angenehm kühl anfühlte. »Darf ich Ihnen zu Ehren des Tages einen Kaffee oder Espresso anbieten?« Sara Hadorn schaute ihn freundlich an, ihre grünen Augen leuchteten im Licht der Lampe. In den Augenwinkeln hatten sich kleine Lachfältchen gegraben. Ihr ebenmässig geschnittenes Gesicht war dezent geschminkt, auf den Wangen hatte sie etwas Rouge aufgelegt, ihre vollen Lippen trugen einen karminroten Lippenstift. Nussbraune Locken fielen ihr luftig über die schmalen Schultern. Sie duftete nach Frühling. Sokrates schätzte sie auf Mitte vierzig. Sie war ein paar Zentimeter kleiner als er, von schlanker Statur und aufrechtem Gang. Sie trug eine grau-grüne Leinenhose und ein schwarzes T-Shirt, das ihre Figur zur Geltung brachte. Eine attraktive Frau, dachte Sokrates.

»Sehr gerne, einen Espresso bitte«, antwortete er nach einem kurzen Moment, weil er etwas aus dem Konzept geraten war. »Mit Milch und Zucker, wenn Sie haben.«

»Es soll Ihnen an nichts fehlen«, antwortete Sara Hadorn fröhlich. Auf Ihren Wangen bildeten sich Grübchen. »Setzen Sie sich bitte. Ich komme sofort zurück.«

Sokrates nahm auf einem Rattansessel Platz, die Nylontasche stellte er neben sich auf den Parkettboden. Sara Hadorn füllte Kaffeepulver in einen Kolben, schraubte ihn in die Maschine und drückte den Knopf. Während der Kaffee ratternd in die Espressotasse tropfte, legte sie ein Zuckersäckchen auf den Unterteller und goss Milch in einen weissen Porzellankrug mit aufgemalten Blümchen. Sokrates schaute ihr zu, wie sie mit einer anmutigen Handbewegung zwei Kekse aus der Dose nahm und sie auf einen kleinen Teller legte. Anschliessend füllte sie ein schmales Glas mit Mineralwasser. Mit einem Tablett kam sie zu Sokrates. Im Gegenlicht schimmerten ihre Locken rötlich. »Voilà«, sagte sie und tischte ihm Espresso, Butterkekse und Mineralwasser auf. »Lassen Sie es sich gut gehen.«

»Vielen Dank, Frau Hadorn, sehr freundlich. Sie heissen doch Frau Hadorn, nicht wahr? So steht es an der Ladentüre geschrieben.«

»Ja, das ist mein Name. Sie dürfen mich aber auch gerne Sara nennen, wenn es Ihnen nichts ausmacht.« Sie zögerte kurz. »Darf ich mich zu Ihnen setzen?«

»Gerne. Leisten Sie mir Gesellschaft. Was verschafft mir die Ehre?«

Sara Hadorn lehnte das Tablett gegen einen Rattansessel und nahm ihm gegenüber Platz. »Wissen Sie ...«, begann sie und strich sich mit einer fahrigen Geste eine Locke aus der Stirn.

Sokrates merkte, dass sie mit einem Male nervös wurde.

»... Eva war meine beste Freundin«, gab sie sich einen Ruck. »Sie hat mir viel von Ihnen erzählt.«

»Eine Freundin von Eva.« Er wusste nicht mehr weiter. Er fühlte eine Mischung aus Schwermut und Trost.

»Eva hat mir ihr Ladenlokal vermacht«, sagte Sara mit leiser Stimme. »Sie hatte ihren Tod in ihren Träumen vorausgesehen. Kurz vor ihrem Ende hatte sie ein Testament geschrieben und mich als Erbin eingesetzt. Davon wusste ich nichts.« Sara stockte. »Ihr Tod hat uns alle schockiert. Es war eine schlimme Zeit. Auch für Sie, Herr Noll, das weiss ich.«

»Nennen Sie mich bitte Sokrates, wie meine Freunde, auch Eva hiess mich so.« Er räusperte sich.

Sara blickte ihm in die Augen. »Sokrates. Ein gewaltiger Name aus der griechischen Philosophie. Wer hat Ihnen den Namen verliehen?«

Sokrates trank einen Schluck Espresso. »Meine Kommilitonen aus der Studienzeit in Göttingen neckten mich damit. Sie meinten, ich würde so aussehen wie er. Allerdings quälte sich der Philosoph, soviel ich weiss, nicht mit einem Buckel herum. Und er gab Antworten auf Fragen, die uns noch heute beschäftigen. Ich jedoch habe keine Antworten.«

»Wenn mich meine bescheidenen Kenntnisse in der Philosophiegeschichte nicht trügen, stellte Sokrates hauptsächlich Fragen, nicht wahr? Er wusste, dass er nichts wusste.«

Sokrates nickte, ihm fehlten die Worte. »Noch nie habe ich mit einer Floristin über Sokrates gesprochen. Eine Première. Nun ja, alle nennen mich so. Zu viel der Ehre für mich. Aber ich habe es vor langer Zeit aufgegeben, mich dagegen zu wehren.« Er blickte sie mit schrägem Kopf an. »Aber Fragen habe ich, Sara. So interessiert es mich brennend, wie Sie Eva kennengelernt haben, und was Sie über Sokrates wissen.« Er liess unausgesprochen, welchen Sokrates er damit meinte. Er merkte, dass sie die doppelte Bedeutung verstanden hatte.

Sara sass aufrecht im Rattansessel, die Schultern hatte sie nach hinten gedrückt, ihre Brüste zeichneten sich durch das T-Shirt ab. Die Hände ruhten auf den schlanken Knien. »Das nimmt ein wenig Zeit in Anspruch. Wenn Sie wollen, lade ich Sie morgen um acht Uhr gerne nochmals zu einem Espresso ein.«

»Einladung angenommen, Sara«, sagte Sokrates erfreut. »Aber heute Nachmittag werde ich bei Ihnen Blumen kaufen. Wenn ich es mir recht überlege, blühten in meiner Wohnung schon seit ewigen Zeiten keine Blumen mehr. Schön, dass Sie einen Blumenladen im Niederdorf eröffnet haben.«

Seltsam beschwingt, aber auch nachdenklich, verliess Sokrates die »Pusteblume«, ging am Obergericht vorbei, dem Hirschengraben entlang und erreichte die Haltestelle Kunsthaus. Die Sonne schien milchig vom Himmel, das gestrige Gewitter hatte sich nach Osten verzogen, nur noch ein paar Wolken hingen wie erschöpft am Horizont. Mit kritischem Blick verglich er die Zeit auf seiner Armbanduhr mit der Uhr auf dem Wartehäuschen und stellte den Minutenzeiger wieder um eine Minute vor. Es war acht Uhr siebenundzwanzig. Morgen würde er seine Uhr endlich zur Revision bringen, beschloss er. Höchste Zeit.

Im Tram Nummer 9 fand er einen Platz in der hintersten Sitzbank auf der linken Seite. Der Wagen war gefüllt mit Studenten, adrett angezogen, vermutlich teure Markenkleider, obwohl er sich in der Mode gar nicht auskannte. Die Söhne und Töchter reicher Eltern, die als Banker, Wirtschaftsanwälte oder Erben zu Geld gekommen waren, wohnten an der Goldküste in pompösen Villen in Küsnacht, Herrliberg und Meilen. Mit der S-Bahn fuhren sie bis zum Bahnhof Stadelhofen und nahmen am Bellevue das Tram, das sie zur Uni oder ETH brachte. Die Töchter studierten Kunstgeschichte, die Söhne Betriebswirtschaft oder Juristerei, so stellte sich das Sokrates vor. Das Tram leerte sich und tuckelte weiter den Hang nach oben.

An der Haltestelle Rigiblick stiegen zwei Rentnerpaare mit Wanderstöcken aus, sie hatten sich einen kleinen Rucksack umgeschnallt. Mit Mara war er hier sonntagnachmittags oft mit der Drahtseilbahn zum Rigiblick hinaufgefahren und, hoch über dem Zürichsee, an den Susenberg-Schrebergärten vorbei bis zum Zoo spaziert. Obwohl ihm der steile Spyrigweg einiges abverlangt hatte, bat ihn seine Frau stets aufs Neue um diesen Spaziergang. Für unsere Fitness, meinte sie. Und sie hatte ja so recht – was ihn betraf. Wehmütig erinnerte er sich an die Gespräche mit ihr, die sie auf dem Weg am Waldrand geführt hatten, über ihre Arbeit im Schauspielhaus und manchmal auch über seine Kriminalfälle, wenn sie ihm den Schlaf geraubt hatten. An der Station sah er die Rigiblickbahn warten, ein führerloser Metallkasten, der vollautomatisch auf einer schmalen Spur lief. Ein Stahlseil zog die Bahn mehrere hundert Meter steil nach oben. Sokrates war nicht schwindelfrei, und der Gedanke, das Seil könnte reissen und die Bahn mitsamt ihm und seiner Frau in die Tiefe donnern, hatte ihm damals den Angstschweiss auf die Stirn getrieben. Mehr noch, er musste sich jedes Mal zusammennehmen, um nicht in Panik zu geraten.

Die Erinnerung an ein Gedankenexperiment, von dem er einmal als junger Mann im Wissenschaftsteil einer Zeitung gelesen hatte, tauchte in seinem Kopf auf. Stellen Sie sich vor, hiess es darin, Sie stehen an einem Bahngleis neben einer Weiche, die Sie manuell stellen können. Plötzlich sehen Sie, wie ein führerloser Waggon auf eine Gruppe von Gleisarbeitern zurollt. Die Gleisarbeiter bemerken die Gefahr nicht. Wenn Sie nichts unternehmen, werden fünf Gleisarbeiter überrollt und müssen sterben. Legen Sie den Hebel der Weiche jedoch um und führen den Waggon auf ein anderes Gleis, retten Sie diese Männer. Allerdings überfährt dann der Waggon einen anderen Gleisarbeiter, der dort arbeitet. Was tun Sie?

Diese Frage hatte der Psychologe Marc Hauser von der Harvard-Universität mehreren hunderttausend Menschen aus aller Welt gestellt. Das Ergebnis seines Experimentes war verblüffend. Egal ob Chinese oder Amerikaner, ob Fabrikarbeiter oder Uniprofessor, ob Mann oder

Frau, neunzig Prozent aller Umfrage-Teilnehmer würden den Waggon auf das andere Gleis leiten. Sie würden damit zwar den Tod eines Menschen verschulden, dafür aber fünf Männern das Leben retten. Einer für fünf. Er würde vermutlich genauso handeln, dachte Sokrates. Je weniger Leid, desto besser. Allerdings: Wenn seine Tochter auf dem andern Gleis stehen würde, könnte er das nicht. Niemals.

Das Tram stoppte mit einem Rucken. Er blickte aus dem Fenster. Haltestelle Kinkelstrasse. Noch vier Stationen. Er sinnierte weiter.

Stellen Sie sich vor, hiess eine weitere Frage in derselben Studie. Sie stehen nun auf einer Brücke. Wieder rollt ein Waggon auf fünf Gleisarbeiter zu. Neben Ihnen steht ein sehr dicker Mann. Wenn Sie den von der Brücke auf das Gleis runter stossen würden, könnten Sie den Waggon stoppen und fünf Männern das Leben retten. Ein Mann für fünf. Würden Sie das tun? Sokrates könnte das nicht. Kaum einer würde den korpulenten Mann töten, ergab die Umfrage, um fünf Gleisarbeiter vor dem sicheren Tod zu bewahren. Warum nicht? In beiden Fällen könnten fünf Menschen gerettet werden, wenn ein Mann geopfert würde. Doch es macht anscheinend einen erheblichen Unterschied aus, ob man einen Menschen aktiv tötet, in dem man ihn vor den Zug wirft oder seinen Tod passiv verursacht, in dem man die Weiche stellt.

Spannend fand Sokrates, dass in diesem Experiment Menschen aus aller Welt, aus allen Schichten und Bildungsstufen gleich entschieden hatten. Offensichtlich gibt es universelle Werte, kulturübergreifende, moralische Grundsätze, die jedem Menschen angeboren sind und ihm sagen, was gut und böse ist.

Haltestelle Letzistrasse. Noch ein paar Minuten. Sokrates begann die Menschen zu zählen, die er aus dem Tramfenster sah und die wie Zombies auf dem Trottoir wandelten, weil sie unentwegt auf ihre Smartphones starrten. Die Welt um sich herum nahmen sie gar nicht mehr wahr. Sie bewegten sich wie ferngesteuert, als ob ihnen ihr Handy eine geheime Botschaft verkündete. Nachdem er siebenundzwanzig Zombies gezählt hatte, hörte er auf. Es hatte keinen Sinn, der Tag versprach ihm nichts Gutes. Seine gute Laune trübte sich etwas, obwohl er wusste, dass das mit der Siebenundzwanzig kompletter Unsinn war.

Das Tram stoppte an der Haltestelle Universität Irchel, wo Sokrates arbeitete. Doch er blieb sitzen. Wie jeden Morgen fuhr er eine Station weiter als nötig, bis zum Milchbuck. So musste er durch den Irchelpark laufen, an einem Birkenwäldchen vorbei, über eine Wiese, am Ententeich entlang und auf einen Holzsteg, der zu einer breiten Treppe aus mächtigen Steinquadern führte. Mit raschen Schritten eilte Sokrates Stufe um Stufe nach oben, fünf Minuten lang wollte er seinen Puls etwas beschleunigen, seine morgendliche Gymnastik. Sokrates schnaufte. Vor einem schmalen Schotterweg, der vor dem Universitätsgebäude Irchel nach links abzweigte, blieb er atemlos stehen. Sein Bauch wölbte sich unter dem Hemd. Du bist auch nicht mehr der Jüngste, dachte er. Dein Kampf gegen das Alter nimmt groteske Züge an. In Würde altern hatte er sich vorgenommen. Das sah anders aus. Mit einem Taschentuch wischte er sich den Schweiss fort, der ihm auf der Stirn stand. Dann bog er links in das Gässchen ein, das zum Institut für Rechtsmedizin führte, ein mausgraues Gebäude, das halb versenkt im Boden lag.

***

Schweinezüchter Otto Lauber schob einen Trolley durch den Korridor aus Eisenbeton, der zu den Abferkelbuchten führte. Vor der ersten Bucht blieb er stehen. Darin lag eine Muttersau, die ihre Ferkel säugte. Die Schweinchen balgten sich um die Zitzen. Sie grunzten und quiekten. Die Ferkel waren kotverschmiert, es fehlte der Einstreu. Die Muttersau lag auf der Seite, eingepfercht im eigenen Dreck, ihr massiger Körper war in der zu engen Bucht zwischen den Eisenrohrstangen eingeklemmt. Den rechten Fuss hatte sie sich an einer scharfen Kante blutig aufgeschürft. Der Vollspaltenboden aus Metall war verrostet. Durch die kleinen, verstaubten Stallfenster drang schummriges Licht. Otto Lauber zählte die Ferkel, in dem er nach und nach mit dem Finger auf sie zeigte. Dann stieg er über das Eisengatter in die Abferkelbucht, packte ein winziges Ferkel an den Hinterbeinen, das panisch kreischte und zappelte, und hieb seinen Kopf mehrmals mit voller Wucht auf die Kante der Buchtenwand, bis es tot war. Das leblose Tier schmiss er achtlos in einen Plastikkübel, der auf dem Trolley stand. Darin befanden sich bereits mehrere tote Ferkel, einige zuckten noch. Er begab sich zur nächsten Bucht, zählte die Ferkel und stieg erneut über das Eisengatter.

»Diese Filmaufnahmen hat der Tierschutzbund Zürich mit versteckter Kamera in einem Schweinezuchtbetrieb am Greifensee gedreht«, sagte der Fernsehsprecher. »Sie dokumentieren, wie der Bauer Otto Lauber seine Tiere quält.«

Theo Glauser merkte sich das Signalement des Bauern: grobschlächtiger Körper, Schmerbauch, feistes Gesicht, Stiernacken, knollige Nase, kurze weisse Haare, die einmal rot gewesen sein mussten. Grüne Latzhose, braun-gelb kariertes Hemd, Gummistiefel. Glauser sass neben Ruprecht Iten vom Tierschutzbund Zürich. Zusammen schauten sie sich auf einem Computermonitor den Bericht an, den »Schweiz aktuell« vor drei Monaten gesendet hatte. Es war morgens kurz nach acht Uhr. Das Büro der Hilfsorganisation war karg eingerichtet: Ikea-Regale gefüllt mit Büchern und Leitzordnern, runder Sitzungstisch, worauf zwei Espressotassen und Wassergläser standen und ein Büromöbel, hinter dem zwei riesige Weltkarten an die Wand gepinnt waren.

»Das sind schlimme Bilder, die Felix Unteregger gedreht hat«, sagte Glauser stirnrunzelnd, nachdem Iten die Stopp-Taste gedrückt hatte.

»Ja, unerträglich. Der Bauer verstösst gegen zahlreiche Tierschutzvorschriften«, erwiderte der Geschäftsführer vom Tierschutzbund, Ende fünfzig, gross gewachsen, graugelockte Beethovenfrisur, dünne Nase, markantes Kinn. »Die Abferkelbuchten sind zu eng bemessen, Vollspaltenböden sind mittlerweile verboten, die Muttersauen fixiert er wochenlang in der Bucht, was ebenfalls nicht erlaubt ist. Er schneidet Ferkeln die Schwänze ab und kastriert die Eber ohne Betäubung. Alles illegal. Und er tötet Ferkel auf brutale Weise.«

»Warum erschlägt Lauber seine Ferkel, da verdient er ja weniger?«

»Sie sind überzählig«, antwortete Iten. »Eine Muttersau hat vierzehn Zitzen, mit denen sie ihre Ferkel säugen kann. Die Sauen werfen aber oft fünfzehn, sechzehn oder gar siebzehn Ferkel. Die schwächsten Ferkel werden von seinen Geschwistern verdrängt und würden verhungern. Der Bauer könnte zwar auch die überzähligen Ferkel aufziehen, indem er sie mit einem Schoppen füttert, aber die Mühe macht er sich nicht. Zu aufwändig. Da erschlägt er sie lieber, obwohl das illegal ist.«

»Warum wirft eine Sau mehr Ferkel als sie Zitzen hat? Kommt das häufig vor?«

»Ja, leider. Schuld daran ist die Überzüchtung der Muttersauen. Zudem spritzt Otto Lauber seinen Tieren Hormone. Das macht es noch schlimmer.«

»Wozu braucht er Hormone?«,fragte Glauser und notierte sich Stichworte.

»Das Hormon PMSG, das aus Blut von trächtigen Stuten gewonnen wird, bewirkt, dass Zuchtsauen nach dem Abferkeln schneller und auf den Tag genau brünstig werden. So kann der Züchter am gleichen Tag mehrere Sauen besamen, und die Sauen werfen zur selben Zeit ihre

Jungen. Das ist produktiver.«

Glauser begann sich für das Thema zu interessieren.»Wie lange ist eine Sau trächtig?«

»Die Bauernregel lautet: drei Monate, drei Wochen, drei Tage. Je rascher eine Sau danach wieder besamt werden kann, umso mehr verdient der Bauer. Der Hormoneinsatz hilft ihm dabei. Zudem erhöht das Hormon die Anzahl Ferkel, die eine Muttersau wirft. Optimal für einen Schweinezüchter sind vierzehn Ferkel pro Wurf, damit alle Zitzen genutzt werden. Bleiben zwei oder drei Zitzen frei, ist das aus Sicht der Bauern Verschwendung. Der Hormoneinsatz bei Sauen ist in der Schweiz zwar legal, wird aber von der Fleischbranche abgelehnt. Die meisten Züchter halten sich daran, Otto Lauber ist einer der wenigen, der sich darum foutiert.«

»Warum verzichtet die Branche auf den Hormoneinsatz?«

»Die Firma MSD Animal Health, die das Hormonpräparat PG 600 herstellt, bezieht das Blut von trächtigen Stuten aus Uruguay. Die Pferde werden dort auf sogenannten Blutfarmen gehalten. Wir vom Tierschutzbund haben das ebenfalls aufgedeckt. Felix hat auch dort mit versteckter Kamera gedreht. Die Arbeiter zapfen den Stuten einmal wöchentlich zehn Liter Blut ab. Damit die Tiere ruhig stehen bleiben, wenn ihnen die Katheternadel gesetzt wird, prügeln die Arbeiter so brutal auf sie ein, bis sie benommen sind und den Kopf hängen lassen. Nur so lassen die Stuten die schmerzhafte Prozedur über sich ergehen.«

»Davon höre ich zum ersten Mal, dass Pferde für unsere Schweinefleischproduktion leiden müssen.« Kranke Welt, dachte Glauser.

»Kaum jemand weiss von dieser barbarischen Tierquälerei. Die Stuten leiden unerträglich. Der regelmässig hohe Blutverlust führt bei den ohnehin schon ausgemergelten Tieren zu Anämie, Muskelschwund und Fettleber. Das Zeitfenster ist begrenzt, weil die Stuten das PMSH-Hormon nur bis zum hundertdreissigsten Trächtigkeitstag produzieren. Danach kann das Hormon nicht mehr aus dem Blut gewonnen werden.«

»Was geschieht dann mit den Stuten?«

»Die Pferde sind nutzlos geworden, weil sie keinen Profit mehr abwerfen. Die Arbeiter treiben deshalb die Föten ab. Und zwar mechanisch, indem sie mit einer Stange in die Stute eindringen. Wenn das Tier die Abtreibung überlebt, kann es wieder gedeckt werden. Dann beginnt alles von vorne. Aus diesem Grund hat sich die Fleischbranche dazu durchgerungen, auf diese Produktionsmethode zu verzichten.«

»Otto Lauber kümmert das offenbar nicht.«

»Nein, er ist ein Tierquäler der ganz schlimmen Sorte.«

»Das ist grotesk«, sagte Glauser kopfschüttelnd. »Fohlen werden abgetrieben für die hormonelle Behandlung von Muttersauen, was dazu führt, dass Ferkel erschlagen werden.«

»Ja, die industrielle Fleischproduktion hat perverse Züge angenommen.«

Iten drückte wieder auf die Start-Taste. Sie sahen den Bericht weiter bis zur Stelle, wo Felix Unteregger ein Statement in die Kamera gab. »Die Tiere werden einfach an der Buchtenwand erschlagen oder auf dem Fussboden und dann in einen Sack geworfen«, sagte ein schmächtiger Mann mit ernstem Gesicht, die Wangen gerötet, die braunen Haare gescheitelt. »Das ist illegal, scheint aber System zu haben, zumindest in diesem Betrieb. Denn Bauern müssen alles tun, um auch lebensschwachen Ferkeln das Überleben zu ermöglichen. Sie dürfen sie nur töten, wenn keine Aussicht auf Überleben besteht oder Schmerzen nicht anders behoben werden können.«

»Nach diesem Bericht hat Otto Lauber den Tierschutzbund bedroht«, sagte Iten. »Auch Felix hat er persönlich angegriffen.«

»Wie? Wurde er gewalttätig?«

»Nein. Lauber hat ihm ein Päckchen mit einem verkohlten Hühnerkopf geschickt. Ohne Adresse. Ohne Kommentar. Die Postsendung wurde in Zürich abgestempelt.«

»Woher wissen Sie, dass Lauber dahinter steckt?«

»Weil er Felix am Telefon terrorisiert hat. Er hat ihn beschimpft und ihn mehrmals mit dem Tod bedroht. Ihm würde es so ergehen wie dem Huhn, hatte er gesagt. Ich habe grosse Angst, dass Lauber ihm etwas antut.«

»Haben Sie Anzeige gegen Lauber erstattet?«

»Nein, wir dachten, das bringt nichts. Wir hatten ja keine Beweise.«

»Tun Sie das bitte beim nächsten Mal, sollten Sie oder einer Ihrer Leute jemals wieder bedroht werden. Drohung ist ein Straftatbestand, den wir verfolgen müssen. Und unsere Spurensicherung ist äusserst effektiv.«

»Okay, ab sofort melden wir jeden Übergriff.«

»Bekam Herr Unteregger auch von andern Bauern Morddrohungen?«

»Beschimpfungen hören wir ab und zu. Aber so ausfällig und aggressiv verhielt sich bisher nur Lauber. Uns wird oft mit Klagen gedroht, wir werden vor Gericht gezerrt. Und manchmal auch verurteilt. Wegen Hausfriedensbruch und Persönlichkeitsverletzung. Aber das nehmen wir in Kauf.«

»Wer hat den Bericht für ›Schweiz aktuell‹ gemacht?«, fragte Glauser.

Iten spulte die DVD nach hinten, bis der Schlusseinblender am Ende des Beitrages auftauchte. »Maria Noll«, sagte Iten und zeigte mit der Hand auf den Namen. »Sie ist eine gute und sehr engagierte Journalistin. Wir haben schon ein paarmal mit ihr zusammengearbeitet.«

»Ja, ich kenne sie«, erwiderte Glauser. Er freute sich, weil Maria ihm sicherlich Auskunft geben würde.

Glauser holte sein Handy aus der Jackentasche. »Einen Moment bitte, Herr Iten, ich rufe die Journalistin an.« Er suchte in seinen Kontakten die Nummer von Maria und drückte auf das Telefonsignet.

»Maria Noll, Schweizer Fernsehen«, meldete sie sich sofort.

»Theo Glauser, Kriminalpolizei. Hallo Maria.«

»Guten Morgen Theo, so früh auf den Beinen?«, witzelte sie. Dann wurde sie wieder ernst. »Ihr habt jede Menge zu tun, ich weiss.«

»Maria, sagt dir der Name Felix Unteregger etwas, ein Aktivist vom Tierschutzbund?«

Am anderen Ende blieb es einen Moment lang still. »Mist, jetzt weiss ich endlich, wer das Entführungsopfer auf dem Audiofile ist«, rief Maria aus. »Den ganzen Abend habe ich gegrübelt, woher ich die Stimme kenne. Felix Unteregger! Na klar, ich habe ihn vor ein paar Wochen interviewt. Er hat mir unglaubliches Videomaterial geschickt. Ein Bauer erschlägt massenweise Ferkel.«

»Ja, Herr Unteregger wurde entführt. Seine Freundin hat die Stimme auf der Tonaufnahme erkannt. Der Schweinezüchter Otto Lauber hatte Unteregger nach deinem Bericht massiv bedroht, sagt der Tierschutzbund. Hast du auch Drohungen erhalten?«

»Nein, Lauber hat am nächsten Tag auf der Redaktion angerufen und mir alles Böse an den Hals gewünscht, er hat geflucht und geschimpft wie ein Wald voller Affen. Aber mit dem Tod bedroht hat er mich nicht.«

»Hast du Post von ihm bekommen? Einen verkohlten Hühnerkopf vielleicht?«

»Nein, meine Adresse ist nirgendwo registriert. So schnell findet man mich nicht. Hat Lauber Unteregger einen Hühnerkopf geschickt?«

»Ja, aber diese Informationen sind vertraulich«, ermahnte sie Glauser.

»Keine Sorge, das Gespräch ist *off the record*. Nichts davon gelangt an die Öffentlichkeit.«

»Bist du Otto Lauber einmal persönlich begegnet?«

»Nein, er wollte sich zu den happigen Vorwürfen vor der Kamera partout nicht äussern. Als ich ihn anrief, um ihn mit der Kritik zu konfrontieren, hat er wutentbrannt das Telefon aufgelegt. Der Bericht hat ihm enorm geschadet. Die Migros strich ihn deswegen von ihrer Liste, er durfte den Detailhändler nicht mehr beliefern, ein happiger Einkommensverlust.«

»Traust du ihm eine Entführung zu?«

»Schwer zu sagen. Ich halte ihn für fähig, Unteregger windelweich zu prügeln, sollte er ihm einmal begegnen. Lauber ist jähzornig. Aber eine geplante Entführung? Eher nein.«

»Wie hast du Felix Unteregger erlebt?«

»Ihm liegt das Tierwohl enorm am Herzen. Er riskiert viel, um Missstände aufzudecken. Er arbeitet sehr gewissenhaft. Jede Behauptung kann er belegen.«

»Wie meinst du das?«

»Von externen Quellen verwende ich nur Material, das hieb- und stichfest ist. Unteregger musste mir beweisen, wo genau und an welchem Tag er die Bildaufnahmen im Stall von Lauber gemacht hatte. Allein auf Aussagen, auch wenn sie glaubwürdig sind, verlasse ich mich nicht. Viel zu heikel. Ich brauche Beweise. Es kam schon vor, dass Tierschützer in ihre relativ harmlosen Bilder über Nerzfarmen in Dänemark schreckliche Aufnahmen aus China reingeschnitten haben, die sie vom Internet runtergeladen hatten. Die Geschichte ging so über den Sender. Das darf nicht passieren.«

»Welche Beweise hat dir Unteregger geliefert?«

»Zuerst filmte er am Drehtag die Frontseite der aktuellen WOZ, daraufhin schwenkte er seine Kamera auf die Koordinaten eines GPS-Gerätes und richtete sie anschliessend auf den Schweinezuchtbetrieb. So konnte er beweisen, wo er sich genau befand und an welchem Tag er die Videoaufnahmen gemacht hat. Während der gesamten Drehzeit hat er die Kamera nie abgeschaltet, so war es ihm unmöglich, im Nachhinein etwas reinzuschneiden. Das war ziemlich clever. Zudem ist Otto Lauber identifizierbar, zwar nicht optimal, weil ihn die Kamera von oben gefilmt hat, aber vor Gericht würde das vermutlich genügen.«

»Vielen Dank, Maria. Vielleicht hat Lauber etwas mit der Sache zu tun. Wir werden sein Alibi überprüfen«, sagte Glauser und legte auf. Er wandte sich an Ruprecht Iten. »Wenn Ihnen noch etwas einfällt, das uns bei der Suche nach Herrn Unteregger weiterhelfen könnte, zögern Sie nicht, mich anzurufen.« Er nahm aus der Jackentasche sein Portemonnaie hervor und reichte Iten eine Visitenkarte. »Ich bin Tag und Nacht erreichbar. Die Zeit eilt. Herr Unteregger wird seit vierzig Stunden in einer Kiste gefangen gehalten. Wir müssen ihn befreien, bevor es zu spät ist.« Die Möglichkeit, dass Unteregger bereits tot war, vielleicht erstickt, erwähnte Glauser nicht.

»Bitte finden Sie Felix«, sagte Iten. Seine Stimme klang flehend. »Es darf nicht sein, dass ihm etwas zustösst, nur weil er sich gegen Tierquälerei eingesetzt hat.«

***

»Soldat Nik, hast du tapfer gekämpft?«, neckte Sokrates seinen Assistenten zur Begrüssung, als er die Garderobe im Untergeschoss des Instituts für Rechtsmedizin betrat.

Nik Mooser rollte mit den Augen. »Es war grauenhaft langweilig«, antwortete er und zog eine Grimasse, während er sich weisse Latexhandschuhe überstülpte. »Ich habe die Stunden gezählt, so schlimm war es. Jede einzelne Stunde. Manchmal schaute ich sogar dem Sekundenzeiger hinterher. Ticktack. Ticktack. Das Militär bringt mich noch um. Tod durch Langeweile.« Dann hellte sich sein Gesicht auf, eine Zahnlücke grinste zwischen den Schneidezähnen: »Aber jetzt freue ich mich auf die Arbeit. Endlich wieder ein Mordfall. Was wissen wir über das Opfer?« Die abstehenden Ohren von Nik glühten rot vor Aufregung, die aschblonden Haare standen ihm vom Kopf, die Sommersprossen auf der Nase schienen zu tanzen.

»Das Opfer heisst Leon Oswald, zweiundvierzig Jahre alt, Tierarzt im Zoo«, antwortete Sokrates. Er öffnete seinen Spind, der mit Max Noll beschriftet war, und zog eine grüne Hose aus plastifiziertem Vlies an, dazu einen kurzärmligen Arbeitskittel. »Todesursache war ein Stich in den Hals. Der Täter hat ihm vermutlich post mortem Brandbeschleuniger auf den Hosenlatz gekippt und angezündet. Seine Genitalien sind stark verbrannt.«

»Scheussliche Vorstellung. Der Mörder muss sein Opfer gehasst haben. Sonst wäre er nicht so brutal vorgegangen.«

Sokrates nickte. »Durchaus möglich. Die Kripo vermutet ein Beziehungsdelikt.« Er nahm wie vor jeder Obduktion seine Brille von der Nase und putzte die Gläser gründlich mit einem Taschentuch. Dabei zählte er langsam auf siebenundzwanzig. Dann zog er rote, schnittfeste Handschuhe über die Latexhandschuhe und schlüpfte in orangefarbene Überschuhe. Als er damit fertig war, gingen sie zusammen in die Einsargung, ein heruntergekühlter Raum, der nach rostigen Eisenbahnschienen, Desinfektionsmitteln und Moder roch; der typische Leichengeruch. Von der Decke warfen drei Neonröhren ein hartes Licht. Eine Wand war giftgrün gestrichen. Eine Fensterfront gewährte Einblick in den Obduktionsraum. Vor einem Trolleytisch wartete Anna Zumsteg, die nur kurz aufblickte und nickte, als Sokrates und Nik eintraten. Die medizinisch technische Assistentin redete nicht viel. Sie war spindeldürr und kaum einen Meter fünfzig gross. Der grüne Arbeitskittel schlotterte um ihren Körper, auf den sehnigen Armen waren blaue Adern zu sehen. Ihre pechschwarz gefärbten Haare hatte sie zu einem Zöpfchen zusammengebunden, ihr schmales Gesicht war kreidebleich, Mund und Augenlider hatte sie schwarz geschminkt. Sonst trug sie kein Make-up. An Nase, Lippen und Ohren hatte sie sich ein Dutzend Piercings stechen lassen.

Anna öffnete eine Chromstahltüre, die vom blauen Linoleumboden bis fast zur Decke reichte. Dahinter verbargen sich Kühlfächer, in denen Leichen aufbewahrt waren, nackt, mit braunen Schildern aus Karton um die grossen Zehen gewickelt. Anna zog den Schragen heraus, auf dem Leon Oswald lag.

»Wir beginnen mit der Virtopsy«, wies Sokrates seine Assistentin an. Er bemerkte, wie Anna auf die verkohlten Überreste der Genitalien starrte.

Nik begab sich zum Fussende der Leiche und begutachtete die Verbrennungen. »Dieser Anblick tut jedem Mann im Herzen weh«, sagte er, »besonders in der Lendengegend.«

Sokrates schmunzelte. »Wo nur trägst du dein Herz.«

Nik grinste. Zu dritt schoben sie die Leiche auf einer chromstählernen Bahre in den Röntgenraum, weil bei jedem Mordfall eine virtuelle Autopsie der Leiche durchgeführt wurde.

Sokrates schaute auf seine Uhr. Wo steckte Theo? Sein Handy klingelte. Mühsam klaubte er das Telefon mit den roten Handschuhen aus der Tasche seines Arbeitskittels hervor. »Ja, Paula, was gibt's?« Und nach einem kurzen Augenblick sagte er: »Okay, wir legen los.« Er wandte sich an seine Mitarbeiter.»Theo Glauser und die Fotografin werden erst zur Obduktion erscheinen.«

Zu dritt hievten sie die Leiche auf den Schlitten des Computertomografen. Anna atmete schwer. Ihre Halsschlagadern schwollen an. Die Leiche verschwand in der Röhre. Schicht für Schicht, sekundenschnell, wurde die Leiche geröntgt. Nach wenigen Minuten konnte Sokrates am Monitor die 3D-Bilder betrachten. Virtuell bewegte er sich durch die dreidimensionale Ansicht des Körpers. Neben ihm stand Nik. Die Stichwunde am Hals war deutlich zu erkennen. Sieben Zentimeter tief, kein Durchstich am Nacken. Vermutlich sind Halsvene und Vagusnerv verletzt, dachte Sokrates. In der 3D-Ansicht war das nicht eindeutig festzustellen. Sonst konnte er keine weiteren Stichverletzungen ausmachen.

»Der Stichkanal lässt drei Schlussfolgerungen zu«, erklärte er Nik und zeigte auf den Monitor.»Erstens stach der Täter mit dem Messer nicht wie mit einem Eispickel auf sein Opfer ein. Denn dann würde der Kanal von oben nach unten verlaufen, nicht so wie hier. Siehst du?«

»Vielleicht war der Täter kleiner als sein Opfer«, warf Nik ein,»so könnte der Stichkanal ebenfalls fast waagrecht verlaufen.«

»Ja. Aber in diesem Fall müsste das Opfer seinen Mörder um mindestens einen Kopf überragen. Das ist unwahrscheinlich. Die Erfahrung lehrt uns, dass Messerstecher die Stichwaffe fast immer wie ein Florett halten. Das macht Sinn, denn auf diese Art lässt sich die Klinge wesentlich präziser führen.« Sokrates fuhr auf dem Monitor mit dem Zeigefinger der Wunde entlang.»Zudem lässt der Stichkanal den Schluss zu, dass der Täter zwar kleiner ist als sein Opfer, aber nur unwesentlich, keinesfalls grösser. Denn der Kanal führt leicht von unten nach oben.« Sokrates blickte zu Nik.»Die Leiche von Leon Oswald misst einen Meter neunundsiebzig. Ich tippe, dass sein Mörder einen Meter fünfundsiebzig gross ist, plusminus zwei Zentimeter.«

»Dritte Schlussfolgerung?«

»Der Stichkanal verläuft im Hals zudem ein paar Grad von links nach rechts. Das bedeutet, dass der Täter mit der linken Hand zustach.«

Nik zupfte sich am abstehenden Ohr.»Verblüffend. Bei dir klingt alles unglaublich plausibel. So unumstösslich.«

Sokrates hob belustigt seine rechte Augenbraue.»Na ja, wenn ich dir verraten würde, wie oft ich mich schon geirrt habe, obwohl alles so einleuchtend schien, könntest du es kaum glauben. Mit peinlichen Irrtümern müssen wir leben lernen.«

»Sollen wir die Halspartie mit einem 3D-Drucker nachbilden?«, fragte Nik.

Das Institut war imstande, die virtuellen Bilder im Computer dreidimensional auszudrucken, was für Richter hervorragendes Anschauungsmaterial bot. »Nein, das ist vorerst nicht angezeigt«, erwiderte Sokrates. Er bediente wieder einen Knopf. Langsam ging er durch die Leiche hindurch und bewegte sich durch den Brustkorb. Im Herzen stellte er einen Lufteinschluss fest. »Vermutlich Luftembolie«, sagte er zu Nik, »der Täter verletzte mit dem Messer die Halsvene, das Herz hat Luft angesaugt anstatt Blut. Nach wenigen Herzschlägen war das Opfer tot. Die Obduktion wird uns zeigen, ob ich richtig liege.«

Er führte die virtuelle Kamera weiter durch die Gedärme hinunter zu den Genitalien des Toten. Sie waren verkohlt. Schwellkörper und Harnröhre im Penis waren nicht mehr intakt. Die Hoden hatte der Brennsprit fast vollständig verbrannt. Nur ein Klumpen blieb übrig. Nichts zu machen. Keine Spuren. Sokrates streifte sich die Handschuhe ab und rieb sich mit dem Handrücken über die Stirn. »Nach der Obduktion werden wir hoffentlich eindeutig sagen können, wie lange Leon Oswald nach dem Messerangriff noch gelebt hat.«

***

Maria leckte den Deckel des Joghurtbechers ab, während sie nachdachte. Der Anruf von Theo vor ein paar Minuten brachte ihre Pläne durcheinander. Sie musste umdisponieren. Was waren die neuen Fakten? Das Entführungsopfer, das in eine Kiste gesperrt worden war, hiess Felix Unteregger, Aktivist beim Tierschutzbund, den sie einst interviewt hatte. Schade, dass sie ihn nicht schon gestern an seiner Stimme erkannt hatte. Die Kripo verdächtigte den Schweinezüchter Otto Lauber, dahinter zu stecken, weil ihn Unteregger der Tierquälerei überführt hatte. Theo will heute sein Alibi überprüfen. Das gibt viel Stoff für eine Geschichte. Maria schaufelte sich eine grosse Portion Himbeerjogurt auf den Löffel. Sie sass alleine auf einem Barhocker an der Theke auf der Piazza, die vor dem Personalrestaurant des Schweizer Fernsehens lag. Um halb neun Uhr morgens waren hier kaum TV-Leute anzutreffen, weil viele bis spät abends Dienst hatten und deswegen erst so gegen halb zehn Uhr eintrudelten. Maria liebte die Ruhe am Morgen, um diese Uhrzeit konnte sie am besten planen, ohne gestört zu werden.

Sie hatte sich heute nach einer langen Nacht mit Leo in aller Frühe aus dem Bett gequält. Leo schlief noch, als sie erwacht war. Sein Arm lag um ihre Taille, sie spürte seinen Atem an ihrem Nacken. Vorsichtig hatte sie seine Hand angehoben und war unter der Bettdecke hervorgeschlüpft. Ohne ihn zu wecken, hatte sie seine Wohnung verlassen. Sie mochte es nicht, mit dem Liebhaber einer vergangenen Nacht beim Frühstück plaudern zu müssen. Obwohl, dachte sie, mit Leo wäre der Morgen danach sicherlich nicht gar so peinlich wortlos, vermutlich sogar lustig.

»Einen Espresso mit etwas kalter Milch, bitte«, orderte sie bei einem schmerbäuchigen, finster dreinblickenden Mann hinter der Theke, während sie die eingegangenen Mails auf ihrem Smartphone kontrollierte. Nichts von Bedeutung. Sie kratzte den letzten Rest Himbeerjogurt aus dem Becher und überlegte sich ein Konzept für ihre Geschichte, die heute Abend über den Sender musste. Was konnte sie in zehn Stunden organisieren? Interview mit der Profilerin um zehn Uhr, die hoffentlich etwas über den Täter sagen konnte. Archivmaterial aus ihrer Geschichte über die Qualzucht von Otto Lauber. Bilder von Felix Unteregger, dem der Schweinezüchter einen verkohlten Hühnerkopf geschickt hatte. Interview mit dem Tierschutzbund. Statement von Untereggers Freundin, die eine Vermisstenanzeige aufgegeben hatte. Konfrontation mit Lauber. Stellungnahme der Kripo. Vor ihr lag viel Arbeit.

Der Schmerbäuchige stellte den Espresso auf die Theke, ohne sie anzublicken. »Zwei Franken vierzig«, grummelte er.

Maria legte ihm ein paar Münzen auf die Theke, insgesamt drei Franken. »Stimmt so«, sagte sie.

Die Bedienung hinter der Bar war kurz angebunden, unfreundlich und übel gelaunt. Maria gab ihm trotzdem ein üppiges Trinkgeld, weil er weniger verdiente als sie. So handhabte sie das immer, auch wenn der Service schlecht war. Sie stürzte den Espresso in einem Zug hinunter, verliess die Piazza und fuhr mit dem Lift in den dritten Stock in die Redaktion von »Schweiz aktuell«. Im Grossraumbüro war niemand zu sehen. Sie steuerte auf ihren Arbeitsplatz zu, umkurvte ein paar Schreibtische, als sie eine leise Stimme vernahm. Es war Hugo Stalder, der abgewandt mit dem Rücken zu ihr sass und telefonierte. Er hatte Maria nicht bemerkt. Nanu, was macht mein Kollege schon so früh am Morgen im Büro, das tut er sich doch sonst nie an? Sie schnappte ein paar Wortfetzen auf. Hugo telefonierte anscheinend mit einem traditionellen Familienbetrieb, der für seine Basler Confiseriespezialitäten bekannt war. Sie näherte sich ihm von hinten, als er sagte:»... eine Geschichte über Ihre neue Produktionsstätte in Liestal zur Lancierung eines neuen Pralinés samt hübschem Firmenporträt. Sobald mein Chef einwilligt, gebe ich Ihnen Bescheid.« Maria blieb hinter Hugo stehen. Was soll das?, dachte sie verärgert, du bietest ihm doch hoffentlich keine Publireportage an.

»Wenn alles klappt, überweisen Sie mir mein Beraterhonorar wie besprochen auf mein Konto«, hörte sie Hugo sagen. Dann legte er auf. Maria traute ihren Ohren nicht.»Spinnst du? Bist du noch ganz bei Trost?«, schrie sie Hugo wutentbrannt an und stellte sich breitbeinig vor ihm auf.»Du verdammter Verräter! Du lässt dich für Geschichten bezahlen.«

Hugo blickte sie trotzig aus wässrigen Augen an. Das dünne Haar klebte am Schädel.»Was ist schon dabei? Wenn der Chef die Geschichte will, stört es doch niemanden, wenn mich die Firma auch noch dafür bezahlt.«

Maria blieb die Luft weg.»Du kapierst es nicht! Du verrätst ›Schweiz aktuell‹ und alle deine Kollegen und trittst unsere Glaubwürdigkeit mit Füssen. Korrupter Bastard!« Am liebsten hätte sie ihm ein paar gescheuert. Sie wollte gerade nachlegen und ihm Schimpf und Schande an den Kopf werfen, als sie am andern Ende des Grossraumbüros sah, wie Eugen Voss hereinkam. Der Produzent hatte vom Eklat offenbar nichts mitbekommen. Maria schluckte ihren Ärger runter und setzte sich an ihren Schreibtisch.

»Tolle Geschichte, Maria«, lobte Voss sie über drei Tische hinweg, die Mullbinde über seiner Nase war verschoben, der Bluterguss an seinen Augensäcken hatte sich nach unten verlagert.»Schön umgesetzt. Gute Idee, den O-Ton des Opfers aus der Kiste unter schwarze Bilder zu legen. Das ging unter die Haut. Alle Online-Medien haben deinen Primeur aufgenommen. Klasse!« Hugo beachtete er gar nicht.

Maria dankte ihm für sein Feedback, während sie ihren Computer hochfuhr. Als erstes öffnete sie das Mailprogramm.»Hugo, du wirst dem Chef deine PR-Geschichte über die Lancierung einer neuen Praliné nicht vorschlagen«, tippte sie.»Ich erwarte von dir, dass du ihm beichtest, für welche Geschichten du jemals Geld angenommen hast. Es ist ein verdammter Skandal. Sollte jemand erfahren, dass du dich bezahlen lässt, stehen wir auf der Frontseite aller Zeitungen. Wenn du den Chef nicht informierst, tue ich das.« Sie zögerte kurz und löschte den letzten Satz. Ihr Chef würde Hugo nach dieser Enthüllung fristlos entlassen. Ob sie so weit gehen musste, wollte sie sich zuerst in aller Ruhe überlegen. Ohne den Text nochmals zu kontrollieren, schickte sie ihn ab. Sie beobachtete Hugo, wie er ihr Mail las und auf seiner dicken Unterlippe kaute. In diesem Moment ertönte ein Pling. Jemand hatte ihr anonym ein Mail geschickt, ohne Kommentar, ohne Betreffzeile. Im Fenster sah sie ein Audiofile. Marias Herz schlug höher. Stammte die Tonaufnahme wieder vom Entführer? Sie setzte sich Kopfhörer auf, nahm einen Block aus der Schreibtischschublade und angelte sich einen Kugelschreiber. Dann drückte sie den Startbutton der mp3-Datei.

(Poltern, Rumpeln, Klopfen)

(dumpfe Frauenstimme) »Bitte! Lassen Sie mich raus! Herr (Tonschnitt) Warum tun Sie das? Warum sperren Sie mich ein! Ich habe Ihnen nichts getan!« (Heftiges Keuchen) »Ich kriege Platzangst! Öffnen Sie die Kiste! (Keuchen, dumpfes Schlagen) Bitte! Ich flehe Sie an!« (Stille, dann Schluchzen) »Hallo? Herr (Tonschnitt) Sind Sie da? (Schluchzen) Hören Sie mich? Bitte lassen Sie mich gehen!«

(verzerrte Männerstimme) »Nein, ich lasse Sie nicht frei. Sie haben mein Leben zerstört, Frau Anderwert. Sie haben mich zum Geschädigten gemacht. Das werden Sie bereuen.«

(ängstliche Stimme) »Warum sagen Sie das? Ich kenne Sie gar nicht. Ich habe nichts Böses getan!«

(verzerrte Männerstimme) »Doch, das haben Sie. Und das wissen Sie auch.«

Das darf nicht wahr sein, dachte Maria, eine weitere Entführung. Jetzt hat der Täter auch noch eine Frau in seiner Gewalt. Anderwert? Wer ist das? Warum nur schickt der Täter ausgerechnet mir ein Audiofile, auf dem er sein Opfer verhört? Bin ich ein Puzzleteil seines Spieles? Wozu? Maria tippte »Anderwert« und »Zürich« in eine Suchmaske und erhielt Tausende Ergebnisse. Sie scrollte langsam nach unten. Immer wieder tauchte der Name einer Theaterregisseurin am Zürcher Schauspielhaus auf: Zara Anderwert. Ist sie das Opfer? Maria öffnete YouTube und gab in die Suchmaske den Namen ein. In mehreren Videos hatte Zara Aderwert Interviews gegeben, auch in einer Sendung von »Kulturplatz«. Maria hörte sich das Interview an. Kein Zweifel, das Entführungsopfer ist die Regisseurin.

Mit zittrigen Händen nahm sie ihr Smartphone aus der Jeanstasche und drückte unter Kontakte die Telefonnummer von Theo Glauser. Während es klingelte, drehte sie ihren Bürostuhl ab, damit Hugo sie nicht hören konnte. Als Glauser sich meldete, platzte Maria sofort heraus:»Theo, soeben erhielt ich ein weiteres Mail mit einem Audiofile. Der gleiche Täter. Er hat dieses Mal eine Frau entführt, die Theaterregisseurin Zara Anderwert vom Zürcher Schauspielhaus.«

»Verdammt noch mal«, knurrte Glauser.»Wir haben es mit einem Serientäter zu tun. Wir müssen unbedingt herausfinden, was das zweite Opfer mit Unteregger verbindet.« Er gab Maria Anweisungen, das Audiofile wie beim letzten Mal samt Quelltext an Benedikt Yerly zu mailen. Er würde seinen Kollegen informieren.

Die SBB-Uhr an der Wand zeigte mittlerweile halb zehn Uhr. Maria musste sich beeilen. Sie kopierte den Quelltext samt IP-Adressen in ein Word-Dokument und schickte es mit dem Audiofile an Yerly. Anschliessend eilte sie zum gläsernen Kabäuschen, worin Oskar Lehmann sein Büro eingerichtet hatte. Er besprach sich gerade mit Voss an einem kleinen runden Tisch, als Maria die Türe aufstiess.

»Chefs, eine weitere Entführung!«, rief sie.»Eine Regisseurin am Schauspielhaus. Der Täter hat mir wieder eine Tonaufnahme geschickt.«

»Donnerwetter, Maria!«, erwiderte Lehmann. Der Adamsapfel hüpfte im faltigen Hals, seine grauen Haare standen heute nicht ganz so kreuz und quer vom Kopf wie sonst, das schmale Gesicht hatte etwas Farbe angenommen.»Unglaublich, in was für Geschichten du immer reingerätst.«

»Mittlerweile weiss ich auch, wie das erste Opfer heisst«, fuhr Maria fort.»Felix Unteregger, Aktivist beim Tierschutzbund. Ich habe ihn einmal interviewt. Er hatte verdeckte Aufnahmen in einem Schweinezuchtbetrieb gemacht und gefilmt, wie ein Bauer Ferkel erschlägt.«

»Du hast über diese Tierquälerei vor ein paar Wochen berichtet«, sagte Voss.»Ich erinnere mich noch gut an die Geschichte.«

»Die Kripo verdächtigt den Schweinezüchter Otto Lauber, irgendwie mit drin zu hängen, weil er Unteregger nach meinem Bericht massiv bedroht hat. Sie überprüft sein Alibi. Vielleicht ist Lauber der Entführer.«

»Aber was hat die Regisseurin damit zu tun? Warum hält er sie gefangen?«

»Keine Ahnung, aber das werde ich herausfinden«, entgegnete Maria.»Eugen, heute schwänze ich die Redaktionssitzung. Mir rennt die Zeit davon.«

»In Ordnung, informiere mich von unterwegs, was du alles in den Kasten kriegst«, sagte Voss. Er schaute im Open Media auf seine Planung. »Heute Abend kann ich dir maximal fünf Minuten geben.«

»Das sollte reichen.«

»Leo rief gerade an, dass er verschlafen hat. Er ist unterwegs. In fünf Minuten wartet er vor dem Empfang auf dich.«

Maria grinste, als sie auf den Lift zuging. Tja Leo, ich habe dich gestern Nacht etwas überfordert.

***

Nach der virtuellen Autopsie schoben sie die Bahre wieder zurück in den Einsargungsraum. Zusammen mit Nik wuchtete Sokrates die Leiche von der Bahre auf ein grünes Brett, das Anna zuvor auf einen Trolleytisch gelegt hatte. Nik schaltete einen Hebel um, worauf sich der Tisch senkte. Es war kühl im Raum. Anna fröstelte, sie hauchte in ihre Hände. Ihre schwarz lackierten Fingernägel bildeten dabei einen merkwürdigen Kontrast zu den blutleeren, kalkweissen Handrücken. Die Narben an ihren Unterarmen, wo sie sich als Jugendliche geritzt hatte, liefen lilafarben an. Nik fixierte eine Körperschemazeichnung auf ein Klemmbrett und nahm Farbstifte aus einer Dose.

»Guten Morgen, allesamt«, sagte Theo Glauser, als er mit der Polizeifotografin den Einsargungsraum betrat. »Sokrates, hat die Virtopsy irgendwelche Erkenntnisse zur Tat gebracht?«

Sokrates schüttelte Glauser die Hand. »Ja. Der Stichkanal im Hals lässt auf einen Täter schliessen, der so gegen ein Meter fünfundsiebzig gross ist, und der mit der linken Hand zustach.«

»Linkshänder?«

»Anzunehmen.«

Glauser notierte sich die Angaben in ein kleines Ringbuch. »Sehr gut, das schränkt den Täterkreis etwas ein. Die Grösse deutet darauf hin, dass höchstwahrscheinlich ein Mann den Mord begangen haben musste.«

Lara Odermatt schraubte ein Weitwinkelobjektiv auf ihre Digitalkamera. Von der Stichwunde am Hals und den verbrannten Genitalien nahm sie ungerührt Notiz und dokumentierte die Verletzungen mit ihrer Kamera. Sie stieg auf einen Stuhl und machte aus der Vogelperspektive Grossaufnahmen von der Leiche.

Sokrates begann mit der äusseren Besichtigung. Zentimeter um

Zentimeter musterte er die Haut des Toten auf kleinste Verletzungen, Wunden, Narben, Abschürfungen und Blutergüsse. Langsam ging er um die Leiche herum. Ausser zwei alten Narben, eine am Knie, eine andere am Ellenbogen, die schon stark verblasst waren, konnte er nichts Ungewöhnliches feststellen. Anschliessend untersuchte er Hände und Arme des Toten auf Abwehrverletzungen. Nichts.»Kein Kampf, Leon Oswald hatte sich nicht gewehrt. Der Angriff kam für ihn völlig unerwartet«, informierte er Glauser, der vor den Kühlfächern stand und sich Notizen machte.»Der Befund deckt sich mit den Ergebnissen der Legalinspektion am Tatort.« Sokrates begab sich ans Kopfende des Trolleytisches. Ausführlich betrachtete er die Stichwunde am Hals der Leiche. Er nahm ein Lineal und vermass die Wunde. Vier Komma drei Zentimeter lang. Lara trat heran, bückte sich zum Toten hinunter und drückte auf den Auslöser. Nik markierte währenddessen auf der Körperschemazeichnung den Hals mit einem roten Stift und malte mit einem schwarzen Stift einen dicken Punkt auf der Höhe der Lenden.

Die Wunde am Hals klaffte weit auseinander.»Glattrandiger Schlitz. Keine gequetschten oder blutunterlaufenen Wundränder«, gab Sokrates bekannt.

»Wir können also davon ausgehen, dass der Täter sein Opfer mit einem Messer attackiert hat«, stellte Glauser fest.

»Ja, oder mit einem anderen scharfen Gegenstand wie eine Glasscherbe oder ein Stück Blech.«

»Schere?«

»Denkbar, aber unwahrscheinlich, dann wäre die Stichwunde schmaler.«

Sokrates befeuchtete einen kleinen Schwamm und reinigte vorsichtig die beiden Ecken der Stichwunde von eingetrocknetem Blut. Er nahm seine Brille ab und inspizierte die beiden Enden der Verletzung.»Der Wundwinkel zeigt einen Schwalbenschwanz«, sagte Sokrates zu Glauser gewandt.»Der Täter hat geradlinig zugestochen und anschliessend die Klinge beim Herausziehen um etwa zwanzig Grad gedreht. Das zeigen diese beiden spitzen Enden.«

»Hat der Täter eine einschneidige oder eine zweischneidige Klinge verwendet?«

»Eine einschneidige Stichwaffe. Der andere Wundwinkel ist stumpf.« Sokrates richtete sich wieder auf und drückte seinen steifen Rücken durch. Er nahm eine kleine Taschenlampe, öffnete den Mund der Leiche und leuchtete hinein. Auch die Nasenhöhle untersuchte er.

Er konnte keine Russablagerungen feststellen, die ein Zeichen dafür gewesen wären, dass das Opfer noch am Leben war, als der Täter den Brandbeschleuniger angezündet hatte. Aber der Brandherd war sehr klein, die Rauchentwicklung dementsprechend gering. »War das Opfer womöglich noch bei Bewusstsein, als ihm der Täter die Genitalien verbrannt hat?«, fragte Nik.

»Nein, auf keinen Fall, sonst hätte es um sich geschlagen und wie am Spiess geschrien. Das hätten die Nachbarn gehört. Und Fesselspuren an den Handgelenken oder Spuren eines Knebels konnte ich nirgendwo feststellen.«

Sokrates begab sich zum andern Ende des Tisches und musterte die verkohlten Genitalien. Er sog langsam die Luft ein. Es roch nach verbranntem Fleisch und ganz schwach nach versengten Schamhaaren. Mit dem Lineal vermass er den Brandherd. »Nach der Neunerregel sind ein Prozent der Haut verbrannt«, sagte Sokrates. »Die Verbrennung alleine hätte das Opfer überlebt.«

Lara Odermatt zückte ihre Kamera und schoss mehrere Fotos. Sokrates wandte sich an Glauser. »Den Verbrennungsgrad von Penis und Hoden kann ich dir erst bei der Obduktion nennen. Zu stark ist das Gewebe zerstört. An den Oberschenkeln und am Unterbauch erkenne ich schwächere Verbrennungen.« Nach einer halben Stunde war die Leichenschau beendet.

Zusammen mit Nik und Anna schob Sokrates den Toten nebenan in den Obduktionsraum. Er atmete tief durch. Es roch nach Eisen, der Geruch von Blut. Neonröhren an der Decke warfen ein grelles Licht auf die weiss gekachelten Wände. Sokrates kniff die Augen zusammen. Aus einer Materialkiste griff er sich einen Spritzschutz aus halbrundem Plexiglas, der an einem Stirnband befestigt war. Lara Odermatt hantierte an ihrer Kamera, ihre roten Locken hatte sie mittlerweile zu einem Pferdeschwanz gebunden. Glauser lehnte an einem Türrahmen, seine grossen Hände hielt er verschränkt. Sokrates wollte gerade mit der Obduktion beginnen, da spielte die Melodie »In der Halle des Bergkönigs«. Glauser klappte sein Handy auf. »Lukas, das Opfer engagiert sich beim Tierschutzbund«, hörte ihn Sokrates sagen. »Unter Bauern hat sich Felix Unteregger deswegen eine Menge Feinde gemacht. Mehr dazu um elf Uhr beim Rapport. Recherchiere bis dahin alles über einen Schweinezüchter namens Otto Lauber.«

»Legen wir los«, sagte Sokrates, nachdem Glauser das Telefonat beendet hatte. Mit einem grossen, scharfen Messer durchschnitt er die

Haut entlang des Brustbeins senkrecht nach unten, umrundete den Nabel und zog die Klinge bis zum Unterbauch. Vor der versenkten Haut über dem Schambein stoppte er. Den T- oder Y-Schnitt wandte er in diesem Fall nicht an, zu gross war die Gefahr, dass er damit die Halsmuskulatur mit der Stichwunde beschädigen würde. Nik stand ihm gegenüber, Anna am Kopfende des Chromstahltisches. Beide trugen eine Gesichtsmaske unter dem Schutzanzug. Aufmerksam verfolgten sie die Obduktion. Vorsichtig präparierte Sokrates die Haut vom Oberkörper weg, klappte den Hautmantel auf wie ein Hemd und untersuchte seine Innenseite auf Hämatome. Keine Spuren.

»Leon Oswald war vor seinem Tod kein Opfer von Gewalt. Er wurde vor der Messerattacke körperlich nicht misshandelt.« Mit einer Zange, die wie eine Geflügelschere aussah, knackte er jede einzelne Rippe und löste das Brustbein heraus. Es war ruhig im Obduktionssaal, nur die Neonröhren summten, und ein Klappern war zu hören, wenn Sokrates ein neues Werkzeug vom Bestecktablett nahm.

Lara Odermatt dokumentierte jeden einzelnen Schritt mit ihrer Fotokamera.

Sokrates öffnete den Herzbeutel, stach mit einer Acht-Milliliter-Spritze ins Herz und saugte Herzblut ab für die chemische Untersuchung.

»Sollte der Toxikologe Kohlenmonoxid im Blut feststellen, würde dies bedeuten, dass Leon Oswald noch gelebt hat, als ihm der Täter die Genitalien verbrannte«, informierte er Glauser, »das werden wir schon bald wissen.«

Nik stellte das Plastikfläschchen mit dem Asservat beiseite, während Sokrates den Herzbeutel mit Wasser füllte. Dann stach er in die rechte Herzkammer und anschliessend in die linke. Sofort sah er, wie Luftblasen aus dem Herzen entwichen. Ein eindeutiges Zeichen. »Wie schon die Virtopsy gezeigt hat, starb Leon Oswald an einer Luftembolie«, gab er bekannt.

Mit einer Schere durchtrennte er Aorta und Lungenarterie, schnitt das Herz heraus und gab es Nik, der es in eine Chromstahlschale legte und wog. Währenddessen bestimmte Sokrates den Mageninhalt der Leiche. Dazu löffelte er mit einer Kelle den säuerlich riechenden Brei in einen Messbecher. Mit einem Spachtel rührte er darin herum. »Braune Farbe mit gelb-weissen Rückständen, dreihundert Milliliter Inhalt.« Sokrates roch am Messbecher. »Kaffee und vermutlich Toastbrot«, sagte er.

»Bist du dir sicher?«, fragte Glauser.

»Ja, Kaffee trank Leon Oswald auf jeden Fall. Und dazu ass er Toastbrot, vielleicht mit Konfitüre, es könnten aber auch Kekse oder andere Backwaren gewesen sein. Das kann ich am Mageninhalt nicht mehr feststellen.«

»Kaffee, Toastbrot und Konfitüre? Das spricht dafür, dass Oswald am Morgen noch gelebt hat, und er nach dem Frühstück ermordet wurde. Bei deiner Leichenschau hast du aber den Todeszeitpunkt Sonntagabend ermittelt.«

»Viele trinken auch am Abend einen Espresso und essen dazu ein Gebäck«, entgegnete Sokrates. »Oswald wurde mit Sicherheit bereits am Vorabend getötet.«

Er stach mit einer Spritze in die Blase und entnahm ihr Urin, präparierte aus der Bauchhöhle rundherum den Dickdarm heraus und sezierte Magen, Leber und Nieren. »Anna, du kannst den Schädel öffnen«, wies Sokrates seine Assistentin an.

Anna nahm vom Bestecktablett ein Skalpell, setzte es am linken Ohr der Leiche an und zog die Klinge über den Scheitel zum andern Ohr. Dann präparierte sie die Kopfschwarte weg und zog die Kopfhaut mit Kraft auseinander, bis die Schädeldecke frei lag. Mit einer elektrischen Flex sägte sie einen Kreis in den Schädel und entfernte den Schädelknochen. Der beissende Geruch von verbranntem Haar stieg in die Nase von Sokrates. Er nickte seiner Assistentin zufrieden zu und begab sich zum Kopfende des Obduktionstisches. Mit einem Skalpell schnitt er das Grosshirn aus dem Schädel. Nik wog das Organ und trug die Daten in die Tabelle des Organzettels. Anschliessend legte Sokrates den Hals frei, indem er von beiden Ohren bis zum Schlüsselbein jeweils einen Schnitt machte und die Muskulatur entlang des Schlüsselbeins entfernte. Konzentriert präparierte er die Muskelschichten weg, untersuchte, wie der Stichkanal verlief und welche Gewebestrukturen und Gefässe durch das Messer verletzt worden waren. »Die Halsvene ist perforiert, und auch der Vagusnerv ist verletzt. Das Zwerchfell war dadurch erheblich beeinträchtigt. Leon Oswald konnte kaum noch atmen. Nach wenigen Augenblicken starb er.« Glauser machte sich Notizen.

Sokrates begab sich ans Fussende des Chromstahltisches. Er musterte ein paar Minuten die verbrannten Genitalien. Mit einem Skalpell legte er die Gewebeschichten des Penis frei, sie waren trocken, brüchig und weiss-grau verfärbt. Die versengten Schamhaare am

Unterbauch haben sich von der Hitze gekräuselt. Die Hoden fehlten fast vollständig. An einzelnen Stellen an den Oberschenkeln war die Haut gerissen und aufgeplatzt. »Die Genitalien können uns nicht mehr verraten, als was wir jetzt schon wissen.« Sokrates nahm den Spitzschutz vom Kopf und streifte sich die Handschuhe ab. Er atmete erschöpft aus. »Mehr können wir momentan nicht tun.«

»Danke Sokrates, ich muss los«, sagte Glauser. »Gleich beginnt der Rapport. Zum Mord an Oswald müssen wir auch noch in zwei Entführungsfällen ermitteln.«

Als Sokrates aus dem Obduktionsraum schlurfte, nahm ihn Nik beiseite. »Chef, heute Nachmittag möchte ich meine Freundin zum Neurologen begleiten. Seit Lena schwanger ist, hat sie immer wieder Kopfschmerzen. Gestern waren ihre Schmerzen unerträglich. Wir machen uns Sorgen. Ist es okay, wenn ich mir dafür frei nehme?«

Sokrates nickte. »Selbstverständlich. Geh nach Hause zu deiner Partnerin. Kläre das unbedingt ab.«

***

»Kollegen, die Ereignisse überschlagen sich«, begann Glauser die Sitzung. »Der Entführer hat ein weiteres Opfer in seine Gewalt gebracht und in eine Kiste gesperrt.« Nach der Obduktion war Glauser mit dem Dienstwagen zur Kripo gerast, hatte sich in der Kantine ein Mineralwasser geschnappt und kam gerade rechtzeitig zum Rapport. Er war zwar der Chef, aber er hasste es, zu spät zu kommen. Er erwartete auch von seinen Leuten, dass sie pünktlich erschienen.

Die Polizisten hatten sich nicht wie üblich im dritten Stock versammelt. Das Sitzungszimmer war von Glausers Vorgesetzten, dem Polizeioffizier und vom Oberstaatsanwalt belegt, sie mussten ausweichen. Nun sassen sie um einen runden, schäbigen Tisch in einem kleinen Raum, der nur wenig genutzt wurde und sich ein Stockwerk höher befand. Die Luft roch muffig, an den Wänden waren Schattenränder von Bildern zu sehen, die dort einmal gehangen hatten, der Teppichboden war übersät mit Druckstellen von Stuhlbeinen, Flecken und abgewetzten Stellen. Von der Decke strahlte eine funzelige Lampe. Obwohl die Sonne schien, drang durch das verstaubte Fenster nur spärlich Tageslicht. »Der Täter hat heute Morgen erneut ein Audiofile der Fernsehjournalistin Maria Noll zugespielt. Das File enthält Tonaufnahmen des Entführers und seines zweiten Opfers.« Er nahm sein Smartphone vom Tisch und drückte auf den Button des mp3-Files. »Hört euch das an.«

Als die Aufnahme fertig war, klappte Glauser sein Handy zu und schlug mit der Faust auf den Tisch. »Leute, ab sofort arbeiten wir Tag und Nacht. Wir müssen den Entführer aus dem Verkehr ziehen.« Er schaute Benedikt Yerly fragend an. »Konntest du in der kurzen Zeit schon etwas über das Mail in Erfahrung bringen?«

Yerly nickte, sein zerknautschtes Gesicht sah bekümmert aus. »Der ÜPF-Dienst in Bern zögerte keine Sekunde und veranlasste sofort, dass mir die Swisscom alle Daten aushändigt. Leider hat der Entführer wie beim ersten Mal das Mail im Starbucks am Limmatquai verschickt.«

»Wann?«

»Heute Morgen, kurz nach neun. Es handelt sich eindeutig um denselben Täter, der seine Stimme exakt gleich elektronisch verzerrt hat. Auch die Hintergrundgeräusche sind identisch, ein paar davon konnte ich wiederum nicht zuordnen.«

»Schlugen auch dieses Mal Kirchenglocken?«

»Ja, die Fraumünsterkirche läutete elf Mal. Der Entführer hat Anderwert demnach gestern Nacht um elf Uhr verhört, zur gleichen Zeit wie Unteregger einen Tag zuvor.«

»Der Täter musste gestern am frühen morgen von Bellinzona wieder nach Zürich zurückgefahren sein, weil sonntagnachts kein Zug mehr fuhr. Nach Fahrplan hätte er um 6.13 Uhr einsteigen können. Ankunft in Zürich: 7.51 Uhr. So schaffte er es rechtzeitig in den Starbucks, um das File zu mailen«, bemerkte Franz Ulmer. »Was hatte er im Tessin zu tun? Er wird sich ja nicht zwischen zwei Entführungen einen kleinen Ausflug gegönnt haben. Oder er hat einen Komplizen.«

»Das ist tatsächlich seltsam«, erwiderte Glauser und wandte sich wieder an Yerly. »Weitere Ergebnisse?«

»Der Entführer hält beide Opfer im gleichen Raum gefangen, das zeigen die Hintergrundgeräusche, aber höchstwahrscheinlich in zwei verschiedenen Kisten, weil zwei Menschen in dieser Kiste kaum Platz haben.«

»Woher weisst du das?«, fragte Ulmer.

»Das Klopfen, Kratzen und Rumpeln aus dem Innern der Kiste zeigt uns, dass die Kiste sehr eng sein muss. Die Opfer können sich darin kaum bewegen. Das hört man.«

»Vielleicht sperrt er seine Opfer dennoch nur in eine Kiste«, warf Emma ein.

Yerly hob fragend eine buschige Augenbraue.

»Möglicherweise ist Felix Unteregger mittlerweile erstickt, und der Täter hat seine Leiche entsorgt. Er drohte ja, ihn zu vernichten. Vielleicht setzte er seine Drohung in die Tat um«, erklärte Emma. »Nun liegt Frau Anderwert in der gleichen Kiste wie zuvor Unteregger.«

»Diese Möglichkeit müssen wir in Betracht ziehen«, stimmte ihr Glauser zu. »Allerdings dürfen wir die Hoffnung nicht aufgeben, beide Opfer lebend zu finden.«

»Der Täter hat bisher keine Forderungen gestellt, die erklären würden, warum er Unteregger und Anderwert gefangen hält«, entgegnete Oppliker. »Er verlangt kein Geld, er schickte keine Botschaft, die im Fernsehen verlesen werden muss, er will nichts. Das weist darauf hin, dass sein Motiv Vergeltung ist. Er handelt aus Rache. Vielleicht tötet er seine Opfer tatsächlich, wie er es angekündigt hat. Und das teilt er aller Welt mit, in dem er einer Journalistin Audiofiles schickt.«

»Wir wissen noch zu wenig«, mahnte Glauser. »Wir dürfen uns nicht in Mutmassungen verlieren.« Er trank aus der PET-Flasche einen Schluck Mineralwasser. In letzter Zeit werden die Kriminalfälle immer komplizierter, dachte er. Er wünschte sich wieder einmal einen simplen Mord aus Eifersucht oder Geldgier mit vielen Spuren und einem Verdächtigen, der die Tat schnell gesteht. »Lukas, konntest du mit der Bedienung vom Starbucks reden. Ist ihr ein Mann mit Laptop aufgefallen, der sich seltsam benahm?«

»Leider nein, Theo. Gestern Morgen war das Café berstend voll. Ihr kam niemand verdächtig vor.«

»Das habe ich schon befürchtet«, seufzte Glauser. »Fassen wir zusammen, was wir bisher herausgefunden haben: Felix Unteregger arbeitet als Aktivist beim Tierschutzbund Zürich. Seine verdeckten Videoaufnahmen brachten den Schweinezüchter Otto Lauber in die Bredouille, die Bilder im Schweizer Fernsehen haben ihn als Tierquäler blossgestellt. Daraufhin hat der Bauer Unteregger massiv bedroht. Lauber ist somit ein möglicher Tatverdächtiger. Sobald wir mehr über ihn wissen, statte ich ihm einen Besuch ab und befrage ihn zu seinem Alibi. Ob Anderwert den Schweinezüchter kannte, müssen wir dringend ermitteln.«

»Unteregger fuhr am Sonntagnachmittag nach der Arbeit mit dem Tram vom Tierspital ins Seefeld, wie wir gestern gehört haben. Dort verliert sich seine Spur«, sagte Emma. »Später verhört der Entführer sein Opfer mehrere hundert Meter Luftlinie vom Seefeld entfernt in der

Nähe der Fraumünsterkirche. Der Zuchtbetrieb von Otto Lauber – ich habe das gerade im Internet nachgeschaut – befindet sich aber in der Nähe des Greifensees. Das passt nicht zusammen.«

Glauser lächelte. Kluge Kollegin, dachte er. »Ja, da stimmt vieles nicht. Aber Lauber ist der einzige, von dem wir wissen, dass er ein Motiv hat. Dem müssen wir nachgehen.«

Sein Smartphone pfiff die Melodie »In der Halle des Bergkönigs«. Er klappte es auf, das Display zeigte die Nummer von Maria an. Es war jetzt kurz nach elf.

»Theo, mir ist soeben etwas eingefallen«, sprach Maria hastig. »Vielleicht ist das zu weit hergeholt, aber wer weiss. Ihr ermittelt doch auch im Mord am Zootierarzt Leon Oswald?«

»Stimmt.« Glauser schaltete den Lautsprecher des Handys ein und wies Emma mit Handzeichen an, sich Notizen zu machen.

»In der Medienmitteilung stand, dass ihn der Täter erstochen und anschliessend verbrannt hat.«

»Ja, das ist korrekt.« Glauser zögerte, ob er Maria die ganze Wahrheit verraten sollte. Warum eigentlich nicht, dachte er in einem Anflug von Resignation. »Der Täter hat ihm Brandbeschleuniger über die Genitalien geschüttet und angezündet.«

»Die Genitalien. Oje, der Arme.« Maria überlegte. »Leon Oswald arbeitete erst seit drei Monaten als Zootierarzt. Davor war er als Kantonstierarzt tätig, das weisst du vermutlich schon. Kurz nach meinem Beitrag hat Oswald den Schweinezuchtbetrieb von Lauber inspiziert und jede Menge Gesetzesverstösse geahndet. Ich habe darüber in »Schweiz aktuell« berichtet. Oswald hat an Lauber ein Exempel statuiert. Er hat den Betrieb eine Zeitlang schliessen lassen. Lauber musste eine happige Busse bezahlen. Und zwar auch deshalb, weil er männliche Ferkel ohne Betäubung kastriert hatte.«

»Interessanter Hinweis, Maria. Vielleicht hat sich Lauber an Oswald gerächt und ihm seine Genitalien deswegen verbrannt«, überlegte Glauser laut. »Oswald büsste ihn wegen illegaler Kastration. Lauber verbrennt ihm seine Hoden.«

»Unteregger und Oswald haben dem Schweinezüchter enormen Schaden zugefügt«, spann Maria den Gedanken weiter. »Nun sind sie Opfer eines Verbrechens. Vielleicht steckt Lauber hinter beiden Fällen. Allerdings passt die Entführung von Zara Anderwert nicht ins Bild.«

»Wenn du recht hast, scheut Lauber nicht einmal vor Mord zurück, dann befinden sich Unteregger und Anderwert in Lebensgefahr«, erwiderte Glauser. »Wenn wir herausfinden, dass auch Anderwert etwas mit Lauber zu tun hatte, ist er tatverdächtig, dann nehmen wir ihn in die Zange.« Er dachte nach. »Maria, du bist die einzige, die mit Lauber geredet hat und auch die Stimme des Entführers kennt. Ist auf der Tonaufnahme die Stimme von Lauber zu hören?«

»Schwer zu sagen. Die Stimme ist ja elektronisch verzerrt. Mein Cutter hat zwar versucht, die Originalstimme wieder herzustellen, aber ob der Täter wirklich so spricht, ist unklar«, antwortete Maria. »Lass mich nachdenken. Beide reden Zürcher Dialekt, beide gebrauchen eine ähnliche Wortwahl, beide haben eine etwas gequetschte Stimme. Allerdings habe ich Lauber bisher nur wutentbrannt gehört. Der Täter auf dem Audiofile spricht hingegen beherrscht, kalt, fast emotionslos, nur ein leichtes Beben ist in der Stimme zu hören, wenn er seinem Opfer widerspricht. Das passt nicht recht zu Lauber. Aber das muss nichts bedeuten.«

Glauser bedankte sich bei Maria und legte auf. »Leute, den Hinweis von Frau Noll müssen wir ernst nehmen. Vielleicht hat auch der Mord an Oswald etwas mit den Entführungen zu tun.«

»Angenommen, Lauber hat Unteregger am Sonntagabend entführt«, sagte Ulmer und schob seine runden Schultern nach vorne. »Konnte er an diesem Abend auch noch Oswald töten?«

»Das ist ohne Weiteres möglich«, antwortete Glauser. »Um halb sechs Uhr sperrte er den Tierschützer in eine Kiste, fährt anschliessend zum Appartement von Oswald und ersticht ihn. Für beide Taten hatte er mehrere Stunden Zeit.«

Glauser bemerkte, dass Emma auf ihrem iPad die Tasten drückte. Sie schien abgelenkt, was ihn ärgerte.

»Warum sollte der Schweinezüchter Lauber die Regisseurin Zara Anderwert gefangen nehmen?«, fragte Emma, als sie registrierte, dass Glauser sie stirnrunzelnd anblickte. »Mit dem Tierschutzbund, der Lauber wegen seiner Tierquälerei an den Pranger brachte, hat sie offensichtlich nichts zu tun. Ich habe gerade im Internet nachgeschaut, ihr Name taucht nirgendwo auf der Homepage der Organisation auf. Felix Unteregger dagegen ist prominent als Aktivist aufgeführt.«

Glauser nickte und schob sein markantes Kinn nach vorne, was er immer tat, wenn er ungeduldig wurde. »Benedikt, können wir mit Bestimmtheit sagen, dass es sich beim Opfer um Zara Anderwert handelt?«, wandte er sich wieder an Yerly.

»Ja, daran besteht kein Zweifel. Die Regisseurin ist im Theaterbetrieb ziemlich bekannt. Im Internet habe ich mehrere Videos von Kultursendungen gefunden, in denen sie spricht. Es ist die gleiche Stimme. Zudem hat der Ehemann von Anderwert seine Frau vor drei Stunden als vermisst gemeldet. Das ist kein Zufall.« Wieder spielte die Melodie von Edvard Grieg. Glauser klappte sein Handy auf. Ein Tessiner Kollege meldete sich, den Glauser vor zwei Stunden informiert hatte, dass der Entführer mit dem Zug nach Bellinzona gefahren war. Er hatte seinen Unmut geäussert, weil gestern Nachmittag niemand mehr erreichbar war und ihn aufgefordert, der Sache schleunigst nachzugehen. Glauser schloss kurz die Augen, als das Gespräch beendet war.»So ein Mist, der Kerl hat uns reingelegt«, sagte er und blickte in die Runde.»Die Kapo in Bellinzona hat das Smartphone von Unteregger gefunden. Ein Passagier hatte das Handy auf der Zugtoilette kurz nach Airolo entdeckt und in Bellinzona am Schalter abgegeben. Der Täter ist vermutlich gar nicht ins Tessin gefahren. Er hat lediglich das Handy im Zug platziert, um uns in die Irre zu führen.« Glauser rieb sich die Stirn. Seine Schläfen pochten vor Schmerzen.»Zeit dafür hatte er reichlich. Nachdem er Unteregger gefangen nahm, tötete er Oswald, und schickte um zehn Uhr das Handy auf Reisen.«

Die Polizisten quittierten die Information mit ungläubigem Gemurmel.»Der Mann spielt mit uns«, knurrte Oppliker, sein Bizeps unter dem T-Shirt schwoll an.»Er wusste, dass wir die Handydaten von Unteregger auswerten würden.«

»Leute, wir haben viel zu tun«, sagte Glauser.»Wir müssen uns beeilen.« Er verteilte die Aufgaben. Oppliker sollte die Datenbanken durchforsten und alles über Otto Lauber herausfinden: Vorstrafen, Betreibungen, Familienverhältnisse und so weiter. Emma und Ulmer wies er an, sich beim Zoo zu erkundigen, ob Leon Oswald sonst noch Feinde hatte.»Und forscht nach, ob er durch sein Hobby, die Maskenschnitzerei, Kontakte zu okkulten Zirkeln hatte.« Yerly beauftragte er, die Handydaten von Zara Anderwert auszuwerten und den PC von Oswald, den die Forensiker am Morgen in seiner Wohnung sichergestellt hatten, unter die Lupe zu nehmen. Er selbst würde den Pfauen besuchen und mit dem Mann der Theaterregisseurin sprechen, der dort als Schauspieler arbeitet. Er musste herausfinden, ob sie in einer Weise mit Lauber in Verbindung stand.

»Wir treffen uns um fünf Uhr zur Sachbearbeiterkonferenz mit dem Staatsanwalt und unseren Kollegen von der Spurensicherung«, beendete Glauser den Polizeirapport. »Wir behandeln den Mord und die Entführungen momentan wie die Verbrechen von zwei Tätern, bis geklärt ist, ob alle Fäden zu Otto Lauber führen. Es wäre falsch, uns zu schnell auf eine Version festzulegen. Das macht uns blind für die Wahrheit.«

SECHS

Valentin Enzler steckte zwei fünfzig Zentimeter lange Blasrohrteile aus schwarzen Carbon-Fasern zusammen, legte einen Narkosepfeil ein, der mit dem Betäubungsmittel Ketomin gefüllt war und setzte das trichterförmige Mundstück an seine Lippen. Der Tierarzt von der Klinik für Zoo-, Heim- und Wildtiere des Tierspitals stand vor einem Affenkäfig in der Quarantänestation des Zürcher Zoos. Er trug einen grünen Kittel und weisse Überschuhe. Mit seiner Nickelbrille, den Sommersprossen im Gesicht und dem schlaksigen Gang sah er aus wie frisch von der Uni. Der scharfe Geruch von Affenurin drang in die Nase. Ein Oberlicht erhellte den Raum, in dem drei Käfige in einer Reihe standen, abgeteilt durch schmutzig gelbe Betonwände. In einem der Käfige hockte ein Orang-Utan-Weibchen, das einen Blätterzweig genüsslich durch sein Maul zog und Enzler mit schrägem Kopf neugierig anschaute.

Nanja, so nannten die Tierpfleger den Affen, war vor zwei Wochen aus Sumatra nach Zürich gebracht worden. Das Tier hatte sich seine Hand verletzt, als es in eine Falle getappt war, die Arbeiter am Rand einer Palmölplantage gelegt hatten. Der Regenwald wurde gerodet, um die riesige Monokultur zu erweitern. Die Orang-Utan-Sippen mussten weichen. Nanja hatte überlebt. Im Zürcher Zoo sollte sie gepflegt werden. Doch bevor das Orang-Utan-Weibchen zu seinen Artgenossen gebracht werde konnte, musste es mehrere Wochen in der Quarantänestation verbringen. Der Affe würde in dieser Zeit gründlich untersucht, um sicher zu stellen, dass das Tier keine Krankheiten in den Zoo einschleppte.

Enzler hob das Blasrohr zwischen den Gitterstäben und zielte. Dabei achtete er darauf, dass er das Rohr nicht zu weit in den Käfig hineinschob, weil der Orang-Utan sonst danach greifen könnte. Er blies kräftig in das Mundstück, der Narkosepfeil schoss durch den kurzen Luftstoss heraus und drang in die muskelbepackte Schulter von Nanja.

Ein Schuss, ein Treffer. So wie er es geübt hatte. Nanja blickte verdutzt zu Enzler, als wollte es sagen: Was soll das?, und zog die Spritze, die am Ende mit orangefarbenem Flaum versehen war, aus dem Fell. Nach acht Minuten taumelte Nanja etwas, als ob sie besoffen wäre, legte sich auf ihre Pritsche und schlief ein. Sie schnarchte leise mit geöffnetem Maul.

Enzler wartete noch drei Minuten, dann nahm er ein langes

Bambusrohr, langte durch die Gitterstäbe hindurch und kitzelte damit das linke Ohr des Affen. Keine Reaktion. Sachte berührte er mit dem Rohr ein Augenlid. Es zuckte nicht. Nanja schlief tief.

»Bringen wir sie in den Behandlungsraum«, wies Enzler die beiden Tierpfleger an. Sie mussten sich beeilen. In etwa fünfundvierzig Minuten würde Nanja wieder aus der Narkose erwachen. Die Tierpfleger öffneten die Türe zum Affenkäfig, näherten sich Nanja vorsichtig und wuchteten sie, die etwa fünfzig Kilogramm wog, von der Pritsche auf eine grüne Kunststoffmatte. Gemeinsam schleiften sie Nanja mit der Matte in den weissgekachelten Behandlungsraum und hoben sie auf einen Chromstahltisch. Nanja rührte sich nicht. »Testen wir sie zuerst auf Tuberkulose«, sagte Enzler. Er knipste die Operationslampe an. Vorsichtig öffnete er das Maul des Affen, nahm einen Tupfer in Form einer kleinen Bürste aus einer Kartonschachtel und machte tief im Rachen einen Abstrich. Damit würde das Institut für Veterinärbakteriologie der Universität Zürich später eine Kultur anlegen, die ihm mögliche Tuberkulosebakterien anzeigte. Währenddessen klemmte ein Pfleger einen Pulsoximeter, der aussah wie ein Clip, an die Zunge des Orang-Utan-Weibchens, um Pulsfrequenz und den Sauerstoffgehalt im Blut zu kontrollieren. Er legte Nanja eine Sauerstoffmaske an, die sie aus einer Pressluftflasche mit genügend Luft versorgte. Enzler stach mit einer Spritze in die Armbeuge des Affen und entnahm ihm Blut. Drei Röhrchen füllte er bis zum Strich. Ein spezialisiertes Labor sollte mit dem Gamma-Interferontest nachweisen, ob im Blut von Nanja Tuberkuloseerreger zu finden waren. Nanja schmatzte leise.

Enzler blickte auf seine Uhr. »Sie beginnt wieder aufzuwachen. Wir haben maximal zehn Minuten Zeit, um noch die Hand zu röntgen, dann muss Nanja zurück in den Käfig gebracht werden.«

Die Tierpflegerin holte Emma und Franz Ulmer am Haupteingang des Zoos ab. »Valentin Enzler hat den Bergtapir bereits behandelt, er wartet nun in der Quarantänestation auf Sie. Dort untersucht er ein Orang-Utan-Weibchen. Ich bringe Sie dorthin. Bitte steigen Sie ein.« Sie wies mit der Hand auf ein rotes Elektrofahrzeug. Emma setzte sich neben sie. Ulmer schwang sich auf die Pritsche, weil vorne kein Platz mehr war. »Furchtbar, was mit Herrn Oswald passiert ist. Wir sind alle geschockt«, sagte die Tierpflegerin zu Emma, als sie losfuhr. »Noch am Samstag habe ich ihn gesehen. Er hatte einen kranken Ameisenbären untersucht.«

Emma nickte, erwiderte aber nichts. Die Tierpflegerin steuerte das Elektrofahrzeug zügig auf Schleichwegen, die nur für Zoomitarbeiter zugänglich waren, an der Vogelwiese vorbei, auf der Emma Gänse, Kraniche und ein Storchenpaar entdeckte. »Nun kommen wir zur ›Mongolischen Steppe‹«, erklärte die Tierpflegerin und zeigte mit dem Zeigfinger nach links. »Sehen Sie: Kashmere-Ziegen, Yaks und ein Trampeltier, auch zweihöckriges Kamel genannt.«

Emma atmete die feuchte Luft ein, die nach Heu und Kuhfladen roch. Nach dem gestrigen Gewitter brach die Sonne durch die verbliebenen Wolken und erwärmte die Luft. Ich muss in den nächsten Tagen wieder einmal den Zoo besuchen, nahm sich Emma vor, die zum letzten Mal als Schulkind die Käfige mit den wilden Tieren bestaunt hatte. Meine Freundin würde sicherlich gerne mitkommen. Doch sie besann sich, als sie eine Ziege mit hängendem Kopf abseits stehen sah. Warum sperren wir Tiere, die lieber im Freien leben würden, in ein Gehege? Was berechtigt uns Menschen dazu, Tiere jahrelang gefangen zu nehmen, bis sie sterben? Sie wusste keine Antwort darauf.

Kurz nach der »Mongolischen Steppe« bog die Tierpflegerin nach rechts auf das Betriebsgelände des Zoos ein. »Endstation«, sagte sie vor einem flachen, fensterlosen Betongebäude. Emma und Ulmer stiegen aus. Die Tierpflegerin führte sie durch eine Glastüre, die mit »Veterinär-Quarantänestation« beschriftet war. Im Vorraum war Valentin Enzler gerade dabei, seine Überschuhe auszuziehen. Er richtete sich auf. »Sie sind Emma Vonlanthen und Franz Ulmer von der Kriminalpolizei«, sagte er und schüttelte beiden die Hand.

Gutes Namensgedächtnis, dachte Emma.

»Wir sind hier fertig«, wandte sich Enzler an die beiden Tierpfleger. »Ihr könnt gehen.« Der Tierarzt öffnete die Türe zum Behandlungsraum. »Treten Sie bitte ein und setzen Sie sich«, sagte er. An der Seite des Raumes stand ein Bürotisch mit zwei Stühlen.

»Emma, nimm du Platz, ich bleibe stehen«, sagte Ulmer.

»Es tut mir leid, aber ich kann Ihnen nicht einmal etwas zu trinken anbieten«, sagte Enzler und setzte sich Emma gegenüber. Ulmer stand seitlich von ihnen an den Chromstahltisch gelehnt.

»Das macht überhaupt nichts«, erwiderte Emma. »Wir wollen Ihre Zeit nicht lange in Anspruch nehmen.« Sie nahm aus ihrer Tasche einen iPad heraus. »Seit wann kannten Sie Herrn Oswald?«, begann sie.

»Zuerst möchte ich sagen, dass wir alle sehr bestürzt sind über seinen Tod. Wir sind fassungslos, dass er ermordet wurde.«

»Wir ermitteln intensiv, um den Täter zu fassen«, sagte Emma. »Darauf können Sie sich verlassen. Wie lange kennen Sie ihn?«

»Drei Monate. Als er zum Zootierarzt ernannt wurde, bin ich ihm zum ersten Mal begegnet. Seither hatte ich fast täglich mit ihm zu tun.«

»Herr Enzler, Sie arbeiten als Tierarzt am Tierspital. Oswald war der neue Zootierarzt. Was sind Ihre Aufgaben im Zoo?«

»Die Zusammenarbeit zwischen Zoo und dem Tierspital war schon immer sehr eng. Lange Jahre hatte der Direktor der Klinik für Wild-, Heim- und Zootiere, Professor Howald, als Tierarzt den Zoo betreut. Als er vor drei Monaten in den Ruhestand ging, entschied der Verwaltungsrat des Zoos, einen eigenen Zootierarzt anzustellen.«

Emma bemerkte, wie Enzler nervös seine Finger knetete.

»Die Stelle war sehr begehrt, Herr Oswald machte das Rennen«, fuhr der Tierarzt fort. »Der Zoo greift aber nach wie vor auf unsere Forschungsergebnisse und spezialisierten Kenntnisse zurück. Bei seltenen Krankheiten oder Komplikationen hat Herr Oswald stets uns um Rat ersucht. Jetzt, da Herr Oswald tot ist, springe ich in die Lücke.«

»Wissen Sie, wo Herr Oswald vor seiner Anstellung im Zoo gearbeitet hat?«

»Er war als Kantonstierarzt tätig. Viele im Tierspital schüttelten den Kopf, als Oswald zum Zootierarzt ernannt wurde.«

»Warum?«

»Seine Qualifikationen für diese anspruchsvolle Aufgabe waren dürftig. Er hatte nie in der Forschung gearbeitet.«

»Gab es deswegen böses Blut?«

»Ich denke schon.«

»Waren Sie auch darüber empört, dass ein Aussenstehender den begehrten Job bekommen hatte?«, fragte Ulmer.

»Empört nicht, aber verwundert.«

»Sie hatten sich auch beworben, nicht wahr?«

»Ja, und ich konnte die besseren Qualifikationen als Oswald vorweisen. Seit Jahren arbeite ich als Oberarzt. Mein Leistungsausweis ist tadellos.« Enzler schloss die rechte Hand zu einer Faust.

»Oswald hatte also jede Menge Feinde«, bemerkte Ulmer und blickte ihm unentwegt in die Augen.

»Ja, aber niemand hätte ihn deswegen getötet. Das ist absurd.«

»Sie profitieren womöglich von seinem Tod.«

»Vielleicht, aber das ist keineswegs sicher. Ich ermorde doch keinen Menschen wegen eines Jobs.«

»Wo waren Sie am Sonntagabend?«, fragte Emma.

Enzler lachte bitter auf. Trotz Nickelbrille wirkte er jetzt nicht mehr wie ein Uni-Student. »Sonntagabend? Um welche Uhrzeit?«

»Zwischen sieben und zehn Uhr.«

»Meine Frau kochte Pasta. Mit Gorgonzolasauce, Sauce Napoli und Pesto. Ich half ihr dabei. Um neun gingen wir ins Xenix.«

»Welcher Film lief dort?«

Enzler blickte spöttisch. »Sie können sich Ihre Fragen sparen. Glauben Sie mir, wenn ich Oswald umgebracht hätte, wäre ich auf jede mögliche Frage detailliert vorbereitet.«

»Der Name des Filmes«, wiederholte Emma ruhig.

»›The Prestige‹. Wir sind David-Bowie-Fans.«

»Ein alter Film also«, griff Ulmer ein. »Ihr Alibi ist nutzlos. Haben Sie sich mit Freunden getroffen?«

Enzler schüttelte resigniert den Kopf.

»Verdächtig. Kein einwandfreies Alibi. Mordmotiv: Kränkung«, tippte Emma in ihren iPad.

»Können Sie sich vorstellen, wer Herr Oswald getötet haben könnte? Hatte er Feinde?«, fragte Ulmer.

»Das kann ich Ihnen nicht sagen. Wir kannten Oswald nicht sehr gut. Private Kontakte gab es bisher keine. Er hatte ja auch erst vor Kurzem mit der Arbeit hier im Zoo begonnen.« Enzler schaute auf die Wanduhr, die im Behandlungszimmer hing. »Haben Sie noch weitere Fragen?«, sagte er. »In der Masoalahalle wartet ein Chamäleon mit Hautausschlag auf mich. Das sollte ich jetzt behandeln. Mein Zeitplan ist sehr eng.«

»Vorerst wäre das alles, Herr Enzler«, erwiderte Emma. »Bitte halten Sie sich uns in den nächsten Tagen zur Verfügung.«

Enzler nahm zwei Visitenkarten aus seinem Portemonnaie und reichte sie den Polizisten. »Selbstverständlich. Sie können mich jederzeit anrufen. Auf der Karte steht auch meine private Telefonnummer.«

***

»Yiiihiiijj«, wieherte Leo und warf dabei seinen Kopf in den Nacken, als Maria zu ihm in den Lieferwagen stieg. Er hielt ihr zum Kuss seine Lippen hin und machte wie ein Pferd »Brbrbrbrbrbr«.

Maria zwickte ihm in die Nase. »Na, du Schlafmütze, hast du es endlich aus den Federn geschafft?«

»Heute Nacht habe ich geträumt wie selten. In meinem Kopf lief ein

Tierfilm über Eichhörnchen, dann einer über Erdmännchen, und zum Schluss durfte ich mir auch einen Film über Gibbons anschauen. Lauter putzige Tierchen, die bei der Paarung lustige Laute von sich gaben.«

»Also Leo, ich bitte dich«, ermahnte ihn Maria mit einem Glanz in den blauen Augen. »Selbst im Traum denkst du immer nur an das eine. Typisch Mann.«

»Jungfrau Maria, eure Phantasien sind weitaus frivoler als meine Träume«, erwiderte Leo theatralisch und zeigte dabei seine blitzenden Zähne. »Mit euch vermag ich niemals mitzuhalten.« Er startete den Wagen. »Wohin soll es denn gehen, schönes Fräulein, was ist heute unser Tagwerk?«

»Zuerst interviewen wir die Profilerin in ihrer Praxis an der Universitätsstrasse«, antwortete Maria wieder mit ernster Miene und gab ihm die Adresse bekannt. Leo fuhr los. »Du wirst es kaum glauben, aber der Täter hat noch jemanden entführt, die Theaterregisseurin Zara Anderwert«, sagte sie zu ihrem Kameramann, der mit einem erstaunten Pfiff reagierte. »Heute Morgen schickte er mir wieder ein Audiofile. Die Frau steht Todesängste aus.«

Maria erzählte Leo alles, was sich seit heute Morgen zugetragen hatte. Währenddessen lenkte er den Wagen der Leutschenbachstrasse entlang Richtung Oerlikon, bog in die Schaffhauserstrasse ein und erreichte in wenigen Minuten den Irchelpark.

»Das erste Entführungsopfer, über das ich gestern Abend so lange gerätselt habe, heisst Felix Unteregger, ein Aktivist beim Tierschutzbund«, fuhr Maria fort. »Das hat mir die Kripo mitgeteilt. Du erinnerst dich sicherlich: Unteregger hat in einem Schweinezuchtbetrieb verdeckte Videoaufnahmen gedreht, die zeigen, wie der Bauer mehrere Ferkel brutal erschlägt. Wir haben vor ein paar Wochen darüber berichtet.«

»Na klar, weiss ich das noch. Der Tierschützer hat mir imponiert, weil er mutig ist und Risiken eingeht, um Missstände aufzudecken.«

»Die Kripo überprüft das Alibi des Schweinezüchters, weil er Unteregger nach dem Bericht bedroht hat.« Maria überlegte. »Die Freundin von Unteregger hat ihn als vermisst angezeigt. Mal sehen, ob ich rauskriege, wie sie heisst. Sie könnte mir Informationen liefern.« Sie blickte Leo keck von der Seite an, der den Wagen konzentriert auf der Winterthurerstrasse stadteinwärts steuerte. »Frechheit gewinnt«, sagte Maria und klappte ihr Smartphone auf. Sie wählte die Hauptnummer der Stadtpolizei. »Felicitas Unteregger«, meldete sie sich, als jemand den

Anruf entgegennahm. »Bitte verbinden Sie mich mit der Abteilung für Vermisstenanzeigen. Danke.« Sie wartete einen kurzen Moment. »Guten Morgen, gestern hat eine Frau meinen Bruder Felix Unteregger bei der Polizei als vermisst gemeldet«, log sie. »Können Sie mir bitte ihre Adresse angeben? Ich kenne die neue Freundin meines Bruders noch nicht und möchte unbedingt mit ihr sprechen, weil sich die Familie grosse Sorgen um Felix macht.« Sie hoffte, dass der Polizist nicht stutzig wurde, weil sie Zürcher Dialekt sprach und nicht Berndeutsch wie Unteregger. Ohne nachzufragen gab der Polizist Name, Adresse und Handynummer von Helena Stoll bekannt. »Bingo«, rief Maria laut, nachdem sie aufgelegt hatte, und klopfte sich mit beiden Händen auf die Schenkel.

»Ganz schön dreist«, sagte Leo lächelnd. »Aber von dir erwarte ich nichts anderes.«

Maria tippte die Nummer von Stoll in ihr Handy und liess es zwölf Mal klingeln, bis sich die Combox einschaltete. Bevor sie etwas sagte, legte sie auf. »Pech gehabt. Die Freundin von Unteregger nimmt nicht ab.«

Vor einem klassizistischen Gebäude mit dunkelgrauer Fassade parkte Leo seinen Lieferwagen. Von ferne konnte Maria die Kuppel der ETH erkennen. Sie stieg aus, Leo öffnete die hintere Türe und nahm seine Kamera aus der Transportkiste. Beleuchtung und Ansteckmikrofon mit Sender drückte er Maria in die Hand. Er selbst schulterte die Kamera und trug das Stativ.

An der Eingangstüre war auf einer Messingtafel »Psychotherapeutische Praxis, Wilhelmine Dolder, 1. Stock« eingraviert. Maria drückte den Klingelknopf. Als es surrte, stiess sie die Türe mit dem Turnschuh auf. Sie stieg eine breite Steintreppe ohne Handlauf nach oben, Leo ging hinter ihr her. Am Treppenabsatz im ersten Stock wurden sie von einer kleinen, pummeligen Frau mit kugelrundem Gesicht und silbergrauen Löckchen erwartet, die nach Kamillenseife roch. Maria schätzte sie auf Anfang sechzig. Sie trug sandfarbene Flanellhosen, eine hellbraune Bluse und ausgelatschte Filzpantoffeln mit Burberry-Muster. Sie entsprach so gar nicht dem Bild einer Profilerin aus den zahlreichen amerikanischen TV-Krimiserien, in denen lauter Beauty Queens auf High Heels den Verbrechern nachjagten.

»Kommen Sie bitte herein«, sagte Dolder und wies mit einer leberbefleckten Hand auf die Türe. Sie sprach mit rauchiger Stimme, die fast ein wenig verrucht klang und zur adretten Erscheinung der älteren Dame so gar nicht passen wollte.

Maria betrat den Empfangsraum, der hell und luftig eingerichtet war. »Vielen Dank, dass Sie uns Ihre Zeit widmen«, sagte sie. »Ihre Arbeit als Profilerin interessiert unsere Zuschauer sehr. Ich bin gespannt, was Sie uns zum Entführungsfall berichten können.«

»Ich habe mir für Sie eine Stunde reserviert. Ich hoffe, das genügt.«

»Allemal«, erwiderte Leo.

Dolder führte Maria und Leo in ein geräumiges Büro. Maria schaute sich neugierig um. Die hohen Wände waren polarweiss gestrichen, vor den grossen Fenstern hingen eierschalenweisse Leinenvorhänge, durch die das Sonnenlicht wie eine Lampe hinter Milchglas hereinschien, den Boden bedeckte ein crèmefarbener Teppich. Der Schreibtisch mit weisser Kunstharzplatte war aufgeräumt, die Bücherregale und die Sideboards aus einbrennlackiertem Metall stammten von USM-Haller. An der Wand hinter dem Bürotisch hing ein Nachdruck von Mondrian – schwarze, horizontale und vertikale Linien, ein Quadrat war rot ausgemalt, ein anderes gelb. Sie schwebten im Gleichgewicht wie ein Mobile, perfekt konstruiert. Die Strenge des Gemäldes unterstrich die nüchterne Möblierung und die klassizistische Architektur des Gebäudes. Maria hatte nicht erwartet, dass die Psychotherapeutin in einem so gestylten Büro arbeiten würde.

»Darf ich Ihnen etwas zu trinken anbieten?«, fragte Dolder.

»Ein Glas Wasser, gerne auch Leitungswasser«, antwortete Maria.

»Für mich dasselbe, vielen Dank«, sagte Leo.

Dolder holte aus einem Sideboard eine PET-Flasche Valser Wasser und drei Gläser. »Bitte nehmen Sie Platz«, sagte sie und stellte das Wasser auf einen ovalen Tisch vor dem Fenster. Leo klappte die Beine des Stativs auf und schob die Kamera auf den Schlitten. Anschliessend platzierte er eine Lampe in die linke Zimmerecke und befestigte ein Pergamentpapier mit einer Wäscheklammer an den Schirm, um das harte Licht etwas abzudämpfen. Zum Schluss steckte er ein Mikrofon an die Bluse von Dolder. Maria sass mit dem Rücken zur Kamera.

»Versuchen Sie die Kamera zu vergessen, Frau Dolder«, sagte sie. »Blicken Sie nur mich an. Sie dürfen gerne Dialekt sprechen.«

Leo bückte sich und blickte durch den Sucher. »Kamera läuft.«

Maria wartete ein paar Sekunden. »Frau Dolder, Sie sind Psychotherapeutin mit eigener Praxis und haben sich zusätzlich als Profilerin spezialisiert, die immer wieder von der Kripo um Rat gebeten wird. Wie erstellen Sie ein Täterprofil?«

Wilhelmine Dolder schob sich ihre dicke Hornbrille auf die Nase. »Viele haben völlig falsche Vorstellungen, wie ein Profiler arbeitet. Sie sehen in Fernsehserien wie ›Criminal Minds‹ clevere Ermittler, die dank ihres Instinktes und ihrer messerscharfen Logik im Nu die schlimmsten Verbrecher überführen.« Dolder sprach druckreife Sätze, ihre rauchige Stimme klang prägnant. »In Wahrheit steckt hinter einem Täterprofil viel Sisyphus-Arbeit, die ausgeprägte Menschenkenntnis erfordert.«

»Können Sie konkret beschreiben, wie Sie vorgehen, wenn Sie ein Profil erstellen?«

»Nehmen wir an, die Kripo legt mir einen maschinengeschriebenen Erpresserbrief vor. Zuerst achte ich auf die Sprache. Schreibt die Täterschaft fehlerfrei, enthält der Text Nebensätze, benutzt sie Fremdwörter und drückt sich eloquent aus, so haben wir es vermutlich mit jemanden zu tun, der gebildet ist. Und er wird älter sein als vierzig Jahre. Junge Menschen achten in der heutigen SMS-Zeit weniger auf korrekte Schreibweise.« Dolder goss sich Mineralwasser in ihr Glas und trank einen Schluck. »Nur zu, bedienen Sie sich«, sagte sie zu Maria, die sich daraufhin ebenfalls ein Glas einschenkte. Leo richtete sich auf und streckte seinen Rücken durch, die Kamera liess er dabei eingeschaltet.

»Was können Sie aus einem Erpresserbrief herauslesen?«, setzte Maria das Interview fort.

»Nutzt der Täter einen ungeläufigen Fachausdruck zum Beispiel aus der Gastronomie, dem Bau- oder dem Transportgewerbe, können wir daraus folgern, in welcher Branche er arbeitet. Sein Vokabular verrät ihn. So können wir den Täterkreis immer stärker eingrenzen, die Schlinge um ihn zieht sich zu, bis wir ihn haben.«

»Frau Dolder, Sie haben sich die Tonaufnahme angehört, die mir gestern ein Entführer geschickt hatte. Heute Morgen bekam ich erneut ein Mail von ihm. Auf dem Audiofile ist zu hören, wie er ein weiteres Opfer mit dem Tod bedroht, eine Frau. Ich möchte Ihnen die Aufnahme gerne vorspielen.«

»Oh, ein Serientäter«, sagte Dolder mit gerunzelter Stirn. »Ungewöhnlich in der Schweiz. Lassen Sie hören.«

Maria nahm aus ihrer Jackentasche das Smartphone und stellte es vor Dolder hin. »Leider hatte ich keine Zeit, die elektronische Verzerrung aus der Stimme herauszufiltern. Ich hoffe, dass Sie damit trotzdem etwas anfangen können.« Sie drückte den Button. Dolder hörte aufmerksam zu und schürzte dabei ihre Lippen.

»Das Opfer heisst Zara Anderwert, sie arbeitet als Regisseurin im Schauspielhaus«, erklärte Maria, als das Band zu Ende war. »Was können Sie anhand der beiden Tonaufnahmen über den Täter sagen?«

»Solange nicht klar ist, ob das Verbrechen ein Mann oder eine Frau begangen hat, sagen wir nicht Täter, sondern Täterschaft. Es ist enorm wichtig, dass wir unvoreingenommen an einen Fall herangehen. Bei diesen Entführungen können wir aber davon ausgehen, dass ein Mann dahinter steckt. Die Stimme auf der Tonaufnahme klingt männlich. Sie könnte zwar auch von einer Frau stammen, deren Stimme nachträglich elektronisch verändert wurde. Aber das Opfer redet den Entführer mit ›Herr‹ an. Wir suchen also nach einem Mann.«

»Die Kripo geht auch davon aus«, sagte Maria. »Was können Sie aus dem File noch herauslesen?«

»Der Täter spricht Zürcher Dialekt. Allerdings nicht astrein. Bei der Verneinung in ›Lügen Sie mich nicht an‹ und in ›Ich lasse Sie nicht frei‹ verwendet er einen Ausdruck in Winterthurer Dialekt. Vermutlich ist der Täter in Winterthur aufgewachsen oder seine Eltern stammen von dort.«

»Interessant. Das habe ich gar nicht gemerkt«, erwiderte Maria verblüfft. »Dieses eine Wort verrät uns, dass der Täter kein waschechter Stadtzürcher ist.«

»Noch etwas fällt auf«, erwiderte Dolder. Ihre hellblauen Augen blickten listig. Maria spürte, wie das Jagdfieber bei Dolder stieg.

»Der Täter nennt sich ›Geschädigter‹. ›Sie haben mich zum Geschädigten gemacht‹, sagt er. So redet normalerweise kein Mensch. Das ist Juristen-Kauderwelsch.«

»Sie denken, der Täter ist Jurist?«

»Nein. Nicht einmal Juristen drücken sich so ungelenk aus. Aber der Täter hatte bestimmt schon mit der Justiz zu tun. Vielleicht sass er bereits einmal vor Gericht und hatte diese Vokabeln gehört. Viele ehemalige Häftlinge bluffen mit pseudo-juristischen Ausdrücken, weil sie zeigen wollen, dass sie mitreden können. Möglicherweise ist der Täter bereits vorbestraft.«

»Ich drehe jetzt einen Zweier mit Frau Dolder und dir«, meldete sich Leo zu Wort.

»Einverstanden«, sagte Maria und warf dabei einen kurzen Blick über ihre Schulter.

»Der Täter plant sorgfältig, er überlässt nichts dem Zufall«, fuhr Dolder fort. »Das setzt eine hohe Intelligenz voraus. Zudem ist er technisch versiert, er kennt sich mit Computerprogrammen aus. Er verfremdet elektronisch seine Stimme, mailt Ihnen unerkannt ein Audiofile, indem er es schafft, seine digitalen Spuren zu verwischen. Sonst hätte ihn die Polizei bereits gefasst.«

»Ein Schweinezüchter gilt als tatverdächtig, weil er das erste Opfer, den Tierschützer Felix Unteregger, massiv bedroht hat. Der Tierschützer hat ihn als Tierquäler entlarvt und an den Pranger gestellt. So wie Sie den Täter beschreiben, trifft das Profil kaum auf einen Bauern zu.«

»Doch! Ein Bauer kommt als Täter durchaus in Frage«, sagte Dolder. »Landwirte arbeiten täglich mit Hightechmaschinen, sie nutzen computergesteuerte Melkroboter und Fütterungsautomaten. Sämtliche Kalkulationen, Einkäufe, Behördenkram und so weiter wickeln sie mit dem PC ab. Bauern sind technisch äusserst versiert.«

Das Telefon klingelte. »Entschuldigen Sie bitte«, sagte Dolder und stand auf. »Da muss ich ran.« Sie schlurfte mit ihren Pantoffeln zum Schreibtisch und nahm den Telefonhörer ab. »Psychotherapeutische Praxis, Dolder. – Herr Glauser, ich hatte schon vermutet, dass mich die Kripo in Kürze anrufen wird.« Sie nickte. »Sie haben Glück, eine Journalistin vom Schweizer Fernsehen hat mich ebenfalls um ein Täterprofil gebeten. Ich konnte mich also schon damit befassen.« Ein Lächeln spielte um Dolders Mund. »Stimmt. Maria Noll.« Sie hörte kurz zu und fing an zu lachen. »Herr Glauser, ich rufe Sie gleich zurück.« Als sie aufgelegt hatte, sagte sie zu Maria: »Theo Glauser kennt sie offenbar. Als er hörte, dass Sie mich für ein Täterprofil interviewen, hat er gesagt, Sie seien schneller als die Polizei erlaubt.« Dann wurde sie wieder ernst und setzte sich an den Sitzungstisch. »Frau Noll, die Polizeiarbeit hat Vorrang. Wir müssen das Interview beenden. Ich hoffe, Sie können damit etwas anfangen.«

»Ja, das war sehr aufschlussreich, Frau Dolder«, erwiderte Maria. »Nur noch eine Frage.« Leo stellte die Kamera wieder an. »Der Täter sagte zu seinen Opfern: ›Ich werde Sie vernichten.‹ Was meinen Sie, macht er seine Drohung wahr?«

Dolder schaute Maria ein paar Sekunden ruhig an. »Ja, wenn ihn die Polizei nicht vorher schnappt«, sagte sie schliesslich. »Er ist zu allem entschlossen, er wird beide töten, wenn er es nicht schon getan hat. Leider.«

***

Regungslos sass Glauser auf der Kachelofenbank im Landesmuseum, die Augen hielt er geschlossen. Nach einigen Minuten holte er aus seiner Jackentasche sein Smartphone hervor. Mit dem Daumen strich er über das erleuchtete Display, über das Gesicht seiner Frau, das er als Foto gespeichert hatte. Tina in Cornwall, an einem Steilufer vor einer grünen Hügelkette, im Frühling vor vier Jahren. Aus dem Meer ragten bizarre Felsformationen aus weissem Kalkstein, auf den Wellen tanzten Schaumkronen, die Gischt trug die salzige Luft hinauf zu den Hügeln. Glauser spürte den würzigen Geschmack immer noch auf seiner Zunge. Der Wind wehte durch Tinas Haar, eine Strähne verfing sich in ihrem Gesicht, die Wangen waren vor Kälte gerötet. Sie blickte ihn an, auf eine Art, wie nur sie das konnte und die er liebte. Ein paar Monate nach dieser Reise war sie ins Wachkoma gefallen. Der Sauerstoffmangel bei einem Herzinfarkt hatte ihr Hirn beschädigt. Sie lag nun schon seit dreieinhalb Jahren im REHAB in Basel. Vor zwei Tagen hatten ihm die Ärzte mitgeteilt, dass es ihr schlechter ging. Sie litt stark unter Spasmen und musste nun auch künstlich beatmet werden. Ernährt wurde sie von einer Magensonde. Tina wollte nie an Geräte angeschlossen sein, hatte sie ihm immer wieder gesagt, das würde sie nicht aushalten. Schmerzen ertrug sie nicht. Glauser atmete schwer auf der Ofenbank und rieb sich mit dem Handballen die brennenden Augen. Dann wählte er die Nummer des REHAB. Eine Krankenschwester nahm ab und legte den Telefonhörer, auf das Kissen seiner Frau, dicht an ihr Ohr.

»Hallo Tina, ich bin's, Theo«, sagte Glauser leise, fast flüsternd und drückte sein Handy, das er in beiden Händen hielt, sachte an sein Ohr. »Du ...«, er suchte die richtigen Worte, »heute Abend schaffe ich es nicht mehr, dich zu besuchen. Es tut mir weh, weil ich dich so gerne gesehen hätte, aber ich muss mich dringend um zwei Fälle kümmern, die lassen mich nicht los.«

Er erzählte seiner Frau von den Entführungsopfern, die vermutlich schon beide tot waren, in eine Kiste gesperrt und erstickt, und vom Mordfall, der ihn ebenfalls umtrieb und ihm gestern Nacht den Schlaf geraubt hatte.

Er befand sich im Rosenburgzimmer, einer prachtvollen Stube aus dem siebzehnten Jahrhundert, die mit einem reich verzierten Buffetschrank aus Edelhölzern ausgestattet war, geschmückt mit Schnitzereien und Intarsienarbeiten. Unter einer üppigen Kassettendecke stand ein grüner Kachelofen mit kunstvoll bemalten

Porzellanfliesen. Auf der Ofenbank, vor unerwünschten Besuchern hinter einer Absperrung geschützt, hatte Glauser Platz genommen. Durch die Butzenscheiben aus grünem Glas, die aussahen wie Flaschenböden, drang schummriges Licht. Auf einer Tafel, die vor der Türe angebracht war, hatte Glauser gelesen, dass die Prunkstube einem Landammann mit Namen Johann Waser gehört hatte, der aus ärmlichen Verhältnissen stammte und zu grossem Reichtum gekommen war. Durch Einheirat erlangte der Landammann gar einen Adelstitel. Standesgemäss hatte er die Rosenburg in Stans zu einem herrschaftlichen Sitz ausgebaut und darin diese reich dekorierte Repräsentierstube von namhaften Kunsthandwerkern ausstatten lassen.

Glauser interessierte sich zwar nicht sonderlich für Schweizer Geschichte, doch in der Mittagspause fuhr er oft mit dem Tram zum Landesmuseum.

Die historischen Stuben, wie das Rosenburgzimmer, in die er sich zurückzog, waren im alten Teil untergebracht. Hier fand er Ruhe wie sonst nirgendwo. Der Holzboden aus breiten Riemen knarrte, wenn er das Zimmer betrat, es roch nach Möbelpolitur und Kerzenwachs. In der Stube blieb er ungestört, zur Mittagszeit musste er nicht befürchten, Besucher anzutreffen.

Von hier rief er Tina seit Jahren an, obwohl er nicht wusste, ob sie ihn hören konnte. Aber wenn er sie besuchte, am Abend oder an den Wochenenden, merkte er, dass sie ruhiger atmete, sobald er sie in seine Arme nahm. Die verkrampften Muskeln entspannten sich. Mit ihren grauen Augen, die einmal blau gewesen waren, konnte sie ihn nicht fixieren. Ihr Kopf kippte jeweils zur Seite in seinen Ellenbogen, der Speichel floss aus dem Mund. Glauser hoffte dennoch, dass ein Teil ihres Bewusstseins etwas von ihm wahrnahm.

»Tina, weisst du noch, als Till vom Kindergarten eine blaue Glasmurmel nach Hause brachte und sie mir zum Geburtstag schenkte?«, flüsterte er ins Handy. »Sie ist wunderschön, wie eine Miniaturerde. Ich trage sie ständig in meiner Hosentasche. Sie ist mein Glücksbringer, auch wenn ich von solchen Dingen nichts verstehe, wie du weisst. Wenn ich die Murmel berühre, tröstet sie mich. Sie erinnert mich an Zeiten, als es dir gut ging.« Glauser vergrub sein Gesicht in den Händen. »Und mir auch.«

Er erzählte seiner Frau von seinen Erinnerungen, wie er sie an einem strahlend blauen Tag auf einem Ausflugsdampfer auf dem Zürichsee kennengelernt hatte. Er war damals gerade mit der Polizeischule fertig geworden, sie hatte Innenarchitektur studiert. Er erinnerte sich an ihre erste gemeinsame Velotour an der Loire, wo sie auf Campingplätzen in einem winzigen Zelt übernachtet hatten, wie sie an regnerischen Tagen gemeinsam in Architekturzeitschriften blätterten und wie Till als Primarschüler einen Igel im Garten entdeckte und aufpäppelte. Glauser erzählte und erzählte. Sein Herz war schwer, weil ihm Tina nicht antworten konnte. Wie gerne hätte er ihre klare Stimme gehört.

»Gestern Nacht habe ich es geschafft, mit verbunden Augen zu kochen«, berichtete er ihr. »Spaghetti Bolognese. Zuerst habe ich Zwiebeln geschnitten, Knoblauch gepresst, Tomatenpurée aus der Tube gedrückt und in einer Bratpfanne in Olivenöl gedämpft. Alles blind. Dann kam Hackfleisch dazu. Langsames Rühren mit der Holzkelle, damit nichts anbrennt. Mit dem Büchsenöffner habe ich eine Dose Pelati geöffnet und zusammen mit dem Hackfleisch eine halbe Stunde lang gekocht. Zum Schluss habe ich die Sauce gewürzt mit Gemüsebouillon, Origano und Thymian. Das war gar nicht so einfach, aber es hat geklappt. Sogar die Küchenuhr konnte ich stellen, damit die Spaghetti nicht verkochen.«

Am andern Ende der Leitung hörte er das gleichmässige Schnaufen des Beatmungsgerätes.

»Tina, was soll ich tun? Was soll ich nur tun?«, fragte er nach einer Weile. »Die Ärzte haben mir gesagt, dass es dir schlechter geht. Du würdest leiden. Sie mussten dich an ein Sauerstoffgerät anschliessen, weil du nicht mehr selbstständig atmen kannst.«

Im Rosenburgzimmer war es mucksmäuschenstill. Glauser faltete seine Hände.

»Sie haben mich gefragt, ob sie die Geräte abschalten sollen, damit du sterben kannst. Aber ich kann dich doch nicht so einfach sterben lassen. Es bricht mir das Herz. Bitte gib mir ein Zeichen, was ich tun soll. Willst du sterben, Tina?«

Glauser hockte auf der Kachelofenbank, nach vorne gebeugt, die Ellenbogen hatte er auf seine Oberschenkel abgestützt. »Du bist die Liebe meines Lebens, Tina, was ist das Beste für dich? Bitte sag es mir.«

Er wartete eine Zeitlang, hörte das monotone Saugen und Zischen des Sauerstoffgerätes. In dem Moment, als er auflegen wollte, vernahm er eine leise Frauenstimme.

»Herr Glauser, erlauben Sie mir bitte ein paar Worte.« Es war die Krankenschwester. »Ich habe Ihre Frau von Anfang an betreut, seit bald vier Jahren, als sie hierher ins REHAB kam. Sie ist unglaublich tapfer.«

Sie machte eine Pause. Glauser wartete, ohne etwas zu sagen. »Herr Glauser, ich glaube, Ihre Frau möchte sterben, sie will gehen. In den ersten drei Jahren hat sie gekämpft, das habe ich gemerkt, wenn ich sie wusch und dabei mit ihr sprach. Aber ihre Spasmen wurden immer stärker. Nachts ist es am schlimmsten. Als sie sich vor einem halben Jahr einen Teil ihrer Zunge abbiss und ein Zahnarzt daraufhin ihre Zähne zog, damit sie sich nicht mehr selbst verletzen konnte, habe ich gespürt, dass sie nicht mehr kann. Sie wehrt sich gegen den Beatmungsschlauch. Ihre Frau leidet, Herr Glauser. Lassen Sie Ihre Frau sterben. Erlösen Sie sie von ihren Schmerzen.« Es blieb eine Weile still. »Herr Glauser?«

»Ja, ich werde es mir überlegen«, sagte Glauser mit dünner Stimme und legte auf.

Tränen liefen ihm über beide Wangen. Nach einer Weile erhob er sich von der Ofenbank, wischte sich mit dem Ärmel über das Gesicht und verliess das Rosenburgzimmer. Er würde nie wieder hierher zurückkehren.

SIEBEN

Balthasar Yersin raufte sich die Haare und stampfte auf den Boden. »Verjährt, alles verjährt! Eine alte, verrückte Geschichte.« »Was geschah mit dem Kind, Klägerin?«, fragte einer, der mit Frack, Fliege und weissen Handschuhen wie ein Butler gekleidet war. »Es lebte ein Jahr«, antwortete eine alte Dame mit feuerrotem hochtoupiertem Haar. »Was geschah mit Ihnen?« »Ich wurde eine Dirne.« »Weshalb?« »Das Urteil des Gerichts machte mich dazu.« »Und nun wollen Sie Gerechtigkeit, Claire Zachanassian?« »Ich kann sie mir leisten. Eine Milliarde für Güllen, wenn jemand Alfred Ill tötet!«

»Stopp!«, rief der Regisseur, der mit gespreizten Beinen auf einem bordeauxroten Samtsessel im Parkett des Zuschauerraumes sass. Auf der Sitzlehne vor ihm war ein flaches Holzpult montiert, worauf mehrere Textbücher in pflaumenblauen Schnellheftern lagen, daneben eine Mineralwasserflasche, ein Kopfhörer, Mikrofon, Notizblöcke und Bleistifte. Eine Leselampe warf einen Lichtkegel auf das Pult.

»Julia, du spielst die alte Dame zu wütend. Zachanassian fordert Gerechtigkeit für das, was Ill ihr angetan hat. Aber sie hat im Leben schon alles gesehen. Selbst einen Flugzeugabsturz hat sie überlebt. Sie ist abgeklärt, sie hat es nicht nötig, laut zu werden. Sprich deinen Text leise, ja sanft. Das wirkt viel bedrohlicher. Sei wie eine Gottesanbeterin, die das Männchen in aller Ruhe verspeist, während sie von ihm begattet wird. Verstehst du, was ich meine?«

Die Schauspielerin nickte und band den Gürtel ihres lilafarbenen Kleides, das wie ein Bademantel aussah, enger um ihre Taille. Dann rückte sie ihre rote Perücke zurecht.

»Und du, Balthasar, musst wesentlich erschrockener auf den bezahlten Mordauftrag reagieren«, fuhr der Regisseur fort und fuchtelte mit den Armen. »Vom Zuschauerraum siehst du aus, als würde es dich kalt lassen, als ob dich deine eigene Ermordung nichts anginge. Ich möchte, dass du Emotionen zeigst.«

Balthasar Yersin stieg von einem runden Podest herab, das inmitten des Bühnenbildes aufgebaut war. Die Theaterkulisse des Pfauen bestand aus Wandelementen mit grossen Fenstern, die im Halbkreis standen. Sie war mit einem schmutzig grünen Anstrich versehen und erinnerte an den Schalterraum eines heruntergewirtschafteten Provinzbahnhofs oder an einen Wartesaal. Der Bühnenboden sah aus wie mit grossen Steinplatten bedeckt. Die Spots an der Decke tauchten das Bühnenbild in ein düsteres Licht.

»Meine Anzugjacke zwickt unter den Achseln«, sagte Yersin. »Sie behindert mich beim Spiel.« Sofort eilte der Kostümbildner von seinem Sitz auf ihn zu und nahm das Jackett entgegen.

»Spielen wir die Schlüsselszene nochmals«, ordnete der Regisseur an. »Sie ist enorm wichtig. Und was ihr bisher geboten habt, ist zu wenig.«

Der Leiter des Foyers erwartete Glauser vor dem Bühneneingang. »Sie müssen von der Polizei sein«, sagte er zur Begrüssung und drückte seine Zigarette im Aschenbecher an der Wand aus. »Das erkenne ich an Ihrer militärisch straffen Körperhaltung.« Er gab Glauser die Hand. »Soeben findet die AMA statt zu unserer Aufführung ›Der Besuch der alten Dame‹ von Friedrich Dürrenmatt«, sagte er, als er die Türe öffnete.

»Was bedeutet AMA?«, fragte Glauser und versuchte etwas weniger steif hinter ihm herzugehen. Den Gedanken an Tina verdrängte er so gut er konnte.

»AMA. Alle mit allem. So nennen wir die erste Probe mit komplettem Durchlauf. Alle Schauspieler tragen ihre Originalkostüme, die Maske hat sie geschminkt, ihnen Perücken aufgesetzt, Bärte angeklebt, das Bühnenbild ist bis ins Detail aufgebaut, Beleuchter, Tontechniker und Kostümbildner sitzen auf ihren Plätzen. Später folgen die Hautproben eins und zwei. Und zu guter Letzt kommt die Generalprobe. Der Zeitplan ist eng. In drei Wochen feiern wir Première.« Er wies mit der Hand auf eine geöffnete Türe und trat vor Glauser ein. »Nun befinden wir uns hinter der Bühne«, flüsterte er. Sie gingen einen Flur entlang und gelangten ins Foyer.

»Lea und Claudius. Auftritt in fünf Minuten«, schallte es aus einem Lautsprecher an der Wand.

»Der Inspizient«, erklärte der Foyerleiter. »Er dirigiert auch die Abendvorstellungen. Alle hören auf sein Kommando. Er ist quasi der Kapellmeister, der jedem auf die Sekunde genau seinen Einsatz durchgibt und ihm sagt, was er zu tun hat.« Er öffnete eine Tür, die in den Zuschauerraum führte. »Folgen Sie mir bitte.« Glauser roch den beissenden Geruch von Staub, der auf den heissen Scheinwerfern verbrannt war.

»Frau Zachanassian: Noch sind wir in Europa, noch sind wir keine Heiden. Ich lehne im Namen der Stadt Güllen das Angebot ab«, hörte Glauser einen Mann im Anzug sagen, als er den Seiteneingang zum Theatersaal betrat. Der Schauspieler stellte wohl den Bürgermeister dar. Glauser konnte sich noch gut an das groteske Stück von Dürrenmatt erinnern, das er zum ersten Mal als Gymnasiast gesehen hatte. Er besuchte damals die Stiftsschule des Klosters Einsiedeln, hatte dort im Internat gelebt und die Matura gemacht. Ein Klassenausflug nach Zürich führte ihn in den Siebzigern zum ersten Mal ins Theater.

»Im Namen der Menschlichkeit. Lieber bleiben wir arm, denn blutbefleckt.« Der Schauspieler blickte pathetisch nach oben. Um den Bürgermeister, der neben Alfred Ill auf dem Podest stand, brach tosender Applaus aus. Pfarrer, Lehrer, Polizist und weitere Güllener Bürger klatschten frenetisch.

»Bitte warten Sie hier«, sagte der Leiter des Foyers. »Ich informiere den Regisseur.«

Glauser schaute in den grossen Theatersaal, im Halbdunkel sah er die Silhouetten von einem Dutzend Menschen auf den roten Samtsesseln sitzen. Sie starrten auf die erleuchtete Bühne, während sich der Foyerleiter zwischen zwei Sitzreihen zum Regisseur hindurchzwängte und ihm etwas ins Ohr flüsterte.

»Balthasar, die Polizei möchte mit dir sprechen. Es sei dringend«, rief der Regisseur mit missmutigem Gesichtsausdruck ins Mikrofon. Und nach einer Sekunde Pause »So kann ich nicht arbeiten«, sagte er leise, aber in einer Art, dass es jeder im Saal hören konnte.

»Oh, nein! Bitte! Bitte sagen Sie mir, dass es meiner Frau gut geht, dass ihr nichts passiert ist«, rief Yersin in den Zuschauerraum. Er hob die Hand vor seine Augen, weil ihn die Scheinwerfer blendeten, und suchte im Dunkeln nach jemandem, der wie ein Polizist aussah. Als er Glauser am Rande entdeckte, sprang er mit einem Satz von der Bühne und eilte mit grossen Schritten auf ihn zu. »Haben Sie Zara gefunden? Wie geht es ihr? Ihr ist hoffentlich nichts zugestossen?«

Glauser sah in ein verzweifeltes Gesicht. »Bitte beruhigen Sie sich. Noch wissen wir nicht, wo sich Ihre Frau befindet. Können wir ungestört miteinander reden?«

Yersin zeigte mit einer fahrigen Geste in eine Richtung. »In meiner Garderobe. Kommen Sie.«

Glauser spürte, wie mitgenommen der Mann war. Die Garderobe

war winzig, grauer Linoleumboden, Schminktisch mit kleinem Spiegel, furnierter Holzschrank aus den Siebzigern, ein schmales Bett mit grünem Laken.

»Seit gestern höre ich kein Lebenszeichen mehr von Zara. In der Nacht habe ich kein Auge zugemacht«, sagte Yersin, als er sich auf die Matratze fallen liess. »Ich wälzte mich hin und her.« Seine Stimme zitterte. Glauser nahm auf einem schlichten Holzstuhl Platz. »Heute wollte ich die AMA schwänzen, weil ich am Ende meiner Kräfte war. Aber mir fiel die Decke auf den Kopf. Ich bin fast durchgedreht. Bitte! Wo ist Zara?«

»Herr Yersin, es tut mir leid, Ihre Frau wurde entführt.«

»Was? Entführt?« Seine Augen wanderten irritiert umher. »Von wem? Warum?«

»Das wissen wir noch nicht. Wir tun alles, um Ihre Frau wohlbehalten zu finden. Bei der Kripo arbeiten mehrere Dutzend Polizisten an diesem Fall.«

»An diesem Fall«, murmelte Yersin.

Glauser senkte seinen Kopf. »Entschuldigen Sie bitte, so war das nicht gemeint.« Er holte aus der Jackentasche sein Handy. »Bitte hören Sie sich diese Tonaufnahme an, auf der der Entführer zu hören ist. Der Täter hat seine Stimme elektronisch verzerrt. Unsere Spezialisten versuchten, die Originalstimme wieder herzustellen. Wir müssen wissen, ob Sie den Entführer erkennen. Was Sie hören, ist schwer zu ertragen. Seien Sie stark.« Er drückte auf den Button.

»Nein, ich lasse Sie nicht frei. Sie haben mein Leben zerstört, Frau Anderwert. Sie haben mich zum Geschädigten gemacht. Das werden Sie bereuen.«

(ängstliche Stimme) »Warum sagen Sie das? Ich kenne Sie gar nicht. Ich habe nichts Böses getan!«

»Doch, das haben Sie. Und das wissen Sie auch.«

Balthasar Yersin strich sich mit beiden Händen durchs graue Haar. Er atmete heftig. »Zara befindet sich in Gefahr, sie hat schreckliche Angst.« Er biss sich in seine Faust. »Was kann ich bloss tun?«, presste er hervor. »Warum klingt sie so dumpf? Wo hat er sie eingesperrt?«

»In eine Holzkiste. Mehr können wir nicht sagen«, antwortete Glauser leise. »Kennen Sie die Stimme?«

Yersin schüttelte den Kopf. Plötzlich fuhr er auf. »Warum tut er meiner Frau das an?«, schrie er wie von Sinnen. »Diese Bestie!« Er vergrub sein Gesicht in den Händen. »Sie ist der liebenswerteste

Mensch, den ich kenne. Eine herzensgute Frau, humorvoll, grosszügig, hilfsbereit. Ich begreife nicht, warum ihr jemand etwas zuleide tun will.«

»Hatte sie Feinde?«

»Nein, wer sollte ihr böse sein?« Er stockte. »Einzig ...«

»Ja?«, fragte Glauser.

»Sie engagiert sich in ihrer Freizeit beim Tierschutzbund. Das sehen nicht alle gern. Sie liebt Tiere und erträgt es nicht, wenn sie leiden müssen.«

Glauser horchte auf. »Auf der Internetseite vom Tierschutzbund ist Ihre Frau nirgends aufgeführt.«

»Doch. Sie leitet den Verein als Präsidentin unter ihrem bürgerlichen Namen, wie er im Pass eingetragen ist, Alina Zoblin. Zara Anderwert nennt sie sich als Künstlerin.«

Damit führt die Spur endgültig zum Schweinezüchter, dachte Glauser. Die Präsidentin trägt die Verantwortung für alles, was der Verein tut. Lauber musste sie genauso gehasst haben, wie den jungen Aktivisten, der seinen Stall heimlich gefilmt hatte.

»Warum haben Sie bei der Polizei nicht den richtigen Namen Ihrer Frau angegeben, als Sie die Vermisstenmeldung aufgaben?«

Yersin blickte betreten zu Boden. »Alle nennen sie Zara, auch ich. Niemand spricht sie mit Alina an. Ich war so aufgewühlt, weil sie nicht nach Hause kam ...« Er stockte.

»Ich verstehe«, sagte Glauser schnell. »Sagt Ihnen der Name Felix Unteregger etwas?«

Yersin nickte fast unmerklich. »Er recherchierte für den Tierschutzbund verdeckt über einen Bauern, der Ferkel brutal erschlägt. Nachdem seine Bilder im Schweizer Fernsehen ausgestrahlt worden waren, lud meine Frau alle zu einem Apéro zu uns nach Hause ein. Da habe ich ihn zum ersten Mal gesehen. Warum fragen Sie?«

»Derselbe Täter hat auch Unteregger entführt.«

»Was? Dann weiss ich, wer meine Frau in seiner Gewalt hat. Es muss dieser Bauer sein. Ich weiss nicht mehr, wie er heisst, er hat meine Frau nach dem Fernsehbericht am Telefon aufs Übelste beschimpft. Ich hatte vor, ihn bei der Polizei anzuzeigen, aber Zara wollte das nicht.«

»Der Schweinezüchter heisst Otto Lauber. Hat er sie mit dem Tod bedroht?«

»Nein, aber er hat ihr einen verbrannten Hühnerkopf geschickt.«

»Warum denken Sie, dass Lauber dahintersteckt?«

»Wer denn sonst? Die Post kam zwei Tage nach seinem unflätigen Anruf.«

***

Im Sterbezimmer von »Exit« klang leise Chopin aus dem Lautsprecher. Auf dem schmalen Spitalbett, das mit der Kopfseite an eine Wand gestellt war, lag ein alter Mann mit eingefallenem, aschgrauem Gesicht. Die Augen traten ihm aus den Höhlen. Sein Atem ging pfeifend. Die schmalen Hände lagen auf der blauen Daunendecke. Der kleine Raum war freundlich eingerichtet, beige Vorhänge vor dem Fenster warfen ein warmes Licht an die hellen Wände. Ein Gemälde mit einer flammenden, viereckigen Sonne hing ihm gegenüber. Auf dem Nachttisch brannte eine grosse Kerze in einer Glasvase. Neben dem kranken Mann sass seine Frau in einem schwarzen Ledersessel. Sie hielt seine Hand und drückte sie an ihre Wangen. Für ihn hatte sie sich schön gemacht, die grauen Haare sorgfältig frisiert, das runzelige Gesicht eingecremt und das Blümchenkleid angezogen, das er so mochte. Sie sahen sich immerfort an, ihre Augen ineinander versunken.

»Mein Ein und Alles«, flüsterte Dagobert Wyss. »Danke für deine Liebe. Du hast mich immer begleitet, siebenundvierzig Jahre lang, auch wenn ich manchmal ein mürrischer Brummbär war. Fast hätten wir unsere goldene Hochzeit feiern können.« Er keuchte ein paarmal flach. »Du warst für mich das grösste Geschenk. Sei nicht traurig, wenn ich jetzt gehe.« Er streichelte ihre Finger mit dem Daumen. Sie küsste seine Hand. Tränen stiegen ihr in die Augen. Sie versuchte tapfer zu lächeln.

»Frau Kuster, ich bin bereit zu gehen«, sagte Wyss an eine hagere Frau gerichtet, die etwas abseits im Sterbezimmer auf einem Sessel sass. Ihre Hände waren auf dem Schoss gefaltet. Die grauen glatten Haare hatte sie streng nach hinten gekämmt und zu einem Knoten verschnürt. Die Sterbehelferin erhob sich von ihrem Sessel und drückte einen Knopf, worauf sich das Kopfteil des Spitalbettes aufrichtete, damit Wyss sitzen konnte.

»Herr Wyss, wenn Sie sicher sind, dass Sie sterben wollen, dann unterschreiben Sie bitte die Freitoderklärung. Damit bestätigen Sie, dass Sie Ihren Entschluss urteilsfähig, autonom und nach reiflicher Überlegung gefällt haben«, sagte sie und reichte ihm ein Blatt Papier mit zwei Durchschlägen, das auf ein Brett geklemmt war. Wyss vermerkte als Zeugin seine Frau und unterschrieb die Erklärung: »Ich, Dagobert

Wyss, geb.: 12. März 1947, leite heute Dienstag, 25. April, meinen Freitod ein. Ich tue dies auf eigene Verantwortung.«

Paula Kuster wartete währenddessen neben dem Bett an einem weisslackierten Sideboard. Sie nahm aus einer Medikamentenschachtel ein braunes Fläschchen, zählte dreissig Tropfen auf einen Esslöffel und überreichte ihn Dagobert Wyss. »Paspertin«, sagte sie. »Es beruhigt den Magen und verhindert, dass Sie sich übergeben müssen, wenn Sie den Sterbetrunk zu sich nehmen.«

Wyss schluckte das Medikament ohne zu zögern hinunter. Kuster holte aus einer Apothekertüte ein orangefarbenes Fläschchen heraus. Sie schraubte den weissen Plastikverschluss auf und schüttete das Pulver, fünfzehn Gramm Natrium-Pentobarbital, in ein Trinkglas mit Leitungswasser. Langsam rührte sie das Wasser mit einem Teelöffel um, bis das Pulver vollständig aufgelöst war.

»Herr Wyss, jetzt ist der Moment gekommen, wo Sie noch nein sagen können. Niemand würde Ihnen einen Vorwurf machen. Wenn Sie aber das Medikament nehmen, werden Sie sterben. Dann kann ich Ihnen nicht mehr helfen.« Sie schaute ihm in die Augen. »Überlegen Sie es sich nochmals. Bedenken Sie: der Schritt ist endgültig. Wollen Sie wirklich sterben?«

»Ja, das will ich. Ich bin entschlossen. Der Krebs hat meine Lungen zerfressen. Ich werde ohnehin in ein paar Monaten sterben. Die Schmerzen sind unerträglich«, flüsterte Dagobert Wyss.

»Das Getränk schmeckt nach Orange, vielleicht etwas bitterer«, sagte Kuster. »Sie müssen das Glas bis zum letzten Tropfen austrinken. Danach werden Sie sanft einschlafen, schmerzfrei. Sie treten Ihre letzte grosse Reise an.« Kuster reichte ihm den Sterbetrunk. »Wenn Sie entschlossen sind zu sterben, trinken Sie das Glas vollständig aus. Sollten Sie Zweifel oder Angst bekommen vor diesem Schritt, dann stoppen Sie. Sie müssen das nicht tun.«

Dagobert Wyss nickte. Er trank das Gift in fünf Schlucken. Über die Wangen seiner Frau liefen Tränen. »Vielen Dank für Ihre Hilfe«, sagte er. Seine Lunge röchelte. »Bitte legen Sie mich wieder hin.«

Paula Kuster drückte den Knopf am Spitalbett, das sich daraufhin senkte. Dagobert Wyss schloss die Augen. Seine Frau streichelte seine Hand. Nach zwei Minuten war er eingeschlafen. Kuster wartete noch ein paar Minuten. Dann beugte sie sich zu ihm hinunter, fühlte am Hals seinen Puls und kontrollierte die Atmung. Dagobert Wyss war tot. Die Sterbehelferin schaute auf die Uhr. Fünfzehn Uhr siebenunddreissig.

»Nehmen Sie Abschied«, sagte sie zur Frau, die sich über ihren toten Mann beugte und einen Arm um seinen Oberkörper geschlungen hatte. Ihr Gesicht lag auf seiner Brust.

Paula Kuster setzte sich in den schwarzen Ledersessel und nahm einen Block mit leeren Formularen hervor, die mit Freitodprotokoll übertitelt waren. Auf die vorgedruckten Zeilen schrieb sie mit Blockbuchstaben:»15.00 h Eintreffen der Exit-Begleiterin. 15.20 h Ausfüllen der Freitoderklärung. 15.30 h Einnahme von 15g Natrium-Pentobarbital. Oral. 15.32 h Einschlafen. 15.37 h Feststellung der fehlenden Lebenszeichen.« Sie nahm ihr Handy und wählte die 117. »Paula Kuster. Ich rufe Sie an, um einen begleiteten Freitod zu melden, gemäss Protokoll von ›Exit‹. Der Verstorbene befindet sich im Sterbezimmer an der ›Exit‹-Geschäftsadresse. Bitte schicken Sie einen Polizisten in Zivil und einen Rechtsmediziner vorbei. Vielen Dank.«

***

Pac-Man kurvte durch das blaue Labyrinth, frass die Pillen auf seinem Weg und wurde von einem rosaroten Gespenst verfolgt, das aussah wie ein Wischmop. Im letzten Moment, als ihn das Gespenst gerade fassen und auslöschen wollte, schluckte Pac-Man eine blinkende Kraftpille, mit der er das Gespenst abwehren konnte.

Orlando Lenzin sass im Kabäuschen am Schnittplatztisch. Er lümmelte tief hinabgerutscht auf einem Stuhl und steuerte einen Joystick, der auf seinem Bauch schaukelte. Die Kapuze vom Nicki hatte er sich über den Kopf gezogen. Blitzschnell schob er den Steuerknüppel hin und her. Seine fleischigen Ohrmuscheln leuchteten rot, die Augen hatte er zusammengekniffen. Die Lautsprecherboxen waren aufgedreht, aus ihnen ertönte das computergenerierte Pac-Man-Geräusch Wakka Wakka.

Er hatte soeben das elfte Level erreicht, als ihn Maria an die Schulter stupste. Erschrocken fuhr Lenzin hoch. Er hatte gar nicht bemerkt, wie sie hereingekommen war, so sehr war er in das Computerspiel vertieft.

»Was sehen meine unschuldigen Augen«, fragte Maria belustigt. »Du spielst ein Game aus den Achtzigern?«

Lenzin rieb sich mit der flachen Hand über seine Igelfrisur. Er grinste. »Ein geiles Spiel, ein unübertroffener Klassiker!«, antwortete er stolz. »Du solltest es auch ausprobieren.«

»Als das Spiel programmiert wurde, warst du noch gar nicht geplant, geschweige denn geboren. Von dir hätte ich nicht erwartet, dass du auf Retro stehst.«

»Pac-Man war das erste Game, das ich als Knirps nächtelang auf meinem Commodore 64 gespielt habe.« Seine Knopfaugen leuchteten. »Mein alter Herr hatte mir den Computer zum Geburtstag geschenkt. Seither stehe ich auf Programme, Spiele und Videofilme. Und deshalb sitze ich hier. Dein Cutter, dir zu Diensten.« Lenzin deutete im Sitzen eine Verbeugung an.

Maria lachte. Sie stellte ihren Laptop auf den Tisch und fuhr den Computer hoch.

»Eröffne bitte ein Projekt mit dem Titel ›Entführung Anderwert‹«, wies ihn Maria an.

»Was? Schon wieder eine Entführung?«, platzte Lenzin heraus.

»Ja. Kaum zu glauben, aber wahr. Es ist derselbe Täter wie gestern. Dieses Mal hat er eine Regisseurin vom Schauspielhaus entführt und mir erneut ein Audiofile gemailt. Es ist furchtbar, was darauf zu hören ist. Die Frau leidet.«

»Die Welt spinnt. Wie willst du die Geschichte erzählen?«

»Das weiss ich noch nicht, ich muss im Kopf zuerst ein kurzes Drehbuch entwerfen. Im Archiv findest du ein schönes Porträt von der Regisseurin Zara Anderwert. Diese Bilder brauchen wir. Hole auch meinen Bericht vom Server, den ich vor ein paar Wochen über einen Schweinezüchter gemacht habe. Du findest die Geschichte unter dem Suchbegriff ›Felix Unteregger‹.«

»Wer ist das?«

»Das erste Opfer.«

Lenzin stiess einen Pfiff aus. »Was haben die beiden miteinander zu tun?«

»Keine Ahnung. Auch die Kripo tappt im Dunkeln.«

Während Lenzin aus dem Archiv das Bildmaterial holte, öffnete Maria das Mailprogramm. Sie musste Hugo unbedingt nochmals daran erinnern, sich an ihren Chef zu wenden und ihm zu beichten, was er verbrochen hatte. Den ganzen Tag hatte sie die Frage gequält, was sie tun sollte, wenn sich Hugo weigern würde. Sollte sie ihn ans Messer liefern? Ihren Kollegen verpfeifen? Sie hatte Skrupel. Egal wie sie entschied, ihr schien es falsch. Ihn einfach davonkommen lassen, ging aber auch nicht. Hugo hatte das Schlimmste getan, was ein Journalist tun konnte. Er hat die Unabhängigkeit und Glaubwürdigkeit seiner Sendung verkauft. Er verhielt sich wie ein Buchhalter, der in die

Firmenkasse greift. Oder wie ein Manager, der Betriebsgeheimnisse der Konkurrenz verrät. Davor kann man nicht einfach die Augen verschliessen und so tun, als sei nichts gewesen. Maria wickelte nervös eine Locke um ihren Zeigfinger. Sie steckte in einer moralischen Zwickmühle. »Lieber Hugo«, tippte sie in den Laptop. »Hast du schon mit dem Chef gesprochen? Ich weiss, das wird dein Gang nach Canossa werden, der viel Mut erfordert. Aber du musst Oskar erzählen, dass du dich für Geschichten hast bezahlen lassen. So kann er abschätzen, welchen Schaden du angerichtet hast. Wenn du dich selbst an ihn wendest, geht es für dich am glimpflichsten aus. Gruss Maria.« Sie war sich darüber im Klaren, dass der letzte Satz eine versteckte Drohung enthielt. Hugo sollte ruhig befürchten, dass sie zum Chef gehen würde, wenn er es nicht tat. Sie setzte ihm das Messer an die Kehle. Nach kurzem Zögern schickte sie das Mail ab.

Mittlerweile hatte Lenzin die Beiträge aus dem Archiv auf die Timeline gezogen. »Das Interview von dir mit der Profilerin habe ich auch vom Server geholt«, sagte er.

»Tüchtiger Bursche.« Sie schaute auf das leere Dokument mit den zwei Spalten für die Videoszenen und den Filmkommentar. Der Moment, bevor sie das erste Wort auf ein unbeschriebenes Blatt Papier setzte und sich die Anfangsszene überlegte, versetzte sie in Erregung. Er war spannungsgeladen, es kribbelte. »Orlando, wir beginnen den Bericht wie gestern mit einem Schwarzbild«, entschied sie. »Darunter legen wir den O-Ton von Zara Anderwert.«

»Yes, Ma'am.«

Lenzin zog das Audiofile auf seine Timeline.

(Poltern, Rumpeln, Klopfen)

(dumpfe Frauenstimme) »*Bitte! Lassen Sie mich raus! Herr (Tonschnitt) Warum tun Sie das? Warum sperren Sie mich ein! Ich habe Ihnen nichts getan!*« *(Heftiges Keuchen)* »*Ich kriege Platzangst! Öffnen Sie die Kiste!* *(Keuchen, dumpfes Schlagen) Bitte! Ich flehe Sie an!*« *(Stille, dann Schluchzen)*

»Bis hierher, Orlando«, rief Maria. Sie rieb sich die Hände und begann mit dem Texten. »Die verzweifelte Stimme gehört der Theaterregisseurin Zara Anderwert vom Zürcher Schauspielhaus. Sie ist das zweite Opfer des Entführers, der gestern bereits einen Mann in seine Gewalt gebracht hatte. Wie ihn sperrte der Täter auch Anderwert in eine enge Kiste«, haute sie in die Tasten. »Vierzehn Sekunden aus dem Porträt im ›Kulturplatz‹«, sagte sie, ohne aufzuschauen.

Lenzin montierte die Szene einer Theaterprobe auf die Timeline, in der Zara Anderwert zwei Schauspielern auf der Bühne Anweisungen gab. Maria blickte auf den Monitor. Anderwert war eine hochgewachsene, schlanke Frau mit langen grauen Haaren, die sie luftig hochgesteckt hatte. Ihr schmales, ebenmässiges Gesicht strahlte Würde aus. Am Auffälligsten jedoch fand Maria ihre Augen, sie hatte noch nie solche kobaltblauen Augen gesehen. Aus ihnen blitzte der Schalk. Im Licht der Bühnenscheinwerfer strahlten sie intensiv dunkelblau. Um die Augenwinkel hatten sich Fältchen gebildet. Zara Anderwert war eine starke Frau, die gerne lachte und das Leben genoss.

»Mittlerweile konnte die Kriminalpolizei Zürich ermitteln, wie das erste Entführungsopfer heisst«, textete Maria. »Felix Unteregger vom Tierschutzbund, der mit versteckter Kamera Tierquälereien auf Bauernhöfen aufdeckte.« Konzentriert feilte sie an ihrem Text. Zwischendurch schaute sie zusammen mit Lenzin das Archivmaterial an, gab ihm Anweisungen, welche Bilder sie brauchte und besprach mit ihm Toneffekte und Musikeinsatz. »Sequenz mit der Profilerin«, ordnete Maria an, während sie den Filmkommentar schrieb. »Zehn Sekunden, mehr nicht.«

»Der Täter plant sorgfältig, er überlässt nichts dem Zufall«, hörte Maria das Statement von Wilhelmine Dolder. »Das setzt eine hohe Intelligenz voraus. Zudem ist er technisch versiert, er kennt sich mit Computerprogrammen aus. Er verfremdet elektronisch seine Stimme, mailt Ihnen unerkannt ein Audiofile, indem er es schafft, seine digitalen Spuren zu verwischen. Sonst hätte ihn die Polizei bereits gefasst.«

Innerhalb von zwei Stunden hatten sie den Bericht fast fertiggestellt.

»Orlando, den Beitrag beenden wir wieder mit Schwarzbildern und dem O-Ton von Zara Anderwert und dem Täter«, sagte Maria.

Lenzin platzierte die Tonaufnahme auf die Timeline.

(Schluchzen) »Hören Sie mich? Bitte lassen Sie mich gehen!«

(verzerrte Männerstimme) »Nein, ich lasse Sie nicht frei. Sie haben mein Leben zerstört, Frau Anderwert. Sie haben mich zum Geschädigten gemacht. Das werden Sie bereuen.«

Aus Marias Laptop ertönte ein Pling. Sie klickte auf den Mail-Button und erschrak. Jemand hatte ihr wieder ein Mail ohne Kommentar und Betreffzeile geschickt. Im unteren Fenster sah sie ein Audiofile, sonst nichts. »Orlando, ein anonymes Mail mit einem mp3-File«, sagte sie. »Hoffentlich stammt es nicht wieder vom Entführer mit einem dritten Opfer. Hören wir es uns an.« Maria zog auf dem Monitor den virtuellen

Schieberegler des Lautsprechers hoch und startete die Aufnahme.

(verzerrte Männerstimme) »*Sie haben getötet, Frau Anderwert. Sie haben einen Menschen auf dem Gewissen.*«

(dumpfe Frauenstimme, verzweifelt) »*Nein, bitte! Das stimmt nicht! Sie irren sich, Herr (Tonschnitt) Ich habe niemanden umgebracht. Bitte!*«

(verzerrte Stimme) »*Doch das haben Sie! Und ich werde verhindern, dass Sie jemals wieder einem anderen Menschen schaden. Ohne Skrupel haben Sie in mein Leben eingegriffen. Sie sollen erfahren, was ich durchmache, wie es ist, in der Hölle zu leben. Ihnen wird es ergehen wie Herrn Unteregger. Sie sterben den Feuertod. Ich verbrenne Sie bei lebendigem Leib.*«

(Frauenstimme, schluchzen) »*Oh, mein Gott! Nein! Bitte nicht! Lieber Gott, bitte! Hilf mir! (Schreien) Hilfe! Hilfe!*« *(heftiges Poltern).*

(ein paar Sekunden Pause)

(verzerrte Männerstimmte) »*Noch eine Meldung an die Kriminalpolizei: In dieser Nacht starb auch Zara Anderwert den Feuertod. Sie hat ihn verdient, wie auch Felix Unteregger. Sie werden nie wieder einen Menschen töten. Mit ihrem Tod habe ich weiteren Schaden abgewendet.*«

Maria hielt sich die Hand vor den Mund. »Oh, nein. Das ist entsetzlich«, flüsterte sie. »Er verbrennt sie lebend. Ich kann mir keinen qualvolleren Tod vorstellen.« Es schüttelte sie beim Gedanken daran. »Felix Unteregger und Zara Anderwert leben nicht mehr. Grauenhaft.«

Sie blickte zu Lenzin, der kerzengerade auf seinem Stuhl sass. »Er ist ein elender Sadist«, sagte er. Seine Stimme klang heiser. Sie hörten die Tonaufnahme nochmals an, auch wenn es schier unerträglich war.

Was meint der Entführer damit, wenn er sagt: »Sie haben getötet. Sie haben einen Menschen auf dem Gewissen«?, überlegte Maria. Ein Tierschützer und eine Regisseurin sollen gemeinsam jemanden umgebracht haben? Und deshalb müssen sie sterben? »Orlando, ich muss sofort die Kripo kontaktieren. Mach Pause. Du kannst unsere Geschichte nachher fertigstellen und in die Regie überspielen.«

Maria kopierte den Quelltext und schickte ihn zusammen mit dem Audiofile ohne Kommentar an Glauser und Yerly. Dann nahm sie ihr Handy vom Schnittplatztisch und wählte in ihren Kontakten die Nummer von Glauser.

»Theo, der Entführer hat mir wieder eine Tonaufnahme geschickt, ich habe sie dir soeben weitergeleitet.« Maria geriet ins Stocken. Sie räusperte sich. »Felix Unteregger und Zara Anderwert sind tot. Sie wurden beide lebend verbrannt«, sagte sie hastig, als ob sie Angst hätte, das Grauenvolle nicht aussprechen zu können. »Die Tonaufnahme ist entsetzlich. Man hört die furchtbare Angst von Anderwert. Und der Mörder zeigt kein Erbarmen.«

Am anderen Ende der Leitung blieb es einen Moment lang still. Maria spürte, wie Glauser versuchte, ruhig zu bleiben. Am Telefon spielte sie ihm die Aufnahme vor. Dann stellte er ihr einige Fragen. Er hörte sich müde an.

»Maria, berichtest du heute Abend im Fernsehen über diesen Fall?«,fragte er zum Schluss.

»Ja, ich arbeite daran.«

»Wenn du die Tonaufnahmen von heute Morgen ausstrahlst, habe ich nichts dagegen einzuwenden. Aber es wäre verheerend für die Angehörigen der Opfer, wenn sie aus den Medien vernehmen müssten, dass ihre Liebsten auf solch grausame Weise gestorben sind.«

»Theo, diese Aufnahme bleibt unter Verschluss, sie wird nicht veröffentlicht. Ich werde den Hinterbliebenen sicher nicht noch mehr Leid zufügen, als sie ohnehin schon ertragen müssen.«

»Danke, Maria. Der Mann von Zara Anderwert dreht fast durch vor Sorge um seine Frau. Wir brauchen seelsorgerische Unterstützung, wenn wir ihm die traurige Nachricht mitteilen.«

»Habt ihr schon herausgefunden, ob auch Anderwert etwas mit dem Schweinezüchter zu tun hat?«

»Ja.«

»Du kannst es mir nicht verraten?«

»Versprich mir, dass du diese Information nicht vor sieben Uhr heute Abend in der Sendung veröffentlichst.«

»Versprochen, Theo.«

»Zara Anderwert war Präsidentin beim Tierschutzbund.«

»Was? Das kann nicht sein. Ich habe nachgesehen. Auf der Homepage steht nichts.«

»Als Präsidentin ist Alina Zoblin aufgeführt. So heisst Anderwert mit bürgerlichem Namen. Die gleichen Initialen AZ. Zara Anderwert ist ihr Künstlername.«

»Ah, das erklärt alles. Nehmt ihr Otto Lauber jetzt fest?«

»Nein, noch nicht. Aber wir befragen ihn heute Abend zu seinem Alibi. Auch zum Mordfall Leon Oswald. Lauber hatte bei allen drei Opfern ein Mordmotiv. Hass, weil sie ihm geschadet haben.«

»Und der Täter hat alle drei Opfer angezündet.«

»Ja, der Bauer ist deswegen tatverdächtig. Aber nicht dringend, sonst würden wir ihn verhaften. Wir haben keine Beweise. Zu vieles ist

unklar.«
»Vielen Dank. Hoffentlich könnt ihr den Fall rasch lösen.«
»Ja, wir müssen den Täter erwischen, bevor er weiter tötet.«
Maria spürte, dass Glauser noch etwas sagen wollte.
»Maria«, begann er zögernd. »Wenn Lauber alle drei ermordet hat,
ist er vielleicht auch hinter dir her. Dein Bericht hat ihn als Tierquäler
an den Pranger gestellt. Womöglich schwebst auch du deswegen in
Gefahr. Pass auf dich auf!«
»Danke für die Warnung. Ich halte die Augen auf.«

***

Die Nachmittagssonne wärmte seinen Buckel, der ihm heute keinen
Kummer bereitete, als Sokrates in Albisrieden aus dem Bus Nummer 33
stieg. Er ging von der Haltestelle Hubertus den Letzigraben hoch und
bog in die Mühlezelgstrasse ein. Es roch nach staubigem Asphalt und
Urin. Er zählte die Hausnummern. Bei einem schlichten Gebäude mit
glattem hellgrauem Verputz blieb er stehen. Davor erhob sich eine hohe
Metallskulptur, die eine Calla darstellte, auch Totenblume genannt. Auf
dem einzigen Klingelschild stand »Exit«. Sokrates hatte an der
Geschäftsstelle der Sterbehilfeorganisation schon mehrmals zu tun
gehabt. In der Regel begleiteten die Sterbehelfer von »Exit« einen
Menschen zu Hause in den Tod. Doch wenn ein Sterbewilliger in einem
Altersheim wohnte, das eine Freitodbegleitung in seinen
Räumlichkeiten verbot, stellte »Exit« ihr Sterbezimmer an der
Geschäftsstelle zur Verfügung. Ein fragwürdiges Geschäft, fand
Sokrates. Man sollte doch alles daran setzen, Sterbewillige ins Leben zu
begleiten. Lebenshelfer statt Sterbehelfer sollten Menschen sein. Davon
war er fest überzeugt. Nicht nur unheilbar kranke Patienten, die unter
unerträglichen Schmerzen litten, begleitete »Exit« oder »Dignitas« in
den Tod. Sterbehilfeorganisationen unterstützten Menschen auch dann
beim Suizid, wenn sie psychische Probleme hatten, an Altersgebresten
litten und niemanden mehr zur Last fallen wollten. Assistierter Suizid
war in der Schweiz nicht strafbar, galt aber als ein AGT, als
aussergewöhnlicher Todesfall. Die Polizei klärte deshalb immer
sorgfältig ab, ob alles mit rechten Dingen zuging, die Dokumente
wurden geprüft, der Rechtsmediziner musste die Leiche untersuchen.
So schrieb es das Gesetz vor.
Sokrates drückte den Klingelknopf und wurde sofort eingelassen. Er

stieg ein paar Stufen nach oben bis zum ersten Treppenabsatz. Die Sterbehelferin und Geschäftsführerin von »Exit« Paula Kuster erwartete ihn bereits.

»Herr Wyss liegt im Sterbezimmer«, sagte sie und zeigte mit der Hand auf eine Türe am Ende des Flures. »Sie wissen ja, wo das ist. Ich warte solange in der Küche nebenan.«

Im Sterbezimmer stellte Sokrates seine Nylontasche neben das Spitalbett und begrüsste den Stadtpolizisten, der einen ausgebeulten Anzug trug und sich eine Krawatte umgebunden hatte. Sonst war niemand anwesend.

»Der Staatsanwalt verzichtet darauf, herzukommen«, sagte der Polizist. »Sollten wir Unregelmässigkeiten feststellen, möchte er sofort informiert werden.« Sokrates nickte. Er hatte nichts anderes erwartet. »Die Ehefrau, die den Verstorbenen begleitet hat, wartet in der Küche«, informierte der Polizist weiter. »Ich habe sie bereits als Zeugin befragt. Der Suizid ihres Mannes hat sie zutiefst getroffen. Ich glaube, sie begreift allmählich, dass er nicht mehr lebt, und sie nun alleine ist.«

Sokrates stülpte sich Latexhandschuhe über und betrachtete dabei den Toten auf dem Spitalbett. Hageres, fahles Gesicht, die Augen geschlossen. Dagobert Wyss sah aus, als ob er schliefe. Im Sterbezimmer lag der Geruch von Desinfektionsmitteln und Kerzenwachs. Mit einem zerknautschen Papiertaschentuch aus der Jackentasche putzte er seine Brille. Dann drückte er einen Knopf. Mit einem leisen Summen hob sich das Spitalbett auf die Höhe von Sokrates' Hüften. So konnte er die Leichenschau bequemer durchführen. Er zog die Bettdecke zurück, bis der Tote ganz frei lag. Dagobert Wyss trug einen flaschengrünen Seidenpyjama mit Pantoffeltiermuster. Sokrates knöpfte ihm das Hemd auf und drehte den Toten auf den Bauch. Behutsam entkleidete er die Leiche.

»Kann ich Ihnen behilflich sein?«, fragte der Polizist.

»Nein, danke. Es geht schon«, antwortete er. Zuletzt zog er dem Toten die Unterhose aus. Mit einem digitalen Thermometer aus seiner Tasche bestimmte er die Raumtemperatur und mass anschliessend rektal die Körpertemperatur der Leiche. Beide Messergebnisse notierte er auf ein Leichenschauformular.

Er musterte den Rücken des Toten. Die Haut sah wächsern aus, graugrün wie ein verwaschener Putzlumpen. An Armen und Beinen hatten sich bereits schwarze Totenflecken gebildet. Auf Höhe der Schulter bemerkte er eine kleine Narbe, die verblasst war. Er klemmte eine

Körperschemazeichnung auf ein Brett und markierte sie dort mit einem Farbstift. Mit geübten Griffen drehte er die Leiche wieder auf den Rücken. Die Rippen stachen durch den flachen Brustkorb, um die spitzen Hüftknochen spannte sich die Haut. Penis und Hoden waren dunkelgrau verfärbt. An den dürren Unterschenkeln erkannte Sokrates zahlreiche Krampfadern. Sonst konnte er keine Verletzungen ausmachen. Er beugte das linke Bein. Die Totenstarre hatte wie erwartet noch nicht eingesetzt. Mit einer Pinzette klappte er das rechte und linke Augenlid hoch und untersuchte die Iris auf rote Pünktchen einer Stauungsblutung. Unauffällig. Er nahm eine Taschenlampe und leuchtete damit in Nasenhöhle, Ohren und Mund. Anschliessend stülpte er die Lippen des Toten um und inspizierte die Innenseite der Schleimhäute. Zwischendurch machte er sich auf dem Leichenschauformular Notizen. Langsam ging er um das Spitalbett herum und suchte den Körper der Leiche ab. Nach einer halben Stunde hatte er die Leichenschau beendet. »Es gibt keinerlei Hinweise auf Unregelmässigkeiten«, sagte Sokrates zum Polizisten, während er seine Handschuhe abstreifte. »Wo ist die Dokumentation? Ich werfe noch einen Blick darauf.«

Der Polizist reichte sie ihm. »Die Papiere sind vollständig.«

Sokrates setzte sich in einen schwarzen Ledersessel. Er prüfte die Diagnose auf dem Arztbericht. Herr Wyss litt unheilbar an einem aggressiven Lungenkrebs im Endstadium. Aber mit einer guten Palliativmedizin hätte er noch ein paar Monate schmerzfrei leben können, dachte Sokrates. Die notwendige Bestätigung eines Arztes, dass der Patient urteilsfähig war, lag ebenfalls bei. Das Rezept für das Sterbemittel Natrium-Pentobarbital hatte ihm ein Konsiliararzt von »Exit« verschrieben, offenbar hatte sich sein Hausarzt geweigert, ihm das Rezept auszustellen. Sokrates las die unterschriebene Freitoderklärung und prüfte die Angaben auf dem Freitodprotokoll. Alles korrekt.

»Der Staatsanwalt kann die Leiche freigeben«, sagte er zum Polizisten. »Die Papiere sind in Ordnung.« Vom Freitodprotokoll riss er einen Durchschlag ab, der für seine Unterlagen bestimmt war. Da bemerkte er auf der vorgedruckten Zeile »Freitodbegleitung« nicht nur die Blockbuchstaben »Paula Kuster«, sondern leicht nach unten verschoben weitere Buchstaben in einer anderen Handschrift. Die hatte offenbar ein Sterbehelfer hinterlassen, als er bei einer früheren Freitodbegleitung seinen Namen auf das Freitodprotokoll schrieb. Die

Buchstaben waren auch beim darunterliegenden Formular durchgedrückt. Einzelne Buchstaben fehlten oder waren unleserlich. Fe__x Un__eg_er, entzifferte Sokrates. Er stutzte. Konnte das sein? Er schaute nochmals hin, füllte die Lücken im Namen. Eindeutig, der Sterbehelfer hiess Felix Unteregger. Bei der Obduktion heute Morgen hatte Glauser am Telefon davon gesprochen, dass ein Felix Unteregger entführt worden sei, ein Tierschützer.

»Einen Moment bitte«, sagte er an den Polizisten gerichtet, der mit verschränkten Armen am Sideboard stand. »Ich muss noch etwas abklären.« Sokrates stand auf und begab sich zur Küche. Die Türe stand offen. Er sah, wie Paula Kuster ihren Arm um die weinende Frau gelegt hatte. »Frau Kuster, entschuldigen Sie bitte«, begann er leise. Er fühlte sich unbehaglich, weil er störte. Doch ihm blieb nichts anderes übrig. »Auf einem Durchschlag des Freitodprotokolls habe ich zufällig den Namen Felix Unteregger gelesen. Engagiert sich der Tierschützer Unteregger auch als Sterbehelfer bei ›Exit‹?«

Paula Kuster blickte auf. Sie sah erschöpft aus. »Ja. Felix setzt sich nicht nur für das Tierwohl ein, sondern auch für sterbenskranke Menschen. Warum fragen Sie?«

Sokrates suchte die richtigen Worte. Wie überbringt man jemandem möglichst behutsam eine schlechte Nachricht? Er fand keine Antwort. »Felix Unteregger wurde vor zwei Tagen entführt«, sagte er schliesslich. »Die Kriminalpolizei sucht ihn.« Kuster schloss ihre Augen.

Als Sokrates kurz darauf ins Freie trat, sah er einen schwarzen Mercedes-Kastenwagen mit der Aufschrift »Stadt Zürich, Bestattungsamt« vor dem »Exit«-Geschäftshaus stehen. Die Heckklappe war geöffnet. Zwei Männer wuchteten einen Sarg aus dem Bestattungswagen, einer davon war Yannick Bodmer. »Guten Tag, Herr Bodmer«, rief er ihm zu. »Morgen Nachmittag würde ich Ihnen gerne meine Uhr zur Revision bringen. Geht das für Sie in Ordnung?« Die Bestatter schoben den Sarg wieder ein Stück weit in den Wagen zurück, damit sie ihn nicht tragen mussten. Bodmer wischte sich mit dem Handrücken den Schweiss von der Stirn. »Das lässt sich einrichten, Herr Noll«, antwortete er mit heiserer Stimme. »Schön, dass Sie mir Ihre Jaeger LeCoultre anvertrauen. Bei mir sind Sie in guten Händen.«

***

Emma fächerte sich mit einem zusammengefalteten Blatt Papier Luft ins

Gesicht. Neben ihr sass Ulmer mit weit aufgeknöpftem Hemd, aus dem Brusthaare quollen. Oberlippe und Kinn von Oppliker schimmerten feucht vor Schweiss. Der Kriminaltechniker Philip Kramer rollte eine kühle Colaflasche über seine Wangen. Im Sitzungszimmer war es bullig heiss, die abgestandene Luft dampfte. Theo Glauser hatte beide Fensterflügel aufgerissen, doch das brachte keine Linderung. Von draussen wehte tropische Luft herein. Sokrates tupfte sich mit einem Papiertaschentuch die Stirn ab. Sein Jackett hing über der Stuhllehne. Für diese Jahreszeit mass das Thermometer ungewöhnlich hohe Temperaturen. Meteo Schweiz hatte vorhergesagt, dass die Hitzewelle in den nächsten Tagen weiter anhielt.

Zur Sachbearbeiterkonferenz waren alle um den u-förmigen Tisch versammelt: Kriminalpolizisten, Spurensicherer, IT-Forensiker Yerly, Staatsanwalt Pfister und Sokrates. Am Kopfende sass Glauser, der sich Mineralwasser in einen Becher goss. Ihm schien die Hitze nichts auszumachen. Nur den obersten Hemdknopf hatte er geöffnet.

»Lasst uns zusammentragen, was wir in den drei Fällen herausgefunden haben«, leitete er die Konferenz ein. »Wir beginnen mit den Entführungen.« Er klappte seinen Notizblock auf. Er sammelte sich einen Augenblick, bevor er weitersprach. »Wir müssen von der furchtbaren Tatsache ausgehen, dass Felix Unteregger und Zara Anderwert tot sind. Der Entführer mailte Maria Noll vor einer Stunde eine dritte Tonaufnahme. Darauf sagt er, dass er beide lebendig verbrannt hat.«

Sokrates zuckte zusammen, er wusste, welche Qualen ein Mensch erleidet, der im Feuer umkommt. Emma hielt sich entsetzt die Hand vor den Mund. »Mein Gott, die Armen.«

»Ein krankes Hirn, ein Psychopath!«, stiess Oppliker hervor. »Wir müssen den Sauhund kriegen!« Sokrates sah fassungslose Gesichter.

»Der Täter behauptet auf dem Audiofile, seine Opfer hätten einen Menschen umgebracht«, informierte Glauser weiter. »Deswegen bestrafe er sie mit dem Feuertod. Er hat seine Botschaft direkt an uns, an die Kripo gerichtet. Keine Ahnung, warum.« Die Polizisten schwiegen betroffen. »Leute, der Mann ist gefährlich. Wer weiss, was er noch plant. Wir müssen ihm das Handwerk legen.«

»Gibt es einen Strafregistereintrag von Zara Anderwert?«, fragte Ulmer nach einer Weile. Unter seinen Achseln bemerkte Sokrates tellergrosse Schweissflecken.

»Nein, die Regisseurin kam noch nie mit dem Gesetz in Konflikt. Sie wurde nie verurteilt, schon gar nicht wegen Mordes. Und ausser ein paar Hausfriedensbrüchen wegen seiner Tätigkeit als Tierschutzaktivist hat sich auch Felix Unteregger nichts zuschulden kommen lassen. Was uns der Entführer damit sagen will, ist völlig schleierhaft.«

»Hatten die beiden miteinander Kontakt?«, fragte Oppliker. »Kannten sie sich?«

»Ja. Im Pfauen habe ich mit ihrem Mann gesprochen, der dort als Schauspieler arbeitet. Er sagte, seine Frau sei Präsidentin vom Tierschutzbund. Beide Opfer engagierten sich im selben Verein«, fasste er zusammen. »Schweinezüchter Otto Lauber hegte gegen sie eine immense Wut, weil sie gegen ihn vorgegangen waren. Beiden schickte er einen verkohlten Hühnerkopf. Er hatte also ein Motiv, sie zu töten.« Er wandte sich an Yerly, der seine Hemdärmel hochkrempelte. »Konntest du bereits die Handydaten von Zara Anderwert überprüfen?«

Yerly rückte auf seinem Stuhl zurecht. »Wie bei Unteregger registrierte die Basisstation die letzten Signale ihres Handys im Seefeld. Sie fuhr um halb sechs Uhr abends mit dem Tram vom Pfauen über das Bellevue bis zur Höschgasse. Eine Stunde später wurde ihr Handy ausgeschaltet oder zerstört. Seither blieb es stumm. Auf eine Reise ins Tessin hat es der Täter nicht mehr geschickt.«

»Den Bauernhof betreibt Lauber an einem Weiler am Greifensee«, sagte Emma. »Aufgegriffen und verhört hat er seine Opfer aber in Zürich.«

»Vielleicht besitzt er in Zürich eine Zweitwohnung«, erwiderte Ulmer.

»In der Altstadt?«

Ulmer grinste. »Es gibt viele Bauernmillionäre.«

»Auf beiden Tonaufnahmen sind Kirchenglocken vom Fraumünster zu hören. Der Täter hielt sie also irgendwo in der Altstadt gefangen. Wie hat er seine Opfer vom Seefeld dorthin transportiert?«

Yerly kratzte sich am Kopf. Sokrates spürte, dass es ihm unangenehm war, etwas zu sagen.

»Mir liessen die Kirchenglocken keine Ruhe«, begann er zögernd. »Irgendetwas stimmte nicht. Da habe ich beide Tonaufnahmen übereinander gelegt. Sie sind deckungsgleich.«

»Das heisst?«, fragte Glauser.

»Es ist die absolut identische Aufnahme. Der Täter hat beide Male dieselbe Aufnahme mit den elf Glockenschlägen vom Fraumünster nachträglich als Hintergrundgeräusch reingeschnitten. Normalerweise erkennt man einen Tonschnitt an einem charakteristischen Frequenzausschlag an der Schnittstelle, doch der Täter hat den Peak elektronisch geglättet. Das war clever. Er hat uns an der Nase herumgeführt.«

»Schon wieder! Dieser Mistkerl hält uns zum Narren«, fluchte Oppliker. Auf seinem muskulösen Hals trat eine Ader hervor.

»Der hält sich wohl für oberschlau«, knurrte Kramer.

»Dann wissen wir auch nicht, wann er seine Opfer verhört hat«, folgerte Glauser.

»Nein, die elf Glockenschläge waren eine Finte«, antwortete Yerly.

»Die anderen Hintergrundgeräusche sind authentisch?«

Yerly senkte seinen Kopf. »Ja. Hundertprozentig.«

»Mit seinen Ablenkungsmanövern will er Zeit gewinnen, um seinen Plan auszuführen. Das könnte bedeuten, dass er damit noch nicht fertig ist, und weitere Opfer im Visier hat«, sagte Glauser und wandte sich an Sokrates.

»Deine Tochter hat den Bericht über Lauber für ›Schweiz aktuell‹ gemacht. Die ganze Schweiz hat gesehen, wie er seine Tiere quält. Das wurde ihm zum Verhängnis. Vielleicht stellt Maria für ihn deswegen auch ein Ziel dar. Ich habe sie gewarnt, vorsichtig zu sein.«

Sokrates sorgte sich um Maria, seit er erfahren hatte, dass sie die Geschichte über den Schweinezüchter recherchiert hatte. Wenn Lauber hinter den Taten steckte, schwebte Maria tatsächlich in Gefahr. Er würde sie fragen, ob sie nicht bei ihm übernachten wolle. »Ich werde ihr ins Gewissen reden, dass sie aufpassen muss«, sagte er.

»Lukas, was konntest du über Otto Lauber herausfinden?«, fragte Glauser.

Oppliker trank einen Schluck Mineralwasser aus seinem Plastikbecher und blickte auf seine Notizen. »Lauber ist kein unbeschriebenes Blatt. Wegen Körperverletzung wurde er dreimal zu einer Geldstrafe verurteilt. Er hatte sich mehrmals in der Dorfkneipe geprügelt. Einmal schleuderte er einem Lieferanten die Heugabel hinterher, die sich in die Wade bohrte.«

»Ein weiteres Verdachtsmoment, das gegen Lauber spricht«, erwiderte Glauser. »Heute Morgen habe ich die Profilerin Wilhelmine Dolder angerufen. Sie hörte sich beide Tonaufnahmen an.« Er verschwieg, dass sie das Täterprofil bereits für Maria erstellt hatte.

»Dolder vermutet, dass der Täter mindestens einmal mit dem Gesetz in

Konflikt geraten war. Seine Wortwahl würde ihn verraten.«

Oppliker hielt ein Blatt Papier in die Höhe. »Der Betreibungsregisterauszug zeigt zudem, dass Lauber hoch verschuldet ist. Fast fünfzig Gläubiger fordern Geld von ihm: Lieferanten, Handwerker, Telekomfirmen, Maschinenbetriebe, er hat Steuerschulden, ausstehende Krankenkassenprämien und so weiter. Insgesamt steht er mit hundertsechzigtausend Franken in der Kreide.« Glauser notierte sich diese Informationen.

»Familienverhältnisse?«

»Ledig. Keine Kinder. Den Hof betreibt er alleine. Manchmal hilft ihm ein polnischer Knecht. Er war längere Zeit mit einer benachbarten Bäuerin liiert. Die ist ihm aber vor ein paar Jahren davongelaufen. Das hat mir der Wirt aus der Dorfkneipe erzählt. Lauber scheint ein Eigenbrötler zu sein, jähzornig, misstrauisch, im Dorf nicht sonderlich beliebt.«

»Der Täter hat beide Opfer in eine Kiste gesperrt und sie darin verbrannt«, sagte Emma. »Das ist in einer Stadtwohnung mitten in Zürich kaum möglich. Die Rauchentwicklung wäre viel zu gross gewesen und die Feuerwehr sofort ausgerückt. Er musste sie also wegtransportiert haben, irgendwohin, wo es niemandem auffällt, wenn jemand Holz verbrennt.«

»Zu einem Bauernhof vielleicht«, spann Ulmer ihren Gedanken weiter. »Viele Landwirte verfügen über eine Mulde, worin sie ihr Gerümpel entsorgen. Darin konnte Lauber seine Opfer verbrennen, ohne Argwohn zu erregen. Benzin über die Kiste schütten und anzünden. Fertig.«

Glauser nickte zufrieden. »Immer mehr Puzzleteile deuten auf den Schweinezüchter hin. Weitere Informationen zu den beiden Entführungsfällen?«, fragte er in die Runde.

»Heute Nachmittag wurde ich zu einem AGT gerufen. Ein Mann hatte sich mit Hilfe von ›Exit‹ das Leben genommen«, antwortete Sokrates. »Zufälligerweise bin ich darauf gestossen, dass Felix Unteregger dort als Sterbehelfer engagiert war. Ob das von Bedeutung ist, müsst ihr herausfinden.«

»Danke, Sokrates. Tierschützer und Sterbehelfer, eine eigenartige Kombination«, sagte Glauser kopfschüttelnd. »Wenn auch Zara Anderwert für ›Exit‹ tätig war, wäre das eine zweite Spur, die wir verfolgen müssen. Lukas, ruf dort gleich mal an.« Oppliker nickte und verliess das Sitzungszimmer.

»Wenden wir uns dem Mord an Leon Oswald zu«, sagte Glauser. »Philip, was ergab die Spurensicherung?«

Kramer blätterte in seinen Notizen.

»Wie befürchtet hinterliess der Täter keine Fingerabdrücke. Er wischte die Spuren sorgfältig vom Regenschutz und von der Spritflasche ab«, las er vor. »Die wenigen Stofffasern, Haare und Hautpartikel, die wir im Entrée asserviert haben, bringen uns ebenfalls nicht weiter. Kein Hit bei CODIS.«

Glauser knipste mit seinem Kugelschreiber, wie es Sokrates bei ihm schon gestern bemerkt hatte.

»Heute Morgen haben wir seine Attikawohnung untersucht«, fuhr Kramer fort. »Das Appartement hat Oswald sparsam möbliert, teure Designermöbel, weiss und schwarz, alles vom Feinsten. Keine Bilder an den Wänden, keine Pflanzen. Nur eine riesige, afrikanische Maske hängt über seinem Bett. Die Küche sieht unbenutzt aus. Eine Vorratskammer hat er nicht eingerichtet, im Kühlschrank stehen zwei Weissweinflaschen, eine Packung Bündner Fleisch, Eier und ein Glas Essiggurken. Mehr nicht. Wir fanden von ihm nur wenige persönliche Gegenstände, keine Fotos, kein Tagebuch, keine Erinnerungsstücke. Als ob Oswald ohne Vergangenheit gelebt hätte.«

Die Türe zum Sitzungszimmer ging auf. »Fehlanzeige. Bei ›Exit‹ ist niemand mehr erreichbar. Die haben schon Feierabend«, unterbrach Oppliker, der hereintrat und das Handy in seiner Hosentasche verstaute. »Morgen früh um neun Uhr hat ihr Büro wieder geöffnet.« Er setzte sich auf seinen Platz. »Auf der Internetseite von ›Exit‹ sind die Präsidentin, alle Vorstandsmitglieder, die Geschäftsleitung und die Ethikkommission namentlich aufgeführt. Der Name Zara Anderwert und Alina Zobel fehlen. Sie hatte in der Organisation also keine tragende Funktion. Aber vielleicht half sie wie Felix Unteregger als Sterbebegleiter Menschen, sich umzubringen. ›Exit‹ veröffentlicht ihre Sterbebegleiter auf der Internetseite nicht. Da müssen wir nachhaken.«

»Danke, Lukas. Ich werde morgen früh hingehen und mit dem Geschäftsführer sprechen«, sagte Glauser. »Vielleicht bringt uns das weiter. Bis dahin konzentrieren wir uns auf Otto Lauber als Tatverdächtigen, der alle drei Opfer kannte und ein Motiv hatte. Emma und ich werden ihn nach der Sitzung befragen.« Sokrates sah, wie sich auf der Stirn der jungen Polizistin rote Flecken bildeten. Sie freute sich, weil Glauser sie auserkoren hatte, ihn zu begleiten.

»Philip, was hast du im Appartement von Oswald sonst noch

entdeckt?«, wandte sich Glauser wieder an den Kriminaltechniker.

»In einem geräumigen Zimmer hat das Opfer eine Art Film- und Fotostudio eingerichtet: Semiprofessionelle HD-Videokamera von Sony, zwei Digitalkameras von Nikon mit mehreren Objektiven, Lampen, Stative, Aufheller, das gesamte Equipment für Video- und Fotoaufnahmen. Alles sehr kostspielig. Auf einem Tisch stehen drei grosse Flachbildschirme, worauf er vermutlich seine Aufnahmen bearbeitet hat, in den Schubladen lagerte er unbeschriebene DVDs. Seltsam allerdings ist, dass wir bei Oswald keinerlei Videoaufnahmen oder Fotos finden konnten. Nichts.«

»Leider fehlte mir bisher die Zeit, seinen PC gründlich zu untersuchen«, sagte Yerly. »Es dauert Stunden, eine Festplatte forensisch sauber zu kopieren und auszuwerten. Morgen mache ich mich in aller Frühe dran, auch die gelöschten Dateien wieder hervorzuholen. Vielleicht entdecke ich etwas.«

»Tu das unbedingt, Benedikt«, erwiderte Glauser. »Wenn Lauber hinter den drei Morden steckt, müssen wir Beweise sichern.«

Ulmer berichtete, dass sich der Oberarzt Valentin Enzler vom Tierspital als Zootierarzt beworben hatte, er aber übergangen wurde. »Oswald bekam den begehrten Job, obwohl Enzler bessere Qualifikationen vorweisen konnte. Das wurmt ihn. Das Mordmotiv könnte Kränkung sein.«

»Alibi für Sonntagabend?«

»Dürftig. Er habe mit seiner Frau einen alten Film im Xenix angeschaut, behauptet er. Keine weiteren Zeugen.«

»Was habt ihr über Oswalds Hobby, seine Maskenschnitzerei, herausgefunden? Hatte er Verbindungen zu okkulten Zirkeln? So wie der Täter Oswald zugerichtet hat, ist ein Ritualmord nicht ausgeschlossen.«

Emma scrollte auf ihrem iPad ein paar Seiten nach oben und blies sich dabei eine Locke aus der Stirn.

»Nein, dafür fand ich keinerlei Hinweise. Ehemalige Arbeitskollegen beim Veterinäramt wussten nichts darüber zu sagen. Mit seiner Ex-Freundin Sofia Hartwig habe ich telefoniert. Oswald habe einmal im Lötschental einen Wochenendkurs im Maskenschnitzen besucht, erzählte sie. Das war aber schon einige Jahre her. Gestern Abend gab ich die Daten ins System ViCLAS ein, um Übereinstimmungen mit andern Verbrechen zu finden. Ohne Ergebnis. Ein Täter, der seinem Opfer den Hals aufschlitzt und seine Genitalien verbrennt, hat es in der Schweiz bisher noch nie gegeben. Eine ausführliche Datenbank-Recherche ergab zudem, dass in der Schweiz zurzeit keine Satans-Sekten oder okkulten Zirkel ihr Unwesen treiben. Der letzte Eintrag datiert vor zwanzig Jahren aus der Westschweiz.« Emma klappte ihr iPad zu. »Ich glaube nicht, dass Oswald Opfer eines Ritualmordes wurde.«

»Sokrates, was hast du bei der Obduktion herausgefunden?«, fragte Glauser. Sokrates schob seine Brille mit dem Zeigfinger auf die Nase. »Der Toxikologe konnte im Herzblut der Leiche kein Kohlenmonoxid feststellen. Leon Oswald war also bereits tot, als ihm der Täter seine Genitalien verbrannte. Nach dem Stichkanal am Hals zu urteilen, muss der Täter etwas kleiner als Oswald sein. Durchschnittliche Grösse von etwa ein Meter fünfundsiebzig.«

»Im Reisepass von Otto Lauber sind ein Meter sechsundsiebzig eingetragen. Ich habe im Kreisbüro nachgefragt«, erwiderte Emma. »Auch das spricht für den Bauern als Mörder.«

Glauser nickte ihr zu, wie wenn er sagen wollte: Toll gemacht.

»Weiss jemand, ob Lauber Linkshänder ist?«, fragte Sokrates. »Der Täter stach mit der linken Hand auf sein Opfer ein.«

Glauser schloss seine Augen und liess Marias Filmbeitrag über den Schweinezüchter Revue passieren. »Ja, Otto Lauber erschlug die Ferkel mit der linken Hand an der Kante der Buchtenwand.« Er schaute nach rechts zu Staatsanwalt Konrad Pfister, der sich seinen Krawattenknopf lockerte. »Reicht das für eine Verhaftung?«, fragte er. »Kannst du uns einen Haftbefehl ausstellen?«

Pfister verzog sein Gesicht. »Leider nein, Theo. Der dringende Tatverdacht fehlt. Nur weil Lauber alle drei Opfer kannte, er Linkshänder ist und ein vages Motiv hat, genügt das nicht. Wir haben nichts gegen ihn in der Hand, keinerlei Beweise. Aber befrage ihn heute Abend unbedingt zu seinem Alibi. Sollte er sich in Widersprüche verstricken, nehmen wir ihn augenblicklich fest.«

ACHT

Das Gletscherwasser im Fluss funkelte türkisfarben, die Wellen glitzerten in der Abendsonne. Munter plätscherte die Sihl über Wackersteine, bald würde sie ihr Ziel erreicht haben und in die Limmat münden. Inmitten des schmalen Gewässers lagen drei bauchige Flusssteine, die aus der Sihl herausragten und die ein Künstler rot angemalt hatte. Ein Fischreiher mit aschgrauem Gefieder kühlte seine langen Beine in den Wellen. Am flachen Ufer wuchs saftiges Gras, das von Sträuchern durchbrochen war.

Sokrates genoss die Feierabendstimmung. Er sass unter einer Laube auf der Terrasse vom »El Lokal«, das an der Sihl gelegen war, einen Katzensprung vom Kripogebäude entfernt. Die Bedienung stellte ihm eine Stange Quöllfrisch auf den Gartentisch. Sokrates trank einen Schluck, das kühle Bier rann seine trockene Kehle hinab. Zufrieden wischte er sich den Schaum vom Mund. In einer halben Stunde würde er nicht mehr auf Brandtour sein. Dann übernahm ein Kollege vom Institut den Bereitschaftsdienst und würde ausrücken müssen, sobald irgendwo in der Stadt ein Toter gefunden wurde. Von ferne schlugen die Glocken der Jakobskirche zwei Mal. Die Sachbearbeiterkonferenz hatte Glauser kurz vor halb sechs Uhr beendet. Hoffentlich kann Theo den Schweinezüchter heute Abend dingfest machen, dachte Sokrates. Der Serienmörder muss gestoppt werden. Er kniff die Augen zusammen, das Sonnenlicht, das sich im Fluss spiegelte, blendete ihn. Er atmete tief ein. Das Wasser roch nach frischen Algen.

Der süssliche Geruch erinnerte ihn an die Weser in Niedersachsen. Auf dem Fluss war er einst als Kind mit seinem Vater und den Geschwistern in einem alten Boot gerudert. Sonntagmorgens fuhren sie bei herrlichem Wetter in einem Ford Taunus mit beigen Sitzen nach Münden, wenige Kilometer von Göttingen entfernt, wo Werra und Fulda in die Weser flossen. Im Ruderboot auf der Weser lagen sie ausgestreckt mit freiem Oberkörper, liessen sich treiben, knabberten Chips und Salzstängel. Doch einmal, an einem Spätsommertag, brauten sich dunkle Wolken am Horizont zusammen, als sie auf dem Fluss ruderten. Blitze zuckten über dem Städtchen, der Wind peitschte die Wellen hoch, das Boot schaukelte bedrohlich. Sein Vater zog mächtig an den Riemen, um sie wieder heil ans Ufer zur Bootsanlegestelle zu bringen. Sokrates war zehn oder elf Jahre alt gewesen und hatte vor Angst gezittert. Sie würden kentern und allesamt im Fluss ertrinken, glaubte er. Doch sie schafften es.

Später hörte er in der Eisdiele am Marktplatz, bei Bananensplit mit viel Schlagsahne, zum ersten Mal von der »Planke des Karneades«. Sein Vater erzählte ihnen dieses berühmte Gedankenexperiment aus der griechischen Philosophie der Antike. Vor dem Fenster der Eisdiele prasselten dicke Regentropfen, Windböen zerzausten die Oleandersträuche in den Blumentrögen, Gewitterwolken verdunkelten den Himmel. Stellt euch vor, sagte er mit geheimnisvoller Stimme, auf hoher See tobt ein Sturm, ein Fischerboot kentert, zwei Schiffbrüchige treiben stundenlang auf dem Meer, weit und breit ist kein Land in Sicht. Da taucht eine Planke auf, die aber nur eine Person tragen kann. Ein Schiffbrüchiger tötet den anderen, um sich auf die Planke zu retten und so dem Tod zu entgehen. Hat er recht gehandelt? Was würdet ihr tun?

Sokrates stellte sich damals vor, wie es wäre, abzusaufen und literweise Salzwasser schlucken zu müssen. Grässlich.

»Einen Menschen im Meer ertränken, könnte ich nicht«, hatte seine ältere Schwester geantwortet, die schon das Gymnasium besuchte.

»Dann stirbst du, weil sich der andere die Planke schnappt«, entgegnete ihr Vater.

»Ja, Pech gehabt. Viele Menschen sterben einfach so, ohne Sinn.«

»Du hättest auch nichts dagegen einzuwenden, wenn dich der andere erschlägt? Tot bist du so oder so.«

»Nein. Niemand darf einen anderen ermorden, unter keinen Umständen.«

»Wenn beide so denken würden wie du, ertrinkt ihr beide, weil niemand die Planke an sich reisst.«

»Vielleicht ist der andere Schiffbrüchige ja ein Gentleman und überlässt einer Dame die Planke«, erwiderte seine Schwester kokett.

»Warum sollte er das tun? Müssen sich Männer opfern, nur weil du eine Frau bist? Diese Zeiten sind zum Glück vorbei. Aber stell dir vor, du bist eine berühmte Forscherin, die einen Impfstoff gegen Malaria entwickelt hat und damit Hunderttausenden Menschen das Leben retten kann. Nur du kennst die Formel. Der andere dagegen ist ein Taugenichts, der andere Menschen übers Ohr haut. Wäre es dann nicht besser, dass du überlebst und der andere umkommt? Ein unwürdiges Menschenleben gegen Tausende?«

»Gerecht wäre es, wenn der Zufall entscheidet, wer auf die Planke klettern darf. Wenn beide die gleiche Chance haben.«

»Würfeln auf hoher See dürfte schwierig sein.«

»Aber ›Schere, Stein, Papier‹ geht.«

»Du meinst also, ein blinder Zufall soll es richten und nicht der Verstand oder die Moral?«

Sokrates hatte damals, als er noch Max genannt worden war, dem Disput zwischen dem Vater und seiner Schwester gebannt gelauscht. Wer das Duell gewonnen hatte, wusste er nicht mehr. Vermutlich sein Vater. Aber seither bewegte ihn die Frage, wann es moralisch gerechtfertigt war, einen Menschen in den Tod zu schicken. Und ob es das jemals war. Das Leben malte nicht nur schwarz und weiss, sondern auch in vielen Graustufen. Das hatte er damals begriffen.

Er warf einen letzten Blick auf die Sihl, die wie tausend Perlen funkelte, drückte der Bedienung fünf Franken in die Hand und schlug die Richtung zum Hauptbahnhof ein. Er ging der Gessnerallee entlang, überquerte auf einer schmalen Brücke die Sihl und bog in die Kasernenstrasse ein. Unterwegs zählte er alle geöffneten Fenster. Hoffentlich sind es weniger als siebenundzwanzig, dachte er. An der Haltestelle Sihlpost, nach Fenster vierzehn, stieg er in das Tram Nummer 3, das ihn zum Neumarkt brachte. Von dort schritt er auf dem Kopfsteinpflaster durch das Niederdorf, anfänglich ausgreifend, die Nylontasche fest im Griff, als ob er ein Ziel vor Augen hätte. Allmählich wurden seine Schritte langsamer.

Er erreichte die »Pusteblume« und blieb vor der Glastüre stehen. Durch die Scheibe sah er, wie Sara Hadorn hinter dem langen Betontisch Blumen schnitt. Sie blickte konzentriert, ihre dichten, nussbraunen Locken hatte sie nach oben gesteckt. Links von ihr sass eine ältere Frau im Rattansessel und nippte an einem Sektglas. Sokrates wusste nicht so recht, ob er eintreten sollte, besann sich aber und öffnete die Tür. Ein feines Glöckchen bimmelte, das er heute Morgen noch nicht gehört hatte. Betörender Blütenduft stieg ihm in die Nase. Sara blickte auf und lächelte erfreut, als sie ihn sah. »Guten Abend, Sokrates. Setzen Sie sich bitte, ich bringe Ihnen gleich einen Prosecco.«

Sokrates grüsste die Kundin mit Kopfnicken und nahm neben ihr Platz. Sein Jackett warf er über die Nylontasche, die er vor sich abgestellt hatte. Die kühle Luft im Blumenladen erfrischte ihn. Er streckte sich, sein Buckel knackte nicht. Heute liess ihn sein verkrümmtes Rückgrat in Ruhe. Interessiert schaute er zu, wie Sara weisse Pfingstrosen, Glockenblumen und Tulpen zu einem üppigen Strauss arrangierte. Zwischen den weissen Blüten drapierte sie Wiesengras. Sie wischte sich die nassen Hände an einer grünen Schürze ab, die sie sich um die schmale Taille gebunden hatte und wickelte den Strauss in knisterndes Zellophanpapier.

»Ein wunderschöner Frühlingsstrauss«, bedankte sich die Kundin.

»Meine Tochter feiert heute ihren fünfzigsten Geburtstag, sie wird ihn mögen.«

Sara Hadorn lächelte. »Danke für die Blumen. Es freut mich, dass Ihnen der Strauss gefällt. Beehren Sie mich bald wieder.«

Sara kam auf Sokrates zu, nachdem die Kundin die »Pusteblume« verlassen hatte. In der linken Hand hielt sie zwei Sektgläser, in der rechten eine Flasche Prosecco. Sie setzte sich seitlich neben ihn und schlug ihre Beine übereinander. Sie trug moosgrüne Ballerinas. Die Schürze hatte sie ausgezogen. Sie sass aufrecht, durch das schwarze T-Shirt wölbten sich ihre festen Brüste. Sie nahm die Spange aus ihrem Haar und schüttelte den Kopf. Die luftigen Locken fielen ihr weit über die Schultern. »Feierabend«, sagte sie. Die Lachfältchen um die Augenwinkel vertieften sich. Das Rouge, das sie aufgelegt hatte, betonte ihre hohen Wangenknochen. Ihre aufgeworfenen Lippen leuchteten rot, obwohl sie keinen Lippenstift trug. Sie schenkte Prosecco in die zwei Gläser ein und reichte Sokrates eines davon. »Prosit«, sagte sie fröhlich und stiess mit ihm an.

Sokrates bemerkte, dass sie keinen Fingerring trug. »War Ihr Eröffnungstag von Erfolg gekrönt?«, fragte er. »Ich wünschte es Ihnen.«

»Ja, das war er. Mich besuchten über siebzig Kunden. Ich kam mit Kaffee kochen kaum nach. Heute habe ich fast dreitausend Franken Umsatz gemacht«, antwortete Sara. Ihre grünen Augen leuchteten. Sokrates merkte ihr an, wie stolz sie war. Er freute sich für sie.

»Zudem haben mich drei Firmenkunden aus dem Niederdorf beauftragt, ihnen jede Woche ein Blumenarrangement zu liefern«, fuhr sie aufgeregt fort. »Vielleicht schaffe ich es bereits im ersten Jahr, schwarze Zahlen zu schreiben. Das wäre ein unbeschreibliches Glück.« Sie trank einen Schluck Prosecco. »Wie erging es Ihnen heute? Eva hat mir erzählt, dass Sie manchmal mit schlimmen Verbrechen zu tun haben.«

Sokrates lächelte. »Ja, das ist wahr. Erst heute Morgen musste ich die Leiche eines Mannes obduzieren, der erstochen aufgefunden worden war. Der Täter hat ihm zudem seine Genitalien verbrannt.«

Sara zog ihre Augenbrauen zusammen und schürzte ihre vollen Lippen. »Grässliche Vorstellung. Man sollte es nicht für möglich halten, zu welch abscheulichen Taten Menschen fähig sind. Macht Ihnen der

Anblick von Toten, die Opfer eines Gewaltverbrechens wurden, nicht manchmal Bauchweh?«

»Nein, man gewöhnt sich rasch daran. Bei einem Toten sehe ich nicht den Menschen, der er einmal war, sondern nur eine Hülle, wie ein alter Mantel, den jemand oft getragen und jetzt abgelegt hat.«

»Warum haben Sie sich entschieden, Rechtsmediziner zu werden?«

»Weil mir die akribische Detektivarbeit Spass macht. Wir lösen komplexe Rätsel. Als Rechtsmediziner helfe ich mit, anhand der Spuren, die ein Täter auf einer Leiche hinterlassen hat, die Tat zu rekonstruieren und Beweise zu sichern.« Sokrates dachte kurz nach. »Kennen Sie das Locard'sche Prinzip?«

»Nein, noch nie davon gehört.« Sara schaute ihn gebannt an. In ihren grünen Augen bemerkte Sokrates unverhohlene Neugierde. Er fühlte sich geschmeichelt, dass sich eine so hübsche Frau für seine Arbeit als Rechtsmediziner interessierte.

»Vor hundert Jahren hat der französische Mediziner Edmond Locard die moderne Forensik begründet«, begann er. »Er fand heraus, dass ein Täter immer Spuren hinterlässt, die als stumme Zeugen gegen ihn auftreten. Fingerabdrücke, Stofffasern, Kratzer, Blut, Sperma und so weiter. Unweigerlich hinterlässt er Spuren am Tatort und nimmt von dort auch welche mit, die an ihm haften. Ohne Ausnahme. Dieses Prinzip wird ihm zum Verhängnis. Selbst wenn er Spuren vernichtet, hinterlässt er wiederum neue Spuren, die ihn verraten. Meine Aufgabe ist es, diese Spuren auf einer Leiche zu entdecken und sie richtig zu deuten.«

»Konnten Sie heute bei der Obduktion etwas herausfinden?«

»Ja, der Stichkanal im Hals des Opfers zeigte mir, wie gross der Täter in etwa sein muss, und wie er die Tatwaffe geführt hat. So konnte die Kripo rekonstruieren, wie sich die Tat abspielte.« Er erwähnte nicht, dass der Täter Linkshänder war, weil das eine Amtsgeheimnisverletzung gewesen wäre.

Sara nickte nachdenklich, eine Locke fiel ihr in die Stirn, die sie mit dem Zeigfinger hinters Ohr strich. »Sie führen Verbrecher ihrer gerechten Strafe zu.«

»Nicht nur. Genauso wichtig ist es, Unschuldige vor Strafverfolgung zu schützen. Aber nun bin ich ganz begierig, zu erfahren, wie Sie Eva kennengelernt haben.«

»An der Uni in Zürich. Vor über zwanzig Jahren.« Sokrates bemerkte einen traurigen Zug um ihren Mund. »Wir trafen uns an einer

Philosophie-Vorlesung über die Ethik von Emmanuel Kant, seine »Kritik der praktischen Vernunft«. Ich war dort als Auditorin. Eva als Theologiestudentin.«

»Aussergewöhnlich. Eine Floristin interessiert sich für Philosophie.« »Blumenverkäuferin bin ich erst seit heute Morgen. Bis vor einem halben Jahr dozierte ich an der ETH.«

»Sara, Sie überraschen mich schon wieder! In welchem Fach?«

»Mathematik. Ich unterrichtete ETH-Studenten.«

»Sie sind Professorin für Mathematik?«

Sara lächelte belustigt. »Ich war es, bis vor Kurzem. Nun führe ich einen Blumenladen.«

Sokrates blickte irritiert. »Warum?« Er wusste nicht, was er sagen sollte.

»Sie meinen, warum ich einen gutbezahlten, prestigeträchtigen Job an den Nagel gehängt habe und mich nun als Blumenmädchen verdinge?« Sara lachte. Ihre Stimme klang hell. »Nun, meine Eltern betrieben in der Altstadt von Luzern einen Blumenladen. Als Kind half ich stets in den Schulferien aus. Mir machte es ungeheuren Spass, das Handwerk der Floristin zu erlernen, Blumen zu arrangieren, die Farben der Blüten miteinander zu komponieren, kleine Kunstwerke zu schaffen. Meine heimliche Liebe. Von Kindesbeinen an habe ich diese Kunst geliebt. Eva wusste davon. Sie vermachte mir ihren Laden, damit ich mir meinen Traum erfüllen konnte. Jetzt habe ich die Chance genutzt.«

»Ein mutiger Schritt.« Sokrates bewunderte ihren Entschluss, alles aufzugeben und etwas vollkommen Neues anzufangen.

»Vor drei Jahren ist mein Lebenspartner in einer Lawine im Bündnerland ums Leben gekommen«, sagte sie. »Und dann starb auch noch meine beste Freundin. Seither habe ich darüber nachgedacht, wie ich meine zweite Leidenschaft, neben der Mathematik, leben könnte. Ich musste aus meinem alten Leben ausbrechen. Das ist mir heute geglückt.«

Sokrates schluckte leer. Was konnte man einem Menschen sagen, der schlimme Zeiten erlebt hatte? »Es tut mir leid, Sara, dass Sie Menschen verloren haben, die Sie liebten«, sagte er. Mehr fiel ihm nicht ein. Er blieb stumm. Sie schaute ihn auf eine rätselhafte Weise an.

»Jetzt bin ich glücklich«, erwiderte sie. »Ich habe einen wunderschönen Tag erlebt.«

»Das freut mich sehr, Sara, aber leider muss ich gehen«, sagte

Sokrates. »Meine Tochter besucht mich heute Abend. Ich habe sie schon lange nicht mehr gesehen und freue mich auf sie. Ihr zu Ehren mache ich einen Lammbraten im Backofen. Die Zubereitung braucht Zeit.« Er erhob sich schwerfällig vom Rattansessel und zog sein Jackett an.

Die Augen von Sara schimmerten dunkelgrün. Sie gab ihm die Hand, die sich kühl und zerbrechlich anfühlte. »Es freut mich, den Mann kennenzulernen, von dem Eva so geschwärmt hatte. Jeden Morgen um acht Uhr öffne ich meinen Blumenladen. Ich würde Ihnen gerne wieder einen Espresso spendieren, wenn Sie mögen.«

Sokrates nickte ihr zu. Er wollte gerade die Ladentüre öffnen, als Sara rief: »Einen Augenblick bitte, Sokrates.« Sie überreichte ihm einen Strauss Forsythien. »Die schenke ich Ihnen. Im Frühling liebte Eva diese Blumen.«

»Ach du liebe Zeit«, rief Sokrates. »Ich bin zu Ihnen gekommen, um Blumen zu kaufen. Nicht um mich beschenken zu lassen. Meine Vergesslichkeit nimmt offensichtlich überhand. Vielen Dank, Sara.«

Als er die »Pusteblume« verliess, musste er an Eva denken. Im vergangenen Herbst hatte sie ihren Herrensalon mit Sonnenblumen geschmückt, ihre Lieblingsblume zu dieser Jahreszeit. Er spürte einen Stich in seiner Brust.

***

Aus dem Transistorradio plärrte Ländlermusik. Der Stall dampfte vor Hitze, der Gestank von Fäkalien füllte den niedrigen Raum, die Augen brannten vor Ammoniak. Die kleinen staubigen Fenster waren aufgerissen, doch das schaffte kaum Abhilfe. Vor zwei Stunden war ein Ferkel wegen der Hitze kollabiert, es lief blau an und verendete.

Otto Lauber wischte sich mit einem Taschentuch, das er aus seiner grünen Latzhose gezogen hatte, über das schweissglänzende Gesicht. Er krempelte die Ärmel seines rot-schwarz karierten Baumwollhemdes zurück. Dann stülpte er sich blaue Wegwerfhandschuhe über. Er stieg in die Abferkelbucht zu einer Muttersau, gab einem Ferkel, das sich ihm neugierig näherte, mit dem Gummistiefel einen Tritt und packte ein Ferkel an den Hinterbeinen, das soeben noch zufrieden an einer Zitze genuckelt hatte. Das Ferkel hatte er zuvor mit einem roten Fettstift auf dem Rücken markiert, weil es ein Eber war. Das Ferkel quiekte und zappelte, als er es durch den Korridor trug und in das Narkosegerät einspannte, das auf einem Brett an der Backsteinwand montiert war. Die

164

Vorrichtung bestand aus einem kleinen Metallkasten, der nach vorne offen war, sodass der Kopf hindurchpasste. Lauber schob den Kasten auf einer Führungsschiene nach vorne, bis die Nase des Ferkels in einer Narkosemaske aus schwarzem Plastik steckte.

Vierzehntausend Franken hatte ihn die Anschaffung des Gerätes gekostet. Er ärgerte sich immer noch grün und blau, dass ihn der Hurenbock von Kantonstierarzt dazu gezwungen hatte, diese unnötige Ausgabe zu leisten. Ferkelkastration unter Narkose wie in einem Operationssaal, so ein Quatsch! Ein kleiner Schnitt mit dem Sackmesser tat es auch. So hatten es die Schweinezüchter und Mäster seit Generationen gehalten, und das war gut so. Doch der verreckte Amtsschimmel mischte sich immer mehr in seine Angelegenheiten, ohne die geringste Ahnung davon zu haben, wie ein Bauernbetrieb produktiv geführt werden musste.

Wütend drückte er die Hinterbeine des Ferkels nach vorne und fixierte sie mit einem Stahlbügel. Er drehte den Metallkasten um, sodass der Eber auf dem Rücken zu liegen kam, Hinterteil und Hoden ragten nach oben. Die Nase des Ferkels steckte dabei die ganze Zeit in der Narkosemaske. Über einen Schlauch strömte Gas, das Narkosemittel Isofluran, in die Maske.

Nach einer halben Minute schnippte Lauber mit dem Finger gegen ein Bein, das Ferkel rührte sich nicht mehr, es war betäubt. Dann holte er von einem Bestecktablett ein scharfes Chirurgenmesser und öffnete mit zwei kleinen Schnitten den Hodensack des Ferkels. Mit Daumen und Zeigefinger presste er beide Hoden durch die Schlitze heraus, bis die Samenleiter zu sehen waren. Er zog die Hoden kräftig nach aussen, nahm eine Metallklemme und quetschte die Hoden vom Samenleiter ab. Die blutverschmierten Hoden schmiss er der vorbeistreunenden Katze zum Frass vor, die den Leckerbissen gierig mit ihren Fangzähnen kaute. Nach fünfzehn Sekunden löste er die Metallklemme wieder. Zum Schluss sprühte er Jod aus einer Spraydose auf die Wunde und warf das Ferkel wieder zurück in die Bucht zur Muttersau.

Der Schweinezuchtbetrieb lag an einem Weiler nordöstlich vom Greifensee, umsäumt von sanften Hügeln, auf denen einzelne Baumgruppen zu sehen waren. Hecken und Büsche begrenzten Felder, über die ein Bauer erst kürzlich die Egge gezogen hatte. Die Sonne stand tief am Horizont, Obstbäume auf einer Wiese warfen lange Schatten. Insekten surrten, ein Greifvogel zog am blauen Himmel seine Kreise.

Ländliche Idylle wie aus dem Bilderbuch, dachte Glauser. Er lenkte das Dienstauto, einen weissen BMW, der wie frisch vom Fliessband roch, langsam auf einer schmalen Landwirtschaftsstrasse entlang. Die Räder knirschten auf dem Schotterweg und hinterliessen Staubschwaden. Neben ihm sass Emma, die gerade dabei war, das Magazin in ihre Dienstwaffe zu schieben, eine P30 von Heckler & Koch. Ihre blonde Pagenfrisur wehte im Wind des Ventilators. Die Klimaanlage war voll aufgedreht. Die Pistole steckte sie wieder in das Halfter, das sie in ihren Gürtel geschlauft hatte.

Glauser fuhr an einer saftigen Weide vorbei, die von einem Elektrozaun umgeben war, und worauf ein Güllenwagen stand. An einer Viehtränke, die einmal eine Badewanne gewesen war, stritten sich zwei Spatzen. Von irgendwoher erschallten Kuhglocken. Glauser war müde, aber er genoss die Abendstimmung. Hoffentlich brachte sie die Befragung von Otto Lauber weiter, dachte er. Sie hatten nichts gegen ihn in der Hand, aber irgendwie steckte er mit drin, sagte ihm sein Instinkt, vielleicht hat er Helfer. Hinter einer Kurve führte der Weg steil nach oben, dann tauchte der Bauernhof auf. Rechts stand ein kleines Fachwerkhaus, links davon, etwas nach hinten versetzt, befand sich ein langgezogener Stall. Vor einer Steinmauer, die einen wildwachsenden Garten umfasste, parkte Glauser den Wagen. Er stellte den Motor ab und stieg aus. Seine Jacke liess er auf dem Fahrersitz liegen. Die Ärmel des hellblauen Hemdes hatte er bis zum Ellenbogen hochgekrempelt. An seinem Gürtel waren die Pistole und ein Lederetui mit den Handschellen befestigt.

»Fühlen wir dem Schweinezüchter auf den Zahn«, sagte er zu Emma. »Mal sehen, ob er für gestern und vorgestern Abend ein Alibi vorweisen kann.«

Ohne Hast gingen sie auf das Fachwerkgebäude zu. An der Giebelwand waren ein grosses Wagenrad, eine Heugabel aus Holz mit drei Zinken und ein verrosteter Pferdepflug angebracht. Das Wohnhaus war auf einer Seite überwuchert mit verdorrten Weinreben. Daneben stand eine morsche Pergola. Vor den winzigen Fenstern hingen verwaiste Blumenkästen. Die Regenrinne am Dach war an einer Stelle abgerissen. Glauser und Emma stiegen ein paar zerbrochene Steinstufen hinauf, die zur Wohnungstüre führten und von einem Vordach geschützt war. Glauser drückte den Klingelknopf. Die Glocke tönte schrill. Keine Reaktion. Er probierte es nochmals. Nichts. Er blickte zu Emma und drückte kurzerhand die geschwungene Messingklinke nach unten. Die massive Holztüre war unverschlossen. Er öffnete die Tür einen Spaltbreit.

»Kantonspolizei Zürich. Herr Lauber, wir müssen Ihnen ein paar Fragen stellen«, rief er in die Wohnung, aus der es muffig roch. Nichts rührte sich. »Herr Lauber, zeigen Sie sich!« Er wartete ein paar Sekunden. Es war kein Geräusch zu hören. »Vielleicht hält er sich im Stall auf«, sagte er zu Emma. Gemeinsam schritten sie auf den Stall zu, der auf der anderen Seite des Schotterweges lag. Das flache Gebäude war aus Backsteinen erbaut, die einmal weiss gewesen sein mussten. Auf dem tonfarbenen Ziegeldach wuchs Moos. Penetranter Gestank von Schweinedung drang aus den geöffneten Fenstern. Leise Radiomusik erklang von innen. Glauser steuerte auf die metallene Stalltüre zu. Er drückte die Klinke und trat ein. Dicht hinter ihm ging Emma. Im schummrigen Licht erkannte Glauser Dutzende Abferkelbuchten, die mit dicken Metallrohren umzäunt waren. Ein langer Korridor führte durch den Stall. Von überall her hörte er es grunzen, schmatzen und schnaufen. Seine Augen brannten von den Ausdünstungen. Die Nase juckte, der beissende Gestank reizte seine Bronchien. Schmeissfliegen brummten und flogen gegen sein Gesicht. Als er sich an das dämmrige Licht gewöhnt hatte, sah er in jeder Bucht eine fette Muttersau apathisch auf der Seite liegen, eingezwängt im Kastenstand. Einstreu fehlte. Der Kot stand an manchen Stellen knöchelhoch. Ferkel tummelten sich um die Sau herum und saugten gierig an den Zitzen. Am Ende des Korridors, etwas abseits an einer Wand, entdeckte er Otto Lauber. Der Bauer hantierte an einem Gerät. Er spannte ein Ferkel in eine Vorrichtung und griff zum Messer. Der Schweinezüchter hatte die beiden Polizisten nicht bemerkt. Langsam ging Glauser auf ihn zu, gefolgt von Emma.

»Kantonspolizei Zürich. Herr Lauber, wir haben Fragen an Sie«, rief er, als er zwei Buchten vom Bauern entfernt war.

Erschrocken fuhr Lauber hoch. »Verschwinden Sie von meinem Hof!«, brüllte er, als er Glauser erblickt hatte. »Sofort!« Dann rannte er mit grossen Sätzen davon, schlug einen Haken nach links, wo sich eine weitere Stalltüre befand. Das Ferkel liess er mit blutigen Hoden eingespannt im Narkosegerät zurück.

»Stopp, Polizei! Bleiben Sie stehen!«, riefen Glauser und Emma gleichzeitig. Lauber riss die Stalltüre auf und stürzte nach draussen. Glauser spurtete hinterher. »Geh nach links um den Stall herum«, ordnete er Emma an, als sie den Ausgang erreicht hatten. Emma rannte los, er schlug die andere Richtung ein. Der Weg aus gestampfter Erde und Schotter war holprig, Traktorreifen hatten tiefe Rillen hinterlassen. Mit schnellen Schritten bog Glauser um eine Stallecke. Von Lauber fehlte jede Spur. Er rannte weiter. Beinahe wäre er über einen verrosteten Schubkarren gestolpert. Nach siebzig Metern begann er zu keuchen. Er erreichte das Stallende und wollte gerade nach links einschwenken, als Lauber plötzlich wenige Meter vor ihm stand. In der Hand hielt er einen Karabiner auf ihn gerichtet. Glauser blieb abrupt stehen. Sein Puls schlug ihm bis zum Hals. Woher hatte Lauber die Waffe?

»Runter von meinem Grundstück!«, brüllte Lauber. »Ich lasse nicht zu, dass Sie hier eindringen!« Dann feuerte er. Der Krach war ohrenbetäubend. Die Kugel verfehlte Glauser haarscharf. Er spürte einen zischenden Luftzug an seiner Wange. Hinter ihm schlug das Geschoss in die Stallwand ein. Stein und Mörtel splitterten. Mit zittrigen Fingern versuchte Glauser, das Pistolenhalfter unbemerkt zu öffnen. In seinen Ohren pochte das Blut.

Als er seine Waffe ziehen wollte, war es zu spät. Lauber hatte den Karabiner bereits wieder durchgeladen.

»Waffe weg!«, hörte er Emma rufen. »Sofort!«

Glauser sah im Augenwinkel, wie seine Kollegin um die Stallecke gerannt kam, ihre Waffe hielt sie mit beiden Händen gegen den Bauern gerichtet.

Otto Lauber blickte sie hasserfüllt an. Verächtlich verzog er seinen Mund und hob seinen Karabiner.

»Waffe fallen lassen! Oder ich schiesse«, schrie Emma.

Lauber hörte nicht auf sie. Er richtete sein Gewehr erneut auf Glauser. Glauser erstarrte. Ein Schuss peitschte. Lauber schaute verdutzt an sich herunter. Ein kreisrunder roter Fleck bildete sich auf dem Latz seiner grünen Arbeitshose. Der Karabiner glitt ihm aus der Hand und fiel zu Boden. Lauber torkelte einen Schritt nach hinten und plumpste der Länge nach auf den Schotterplatz.

Sofort rannte Glauser zu Lauber und kickte mit seinem Schuh den Karabiner fort. Er ging in die Hocke. Die Augen von Lauber waren gebrochen. Er fühlte am Hals den Puls. Keiner zu spüren. Otto Lauber war tot. Glauser atmete tief durch. Sein Herz raste. Er presste die Faust an den Mund, um sich zu beruhigen. Verdammt, dachte er. Verdammt. Dann erhob er sich, drehte sich um und ging auf Emma zu, die mit hängendem Kopf dastand. Ihr rechter Arm hing kraftlos nach unten, die

Hand umklammerte immer noch die Pistole. Ihr Körper zitterte.»Ist er tot?«, fragte sie tonlos.

»Ja«, antwortete Glauser leise.»Gib mir die Waffe«, sagte er und nahm sie ihr vorsichtig aus der Hand.

»Oh nein, ich habe einen Menschen getötet. Ich hatte so gehofft, niemals schiessen zu müssen«, rief Emma und bedeckte mit beiden Händen ihr Gesicht.»Jetzt habe ich einen Mann auf dem Gewissen. Ich habe ihn umgebracht. Ich bin erst zweiunddreissig und wegen mir musste schon jemand sterben. Dabei wollte ich nur helfen.«

Glauser berührte sachte ihre Schulter und führte sie zu einer Holzbank, die vor dem Fachwerkhaus stand.»Emma, du hast mein Leben gerettet. Wenn du nicht geschossen hättest, wäre ich jetzt tot«, sagte er eindringlich.»Du hattest keine andere Wahl. Du musstest das tun.«

Er nahm sein Handy aus der Hosentasche.»Die Untersuchung des Staatsanwaltes wird das bestätigen. Du hast dich vollkommen richtig verhalten.« Er rief die Einsatzzentrale an.»Schusswechsel mit Todesfolge auf dem Schweinezuchtbetrieb von Otto Lauber«, sagte er ruhig ins Handy.»Meine Kollegin hat Notwehrhilfe geleistet. Informiert den Staatsanwalt.« Er hörte kurz zu.»Ja, Spurensicherung, Rechtsmediziner, das ganze Rösslispiel.«

Dann setzte er sich neben Emma auf die Bank. Ihr liefen Tränen über das Gesicht. Glauser rieb sich die Schläfen. Mit einem Mal fiel ihm etwas auf. Lauber kann es nicht gewesen sein, dachte er bestürzt. Er hat mit den Taten nichts zu tun. Wir haben den Falschen verdächtigt. Lauber war es nicht. Ein Unschuldiger ist tot.

***

Sokrates schloss die schwere Holztüre auf, die ins Treppenhaus führte und stieg die steilen Stufen hinauf. Dabei hielt er sich am Handlauf des Geländers fest, um sicher nach oben zu gelangen. Schon mehrmals war er über die unebenen Holzdielen gestolpert. Auf dem ersten Treppenabsatz schnaufte er. Sein Bauch wölbte sich unter dem Hemd. Er roch gedünstete Peperoni, Zwiebeln, Zucchini, Auberginen und Tomaten. Anna Zolliker kocht wieder Ratatouille, dachte er. Seine Nachbarin hatte ihm gestern Abend einen handgeschriebenen Zettel mit meisterhaft geschwungen Buchstaben in Tinte vor seine Wohnungstüre gelegt und ihn gebeten, ab nächster Woche wieder regelmässig ihren

Briefkasten zu leeren. Sie würde nach Mittelamerika verreisen, zu den heiligen Stätten der Mayas, für wie lange wisse sie noch nicht. Neben dem Brief standen wie immer drei Gläser Quittengelée. Sokrates mochte zwar keine Quitten, aber es rührte ihn, wie sie sich entgeltlich zeigte, obwohl sie ihm wegen ihrer Abwesenheit keinerlei Arbeit aufbürdete. Frau Zolliker bekam nur selten Post, das wusste er von früheren Reisen. Sie war schon seit vielen Jahren verwitwet und hatte den Kontakt zu Freundinnen und Bekannten offenbar abgebrochen. Wenn ihr aber jemand einmal einen Brief schrieb, freute sie sich so sehr, dass sie ihn sogleich wieder in den Briefkasten legte, sobald sie ihn gelesen hatte. Auf diese Weise würde sie sich am nächsten Tag noch einmal freuen, hatte sie Sokrates einmal anvertraut, weil erneut ein Brief für sie im Briefkasten lag. Selbst über Rechnungen freute sie sich.

Sokrates erklomm die Treppenstufen bis hinauf in den dritten Stock, hängte das Jackett an den Haken im Vorraum und betrat seine Wohnung. Ohne das Licht anzuschalten, weil die untergehende Sonne ein herrliches Licht in das Wohnzimmer warf, stellte er seine Nylontasche auf den Parkettboden. Er schlurfte in die winzige Küche und goss sich ein Glas Weisswein ein. Jetzt war er bereit für seine Kochkünste. Maria sollte es an nichts fehlen. Er legte ein Schneidebrett aus Holz, weil er Plastik verabscheute, auf den Küchentisch. Mit einem scharfen Rüstmesser schälte er eine Zwiebel und schnitt sie in feine Würfel. Die Glastüre, die zur Dachterrasse hinausführte, stand offen. Er roch den Duft von Gewürzen, Kräutern und Torf, der betörend in seine Nase stieg. In eine kleine Porzellanschüssel, die seine Frau einst von einer alten Schulfreundin als Hochzeitsgeschenk erhalten hatte, goss er Olivenöl, presste fünf Knoblauchzehen dazu und rührte mit einem Schneebesen einen Esslöffel Senf hinein. Von einem Thymianzweig zupfte er die Blätter ab, streute Meersalz in die Sauce und drehte die Pfeffermühle. Die Marinade pinselte er auf eine Lammkeule, die er auf dem Heimweg beim Metzger Zgraggen an der Stüssihofstatt gekauft hatte und legte das Fleisch in eine Gratinform. Den Backofen hatte er bereits auf hundertachtzig Grad erhitzt. Es war sieben Uhr. Maria würde ihn in einer halben Stunde besuchen. Zum Apéro würde er ihr Sherry, Bier und Weisswein anbieten, dazu könnte er spanische Oliven und gebrannte Mandeln reichen. Er fühlte sich so munter wie selten. Aus dem Gemüsefach nahm er Knollensellerie, Karotten und Kartoffeln heraus und schälte sie mit einem Sparschäler, die mit Abstand beste Schweizer Erfindung, wie er fand. Das Gemüse schnitt er in kleine

Würfel und platzierte sie um die Lammkeule. Mehrere Zehen Knoblauch legte er ungeschält daneben. Zum Schluss goss er einen Schluck Weisswein in die Gratinform und legte drei Rosmarinzweige über das Fleisch. Er wollte gerade den Backofen öffnen und die Keule hinein schieben, als sein Handy klingelte. Er warf die Stirn in Falten. »Guten Abend Nik, wie verlief die Untersuchung beim Neurologen, wie geht es Lena?«, fragte er besorgt, nachdem er seine fettigen Hände an der Küchenschürze abgewischt und das Smartphone aufgeklappt hatte.

Er könne in den nächsten Tagen nicht ins Institut kommen, antwortete Nik mit brüchiger Stimme, er sei am Ende. Was ihm Nik mitteilte, erschütterte Sokrates. Er nahm am kleinen Aluminiumtisch in der Küche Platz und stützte den Kopf mit seinen Händen. Das Handy hielt er an sein Ohr gedrückt, als ihm Nik erzählte, was er durchmachte. Er hatte seine Freundin am frühen Nachmittag wegen ihrer Kopfschmerzen zum Neurologen begleitet. Der Arzt ordnete sofort eine MRI-Untersuchung an. Der Befund war eindeutig. In Lenas Kopf wucherte ein aggressiver Hirntumor. Um ihr Leben zu retten, müsse sie sofort eine Chemotherapie beginnen und bestrahlt werden, sagte der Neurologe. Doch Lena war im sechsten Monat schwanger. Sie erwarteten eine Tochter.

Nik freute sich sehr darauf, Vater zu werden. Als er Sokrates davon erzählt hatte, funkelten seine Augen vor Stolz. Zusammen mit Lena schmiedete er Pläne, las Elternratgeber und begann seine Studierstube aus Studentenzeiten auszumisten, um darin ein Kinderzimmer einzurichten. Nun zerstörte der Hirntumor alles. Die Krebsbehandlung würde das Baby nicht überleben. Lena durfte auch nicht zuwarten und hoffen, dass der Tumor nur langsam wuchs, und sie ihr Kind vor Chemotherapie und Bestrahlung gebären konnte. Sie würde nach der Geburt sterben, sagte der Neurologe. Und Nik wusste das. Denn das Wachstumshormon, das ihr Baby im Bauch heranwachsen liess, beschleunigte auch das Wachstum des Tumors. Lena steckte in einer schrecklichen Zwickmühle: sie oder das Baby.

Nik weinte am Telefon. Lena hatte sich für ihr Kind entschieden. Sie sei nicht davon abzubringen, sie wird sterben. Noch nie hatte Sokrates einen Menschen so verzweifelt erlebt. Er wolle Lena nicht verlieren, sagte Nik immer wieder. »Sie ist die Frau meines Lebens, ich liebe sie.«

Sokrates fand keine Worte, Nik zu trösten, nichts, was er hätte sagen können. Manchmal war es vielleicht auch besser zu schweigen und mitzuleiden, als hilflose Sätze zu stammeln. Er konnte nichts für ihn tun. Wenn er fähig wäre, an Gott zu glauben, dachte Sokrates, würde er jetzt für Nik und Lena beten. Mit der grössten Inbrunst, die ihm möglich wäre.

Nach dem Telefongespräch starrte er sein Handy eine Weile an. Der Anruf von Nik verstörte ihn zutiefst. Wie könnte er Nik helfen, fragte er sich. Ihm wollte nichts einfallen. Benommen nahm er einen Rioja vom Weingestell und entkorkte die Flasche. Er musste wieder an die »Planke des Karneades« denken. Lena opferte sich für ihr Kind. Er deckte den Esszimmertisch mit zwei weissen Porzellantellern, Silberbesteck, Stoffservietten und Kristallgläsern. Seit dem Tod seiner Frau hatte er hier nicht mehr alleine gegessen. Er ertrug es nicht. Ohne Mara am grossen Birnbaumtisch litt er fast körperlich unter der Einsamkeit. Seine Mahlzeiten nahm er seit vier Jahren am kleinen Aluminiumtisch in der Küche ein. Plötzlich schreckte er auf. Er hatte vergessen, den Lammbraten in den Backofen zu schieben. In diesem Moment klingelte erneut sein Handy.

Sokrates blickte auf das Display. Es war seine Tochter. »Hallo Maria«, sagte er. Er versuchte die dunklen Gedanken aus seinem Kopf zu verscheuchen und munter zu wirken. Er setzte sich wieder an den Küchentisch.

»Max, es tut mir schrecklich leid, aber ich schaffe es heute nicht«, sagte Maria am andern Ende der Leitung. Sie klang weit weg. »Obwohl ich heute nicht für den A-Dienst eingeteilt war, muss ich für die Spätausgabe der Tagesschau eine aktuelle Geschichte fertig stellen. Du hast vielleicht gehört, dass ein zweites Opfer entführt wurde, eine Frau. Der Täter mailte ausgerechnet mir die Audiofiles, worauf zu hören ist, wie er seine Opfer bedroht. Es ist grauenhaft, der Täter hat beide bei lebendigem Leib verbrannt. Sie sind tot, Papa.«

Sokrates erschrak. Seit Maria vierzehn Jahre alt war, hatte sie ihn nicht mehr mit Papa angeredet. Sie sei jetzt erwachsen, hatte sie ihm und Mara eines Morgens beschieden. Es sei kindisch, wie ein Kleinkind Mama und Papa zu rufen. Sokrates wollte Maria trösten, ohne zu wissen, mit welchen Worten, als seine Tochter fortfuhr: »Ich hatte keine Wahl, die Geschichte muss noch heute über den Sender. Hoffentlich hast du nicht schon mit dem Kochen begonnen.«

»Oh, das ist schade, ich hatte mich sehr auf dich gefreut«, erwiderte Sokrates und verbarg seine Enttäuschung so gut es ging. »Aber ich verstehe dich. Mir passiert es auch immer wieder, wenn ich auf

Brandtour bin, dass ich ausrücken muss, egal, was ich am Abend geplant hatte. Da muss ich alles stehen und liegen lassen.« Er verschwieg, dass er seit Jahren am Abend und an den Wochenenden kaum mehr etwas unternahm, weil es ihn zu viel Kraft kostete. Bei einem AGT war er stets sofort zur Stelle, um den Todesfall zu untersuchen, nichts hielt ihn auf.

»Können wir das Essen auf morgen Abend verschieben?«, fragte Maria. »Ich würde dich liebend gerne einmal wieder sehen. Morgen werde ich mich weigern, länger als bis um sieben Uhr zu arbeiten. Das verspreche ich dir.«

»Ja, sicher«, antwortete Sokrates. Seine Stimmung hellte sich etwas auf. »Willst du nicht bei mir übernachten? Theo sagte, du seist in Gefahr, weil du über den Schweinezüchter berichtet hast. Bei mir bist du sicher.«

»Danke Max, aber ich kann selbst auf mich aufpassen. Ich bin vorsichtig. Wann soll ich morgen kommen?«

Sokrates wusste, dass er seine Tochter nicht überreden konnte. »So gegen halb acht? Zuvor muss ich noch meine Uhr zur Revision bringen. Aber das dauert nicht lange.«

Am andern Ende der Leitung blieb es für einen Moment still. »Max, ich spüre, dass es dir nicht gut geht. Hast du Sorgen?«, fragte Maria schliesslich mit leiser Stimme. »Du klingst bedrückt.«

Sokrates erzählte ihr von Niks Anruf, der ihn umtreiben würde. »Heute hat der Arzt bei seiner Lebenspartnerin einen Hirntumor festgestellt. Sie muss sterben«, sagte er. »Das macht mich traurig. Nik ist ein feiner Mensch, der ein solch grausames Schicksal nicht verdient.« Von der Schwangerschaft und der unerträglichen Wahl, wer überleben durfte, Lena oder ihr Baby, erzählte er seiner Tochter nichts. Das würde er vielleicht morgen tun, wenn es das Gespräch zuliess.

Sokrates erhob sich schwerfällig vom runden Küchentisch, als er sich von Maria verabschiedet hatte, bedeckte die Gratinform mit einer Aluminiumfolie und schob die Lammkeule in den Kühlschrank. Morgen würde die Keule noch besser schmecken, dachte er, wenn die Marinade den ganzen Tag lang ins Fleisch gezogen war und ihr Aroma entfaltet hatte. Langsam wackelte er ins Esszimmer, nahm den Rioja vom Tisch und goss sich ein Glas davon ein. Hunger verspürte er keinen. Das Licht liess er ausgeschaltet. Die Dämmerung setzte ein, während er in der Küche den Wein trank. Er fing langsam an zu zählen. Wenn ihn jemand bis siebenundzwanzig anrief, egal wer, wäre sein Abend gerettet. Doch sein Handy blieb stumm, und er hatte es gewusst.

In der zunehmenden Dunkelheit schenkte er sich ein weiteres Glas Rioja ein. Er holte aus dem Kühlschrank einen kleinen Tupperwarebecher mit Safranrisotto, den er vor drei Tagen gekocht hatte und stocherte mit seiner Gabel die kalten Crevetten heraus, die schon etwas säuerlich schmeckten. Er hörte kaum Geräusche in seiner Wohnung. Auf dem Seilergraben quietschte ein Tram, der Kühlschrank brummte, das Gebälk seiner Altbauwohnung knackte. Er setzte sein Glas an die Lippen, leerte es in einem Zug und schenkte nach. Die schweren Gedanken in seinem Kopf verschwanden allmählich.

Er schreckte auf. Irgendein Geräusch hatte ihn geweckt. Er merkte, dass er eingenickt war, das Kinn auf die Brust geschlagen. Speichel war ihm aus dem Mundwinkel geflossen und auf seine Bundfaltenhose getropft. Durch sein Küchenfenster schien die Mondsichel. In der Weinflasche stand nur noch ein kleiner Rest Rioja. Ächzend erhob sich Sokrates von seinem Küchenstuhl und schlurfte ins Schlafzimmer. Er knöpfte Hemd und Hose auf und liess die Kleider auf den Boden fallen. Müde und vom Wein schwindelig geworden, plumpste er ins Bett. »Emil und die Detektive« schenkte er heute keine Beachtung, das Buch lag neben ihm auf dem Kissen seiner Frau.

***

Aus den Musikboxen erklang »You can leave your hat on« von Joe Cocker. Maria lehnte an der Küchentüre. Sie hatte einen flauschig weissen Bademantel angezogen, darunter war sie nackt. Ihre Brüste traten hervor. Die Wanduhr zeigte kurz vor zwölf. Die Jalousien waren heruntergelassen, die Lamellen schräg gestellt. Die Strassenlaternen warfen Streifen an die gegenüberliegende Wand. »Komm, setz dich hierher auf den Boden«, sagte Leo, der am Küchentisch stand, worauf eine reiche Auswahl an Gemüse und Früchten ausgebreitet war. Er trug Boxershorts, sonst nichts. In der Hand hielt er ein Rüstmesser, vor sich lag ein Schneidebrett.

Marias graublaue Augen schimmerten feucht, als sie seinen sehnigen Körper ansah. Sie ging auf ihn zu und setzte sich vor ihm auf den weissgrau gemusterten Linoleumboden. Die Küche war mollig warm, Leo hatte die Zentralheizung aufgedreht.

»Schliess deine Augen«, forderte er sie auf. Maria gehorchte. Heute Abend wollten sie die berühmte Fütterungsszene aus dem Film »9½ Wochen« nachspielen, die sie zuvor mit Leo auf YouTube angeschaut hatte. Maria hörte, wie er am Küchentisch hantierte. Einen kurzen Moment öffnete sie die Augen und sah, dass er mit dem Rüstmesser eine Peperoni in Streifen schnitt.

»Nicht blinzeln«, wies Leo sie an.

»Oh, Entschuldigung«, kicherte Maria. Sie hörte, wie Leo ein rohes Ei am Rand einer Glasschüssel aufschlug und die Schalen auf den Küchentisch legte. Dann öffnete Leo mit dem Dosenöffner eine Büchse mit Pfirsichen. Maria vernahm dabei ein knatterndes, metallenes Geräusch. Nach einem kurzen Augenblick merkte sie, dass sich Leo ihr gegenüber niederliess.

»Versprich mir, die Augen nicht zu öffnen«, sagte er mit rauer Stimme.

Maria nickte. Sie zuckte kurz zusammen, als sie eine runde, kühle Frucht an ihren Lippen spürte. Eine Weintraube. Sie öffnete den Mund und klemmte die Traube zwischen ihre Zähne, liebkoste sie mit ihrer Zunge, bevor sie hineinbiss. Der Traubensaft spritzte. Anschliessend fütterte sie Leo mit Kirschkompott, das er mit einem Kaffeelöffel aus einem Einmachglas fischte. Der eingedickte Saft tropfte Maria aus den Mundwinkeln. Leo rollte eine Cherrytomate über ihre Stirn, stupfte sie auf Nase und Wangen, bis Maria sie mit ihrer Zunge erhaschen konnte. »Gib mir eine dicke«, sagte sie, als er ihr eine Erdbeere in den Mund schob. Aus einem Glaskelch gab er ihr Prosecco zu trinken. Der Sekt tropfte ihr vom Kinn auf die Brüste. Ihre Brustwarzen richten sich auf. Mit der Zunge schleckte sie sich über die Lippen. Sie ahnte bereits, was kommen würde.

Leo flösste ihr mit einem Löffel Flüssigkeit ein. Hustensaft. »Igitt. Das schmeckt ja ekelhaft«, rief sie angewidert, während der rote Sirup aus ihrem Mund floss. Leo lachte. Maria züngelte um eine Spiralnudel, die er mit einer Gabel aufgespiesst hatte und ihr an den Mund führte. Dann bekam sie eine grosse Portion glibbrigen Wackelpudding zu naschen. Kaum hatte sie die Götterspeise hinuntergeschluckt, spürte sie eine weitere Frucht auf ihren Lippen, Maria biss hinein und verzog den Mund. »Nein, aufhören«, schrie sie und musste dabei lachen, »die ist verdammt scharf.« Leo hatte ihr eine Peperoncini gegeben. Sofort reichte er ihr ein Glas mit frischer Milch, die Maria gierig trank. Die Milch floss ihr links und rechts am Kinn entlang und tropfte über ihre Schenkel auf den Boden.

Währenddessen öffnete Leo den Deckel einer Sprudelflasche, verschloss mit dem Daumen die Öffnung und schüttelte die Flasche.

»Eine kühle Erfrischung«, sagte er und spritzte ihr das herausschiessende Wasser ins Gesicht und zwischen die Beine. Maria kreischte und strampelte. Doch Leo achtete nicht darauf. Er spritzte, bis Maria klatschnass war. Sie prustete und schüttelte den Kopf wie ein begossener Pudel, mit den Fingern strich sie sich eine feuchte Strähne aus dem Gesicht. »Mach jetzt wieder die Augen zu«, forderte Leo sie auf. »Und strecke deine Zunge raus.«

Maria öffnete ihren Mund und wartete. Auf einmal spürte sie auf ihrer Zunge eine süsse, klebrige Flüssigkeit.

»Honig, köstlicher Waldbienenhonig«, sagte er zu ihr.

»Hm«, machte Maria nur und hielt ihm die spitze Zunge hin.

Leo drückte eine Plastikflasche in Bärenform über ihrer Zunge aus, bis der Honig aus ihrem Mund triefte, goss den Honig auf ihre Beine und verrieb die zähe Flüssigkeit mit beiden Händen langsam zwischen ihren Schenkeln. Er küsste sie, naschte mit seiner Zunge Honig aus ihrem Mund, beugte sich über sie und schleckte den Honig von ihrem Körper. Maria genoss seine Liebkosungen zwischen ihren Beinen.

Anschliessend tat es ihm Maria gleich. Leo lag nackt auf dem Rücken, die Augen geschlossen, die Arme hinter dem Kopf verschränkt. Sie drückte eine halbe Bärenflasche mit Honig auf seinem Körper aus, träufelte Honig auf seine Lippen und auf den Hals, goss Honig auf seine Brustwarzen, füllte den Nabel mit Honig und malte mit Honig ein Herz auf seinen Bauch. Sie legte sich nackt auf ihn, küsste sein Gesicht, rutschte auf dem honigfeuchten Körper herab, kostete den Nektar von seiner haarlosen Brust, saugte ihn aus dem Nabel, leckte sich immer weiter nach unten vor, bis zu seinem honigbeträufelten Penis, den sie wie eine Zuckerstange lutschte.

»Das nennt man wohl jemanden Honig ums Maul schmieren«, sagte sie, als ihre Lust gestillt war, und sie keuchend neben ihm lag.

»Wir haben es aber etwas übertrieben, meinst du nicht?«, erwiderte Leo. Es war eine Sekunde lang still, dann fingen beide prustend an zu lachen.

Später konnte sie lange nicht einschlafen. Heute hatte Leo zum ersten Mal seine Zahnbürste mitgebracht und sie neben der ihren in das Zahnputzglas gestellt. Auch fünf Boxershorts hatte er in ihrem Kleiderschrank verstaut. Noch nie hatte sie es bisher zugelassen, dass ein Liebhaber persönliche Sachen zu ihr nach Hause brachte. Sie verabscheute es, wenn ein Kerl, mit dem sie sich abends ausgetobt hatte, am Morgen noch in ihrem Bett lag. Mit Leo war das jetzt anders. Sie wusste noch nicht so recht, ob sich das gut anfühlte. Vielleicht hatte sich ihr Status zu Leo in den letzten Wochen verändert, von einer reinen Sexbeziehung zu einer Freundschaft mit viel Sex. Daraufhin war sie eingeschlafen.

NEUN

... vier, fünf, sechs, sieben, zählte Sokrates langsam in Gedanken. Wenn mir Sara bis siebenundzwanzig den Espresso bringt, wird mir der Tag heute nur Gutes bescheren, sagte er sich. Er sass in der »Pusteblume« auf dem Rattansessel, aufrecht, damit sein Bauch nicht allzu sehr durch das blau-weiss gestreifte Hemd drückte, das er extra angezogen hatte, weil es ihm besonders gut stand. Das jedenfalls hatte seine Frau immer zu ihm gesagt. Über die Stuhllehne hatte er sein mausgraues Jackett gelegt. Die schwarze Nylontasche war zu Hause geblieben.

Er fühlte sich so entspannt wie schon lange nicht mehr. Und nun machte eine schöne Frau Kaffee für ihn. Was gab es Besseres? Den Rioja von gestern Nacht spürte er nicht mehr, sein Kopf war frei. Aber er nahm sich vor, weniger zu trinken. So konnte das nicht weitergehen. Er atmete tief ein. Der Blumenladen duftete wie eine üppige Frühlingswiese. Durch die Zweige einer Birke und eines Forsythienstrauchs, die neben dem geschliffenen Betontisch standen, sah er Sara. Sie hatte den Kolben mit frisch gemahlenem Kaffee in die Maschine gedreht und wartete nun, bis der Espresso in die dickwandige Porzellantasse tröpfelte. Im grossen Spiegel mit goldenem Rahmen bemerkte er, wie sie mit ihren schmalen Fingern durch ihre dichten, braun-roten Locken fuhr, die ihr luftig über die Schultern fielen. Ihm schien, als wolle sie sich für ihn schön machen. Quatsch, schalt er sich. Wunschdenken eines einsamen Mannes, der in die Jahre gekommen war. Die Reispapierlampe tauchte das ebenmässige Gesicht von Sara in ein warmes Licht. Auf ihre hohen Wangenknochen hatte sie dezent Rouge aufgetragen, ihre vollen Lippen glänzten von Lipgloss.

Er blickte auf seine Armbanduhr. Kurz vor acht. Das konnte nicht sein. Seine Jaeger LeCoultre war stehen geblieben. Er schüttelte seine Hand, um die Automatik in Gang zu setzen. Der Sekundenzeiger bewegte sich wieder. Er nahm sein Handy aus der Hosentasche, merkte sich die Uhrzeit und stellte den Minutenzeiger korrekt auf die Siebzehn. Währenddessen zählte er die ganze Zeit in Gedanken weiter.

In dem Moment, als er die Siebenundzwanzig erreichte, stellte ihm Sara einen Espresso auf den Glastisch, dazu ein Porzellankännchen mit Milch, Butterkekse und ein schmales Glas mit Wasser. Er lächelte zufrieden.

Sara schaute ihn an, ihre Lachfältchen an den Augen verstärkten sich. »Sie sehen glücklich aus, Sokrates. Geht es Ihnen gut?«

»Ja, Sara, mir geht es heute wunderbar. Der Morgen beginnt ausgezeichnet«, erwiderte er und richtete sich auf. Seinen Buckel spürte er kaum. »Heute erwartet mich ein herrlicher Tag.«

Sie setzte sich zu ihm und schlug ihre schlanken Beine übereinander. Sokrates bemerkte ihre schwarzen Turnschuhe mit weisser Sohle und weissen Schnürsenkeln, die sie zu einer engen schwarzen Jeans mit breitem Ledergürtel trug. Dazu hatte sie eine moosgrüne Bluse gewählt, die gut zu ihrer Haarfarbe passte.

»Wie sieht Ihr heutiger Tag aus, haben Sie viel zu tun?«, fragte sie.

»Nein, seit gestern Abend muss ich nicht mehr ausrücken, wenn in der Stadt eine Leiche gefunden wird. Diesen Dienst hat ein Kollege von mir übernommen. Keine Leichenschau, keine Obduktionen. So bleibt mir endlich Zeit, den Schreibkram zu erledigen. Ich muss den Obduktionsbericht zum Mordfall am Zootierarzt fertigstellen, Kripo und Staatsanwalt warten darauf, und einen Bericht schreiben zu einem begleiteten Suizid, der gestern verübt wurde.« Sokrates nippte an seiner Espressotasse. »Es wird also ein ruhiger Bürotag werden.«

»Begleiteter Suizid? Kommt es häufig vor, dass Sie einen Todesfall bei Sterbehilfe untersuchen müssen?«

»Ja, immer öfter. Das kann mehrmals pro Woche der Fall sein.«

»Was halten Sie von Sterbehilfe?«

»Schwere Frage, Sara«, antwortete er. »Wenn ich sterbenskrank wäre, ohne Hoffnung auf Genesung, die Schmerzen unerträglich sind, dann könnte ich mir vorstellen, eine Sterbebegleitung in Anspruch zu nehmen.«

Sokrates zögerte einen Moment. »Vor drei Monaten habe ich einer Freundin meiner verstorbenen Frau das Mittel Natrium-Pentobarbital verschrieben, damit sie sterben konnte. Sie hatte unheilbar Krebs und litt furchtbar, kein Medikament konnte ihre Schmerzen lindern. Sie bat mich inständig, sie von den Qualen zu erlösen. Es war das erste und einzige Mal, dass ich dieses Mittel verschrieben habe. In seltenen Ausnahmefällen kann Sterbehilfe ein Akt der Menschlichkeit sein. Mich stört aber, dass manche Sterbehilfeorganisationen mit beinahe missionarischem Eifer das Selbstbestimmungsrecht der Bürger proklamieren. Viele pflegebedürftige Menschen bringt das unter Druck, ihrem Leben ein Ende zu setzen, weil sie glauben, der Gesellschaft zur Last zu fallen. Es ist ein Armutszeugnis für die Schweiz, dass sie alte Menschen nicht würdevoll durchs Alter begleitet, sondern mithilft, sie zu entsorgen. Wer nichts mehr zum Wohlstand der Gesellschaft beiträgt, keine Leistung mehr erbringen kann, soll doch bitteschön gehen. So weit sind wir bereits. Professionelle Hilfe zum Suizid für Menschen, die nicht mehr können. Diese Entwicklung halte ich für obszön. Wenn ein Mensch auf einer Eisenbahnbrücke steht, um sich in den Tod zu stürzen, muss unser erster Reflex sein, ihn daran zu hindern, ihn vielleicht sogar mit Gewalt vom Geländer zu zerren, aber ihm sicherlich nicht zuzurufen: ›Springen Sie, es ist gut, was Sie vorhaben‹, und ihm dazu noch einen Schub zu geben.«

Sara hörte ihm gebannt zu. Sie sah ihn auf eine Weise an, als ob sie kein Wort von ihm verpassen wollte.

»Wie sehen Sie die Sterbehilfe?«, fragte Sokrates.

»Ich denke ähnlich wie Sie. Äusserst unbehaglich ist mir beim Gedanken, dass die Sterbehilfe bürokratisch durchgeplant ist, typisch Schweiz eben. Private Vereine sind für Leben und Tod verantwortlich. Der Staat hält sich in dieser wichtigen Frage zurück, will sich seine Finger nicht dreckig machen und gibt damit sein Gewaltmonopol ein Stück weit auf. Das halte ich für falsch.«

Sokrates mochte ihre klare, weiche Stimme. »Mir ist diese standardisierte Tötungshilfe auch zuwider, da sträubt sich innerlich alles in mir«, sagte er. »Es darf nicht sein, dass Suizid im Alter von der Gesellschaft zunehmend als normal angesehen wird. Wir sollen zum Leben helfen, nicht zum Sterben.«

»Diese Organisationen begründen die Sterbehilfe ja damit, dass sie Leid verhindert«, entgegnete Sara. »Jedes Handeln, aus dem grösstmögliches Glück folgt, halten sie für legitim. Dieser sogenannte Utilitarismus birgt aber enorme Gefahren. Wir wissen oft nicht, welches Handeln Glück hervorbringt oder nicht vielmehr Leid. Glück ist nicht mess- oder zählbar.«

Sokrates nickte zustimmend. »Wenn die einzige Maxime für gutes Handeln darin besteht, das Glück für möglichst viele zu vergrössern, kann man damit auch Folter rechtfertigen«, sagte er. »Sie erinnern sich vielleicht: Vor vielen Jahren wurde in Deutschland das Kind eines Bankers entführt. Die Polizei hat den Entführer verhaftet. Der hatte jedoch zuvor das Kind in einem Erdloch vergraben, worin es bald ersticken würde. Um das Kind zu retten, drohte der Polizeipräsident dem Verbrecher Folter an. Der Entführer gestand, aber es war zu spät, das Kind war bereits tot. Ein unschuldiges Kind vor dem Erstickungstod zu retten bringt unter dem Strich mehr Glück als die Androhung von Folter. Auch die Amerikaner argumentieren so. Jeder verhinderte Terroranschlag mit Dutzenden Toten rechtfertige die Foltermethode Waterboarding, sagen sie.«Sokrates warf seine Stirn in Falten. »Es ist leicht, diese Argumentation als unmenschlich abzutun. Ich jedenfalls würde einem Verbrecher, der meine Tochter in seiner Gewalt hat, alles Mögliche androhen, um sie freizubekommen. Und im schlimmsten Fall sogar Hand anlegen.«

»Ja, ich würde wohl ebenso handeln«, sagte Sara. »Auch einen Tyrannenmord halte ich unter Umständen für moralisch gerechtfertigt.«

»Hitler zu töten, wäre nicht nur legitim, sondern sogar notwendige Pflicht gewesen«, stimmte ihr Sokrates zu.

»Immanuel Kant sah das allerdings anders: Der Mensch sei Zweck an sich, niemals blosses Mittel. Wenn ich mich recht entsinne, müssen wir seiner Meinung nach die moralische Pflicht erfüllen, die uns die Vernunft eingibt. Das gilt auch für die Sterbehilfe bei Suizid. Nach Kant ist der Selbstmord die ›Verletzung einer Pflicht gegen sich selbst‹, die ›Selbstentleibung‹ ein Verbrechen, ein Mord.«

»Die Würde des Menschen ist unantastbar. Doch was heisst das? Vor diesem ethischen Dilemma stehen bereits heute einige Konzerne.«

»Wie meinen Sie das?«

»Firmen, die künstliche Intelligenz für Roboter, Maschinen oder selbstfahrende Autos nutzen, müssen entscheiden, wie viel ein Menschenleben wert ist. Stellen Sie sich vor, Sie sitzen in einem selbstfahrenden Auto, der Computer übernimmt das Steuer für Sie. Es kommt zu einem Unfall, unweigerlich, weil niemand vorhersehen konnte, dass der Lastwagen vor Ihnen seine Ladung verliert. Das Softwareprogramm, dass die Automobilfirma in Ihr Fahrzeug eingebaut hat, muss nun innerhalb einer Millisekunde entscheiden, ob es Sie frontal gegen die herabfallende Ladung lenkt, dann sind Sie vielleicht tot und Ihre Frau auf dem Beifahrersitz auch. Oder es entscheidet sich, die Mutter mit Kinderwagen auf dem Trottoir zu überrollen. Oder ein Rentnerehepaar auf der anderen Seite. Welches Leben hat mehr wert, welcher Tod verursacht am wenigsten Leid? Was ist schlimmer, jung zu sterben oder alt, soll ein Kind dran glauben müssen oder eine Mutter? Kommt dazu: Ein Autokonzern, der die Software seiner Autos so programmiert, dass sie in jeder Situation das kleinere Leid wählt, selbst wenn es dem eigenen Fahrer das Leben kostete, verkauft weniger Autos, als sein Konkurrent, der das Wohl seines Fahrers über alles stellt.«

»Die Medizin steht vor einem ähnlichen Dilemma«, sagte Sara. »Die

Gesundheitskosten explodieren. Das Geld wird knapp. Die Ärzte müssen rationalisieren. Sollen sie einem achtzig Jahre alten Mann ein neues Hüftgelenk einsetzen? Oder wie teuer darf ein neues Krebsmedikament sein, welches das Leben um ein paar Monate verlängert? Wie viel darf ein Menschenleben kosten?«

Sokrates nickte. Dann fing er mit einem Male an zu grinsen.

»Was belustigt Sie, Sokrates?« Aus Saras grünen Augen blitzte es amüsiert.

»Sara, ich kenne Sie seit gestern. Und bereits am zweiten Tag unterhalten wir uns über Kant und die Fragen nach Leben und Tod. Das kann ja heiter werden.«

Sara lachte hell. »Der Rechtsmediziner erörtert wichtige ethische Fragen mit einer Blumenverkäuferin.«

»Und einer klugen Mathematikerin«, entgegnete er. Er stockte kurz. »Gerne würde ich Ihnen noch etwas Gesellschaft leisten, aber leider muss ich mich auf den Weg machen«, sagte er und erhob sich von seinem Rattansessel. Sara tat es ihm gleich. Er reichte ihr die Hand. »Ich geniesse die Unterhaltung mit Ihnen, Sara. Am Abend schaue ich wieder bei Ihnen vorbei, wenn es Ihnen nichts ausmacht.«

»Nein, ganz und gar nicht. Im Gegenteil. Ich freue mich auf Sie, Sokrates.« Ihre Augen funkelten.

»Dann sprechen wir auch über heitere Dinge, Belangloses, die unser Leben womöglich mehr bereichern als alles andere.« Sokrates nahm sein Jackett von der Lehne und zog es an. Mit einem Nicken verabschiedete er sich von ihr und steuerte auf die Glastüre zu.

»Warten Sie bitte einen Augenblick«, rief Sara, als er gerade die »Pusteblume« verlassen wollte. »Ich möchte Ihnen etwas geben.«

Sokrates drehte sich um und sah, wie Sara eine Schublade der Wurzelholzkommode öffnete und ein Schächtelchen daraus hervornahm. Sie kam auf ihn zu. »Eva hätte gewollt, dass Sie das bekommen«, sagte sie leise und überreichte ihm eine kleine Schmuckschatulle.

Sokrates wusste nicht, was sagen. »Von Eva«, murmelte er nur. »Für mich.«

»Ja. Für Sie. Öffnen Sie es.«

Sokrates klappte das Schächtelchen auf und sah darin eine zierliche Goldkette mit einem Kreuz als Anhänger. Ihm stiegen Tränen in die Augen. Wie oft hatte diese Kette morgens sein Gesicht berührt, als sich Eva über ihn gebeugt hatte, um seine Haare einzuschäumen.

»Sie bringen mich in Verlegenheit, Sara«, sagte er mit heiserer Stimme. Er nahm die feine Goldkette aus der Schatulle.

»Eva hätte sich gefreut, wenn Sie das Kreuz als Erinnerung an sie tragen würden.«

Sokrates nickte fast unmerklich. Er liess die Halskette durch seine Finger gleiten. Mit Daumen und Zeigfinger versuchte er, den winzigen Verschluss zu öffnen.

»Warten Sie, ich helfe Ihnen«, sagte Sara.

Sokrates reichte ihr die Kette. Mit geübten Fingern löste sie den Verschluss. Sie trat auf ihn zu. Sokrates spürte ihren Atem an seinem Gesicht, als sie ihm die Kette um den Hals legte, eine Locke streifte seine Wange, ihr Parfum duftete zart nach Frühlingsblumen. Sie blickte ihn dabei an. Ihre Körper berührten sich fast.

Sokrates wurde mit einem Mal nervös. So nah bei einer Frau stand er schon lange nicht mehr. Nach ein paar Sekunden, die er wie in Zeitlupe wahrnahm, legte Sara ihre Hand sachte auf seinen Oberarm. »Bis heute Abend, Sokrates.«

***

»Emma erschoss Otto Lauber, als wir ihn auf seinem Hof befragen wollten«, begann Glauser die Sitzung. »Er hatte ohne Vorwarnung auf mich gefeuert. Der Schuss ging haarscharf an mir vorbei. Als Lauber seine Waffe erneut zückte, hat sie ihn gestoppt. Ohne Emma wäre ich jetzt vermutlich tot.« Glauser fühlte sich so kaputt an, als ob er seit Tagen nicht mehr geschlafen hätte.

»Zum Glück hat er dich nicht erwischt, Chef«, sagte Lukas Oppliker. »Grauenhafter Gedanke, wenn du vom Bauern abgeknallt worden wärst. Mir tut der Tod von Lauber nicht leid. Der Kerl ist selber schuld.«

»Wie geht es Emma?«, fragte Franz Ulmer mit rauer Stimme. Glauser spürte, wie mitgenommen er war.

»Gestern Abend war sie verständlicherweise ziemlich aufgewühlt, weil sie einen Menschen getötet hatte. Sie wird von Schuldgefühlen geplagt, mir ginge es ebenso«, antwortete er. »Obwohl sie nichts Unrechtes getan hat«, schob er energisch nach. Er verschränkte seine Hände auf der Schreibtischplatte. »Emma wird sich wieder fangen. Heute Morgen unterhält sie sich mit der Polizeipsychologin. Ich habe ihr dazu geraten. Sie wird bald wieder im Einsatz stehen.«

Glauser hatte auf dem Bürostuhl von Emma Platz genommen. Ulmer und Oppliker sassen ihm gegenüber an ihren Schreibtischen aus vergilbtem Laminat. Auf einer riesigen Pinnwand hinter ihrem Rücken hatten sie Fotos, Pläne und Notizen der laufenden Fälle geheftet. Auch die Bilder von Oswald, Unteregger und Anderwert waren darauf gepinnt. Ein grosser Aktenschrank, der mit Ordnern vollgestellt war, nahm eine ganze Seite ein. Der graue Linoleumboden mit schwarzen Tupfern glänzte wie frisch poliert. Der Raum roch nach Putzmittel mit Zitronengeschmack. Neonröhren warfen ein kaltes Licht von der Decke. Durch die geöffneten Fenster hörte Glauser die Turmglocken der Predigerkirche zwei Mal schlagen.

»Und du? Wie geht es dir?«, fragte Oppliker. »Gestern hast du dem Tod ins Auge gesehen. Es fehlte nicht viel, und du wärst elendiglich krepiert. Wenn mir das passiert wäre, stünde ich jetzt ziemlich unter Schock.«

»Alles okay. Unter einem Trauma leide ich nicht, wenn du das meinst«, sagte Glauser und versuchte zu grinsen, was ihm aber schlecht gelang.

Er verschwieg seinen Kollegen, dass er heute Nacht um halb drei Uhr aufgeschreckt war, weil er vom hassverzerrten Gesicht Laubers geträumt hatte. Die Bilder gingen ihm nicht mehr aus dem Kopf: Wie der Bauer seinen Karabiner auf ihn richtet, abdrückt, und ihm die Kugel um die Ohren fliegt. Den Luftzug an der Wange spürte er immer noch. Der Knall des Schusses klang im Traum so laut in seinen Ohren, als ob die Waffe soeben neben ihm abgefeuert worden wäre. Seit seiner Jugendzeit hatte er nicht mehr geträumt, er schlief tief und ohne jede Erinnerung am Morgen. Doch in dieser Nacht hatte er Qualen durchlitten. Später hatte er sich im Bett gewälzt. Bilder von holzgeschnitzten Hexen- und Teufelsmasken tauchten auf, die sich in Leon Oswald verwandelten, der mit klaffender Halswunde, gespreizten Beinen und versengter Hose im Entrée lag. Womöglich rührten seine Alpträume daher, versuchte sich Glauser die wirre Nacht zu erklären, dass er am Abend zuvor mit verbundenen Augen ein Pilzragout mit Zwiebeln und Rahm zubereitet hatte, das ihm schwer im Magen gelegen war.

»Wie geht es weiter?« Ulmer riss ihn aus seinen Gedanken.

»Die Staatsanwaltschaft führt eine Strafuntersuchung durch«, antwortete Glauser. »Konrad Pfister leitet die Ermittlung. Ich bin überzeugt, dass er das Strafverfahren bald sistieren wird, weil er Emmas Unschuld feststellt. Es ist gut für sie, dass der tödliche Vorfall sauber abgeklärt wird, denn dann sieht sie schwarz auf weiss, dass sie sich absolut korrekt verhalten hat.«

»Glücklicherweise lebte Lauber als Eigenbrötler auf seinem Schweinezuchtbetrieb ohne Familie«, sagte Ulmer. »Er hatte niemanden, der ihm nahestand. Keine Frau, keine Kinder. Es wird ihn kaum jemand vermissen und darunter leiden, dass er tot ist. Auch das wird Emma helfen.«

Glauser nickte.

»Wie können wir jetzt beweisen, dass Lauber hinter den Morden steckt?«, fragte Oppliker. »Ihr konntet ihn ja nicht mehr befragen. Fand die Spurensicherung Hinweise?«

Glauser rieb sich mit der Hand über sein markantes Kinn. »Lauber hat mit den Verbrechen nichts zu tun.«

»Was? Warum nicht? Woher weisst du das?«, riefen Ulmer und Oppliker gleichzeitig.

»Sein Dialekt entlastet ihn. Als er mich gestern mit der Waffe bedroht hat, brüllte er in reinem Zürichdeutsch: ›Ich lasse nicht zu, dass Sie hier eindringen.‹ Der Täter jedoch spricht bei den Verneinungen Winterthurer Dialekt. Als er Unteregger anherrschte, ›Lügen Sie mich nicht an‹, sagte er ›nid‹ statt ›nöd‹. Mir war gestern Abend plötzlich klar, dass Lauber unschuldig ist.«

»Verdammter Mist!«, knurrte Oppliker. Seine Halsmuskeln schwollen an. »Wir haben nichts mehr in der Hand. Keine einzige Spur, die wir verfolgen könnten.«

»Ja, wir stehen wieder vor dem Nichts.«

»Vielleicht wechselte Lauber seinen Dialekt, je nachdem mit wem er sprach«, warf Ulmer ein. »Ein Freund von mir redet mit seinen Eltern in Chur Bündner Dialekt, in Uster, wo er arbeitet, wechselt er ins Zürichdeutsch.

»Nein, Otto Lauber konnte die Verbrechen nicht begangen haben«, entgegnete Glauser. »Er hatte für den Sonntagabend ein Alibi. Das fand die Spurensicherung heraus.«

»Was für eines?« Ulmer schloss resigniert seine Augen.

»Lauber hielt sich im Kreis 4 auf, im Stripclub ›Red Lips‹. In seinem Portemonnaie steckte das Eintrittsbillett mit Datum. Und am rechten Handgelenk war noch ein Stempelabdruck zu sehen. Die Damen dort haben uns bestätigt, dass er sich bis morgens um zwei Uhr in ihrem Etablissement aufgehalten hatte.«

»Warum zum Teufel hat er dann auf dich geschossen? Er hatte ja nichts zu befürchten.«

Glauser zuckte mit den Schultern. »Keine Ahnung, warum er das tat. Damit konnte niemand rechnen. Offensichtlich hat ihn sein Jähzorn das Leben gekostet.«

»Wir ermitteln in drei Mordfällen. Die beiden Entführungsopfer und Oswald«, sagte Oppliker. »Nach dem Tod von Lauber wissen wir von niemandem mehr, der alle drei Opfer kannte und ihnen den Tod gewünscht hatte. Richtig?«

»Ja. Wir müssen wieder davon ausgehen, dass zwei Täter die Verbrechen begangen haben. Wir untersuchen zwei unabhängige Fälle«, antwortete Glauser.

»Wie gehen wir jetzt vor?«, fragte Ulmer.

»Du ermittelst weiter im Mordfall Oswald«, wies ihn Glauser an. »Drehe jeden Stein um. Gehe jeder Spur nach, knöpf dir jeden vor, der mit dem Tierarzt in Verbindung stand. Und erstelle eine Mindmap mit allen Namen, Kontakten und Beziehungen. Oswald wurde auf scheusslichste Art ermordet. Wer hatte solch einen Hass auf ihn? Wir müssen unbedingt das Mordmotiv herausfinden. Telefoniere dir die Finger wund.«

Franz Ulmer schnaufte tief ein. »Ja, Chef, ich tue, was ich kann.«

»Lukas, dich setze ich weiterhin auf die Entführungsopfer an«, richtete sich Glauser an Oppliker. »Die einzige Verbindung der beiden, die wir kennen, ist ihr Einsatz für den Tierschutzbund. Eine starke Spur. Lauber ist an ihrem Tod unschuldig, aber vielleicht gibt es noch jemand anderen, der Grund hatte, sie zu töten.«

»Was ist mit ›Exit‹?«

»Darum kümmere ich mich.«

Sein Handy pfiff die Melodie von Edvard Grieg. Er drückte auf den Telefon-Button und hörte kurz zu. »Ja. In deinem Büro? Ich mache mich sofort auf den Weg«, sagte er und legte auf.

»Konrad Pfister, die Staatsanwaltschaft IV, will mich sprechen«, erklärte er seinen Kollegen und erhob sich von seinem Platz. »Er befragt mich zum Todesfall. Anschliessend besuche ich die Geschäftsführerin von ›Exit‹. Hoffentlich stossen wir dort auf eine neue Spur.« Er nahm sein dunkelblaues Leinenjackett von der Stuhllehne und zog es an. »Sobald ich mehr weiss, rufe ich euch an.«

***

Sokrates hatte soeben an der Tramhaltestelle den Zeiger seiner Armbanduhr um eine Minute vorgestellt, als er am Höllentor von Auguste Rodin, das vor dem Kunsthaus ausgestellt war, eine vollverschleierte Frau sah, die auf ihn zukam. Sie trug eine grau-blaue Burka. Ihre Augen blickten durch Schlitze, die mit einem Gitter versehen waren. Wer steckt seine Frau in einen solch unförmigen Sack?, fragte sich Sokrates. Wer tut ihr so etwas an? Die Frau wird ja wohl nicht freiwillig so herumlaufen wollen. Vor ihr ging ein Mann einher, der sehr dick war. Die ausgeleierten Trainerhosen schlabberten um seine Beine, das verwaschene T-Shirt spannte sich um seinen Bauch, der Bund seiner Unterhose war zu sehen. Er strahlte auf Sokrates eine Selbstzufriedenheit aus, die nur Menschen kannten, die in ihrem Leben noch nie erschüttert worden waren.

Wenn der Mann in einem anderen Leben auf die Welt käme – als Frau –, sinnierte Sokrates, würde er dann so gekleidet sein wollen wie sie, als ein asexuelles Wesen? In einem Gefängnis aus dunklem Stoff? Ohne aufzubegehren? Würde er sagen: Jawohl, als Frau folge ich meinem Mann gerne ein paar Schritte hinterher, in einen Sack gehüllt, der nichts von meiner Weiblichkeit preisgibt, denn er ist mein Herr und Gebieter? Er verfügt über mich? Zuvorderst der Mann, dann das Vieh, Kamele, Schafe und Rinder, und erst dann, weit hinten, ich, seine Frau, so war es immer? Er darf mich einsperren, wann immer es ihm beliebt? Sokrates geriet bei diesen Gedanken innerlich in Rage, was ihm selten passierte.

Das Tram Nummer 9, das vom Bellevue herauf kam, hielt vor ihm an, er hatte es nicht kommen hören, so sehr war er in seinem Ärger versunken. Im letzten Moment drückte er den Knopf. Er nahm wie immer auf der linken Seite Platz und starrte aus dem Fenster. Das Morgenlicht brach goldgelb durch die Scheiben. Es roch säuerlich nach Ausdünstungen, das Tram war zur Hälfte gefüllt mit Studenten, die verschlafen aus der Wäsche blickten. Er sah, wie die vermummte Frau in den vorderen Tramwagen einstieg. Ihre Burka erinnerte ihn an den »Schleier des Nichtwissens.« Dieses Gedankenexperiment aus den siebziger Jahren stammte von einem amerikanischen Philosophen. Der Name war Sokrates entfallen. Der Philosoph fragte sich, wie eine Welt beschaffen sein musste, in der es allen möglichst gut ging. Im fiktiven Experiment sollte eine Gruppe eine gerechte Gesellschaftsordnung entwerfen. Damit garantiert war, dass alle in der neuen Weltordnung fair behandelt wurden, wusste niemand aus der Gruppe, als wer er in dieser neuen Welt einst würde leben müssen. Alle trugen den »Schleier des Nichtwissens«. Ob reich oder arm, hochgebildet oder wenig talentiert, gesund oder krank, schwarz oder weiss, Hugentobler oder - ic im Nachnamen, geboren als Frau oder Mann, in der Schweiz oder in einem arabischen Land, niemand wusste, welches Los ihn treffen würde.

Würde ein Mann aus Saudi-Arabien in diesem Gedankenexperiment entscheiden, dass jede Frau eine Burka tragen müsse, wenn die Gefahr bestünde, dass er selbst als Frau auf die Welt kommen könnte? Würde er sagen: Ich als Frau bin nun weniger wert als jeder Mann, und das ist gut so?

Sokrates zweifelte daran, ob dieses Verfahren mit dem »Schleier des Nichtwissens« eine gerechte Welt schaffen würde. Denn Fanatiker und Rassisten waren oft so verblendet, dass sie sogar dann Diskriminierungen gut hiessen, wenn sie selbst davon betroffen wären. Ein neoliberaler Wirtschaftsführer verachtete schwächere Menschen womöglich so sehr, dass er sie auch dann fallen liesse, wenn er selbst in einer Sozialwohnung leben müsste, weil er nie eine Chance auf ein besseres Leben gehabt hätte. Ein Neonazi würde vor lauter Hass auf Fremde Molotowcocktails in ein Asylbewerberheim werfen, selbst wenn er als Flüchtling aus Syrien darin wohnte. Ein Zocker setzte vielleicht alles auf die Karte Reichtum. Er würde Sozialleistungen und Steuern abschaffen, mit denen die Gesellschaft solidarisch Menschen unterstützt, denen es nicht so gut ging. Das Risiko der Armut, sollte er kein Glück haben, nähme er in Kauf.

Sokrates blickte aus dem Fenster. Er drückte seinen Rücken durch, bis sein Buckel knackte. Langsam kroch das Tram aufwärts, an der Kantonsschule vorbei bis zum Hauptgebäude der Universität. An der Haltestelle ETH/Universitätsspital erhob sich ein schlaksiger Student mit verwaschenen Jeans und Beutelrucksack von seinem Platz. Er war schräg gegenüber von Sokrates auf der anderen Seite des Ganges gesessen. Auf dem dunkelblau gemusterten Polster liess er die Gratiszeitung »20 Minuten« liegen. Sokrates sprang der Titel sofort ins Auge. »Geheime Symbole: Mutter findet pädophiles Zeichen auf Spielzeug.« Er beugte sich nach vorne und griff nach der Zeitung. Aus seiner Jackentasche fischte er ein zerknautschtes Papiertaschentuch hervor und putzte damit seine Brille, bevor er zu lesen begann. »Eine Frau kaufte für ihre zweijährige Tochter einen pinkfarbenen Lastwagen aus Stoff. Auf dem Spielzeug war ein Doppelherz aufgedruckt«, stand im Artikel. Die Mutter erschrak, als sie erfuhr, dass dieses Zeichen in der Pädophilenszene verwendet wurde. »Ein kleines Herz, das von einem grösseren umrahmt wird, symbolisiert die sexuelle Vorliebe eines erwachsenen Mannes für minderjährige Mädchen«, zitierte die Zeitung aus einem Dokument des FBI, das die Enthüllungsplattform Wikileaks veröffentlicht hatte. »Oftmals bekommen Kinder markierte Spielsachen von Pädophilen geschenkt. Damit signalisierten Kinderschänder anderen Pädophilen, dass ein Kind für Missbrauch geeignet sei«, las Sokrates weiter. Neben dem Artikel war ein Foto des Zeichens abgebildet. Plötzlich fiel ihm ein, wo er das Doppelherz kürzlich gesehen hatte: Am Tatort bei Leon Oswald. Es war im Hemdkragen des Mordopfers eingestickt. Er hatte gedacht, dass es sich um das Logo des Kleiderherstellers handelte. Vielleicht ein Irrtum, aber womöglich hatte Oswald etwas mit der Pädophilenszene zu tun. »Für Buben verwenden Pädophile ein blaues, spiralförmiges Dreieck«, führte der Artikel aus. Ein blaues Dreieck! rief Sokrates in Gedanken.

Im Entrée von Oswald hingen gerahmte Grafiken mit blauen Dreiecken an der Wand. Das konnte kein Zufall sein. Er musste Theo über seine Entdeckung informieren. Vielleicht wurde Oswald ermordet, weil er einem Pädophilenring angehörte. Das Tram erreichte den Rigiblick. Sokrates musste noch drei Stationen auf der Winterthurerstrasse passieren. Er konnte es kaum erwarten, die Haltestelle der Universität Irchel zu erreichen. Heute würde er nicht bis zum Milchbuck weiterfahren, um von dort seine morgendliche Gymnastik zu absolvieren. Er hatte Wichtigeres zu tun.

Ein paar Minuten später stieg er eine flache Treppe aus Pflastersteinen nach oben, die in den Irchelpark führte. Er stapfte auf einem Schotterweg entlang, der sich am Rande des Parks durch einen Laubwald schlängelte. Die Bäume trugen bereits feine hellgrüne Blätter, die erst vor wenigen Tagen gesprossen sein mussten. Durch das Geäst funkelte das Licht. Obwohl die Sonne noch tief stand, spürte Sokrates bereits ihre Kraft. Er zog sein mausgraues Jackett aus und hängte es sich über den Arm. Er roch Sand, vermoderte Blätter und einen Hauch von Frittieröl. Von ferne hörte er ein Tram quietschen. An einer Wegegabelung bog er nach rechts ab und erreichte alsbald die Wirtschaft Neubühl, ein mächtiges Fachwerkhaus mit weiss gekalkten Mauern und dunkelbraun gebeizten Holzbalken. Daran grenzte eine umgebaute Scheune, in der Seminarräume eingerichtet waren.

Sokrates begab sich zur Terrasse und setzte sich an einen der Holztische, die unter einem Laubbaum mit ausladenden Ästen standen. An diesem Frühlingstag war hier nur wenig los, zwei Studenten mit Dreitagebart unterhielten sich bei einem Cappuccino, ein älterer Herr mit grauem Haar, der wie ein Professor aussah, studierte Unterlagen, eine junge Frau mit dünnen blonden Strähnen blätterte in der »Gala« und rührte dabei ununterbrochen in einer Teetasse.

Kaum hatte Sokrates Platz genommen, kam die Bedienung auf ihn zu, die sehr dick war. Ihre monströsen Brüste quollen unter der fleckigen Küchenschürze hervor, die ausgebleichte Dauerwelle im Afrolook klebte am Kopf, die grossporige Gesichtshaut glänzte speckig. Sokrates bestellte ein Mineralwasser mit Kohlensäure. Sprudelwasser enthielt weniger Keime als ein stilles Wasser, wusste er.

Aus seiner Jackentasche zog er das Handy hervor und wählte die Nummer von Glauser. Er wandte sich ab, damit niemand der Gäste dem Gespräch lauschen konnte. Nach drei Mal Klingeln nahm Glauser ab. »Theo, ich habe vorhin etwas entdeckt«, begann er ohne Umschweife. »Vielleicht war Leon Oswald pädophil und hat Kinder sexuell missbraucht.« Glauser hörte ruhig zu, als ihm Sokrates erzählte, was er in »20 Minuten« über das Doppelherz und den blauen spiralförmigen Dreiecken gelesen hatte. »Das würde auch erklären, warum der Täter die Genitalien von Oswald verbrannte«, schloss Sokrates. »Aus Vergeltung. Wenn sich Oswald an seinem Kind vergriffen hatte, muss der Hass enorm gewesen sein. Allerdings verstehe ich nicht, warum er auch die beiden Entführungsopfer getötet hat.«

»Eine neue, wichtige Spur. Danke Sokrates«, erwiderte Glauser. Es blieb einen kurzen Moment lang still. »Der Schweinezüchter Otto Lauber hat mit den Entführungen und dem Mord am Zootierarzt nichts zu tun. Das ergaben unsere Ermittlungen. Wir stehen wieder am Anfang. Wir gehen deinem Hinweis nach.« Er schwieg einen Augenblick, weil er nicht wusste, wie er weiterfahren sollte. »Lauber wurde gestern Abend von uns erschossen, weil er mit seiner Armeewaffe auf mich gefeuert hatte, als wir ihn befragen wollten. Emma hat mir das Leben gerettet.«

»Bist du verletzt?«, fragte Sokrates besorgt.

»Nein, mir geht es gut. Lauber hat mich verfehlt.«

»Ein Glück«, erwiderte Sokrates erleichtert. »Was ist passiert?«

Glauser erzählte ihm, was vorgefallen war.

»Es ist tragisch, was deine Kollegin durchmachen muss«, sagte

Sokrates nachdenklich. »Hoffentlich kommt sie damit klar. Der Gedanke ist sicherlich unerträglich, wenn man einen Menschen töten musste.«

»Ja, es treibt sie um, obwohl sie alles richtig gemacht hat. Aber ich denke, Emma kann damit umgehen, sie ist stark.«

Sokrates nahm sein Smartphone ans andere Ohr. »Der Mord an Oswald hat mit den beiden Entführungsopfern nichts zu tun, nicht wahr?«, fragte er.

»Nein, da Lauber als Täter ausscheidet, wissen wir nicht mehr, was die Opfer miteinander verbindet. Ich bin soeben an der Geschäftsstelle von ›Exit‹ angekommen, um herauszufinden, ob Zara Anderwert wie Felix Unteregger freiwillige Mitarbeiterin der Sterbehilfeorganisation war. Vielleicht erfahren wir dort mehr.«

***

Glauser war vor der stählernen Totenblume stehen geblieben, als er den Anruf von Sokrates entgegennahm. Nach dem Gespräch rief er sofort Yerly an und teilte ihm mit, was Sokrates entdeckt hatte. Er solle untersuchen, ob auf dem PC von Oswald kinderpornographisches Material zu finden war. Dann steuerte er auf den Eingang der »Exit«-Geschäftsstelle zu. Er drückte auf den Klingelknopf. Der Türöffner surrte nach wenigen Sekunden, Glauser trat ein. Die Geschäftsführerin Paula Kuster erwartete ihn auf dem ersten Treppenabsatz. Glauser stieg nach oben und gab ihr die Hand.

»Wissen Sie etwas Neues von Felix?«, fragte sie mit brüchiger Stimme, die wie Pergamentpapier klang. Ihr Gesicht war bleich und hager, die farblosen Augen blickten müde. Ihre dunkelgrauen Haare hatte sie streng nach hinten gekämmt und zu einem Dutt gebunden. Sie trug einen schwarzen Rollkragenpulli zu einer dunkelbeigen Wollhose.

»Kann ich ungestört mit Ihnen sprechen?«, fragte Glauser.

»Natürlich«, sagte Kuster und zeigte auf die offene Türe. »Bitte folgen Sie mir.« Glauser spürte ihre Nervosität. Die Sterbehelferin führte ihn in ein geräumiges Büro, das sehr karg eingerichtet war: Schreibtisch mit PC, Regale, ein runder Sitzungstisch, vier Stühle. Die Morgensonne erhellte den Raum mit einem weichen Licht, das kaum Schatten warf.

»Setzen Sie sich bitte«, sagte sie. »Darf ich Ihnen einen Kaffee anbieten oder ein Glas Wasser?«

»Nein danke«, antwortete Glauser. »Es dauert nicht lange.«

Paula Kuster nahm ihm gegenüber Platz, die leberbefleckten Hände hielt sie vor sich auf dem Sitzungstisch gefaltet.

»Frau Kuster, leider muss ich Ihnen eine schlechte Nachricht überbringen«, sagte Glauser ohne einleitende Worte. Ihm fiel es leichter, sofort alles loszuwerden, als lange herumzudrucksen. »Felix Unteregger lebt nicht mehr. Sein Entführer hat ihn ermordet.« Er verschwieg, dass Unteregger lebendig verbrannt worden war.

Kuster blinzelte ein paarmal, ihr Kinn zuckte, dann senkte sie ihren Kopf.

»Felix. Tot? Das ... das darf nicht wahr sein«, sagte sie stockend. »Er ist so ein feiner Mensch, der immer allen helfen will. Er hat niemandem etwas zuleide getan.« Sie blickte auf. In ihren Augen sah Glauser Tränen. »Warum nur? Ich verstehe das nicht. Haben Sie den Mann gefasst?«

»Nein, noch nicht. Wir kennen das Tatmotiv nicht.« Er schlug seinen kleinen Schreibblock auf, den er in seinem Jackett stets mit sich trug. »Ich weiss, es ist schwer für Sie, aber ich muss Ihnen ein paar Fragen stellen. Vielleicht hat der Tod von Herrn Unteregger etwas mit seiner Tätigkeit bei ›Exit‹ zu tun. Das müssen wir überprüfen.«

»Ja.« Aus dem Ärmel ihres Pullis klaubte sie ein zerknautschtes Papiertaschentuch hervor und tupfte sich die Augenwinkel ab.

»Wie lange hat Felix Unteregger als Sterbehelfer gearbeitet?«

»Seit über fünf Jahren.«

»Wie viele Sterbehelfer beschäftigt ›Exit‹?«

»Für die Organisation arbeiten vierunddreissig geschulte Freitodbegleiterinnen und -begleiter. Sie tun dies ehrenamtlich.«

»Händigen Sie mir bitte die Liste mit Namen, Adressen und Telefonnummern aller Mitarbeiter aus.«

»Die Liste ist vertraulich. Wir wollen verhindern, dass Freitodbegleiterinnen und –begleiter persönlich angegangen oder öffentlich an den Pranger gestellt werden.«

»Die Liste brauchen wir nur für unsere Ermittlungsarbeit. Wir halten die Namen unter Verschluss.«

»Einverstanden. Soll ich Ihnen die Liste mailen?«

»Ja. Schicken Sie mir die Namen an diese Mailadresse«, sagte Glauser und zog aus seinem Portemonnaie eine Visitenkarte hervor. »Auf Ihrer Homepage habe ich gelesen, dass ›Exit‹ bei jährlich über siebenhundert Suiziden Hilfe anbietet.«

»Ja, das stimmt. Die Zahl nimmt stark zu. Vor fünf Jahren haben wir nur ein Drittel so viele Menschen in den Tod begleitet. Mittlerweile zählen wir hunderttausend Mitglieder.«

»Bei vierunddreissig Sterbehelfer verhilft also jeder von Ihnen im Schnitt mehr als zwanzig Menschen pro Jahr zum Suizid.«

»Wir sprechen von Freitodbegleitung und nicht von Suizidhilfe. Aber ja, Sie haben recht, jeder Sterbebegleiter assistiert bei rund zwanzig Fällen pro Jahr.«

»Wird ›Exit‹ wegen dieser Tätigkeit manchmal angegriffen oder bedroht?«

»Es gibt konservative und religiöse Kreise, die unser Tun verurteilen. Die katholische Kirche zum Beispiel lehnt Sterbebegleitung grundsätzlich ab. Bischof Huonder hat uns deswegen schon scharf kritisiert. Aber bedroht wurden wir bislang nicht.«

»Wissen Sie, ob Unteregger deswegen einmal Probleme bekam?«

»Nein, meines Wissens nicht. Er ist ...« Sie stockte. »Er war ein sehr einfühlsamer Sterbebegleiter.«

»Der Entführer hatte noch eine weitere Person in seiner Gewalt. Auch sie wurde ermordet. Sie war Theaterregisseurin am Schauspielhaus. Zara Anderwert. Sagt Ihnen der Name etwas?«

»Nein, nie gehört.«

»Und Alina Zoblin? So hiess sie mit bürgerlichem Namen. Sie hat nicht wie Herr Unteregger als Sterbebegleiterin für ›Exit‹ gearbeitet?«

»Nein, tut mir leid. Ich kann Ihnen nicht weiterhelfen.«

»Sehen Sie bitte nach, ob eine Alina Zoblin oder Zara Anderwert Mitglied Ihrer Organisation war.«

Paula Kuster stand von ihrem Stuhl auf und begab sich zu ihrem Schreibtisch. Sie tippte ein paarmal auf die Tastatur, bewegte die Maus und blickte konzentriert auf den Monitor. Sie schüttelte den Kopf und wandte sich an Glauser. »Nein, Zara Anderwert und Alina Zoblin, keine dieser beiden Namen ist bei uns als Mitglied verzeichnet.«

Glauser zupfte sich am Ohrläppchen. »Danke für die Information. Ich muss kurz einen Anruf tätigen. Einen Moment bitte.« Er nahm sein Handy aus der Jackentasche und wählte die Nummer von Lukas Oppliker.

»Weder eine Zara Anderwert noch eine Alina Zoblin hatten je etwas mit ›Exit‹ zu schaffen. Die Regisseurin war nicht einmal Mitglied der Sterbehilfeorganisation. Diese Spur ist kalt«, sagte Glauser ins Handy und legte wieder auf.

***

Hach, sein Knackarsch ist unglaublich sexy, dachte Maria, als sie aus dem Lift stieg und die Piazza betrat. Leo sass auf einem Hocker an der Kaffeebar und blätterte in einer Zeitung. Seine Jeans spannte sich um die Pobacken. Er trug ein eierschalenweisses Leinenhemd, durch das sich sein muskulöser Rücken abzeichnete. Sie schlich sich von hinten an ihn heran und kniff ihm in den Hintern, sodass es keiner sehen konnte. »Dein Arsch gehört mir«, zischte sie ihm zu.

Erschrocken fuhr Leo hoch. Als er Maria sah, grinste er. »Welch schöner Anblick erfreut meine Augen«, sagte er mit einem Lausbubengesicht. Als sich Maria neben ihn gesetzt hatte, beugte er sich zu ihr hinunter und flüsterte ihr ins Ohr. »Heute Morgen fand ich in meinem Bauchnabel noch etwas Nektar. Du hast nicht gründlich genug geschleckt.« Er blickte sie vorwurfvoll an. »Foodwaste. Na so was!«

Maria kicherte und knuffte ihm in die Rippen.

»Einen Espresso bitte und ein Himbeerjoghurt«, bestellte sie beim schmerbäuchigen Mann hinter der Theke, der wie immer finster dreinschaute und die Schultern nach vorne drückte, als ob er sie jeden Moment angreifen wollte.

»Mir bleibt nicht viel Zeit. In zehn Minuten muss ich in die Tonregie«, sagte sie zu Leo. »Eine Tontechnikerin wird für mich die Hintergrundgeräusche auf der letzten Tonaufnahme von Zara Anderwert und ihrem Mörder herausfiltern. Ich hoffe, dass wir irgendwelche Geräusche entdecken, die uns weiterhelfen.«

»Klingt spannend. Hast du einen Auftrag für mich? Soll ich auf dich warten?«, fragte Leo.

»Nein, keinen Job, bis jetzt.«

Der Schmerbäuchige stellte das Joghurt und den Espresso wortlos vor Maria auf die Theke. Dabei schwappte der Kaffee in den Unterteller. »Lass deine schlechte Laune nicht an mir aus«, sagte sie ihm ins Gesicht. Der Kellner grummelte und trollte davon.

Sie rührte eine Tüte Zucker in den Espresso. Ihre Armbanduhr zeigte kurz vor elf.

»Kannst du für mich auf Pikett bleiben? Vielleicht brauche ich dich später. Aber ich kann es dir nicht versprechen.« Sie riss den Deckel vom Joghurtbecher weg, schleckte ihn ab und löffelte sich eine grosse Portion in den Mund.

»Du weisst, dass ich um jeden Auftrag froh bin, egal von welcher Redaktion. Ich versuche mich als selbstständiger Kameramann mit eigener Firma einigermassen über Wasser zu halten.«

»Leo, ich weiss. Trotzdem: Wenn du einen Auftrag bekommst, lehne ihn ab. Sag, du würdest für mich arbeiten. Ich unterschreibe dir einen Rapport für sechs Stunden, auch wenn du keinen Einsatz hast. Mein Chef wird nichts dagegen einzuwenden haben.« Maria blickte Leo lasziv an und saugte an ihrer Unterlippe. »Zudem werde ich dich heute Nacht in Naturalien bezahlen. Bei mir. Wir spielen wieder eine Sexszene aus der Weltliteratur. Ich habe Lust auf ›Lady Chatterley‹. Nimm mich wie der Wildhüter Mellors.« Sie schlug ihre Augen nieder. »Pack mich!«

Leo lachte. »Dir kann ich anscheinend nichts abschlagen.«

»Es wird heute aber etwas später«, sagte Maria keck. »So schnell kriegst du mich nicht. Mein Vater hat mich zum Abendessen eingeladen. Wartest du in meiner Wohnung auf mich?« Sie lutschte den Rest Himbeerjoghurt vom Löffel, dabei umrundete ihre Zungenspitze die Legierung.

»In deiner Wohnung? Gerne«, antwortete Leo überrascht. »Aber wie komme ich rein? Ich habe keinen Schlüssel.«

Maria fischte aus ihrer Jeans einen Schlüsselbund und löste den Wohnungsschlüssel vom Ring. »Für dich«, sagte sie. »Fühle dich geehrt. Du bist der erste Kerl, dem ich meinen Schlüssel anvertraue.«

In einem Zug kippte sie den Espresso hinunter. Dann erhob sie sich vom Barhocker und warf Leo eine Kusshand zu, der ihr lächelnd zunickte. »Du zahlst. Bis später!«

Maria überquerte die Passerelle, eilte am Kiosk und am Reisebüro des Schweizer Fernsehens vorbei und stieg in den dritten Stock, wo an einem langen Flur die Schnittplätze für die Magazinsendungen »Kassensturz«, »Rundschau« und »Kulturplatz« lagen. Rechterhand gingen mehrere Tonregien ab.

»Danke, Greta, dass du dir für meine Mördergeschichte Zeit nimmst«, sagte Maria etwas ausser Atem, als sie die Audiosuite 2 betrat, ein kleiner, abgedunkelter Raum mit ziegelroten Dämmplatten an den Wänden. Es roch nach verbrannten Kabeln, Lötnähten und heissem Metall. Durch eine grosse Glasscheibe konnte man in die Sprecherkabine blicken.

»Das tu ich doch gerne. Hintergrundgeräusche einer Tonaufnahme herausfiltern, die dir ein Mörder geschickt hat«, antwortete die Tontechnikerin und kräuselte ihre Nase. »So etwas erlebe ich nicht alle

Tage. Wo finde ich dein Audiofile?« Greta standen die strubbeligen kupferroten Haare von allen Seiten vom Kopf, ihre blaugrünen Augen blitzten verschmitzt. Sie sass kerzengerade auf ihrem Stuhl, den schmalen Rücken hatte sie durchgedrückt, mit der zierlichen Hand umfasste sie den Trackball neben der Tastatur. Vor ihr war ein grosser Flachbildschirm aufgebaut.

»Auf dem Server pccommon«, antwortete Maria und setzte sich rechts von Greta an das Pult.

Greta startete die Audiosoftware Pyramix. Dann eröffnete sie eine Session, betitelte das Projekt mit »Mörderaufnahme«, fügte das heutige Datum hinzu und ihr Kürzel gt. Das Audiofile importierte sie von pccommon auf den Audioserver und zog die Tonaufnahme von dort auf die Timeline. Auf dem Bildschirm konnte Maria die gesamte Tonspur der Aufnahme sehen.

»Hören wir uns zusammen das File an. Mal sehen, was ich dir bieten kann«, sagte Greta und schob den Cursor an den Anfang der Zeitachse. Aus den hochwertigen Lautsprechern, die links und rechts vor dem Pult montiert waren, tönte die Stimme des Mörders so klar, als ob er neben ihnen in der Tonregie sitzen würde.

(verzerrte Männerstimme) »*Sie haben getötet, Frau Anderwert. Sie haben einen Menschen auf dem Gewissen.*«

(dumpfe Frauenstimme, verzweifelt) »*Nein, bitte! Das stimmt nicht! Sie irren sich, Herr (Tonschnitt) Ich habe niemanden umgebracht. Bitte!*«

Maria beobachtete, wie Greta das Blut aus dem Gesicht wich, als sie die ersten Worte hörte, die Sommersprossen auf der Nase verblassten. Sie presste den Mund zusammen.

»*Sie sterben den Feuertod. Ich verbrenne Sie bei lebendigem Leib.*«

(Frauenstimme, schluchzen) »*Oh, mein Gott! Nein! Bitte nicht! Lieber Gott, bitte! Hilf mir! (Schreien) Hilfe! Hilfe!*« *(heftiges Poltern)*.

(ein paar Sekunden Pause)

Greta schluckte leer. Ihre Finger umklammerten den Trackball.

(verzerrte Männerstimmte) »*Noch eine Meldung an die Kriminalpolizei: In dieser Nacht starb auch Zara Anderwert den Feuertod.*«

Als Greta die Aufnahme zu Ende gehört hatte, drehte sie sich langsam zu Maria um. Ihre Augen flackerten. »So etwas Furchtbares musste ich mir noch nie in meinem ganzen Leben anhören«, sagte sie mit spröder Stimme. »Und ich habe schon vieles gehört. Es ist grauenhaft, was der armen Frau zugestossen ist.«

Maria nickte nur. In diesem Moment hörte sie ein Pling. Mit zwei

Fingern angelte sie ihr Handy aus der engen Jeans hervor und las das SMS, das sie erhalten hatte. Es stammte von Hugo:»Für die nächsten drei Tage hat mich der Arzt krankgeschrieben. Ich werde dem Chef nicht sagen, dass ich für kleine Gefälligkeiten ein Honorar verlangt habe. Wenn du mich verpfeifen willst, dann tu, was du nicht lassen kannst.« Keine Anrede. Kein Gruss. Verärgert runzelte Maria die Stirn. Jetzt befand sie sich in der Bredouille. Entweder schwärzte sie ihren Kollegen beim Redaktionsleiter an, was ihr zuwider war, oder sie verschwieg, dass sich Hugo für Geschichten kaufen liess, was ebenfalls nicht ging. Sie konnte es nicht einfach dabei bewenden lassen, dass Hugo die Glaubwürdigkeit der Sendung verraten hatte.

Sie steckte ihr Handy wieder in ihre Jeans und atmete zwei Mal tief ein.»Kommst du damit klar, die Aufnahme ein weiteres Mal anzuhören und die Hintergrundgeräusche herauszufiltern?«, fragte sie Greta. »Oder belastet dich die Geschichte zu sehr?«

»Nein, das krieg ich hin. Mir tut es nur wahnsinnig leid, was der Frau angetan wurde.« Ohne aufzublicken fragte sie:»Soll ich zuvor die Verzerrung aus der Stimme des Mörders nehmen?«

»Nein, das hat mein Cutter schon getan. Mich interessieren die Hintergrundgeräusche auf dem Band. Womöglich verrät sich der Täter darauf. Wir müssen herausfinden, wo er Zara Anderwert verhört hat. Jedes Geräusch kann eine Spur sein, die zum Mörder führt.«

»Legen wir los«, erwiderte Greta bestimmt und wuschelte sich mit der Hand durch ihren Rotschopf. Zuerst lud sie das Plug-in X-Noise von Waves auf die Tonspur, dann wählte sie im Fenster»noise reduction«, filterte damit alle Hintergrundgeräusche heraus und klickte anschliessend auf»difference«. So konnte sie alle herausgefilterten Geräusche hören. Die Stimme des Mörders und die seines Opfers traten in den Hintergrund.

»Was hörst du?«, fragte Maria und zückte ihren Schreibblock. Greta erhöhte den Reduction-Level und stellte den Schieberegler nach oben. Gemeinsam hörten sie sich nochmals die Aufnahme an. Greta hatte dabei die Augen geschlossen, um sich auf die Geräusche zu konzentrieren. Wegen des allgemeinen Lärmpegels waren die einzelnen Töne nur schwer zu identifizieren.

»Warte einen Augenblick«, sagte sie, als das Band zu Ende war. »Vielleicht kann ich die Töne noch besser herausfiltern.« Sie kopierte die Tonspur mit den Geräuschen und eröffnete ein neues Projekt.»Ich probiere ein anderes Plug-in aus.« Sie lud Denoise von Izotope herunter und klickte im Plug-in-Fenster auf »audio«. Dann liess sie das Band nochmals laufen. Die einzelnen Töne konnte Maria jetzt deutlich voneinander unterscheiden.

»Ein metallenes Quietschen«, sagte Greta und drückte auf die Stopp-Taste.

»Hört sich an wie von einem Tram, das um die Kurve fährt«, erwiderte Maria.

»Stimmt, es ist ein Tram, ein älteres Modell, keine Cobra, die hat keine starren Achsen, sondern Einzelradaufhängung und quietscht deshalb nicht.«

Maria schaute sie verdutzt an. »Was du alles weisst.«

Greta gluckste. »Mein Freund ist ein eingeschworener Eisenbahnfan. Er findet Züge erotisch. Auch Trams interessieren ihn sehr. Wenn ich mit ihm unterwegs bin, erklärt er mir jedes technische Detail.«

»Ein Tram«, wiederholte Maria nachdenklich. »Der Mörder hielt seine Opfer also irgendwo in der Stadt gefangen, in Zürich.«

Die Tontechnikerin liess die Aufnahme weiterlaufen.

»Stopp!«, rief Maria. »Hast du das gehört?«

»Ja, ein langsames Ticktack.«

»Standuhr«, riefen beide gleichzeitig.

»Im Hintergrund, ganz leise, höre ich durchgehend ein hohes Pfeifen«, sagte Greta. »Hörst du es auch?«

»Nein, ich weiss nicht, was du meinst.«

»Einen Moment, ich hole den Ton hervor.«

Greta markierte mit dem Cursor eine rote Linie auf der Tonspur. »Das ist das hohe, zischende Piepsen, zehn Kiloherz. Die Amplitude schlägt nur geringfügig aus, deshalb sehen wir eine Linie«, erklärte sie Maria. »Und das sind die dazugehörenden Obertöne.« Sie zeigte mit der Hand auf zwei weitere rote Linien, die parallel zur dickeren Linie verliefen.

Sie filterte die anderen Geräusche heraus. Anschliessend hörten sie sich das hohe Pfeifen nochmals an.

»Unangenehmes Geräusch«, sagte Maria. »Wie beim Zahnarzt, wenn er bohrt. Von irgendwoher kenne ich den Ton.«

»Ich kann das Pfeifen nicht zuordnen«, sagte Greta. »Noch nie gehört.«

Sekunde für Sekunde hörten sie das Audiofile ab und trugen alle Töne zusammen: Hupen. Feines Ticken, vermutlich von einer Wanduhr. Das Gluckern einer Zentralheizung. Knacken einer Diele. Martinshorn in der Ferne. Glockenschlag.

»Musik, irgendein Lied, ganz leise, weit weg«, sagte Greta am Schluss der Aufnahme. Sie zog den Cursor auf der Zeitachse der Tonspur etwas zurück, stellte die Lautstärke auf maximal und liess die Aufnahme nochmals laufen. »Hörst du es?«

»Stimmt. Kubanische Musik. Du hast ein exzellentes Gehör«, sagte Maria bewundernd.

»Als Tontechnikerin ist das von Nutzen.« Greta lächelte. »Die Musik stammt vermutlich aus einer Bar in der Nähe, wo der Mörder wohnt. Kennst du das Lied?«

»Ja«, antwortete Maria und nickte. »Es ist von Buena Vista Social Club. Es heisst wie ich: Marieta.«

ZEHN

Theo Glauser schlug das Kreuzzeichen über seine Brust und sprach:»Im Namen des Vaters und des Sohnes und des Heiligen Geistes. Amen.« Er kniete in einem Beichtstuhl, ein Möbel aus der Barockzeit mit kunstvoll gefertigten Holzschnitzereien, das sich in der Beichtkirche des Klosters Einsiedeln befand. Im Innern war der Beichtstuhl mit einem modernen Metalltisch und einem Schemel zum Niederknien ausgestattet. Die bewegliche Metallplatte hatte Glauser vorgeschoben, um den Sichtkontakt mit dem Priester zu verhindern. Er fühlte sich wohler so.

»Gott, der unser Herz erleuchtet, schenke dir wahre Erkenntnis deiner Sünden und Seiner Barmherzigkeit«, antwortete der Priester mit ruhiger Stimme.

Glauser räusperte sich:»Meine letzte Beichte legte ich vor vierunddreissig Jahren ab«, begann er stockend.»Das ist lange her.«

Glauser hatte fünf Jahre seines Lebens im Kloster Einsiedeln verbracht. Seine Eltern hatten ihn hier als Vierzehnjährigen ins Internat geschickt, kurz bevor er in Zürich vom Gymnasium Rämibühl geflogen wäre. Nicht weil er schlechte Noten mit nach Hause gebracht hatte, sondern weil er sich immer wieder mit älteren Schülern anlegte. Er war damals ein rotzfrecher Bengel, der sich gerne prügelte.

Nach dem Besuch bei»Exit« war er über Mittag mit seinem Dienstwagen dem Zürichseeufer entlang nach Einsiedeln gefahren. Die Fahrt dauerte vierzig Minuten. Er nahm sich die Zeit, weil er unbedingt mit jemandem sprechen musste.

»Pater, ich habe gesündigt«, sagte er leise.»Seit über zwanzig Jahren arbeite ich als Polizist bei der Kriminalpolizei in Zürich, als leitender Ermittler. Ich habe oft mit schlimmen Verbrechen zu tun, die ich aufklären muss.« Glauser verlagerte sein Gewicht auf das rechte Knie, weil das linke zu schmerzen begann.»Den Verbrechern wünsche ich immer häufiger den Tod. Gestern hat mir meine Kollegin das Leben gerettet. Sie erschoss einen Bauern, der mich sonst umgebracht hätte. Es tut mir nicht leid um den Mann, im Gegenteil. Er hat den Tod verdient. Ich weiss, es ist falsch, so zu denken. Aber ich kann nicht anders. Die Arbeit als Polizist ...«, er stockte,»... die Polizeiarbeit hat mich hart gemacht.« Glauser wunderte sich, wie leicht ihm die Beichte über die Lippen ging. Es fiel ihm nicht schwer, mit einem fremden Mann über seine Gefühle zu sprechen. Nicht so wie damals als Jugendlicher im Internat, als er sich geschämt hatte, zur Beichte gehen zu müssen. Er

200

wusste nie so recht, was er dem Priester hätte anvertrauen sollen. »Freuen Sie sich darüber, dass Gott Sie gestern bewahrt hat und Sie noch leben. Danken Sie ihm dafür.« Und nach einer Pause. »Sprechen Sie weiter«, ermunterte ihn der Priester.

»Momentan beschäftigt mich ein weiterer Fall: Ein Mann hat zwei Menschen entführt, eine Theaterregisseurin und einen Tierpfleger. Er hat sie stundenlang in eine enge Kiste eingesperrt und anschliessend lebendig darin verbrannt. Der Fall lässt mir keine Ruhe. Wir haben kaum Spuren. Ich wünschte mir, er wäre tot. Er soll genauso elendiglich unter furchtbaren Schmerzen sterben müssen wie seine Opfer. Dieser Gedanke dreht sich immerzu in meinem Kopf. Manchmal bin ich hasserfüllt. Ich lasse mir das nicht anmerken, vor allem nicht vor meinen Leuten, das wäre unprofessionell. Aber dieser Mensch, der einen Mann und eine Frau bei lebendigem Leib verbrannt hat, soll die gleichen Qualen erleiden müssen. Das wäre doch gerecht, nicht wahr?« Glauser spürte, wie der Priester auf der anderen Seite des Beichtstuhles nachdachte.

»Ihr Beruf als Polizist belastet Sie, er nimmt Sie allzu stark in Anspruch, das ist kein Wunder. Sie müssen achtgeben, dass Ihre Seele dabei nicht krank wird«, sagte der Priester. Und nach einer Weile fuhr er fort. »Ihre Gedanken und Gefühle sind normal, jeder kann sie nachvollziehen. Aber sie tun Ihnen nicht gut. Wenn Sie ihnen zu viel Raum geben, werden Sie davon aufgefressen.«

»Was soll ich tun, Pater?«

»Sprechen Sie für den Täter ein Segensgebet.«

»Ein Segensgebet?«, rief Glauser irritiert. »Ich dachte, den Segen dürfen nur Geistliche erteilen.«

»Nein, jeder kann den andern im Gebet segnen. Stellen Sie sich vor, was Ihr Widersacher braucht: Liebe, Herzenswärme, Glück. Bitten Sie Gott darum, dass er ihm solches schenkt. Das wird Ihnen guttun.«

»Aber der Mann hat zwei unschuldige Menschen brutal getötet. Er verdient keine Gnade. Nichts Gutes. Keinen Segen! Nicht von mir«, rief Glauser aufgebracht.

»Er soll seine gerechte Strafe erhalten, sobald Sie ihn festnehmen. Aber auch er ist ein Mensch, den Gott liebt. Beten Sie für ihn. Glauben Sie mir, das wird Ihrer Seele Linderung verschaffen.«

»Ich bin nicht sehr gläubig«, erwiderte Glauser, nachdem er sich wieder etwas gefasst hatte. »Das letzte Mal habe ich vor vier Jahren gebetet, als meine Frau nach einem Herzinfarkt ins Wachkoma fiel. Ich habe Gott angefleht, ihr zu helfen, damit sie wieder gesund wird. Angefleht habe ich ihn! Aber er hat mir nicht geantwortet. Er hat nichts für meine Frau getan.« Glauser stiegen Tränen in die Augen. Energisch wischte er sie mit dem Ärmel seines Jacketts weg.

»Es ist furchtbar, was Sie durchmachen müssen«, sagte der Priester. Glauser merkte, dass der Priester ehrlich erschüttert war. Dabei hatte er als Beichtvater schon allerhand schlimme Geschichten gehört. »Wir wissen nicht, warum der allmächtige Gott das Übel zulässt, warum er das unsägliche Leid nicht verhindert«, sagte der Priester nach einer Weile. Seine Stimme klang bedrückt. »Ich habe keine Antwort darauf. Gott ist ein verborgener Gott, den wir nicht begreifen können. Aber eines weiss ich ganz gewiss: ihm sind unsere Leiden nicht egal. Er ist kein Gott, der uns aus der Ferne zusieht. Er weiss, was wir durchmachen. Er selbst hat am Kreuz gelitten. Wenn wir leiden, ist er uns nah.«

Glauser dachte über diese Worte nach. Er fühlte sich so wie früher, als er noch in die Stiftsschule gegangen war und regelmässig die Messe besucht hatte, ein vertrautes Gefühl.

»Herr, ich bereue, dass ich Böses getan und Gutes unterlassen habe. Erbarme dich meiner«, sagte er schliesslich und meinte es ehrlich. Obgleich er nicht wusste, ob Gott etwas an ihm liegt.

»Gott, der barmherzige Vater, hat durch den Tod und die Auferstehung seines Sohnes die Welt mit sich versöhnt und den Heiligen Geist gesandt zur Vergebung der Sünden. Durch den Dienst der Kirche schenke ich dir Verzeihung und Frieden. So spreche ich dich los von deinen Sünden. Im Namen des Vaters und des Sohnes und des Heiligen Geistes.«

Glauser bekreuzigte sich. »Amen.«

»Deine Sünden sind dir vergeben. Geh hin in Frieden!«

»Dank sei Gott, dem Herrn.« Glauser erhob sich vom Schemel und setzte sich auf den Stuhl, der neben dem Metalltisch stand. Dabei atmete er tief aus, was wie ein Seufzer klang.

»Was quält Sie?«, fragte der Priester. »Ich spüre, dass Sie noch etwas auf dem Herzen haben.«

»Ja, Pater, eigentlich bin ich zu Ihnen gekommen, weil ich Ihren Rat brauche. Ich weiss nicht, was ich tun soll.« Glauser suchte die richtigen Worte. »Meine Frau liegt seit bald vier Jahren in einer Rehabilitationsklinik in Basel. Ihr geht es schlecht, sie leidet. Von Beginn an, als sie ins Wachkoma gefallen war, wurde sie künstlich ernährt. Seit ein paar Wochen muss sie nun auch noch beatmet werden. Sie ist an vielen Schläuchen angeschlossen. Die Krankenschwester, die sie betreut, sagt, dass Tina sterben möchte. Sie sei am Ende ihrer Kräfte. Auch die Ärzte raten mir, die Geräte abzuschalten, damit meine Frau von den Qualen erlöst wird. Aber ich kann Tina nicht einfach so sterben lassen. Was soll ich nur tun, Pater?«

»Es tut mir sehr leid wegen Ihrer Frau«, antwortete der Priester leise. Glauser hörte, wie der Priester atmete.

»Sie stehen vor einer schweren Entscheidung«, sagte er. »Wenn Sie erlauben, werde ich Sie in dieser Woche in meine Gebete mit einschliessen.«

Glauser nickte. »Ja.«

»Besteht irgendwelche Hoffnung, dass Ihre Frau jemals wieder aufwacht?«

»Nein, Tina wird nie wieder gesund werden. Es ist hoffnungslos.«

»Sie leidet unter schlimmen Schmerzen. Ist das gewiss?«

»Ja, die Ärzte sagen das. Und ich spüre es auch, wenn ich sie in den Arm nehme. Sie ist verkrampft und kämpft mit starken Spasmen. Medikamente lindern ihre Schmerzen kaum noch.«

»Manchmal mutet uns Gott fast Übermenschliches zu. Wir dürfen nicht töten, das ist wahr. Wir sollen das Leben verteidigen, es ist kostbar. Oft geben wir allzu schnell auf, schöpfen nicht alle Mittel aus, um Leben zu bewahren. Aber es kann in seltenen Fällen auch ein Akt der Gnade sein, jemanden sterben zu lassen, ihn von unerträglichen Schmerzen zu befreien.«

»Wo ist die Grenze, Pater? Heute habe ich bei ›Exit‹ ermittelt. Sterbehilfeorganisationen assistieren jedes Jahr über tausend Menschen beim Suizid. Viele sind unheilbar an Krebs erkrankt, ohne Hoffnung, andere aber sind alt, haben niemanden mehr, wollen sterben, weil sie gebrechlich und pflegebedürftig sind. Deshalb wollen sie in den Tod gehen, und Sterbehilfeorganisationen bieten Hand dazu. Das finde ich ...« Glauser schüttelte den Kopf.

»Bei Ihrer Frau ist das etwas anderes. Ihre Frau leidet so sehr, das sollte man keinem Menschen zumuten. Wenn Sie ehrlichen Herzens den Ärzten erlauben, das Beatmungsgerät abzuschalten, Ihre Frau von den Schläuchen zu befreien, um sie von ihren Qualen zu erlösen, wird Gott mit Ihnen sein.«

Glauser vergrub sein Gesicht in beide Hände. »Danke Pater, danke für Ihre Worte«, sagte er mit belegter Stimme. »Lassen Sie mich bitte noch eine Weile hier sitzen.«

»Nehmen Sie sich so viel Zeit, wie Sie mögen. Gott segne Sie.«

Nach ein paar Minuten öffnete Glauser den bordeauxroten Samtvorhang und verliess den Beichtstuhl. Er wusste jetzt, was er zu tun hatte. Der Priester war nirgendwo zu sehen. Die barocke Beichtkirche, die sich linkerhand der Klosterkirche befand, war an diesem sonnigen Tag in hellblaues Licht getaucht. Glauser blinzelte. Vor den zwei Dutzend Beichtstühlen standen ein Taufstein und eine brennende Osterkerze. Er atmete den Duft von Bienenwachs und Weihrauch. Seine Schritte hallten, als er durch die dreischiffige Halle mit stuckverziertem Gewölbe und Säulen aus Marmor ging.

Schon bald betrat er die mächtige Stiftskirche, deren Kuppelgewölbe mit prachtvollen Fresken geschmückt waren. Von der Orgel dröhnte »Laudate omnes gentes«. Der Organist übte für die nächste Messe. Nur vereinzelt sassen Besucher auf den Kirchenbänken.

Vor der Gnadenkapelle, die sich am Ausgang befand, blieb Glauser einen Moment stehen. Die kleine Kapelle, im klassizistischen Stil errichtet, war mit Marmor ummantelt und beherbergte die berühmte Schwarze Madonna, eine stehende gotische Mutter Gottes, wie Glauser von früher wusste. Er trat vor sie hin, schlug das Kreuzzeichen über seine Brust und murmelte ein paar Worte. Dann verliess er die Klosterkirche.

***

»Du verdammtes Schwein! Du perverses Stück Scheisse!«, brüllte Benedikt Yerly und schlug mit der Faust so hart auf die Schreibtischplatte, dass die Monitore vibrierten. »Du hast den Tod verdient, du Bastard! Deinen Schwanz hätte man dir verbrennen sollen, als du noch gelebt hast. Und ihn dir in den Rachen stopfen, bis du daran erstickt wärst.« Yerly warf nochmals einen Blick auf das Foto. Leon Oswald lag nackt auf Selina, die vor Angst und Schmerzen die Augen weit aufgerissen hatte. Ein Bein des kleinen Mädchens hielt er mit einer Hand grotesk gespreizt. Sein verschwitzter Körper drückte Selina auf die Matratze, Schweisstropfen perlten auf seiner Stirn, das Gesicht war gerötet, die Augen verdreht, nasse Haare klebten auf dem Schädel. Yerly klickte das Foto weg, er ertrug den Anblick nicht länger.

Um sich zu beruhigen, lehnte er sich auf seinem Bürostuhl zurück. Sein breiter Rücken drückte dabei das Polster gefährlich weit nach hinten, bis das Scharnier knackte. Die Hände hatte er hinter seinem kantigen Schädel verschränkt. Er schloss seine Augen und versuchte die Bilder aus seinem Kopf zu vertreiben, die sich immer wieder vor seine Gedanken schoben. Er griff nach seiner Tasse und trank einen Schluck Kaffee, der schon längst kalt geworden war. Er dachte nach.

Bereits in den frühen Morgenstunden war er in seinem Büro in der Militärkaserne erschienen. Er hatte den PC, den ihm die Spurensicherung gestern am späten Vormittag aus der Wohnung von Oswald hergebracht hatte, aus der Transportschachtel genommen, das Gehäuse aufgeschraubt und vorsichtig die Festplatte entfernt. Mit einem Kabel verband er sie mit einem schwarzen Kästchen, das den Schreibschutz garantierte. Es durfte auf keinen Fall passieren, dass beim Kopieren der Festplatte irgendwelche Daten verloren gingen oder versehentlich verändert wurden. Vom Kästchen stöpselte er ein weiteres Kabel an einen Computer, auf dem er ein Festplatten-Image erstellte, eine deckungsgleiche Kopie von Oswalds Festplatte. Sämtliche Bits und Bites wurden kopiert, auch gelöschte Dateien. Dazu nutzte Yerly das Programm Encase Forensic. Es dauerte fast zwei Stunden, bis die gesamte Festplatte von Oswald kopiert war. Fortan würde er nur die Daten auf der Kopie auswerten. Die Originalfestplatte hielt er unter Verschluss und tastete sie nicht mehr an.

Er nickte zufrieden, als es geschafft war, packte das erste von fünf Wurstsandwiches, die er von zu Hause mitgebracht hatte, aus dem Butterbrotpapier und biss herzhaft hinein. Zuerst klickte er auf das Mailprogramm. Oswald hatte nur wenig geschrieben und empfangen, der Inhalt war belanglos. Yerly schaute sich weiterhin kauend auf der kopierten Festplatte um. Er fand zahlreiche Programme installiert, darunter ein professionelles Schnittprogramm: Final Cut pro. Und das Bildbearbeitungsprogramm Photoshop. Die Software Encase Forensic zeigte ihm in verschiedenen Ordnern an, welche Dateien gelöscht waren und welche nicht. Zuerst sichtete Yerly alle nicht gelöschten Ordner. Darin hatte Oswald Dutzende Dateien angelegt, Papierkram für die Steuererklärung, Korrespondenz mit dem Vermieter mitsamt Mietvertrag, Lebenslauf, Arbeitszeugnisse, Sorgerechtsvereinbarung mit seiner Ex-Freundin Hartwig und so weiter, nichts von Bedeutung.

Yerly legte sein halb gegessenes Salamisandwich auf den Schreibtisch, wischte sich mit dem Handrücken über den Mund und ging die Liste mit den Ordnern durch, die Oswald gelöscht hatte. Sie waren alle mit Vornamen beschriftet. Ein Ordner war mit Selina bezeichnet, wohl die Tochter von Oswald. Er klickte aufs Geratewohl darauf. Der Ordner enthielt Hunderte Fotos und Videos. Yerly rieb sich die fettigen Finger an einer Papierserviette ab und erhob sich von seinem Sitz. Die Morgensonne prallte in sein Büro, die Computermonitore, die vor ihm aufgebaut waren, konnte er vor lauter Lichtreflexe kaum mehr sehen. Er kurbelte die Rollläden herunter und stellte die Lamellen schräg, um den Raum abzudunkeln. Das Licht warf dünne Streifen auf den crèmefarbenen Täfer. Er kehrte auf seinen Platz zurück und klickte eines der Fotos an, das sofort auf dem mittleren der drei Monitore aufploppte. Es zeigte Selina mit ihrem Vater. Yerly hatte schon oft mit Aufnahmen von pädophilen Triebtätern zu tun gehabt. Widerliche, abstossende Fotos. Kaum jemals zuvor in seinem Leben hatte er so etwas Abscheuliches gesehen. Er knetete sein knautschiges Gesicht mit beiden Händen. Das arme Mädchen, dachte er nur. Dann brüllte er los.

Sobald er sich etwas gefasst hatte, klickte er auf mehrere andere Ordner, die mit Buben- und Mädchennamen beschriftet waren. Sie enthielten allesamt Videos und Fotos, worauf zu sehen war, wie Leon die Kinder missbrauchte. Yerly versuchte, die Bilder zu ignorieren. Er schaltete den Lautsprecher aus, ohne Ton waren die Filme etwas erträglicher, denn am schlimmsten empfand er das fast lautlose Wimmern der Kinder. Er entdeckte Videos von fremden Männern, die Kinder vergewaltigten, auch Selina. Oswald hatte seine Tochter Männern für Sex angeboten. Bei jeder Aufnahme klickte er rechts oben auf der Menüleiste das Informationszeichen an. Im Fenster, das daraufhin erschien, war das Datum der Aufnahme angegeben und der Kameratyp, Nikon D7200, Dateigrösse in Pixel, Belichtung, Verschlusszeit und andere Daten. Bei den Videos verfuhr er ebenso. Er notierte sich die Aufnahmedaten und die Kamera: eine semiprofessionelle HD-Kamera von Sony. Er brauchte eineinhalb Stunden, um sich eine grobe Übersicht zu verschaffen. Dann nahm er den Telefonhörer. Nach zweimal Klingeln meldete sich Glauser. »Theo. Oswald ist ein verdammter Kinderschänder. Er hat seine Tochter sexuell schwer missbraucht«, sagte Yerly ohne Begrüssung. »Ich habe auf seinem PC Dutzende Videos und Hunderte Fotos entdeckt, die zeigen, dass er Selina über Monate vergewaltigt hat. Ich verstehe nicht, wie ein Mann einem Kind solche Grausamkeit antun kann. Sie war seine Tochter. Fünf Jahre alt.«

Yerly hörte Glauser am anderen Ende tief ausatmen. »Damit wird die

Ex-Freundin von Oswald, Sofia Hartwig, wieder dringend tatverdächtig. Sie hatte allen Grund, ihren Exfreund zu töten, sollte sie erfahren haben, dass er ihr Kind missbraucht«, sagte Glauser. »Hat Oswald auch andere Kinder vergewaltigt?«

»Ja, auf der Festplatte befinden sich weitere Ordner mit Namen von Kindern, von Mädchen und Buben. Etwa drei Dutzend. Er machte die meisten Video- und Fotoaufnahmen in seiner Wohnung. Jetzt wissen wir auch, wozu er die professionelle Ausrüstung brauchte. Die ältesten Aufnahmen stammen aus dem Jahr 1998. Vermutlich war er Mitglied eines internationalen Pädophilenrings, die Fotos und Videos über Peer-to-Peer-Groups und übers Darknet ausgetauscht haben. Es wird Monate dauern, dieses abscheuliche Material zu sichten und die Täter aufzuspüren.«

»Gute Arbeit, Benedikt. Wir müssen das Alibi von Sofia Hartwig nochmals überprüfen. Sie gab an, zur Tatzeit von zu Hause aus mit ihrer Mutter telefoniert zu haben. Ihre Mutter hat uns gegenüber den Anruf bestätigt. Aber vielleicht war das eine Finte. Wir brauchen die Telefondaten der Mutter, alle ankommenden und abgehenden Telefonate«, wies Glauser ihn an. »Veranlasse das Nötige bei der Staatsanwaltschaft IV. Mit den neuen Fakten wird uns Konrad Pfister sicherlich grünes Licht geben. Beeil dich!«

Yerly hängte auf und wählte die Nummer von Pfister. Er liess es achtmal klingeln. Als er gerade auflegen wollte, meldete sich Pfister. »Was gibt's?«, bellte Pfister gereizt ins Telefon.

Yerly erzählte ihm, was er auf dem PC von Oswald entdeckt hatte. Er merkte, wie sich die Laune von Pfister schlagartig hob. Sofort verfügte Pfister eine rückwirkende Teilnehmeridentifikation vom Handy der Mutter, inklusive Standortdaten. Um die Zustimmung des Zwangsmassnahmengerichts und das ÜPF in Bern würde er sich kümmern. »In spätestens drei Stunden hast du die Daten. Nagle den Täter fest!«

***

Yannick Bodmer löste das Armband aus satiniertem Edelstahl mit Faltschliesse von einer Longines Master Herrenarmbanduhr. Er klemmte die Uhr in den Gehäuseöffner und entfernte den transparenten Schraubboden. Vorsichtig nahm er das mechanische Uhrwerk von ETA heraus. Mit einem Gummiblasebalg in der Hand pustete er den Schmutz weg, der sich im Uhrwerk festgesetzt hatte.

Bodmer sass auf einem Drehhocker an einem massiven Holzpult in seiner Uhrmacherwerkstatt. Das Atelier hatte er in einem ehemaligen Textillager im Seefeld eingerichtet. Es bestand aus zwei Räumen, die je zwanzig Quadratmeter massen. Sie lagen im Erdgeschoss eines schlichten Industriegebäudes aus der Jahrhundertwende. Die Fenster waren vergittert. Riemenparkett bedeckte den Boden. An den weiss gekalkten Wänden waren Regale montiert, worauf Geräte, Werkzeuge, Maschinen für Feinmechanik, Kisten mit Ersatzteilen und Reinigungsmittel lagen. In einer Ecke standen eine Drehbank mit Schleifauflage und eine Poliermaschine. Daneben befand sich eine Sitzgruppe mit zwei rostroten Polstersesseln und einem schwarz lackierten Holztisch. An der gegenüberliegenden Wand hingen mehrere Uhren, darunter eine Kuckucksuhr, die Kunden zur Reparatur gebracht hatten. Eine mannshohe Standuhr mit Interasienarbeiten aus der Biedermeierepoche tickte laut. Sonst war es ruhig in der Werkstatt. Nur von ferne war ein Tram zu hören.

Bodmer zog die Werktischlampe heran und klappte das Okular vor sein Auge. Mit Pinzette und Schraubendreher zerlegte er das Uhrwerk in seine Einzelteile. Zahnrädchen, Gangrad, Unruhe, Spiralfeder und Anker setzte er nach und nach mit einer Kornzange in einen runden Metallgitterkorb. Als das Uhrwerk vollständig auseinander gebaut war, erhob er sich von seinem Hocker und ging zu einem Vibografen, ein Ultraschallreinigungsgerät, das auf einem Sideboard stand. Er öffnete die Glastüre und setzte den Korb mit den Uhrteilen auf den Drehteller der Maschine. Ein hoher, zischender Pfeifton erklang, als er die Ultraschallfunktion einschaltete. Dann begab er sich wieder zu seinem Platz. Grundplatte und Brücke des Uhrwerkes reinigte er mit Siedegrenzbenzin, das in ein dickwandiges Glas gefüllt war. Er nahm ein Putzholz, spitzte es an und reinigte damit die Lager der Uhr. Das Edelmetallgehäuse polierte er auf Hochglanz. Dazu drückte er eine Paste auf den kreisenden Baumwollschwabbel der Poliermaschine und drückte das Uhrengehäuse dagegen. Nach zwanzig Minuten stellte das Ultraschallreinigungsgerät automatisch ab. Der helle Pfeifton verstummte.

Sokrates verliess das Institut zeitig. Gemächlich stapfte er durch den Irchelpark. Er hatte es nicht eilig. Die Sonne senkte sich gegen Westen, doch nach wie vor war es drückend heiss. Meteo hatte gesagt, seit

Messbeginn hätten im April noch nie so hohe Temperaturen geherrscht. Er zog sein Jackett aus und legte es über den linken Arm. Unter den Achseln war sein Hemd verschwitzt. Im Sonnenlicht bemerkte er Striemen auf seiner Brille. Mit einem Papiertaschentuch wischte er sie weg. Er ging weiter. Zu seiner Rechten lag der Ententeich. Er lief auf Steinquadern den Hügel hinunter, überquerte einen Holzsteg und erreichte die Tramhaltestelle Milchbuck. Die Uhr am Kiosk zeigte kurz nach halb fünf Uhr. Auf seine Jaeger LeCoultre konnte er sich nicht mehr verlassen. Schon drei Mal hatte er heute den Minutenzeiger in die korrekte Position stellen müssen.

Er nahm das Tram Nummer 9, das ihn zum Bellevue brachte. Zwei Reihen vor ihm sass ein dunkelhäutiger Mann, vielleicht ein Flüchtling aus Syrien. Sokrates geriet ins Grübeln. Warum schaffte es Europa mit seiner halben Milliarde Einwohnern nicht eine, zwei oder drei Millionen Flüchtlinge, die in ihrer Heimat vom Tod bedroht sind, würdevoll aufzunehmen? Er schaute aus dem Tramfenster. Allein auf einer kleinen Wiesn in München sind jedes Jahr sechs Millionen Gäste willkommen – auf dem Oktoberfest. Alle Besucher finden in der Stadt eine anständige Unterkunft und reichlich Verpflegung. Sie müssen nicht in Zelten hausen und frieren. Wie wär's mit einem ganzjährigen Oktoberfest für Flüchtlinge? Auf den Bierausschank müsste halt verzichtet werden.

Auch Zürich veranstaltet jedes Jahr für eine Million Raver eine Streetparade. Die Infrastruktur der Stadt bewältigt diese Massen. Das sollte sie auch für Flüchtlinge tun, die ums Überleben kämpfen. Sokrates verstand nicht, wo das Problem lag. Vermutlich ging es einzig ums Geld.

Am Bellevue wechselte er in das Tram Nummer 2. An der Haltestelle Höschgasse im Seefeld stieg er aus. Er ging auf der Seefeldstrasse ein paar Schritte zurück und bog nach links in eine kleine Strasse, die in die Dufourstrasse mündete. Er zählte die Hausnummern auf der linken Strassenseite. Aus dem »Ristorante Toto«, das an diesem heissen Frühlingsabend auf dem breiten Trottoir Holztische aufgestellt hatte, umgeben von Thujen in Metallbottichen, klang spanische Musik. Nach der vierzehnten Hausnummer hatte Sokrates sein Ziel erreicht, ein fünfstöckiges Backsteingebäude mit Rundbogenfenstern. An der massiven Holztüre stand auf einem Schild »Uhrmacherwerkstatt Bodmer« geschrieben. Er drückte die Klingel.

Sofort öffnete sich die Türe. »Guten Abend, Herr Noll«, begrüsste ihn Yannick Bodmer und reichte ihm die Hand, die sich trocken anfühlte.

»Treten Sie ein.« Es schien Sokrates, als ob Bodmer bereits vor der Tür auf ihn gewartet hätte. Der Uhrmacher wirkte angespannt. Sein gedrungener Körper, die kräftigen Schultern, um die sich das karierte Baumwollhemd spannte, das nach vorne geschobene Boxergesicht mit mehrfach gebrochener Nase machten den Eindruck, als sei er in Lauerhaltung.

Bodmer führte Sokrates einen kurzen Flur entlang in seine Werkstatt. Er roch nach Nähmaschinenöl und Waschbenzin. »Nehmen Sie bitte Platz«, sagte er mit gequetschter Stimme und zeigte mit der Hand auf einen rostroten Polstersessel. »Lassen Sie mich einen Blick auf Ihre Uhr werfen, damit ich Ihnen sagen kann, was alles gemacht werden sollte.«

Sokrates öffnete das Lederarmband und übergab Bodmer seine Uhr.

»Eine wunderschöne Jaeger LeCoultre Geophysik von 1958. Woher haben Sie die?«

»Von meiner verstorbenen Frau. Zur Doktorarbeit.«

»Da hat Ihnen Ihre Frau ein wertvolles Geschenk gemacht. Die Geophysik ist ein Liebhaberstück.«

»Ja, Mara war immer sehr grosszügig.« Sokrates bemerkte, wie begeistert Bodmer vom Uhrmacherhandwerk war.

»Das ist eine Zeitwaage, damit kann ich messen, wie stark Ihre Uhr nachgeht«, erklärte er, als er mit der Uhr zu einem Gerät neben der Werkbank ging.

Er hielt die Uhr an ein kleines Mikrofon, das sich am Gerät befand. »Die Zeitwaage erfasst die Frequenz der Unruhe und rechnet damit die Ganggenauigkeit aus.« Er blickte auf die Anzeige. »Es ist höchste Zeit für eine Revision. Ihre Uhr geht jeden Tag um drei Minuten und vierundfünfzig Sekunden nach. Die Amplitude der Unruhe schlägt lediglich um zweihundertzehn Grad aus. Korrekt wären dreihundert Grad.«

»Wie lange benötigen Sie für die Revision?«, fragte Sokrates.

»Die Geophysik besteht aus zweihunderteins Einzelteilen«, antwortete Bodmer. »Reinigung, schadhafte Einzelteile ersetzen, Finish. Das dauert ein wenig. Ich öffne jetzt das Gehäuse und schaue mir das Uhrwerk an. Danach kann ich Ihnen mehr sagen. Doch zuvor möchte ich Ihnen einen Espresso anbieten.«

»Nein danke«, antwortete Sokrates. »Mir fehlt es momentan an nichts.«

»Meine Kaffeemischung müssen Sie unbedingt probieren«, erwiderte Bodmer ungehalten, was Sokrates irritierte. »Die

Arabicabohnen stammen aus den Bergen von Costa Rica, die Röstung ist einmalig«, fuhr Bodmer wieder ruhiger fort. »Der Espresso schmeckt nach dunkler Schokolade, Mandeln und Lakritze.«

Sokrates lächelte. »Einverstanden. Sie scheinen offensichtlich nicht nur ein Kenner von Uhren zu sein.«

»Mir gefällt jegliche Handwerkskunst, die eine lange Tradition hat. Darin stecken Jahrhunderte Erfahrung«, antwortete Bodmer. »Einen Moment bitte, es dauert nicht lange.« Er wandte sich ab und begab sich in den Nebenraum. Sokrates hörte, wie die vollautomatische Kaffeemaschine die Bohnen mahlte.« Nach einer Minute kam Bodmer zurück, stellte die dickwandige Espressotasse auf den schwarzen Tisch, dazu ein Säckchen mit Zucker.

»Probieren Sie!«, sagte er und schaute Sokrates eindringlich an. Es klang wie ein Befehl.

Sokrates rührte Zucker in den Kaffee und trank einen Schluck. Der Espresso schmeckt ziemlich bitter, dachte er. Dann wurde es schwarz um ihn.

ELF

»Kriminalpolizei Zürich, Frau Hartwig, öffnen Sie bitte die Türe«, rief Emma in die Gegensprechanlage, als diese zu summen begann. Die Anlage war mit einem Videoauge ausgerüstet. Am andern Ende der Leitung rührte sich einen Augenblick lang nichts. Dann surrte der Türöffner, ohne dass zuvor jemand etwas gesagt hätte. Glauser drückte die Türe auf. Kühle Luft strömte ihnen entgegen. Im Treppenhaus stieg Emma in den Lift, Glauser schritt zügig die Treppen aus geschliffenem Beton nach oben in den zweiten Stock, indem er jeweils zwei Stufen auf einmal nahm. Es war kurz vor fünf Uhr.

Die beiden Polizisten waren mit ihrem Dienstwagen die fünfundzwanzig Minuten nach Erlenbach gefahren. Emma durfte den BMW steuern, was ihr Spass gemacht hatte. Sie konnte eine Zeitlang den Horror vergessen, einen Menschen getötet zu haben. Heute Morgen hatte sie die Polizeipsychologin darum gebeten, ihren Dienst ganz normal weiterführen zu dürfen. Das würde ihr am meisten helfen, alles zu verarbeiten. Die Psychologin willigte ein. Emma musste ihr aber versprechen, dass sie sich sofort krankschreiben lassen würde, sobald sie Schlafstörungen, Angstattacken oder Alpträume bekam. Sie fuhr den Wagen auf der Seestrasse dem Zürichseeufer entlang. Die Wellen glitzerten im Sonnenlicht. Der Nachmittag strahlte hell, der Himmel war wolkenlos, am Horizont schien er azurblau, die Luft flirrte. Im modernen Villenquartier an der Laubholzstrasse parkte sie den Wagen vor dem modernen Mehrfamilienhaus. Sie hatte den Haftbefehl der Staatsanwaltschaft IV aus dem Handschuhfach in ihre Ledertasche gesteckt und ein paar Handschellen in einem Etui an den Gürtel geschnallt. Ihre Dienstwaffe liess sie im Büro zurück. Sie würde die P30 bei der Verhaftung nicht brauchen. Seit sie Otto Lauber erschossen hatte, zitterten ihre Hände allein beim Gedanken, jemals wieder eine Waffe tragen zu müssen. Doch davon hatte sie niemandem erzählt.

Emma trat im gleichen Moment aus dem Lift, als Glauser die oberste Treppenstufe erreicht hatte. Er nickte ihr zu, als wollte er sagen, nun gilt es ernst. Emma bemerkte, wie sich der Spion an der Türe verdunkelte, als kurz darauf die Wohnungstüre geöffnet wurde.

»Kommen Sie herein«, sagte Sofia Hartwig mit leiser Stimme. An ihrem Hals hatten sich rote Flecken gebildet. Sie schien angespannt, obwohl sie ihre Nervosität zu verbergen suchte. Ihre dichten mahagonifarbenen Locken hatte sie mit einem Kamm aus goldbraunem

Schildpatt nach oben gesteckt. Ihr schmales Gesicht war dezent geschminkt, auf die vollen Lippen hatte sie einen rosaroten Lippenstift aufgetragen, der Lidschatten mit Goldton brachte die goldenen Einsprengsel ihrer bernsteinfarbenen Augen hübsch zur Geltung. Sie trug eine rosarote Bluse mit Rüschen, dazu enge Jeans. Wie beim letzten Besuch ging sie barfuss, aber ohne lackierte Fussnägel. Dafür trug sie um das schlanke Fussgelenk ein goldenes Kettchen. Mit ihrer Modelfigur überragte sie Emma um ein paar Zentimeter. Eine wunderschöne Frau, dachte Emma einmal mehr. Schade, dass sie zur Mörderin wurde.

»Sind Sie allein, Frau Hartwig?«, unterbrach Glauser ihre Gedanken.

»Nein, Selina sitzt mit ihrer Oma im Wohnzimmer. Meine Mutter liest ihr aus einem Märchenbuch vor.«

»Wir müssen Sie sprechen«, erwiderte Glauser bestimmt. »Alleine.«

Sofia Hartwig blickte unruhig von Glauser zu Emma. »Ist wieder etwas passiert?«, fragte sie und griff sich mit der linken Hand an den Hals.

»Das erzählen wir Ihnen drinnen«, antwortete Glauser.

Hartwig wies mit der Hand zur Türe. »Treten Sie ein.« Sie schien mit einem Male blass. Zwischen Nasenflügel und Mundwinkel traten Falten auf. Die Lippen hatte sie zusammengepresst.

Im lichtdurchfluteten Wohnzimmer mit Blick auf den gleissenden Zürichsee sass die Mutter von Sofia Hartwig auf dem kaffeebraunen Sofa, eine vornehme Dame mit silberfarbenen Locken, die ihr bis zum Kinn reichten. Mit ihrem fein geschnittenen Gesicht und den grossen bernsteinfarbenen Augen glich sie ihrer Tochter, bemerkte Emma. Eine Brille trug sie nicht. Auf ihrem perlgrauen Kleid mit winzigen schwarzen Karos, das ihre schlanke Taille betonte, hockte Selina im Blümchenkleid und hatte ihre Arme um den Hals ihrer Grossmutter geschlungen. Als Sofia Hartwig mit den beiden Polizisten eintrat, hüpfte das dünne Mädchen erschrocken vom Schoss ihrer Oma, rannte mit wippenden Zöpfen zu ihrer Mutter und klammerte sich an ihre Hand.

»Schatz, du brauchst keine Angst zu haben, ich muss der Polizei nur ein paar Fragen beantworten, geh bitte auf dein Zimmer«, sagte Hartwig zärtlich und streichelte ihr über den Kopf. »Kannst du Selina bitte noch ein wenig vorlesen«, bat sie ihre Mutter, die inzwischen aufgestanden war.

»Aber natürlich, das tue ich gerne«, antwortete sie und blickte dabei

Glauser ernst an. »Seien Sie nicht grob zu meiner Tochter. Ihr geht es nicht gut, sie musste in letzter Zeit viel durchmachen.«

»Mutter, ist schon gut, ich schaffe das«, entgegnete Sofia Hartwig. »Mach dir keine Sorgen um mich.«

Sie zeigte auf das Sofa. »Bitte nehmen Sie Platz«, wies sie Emma und Glauser an, nachdem ihre Mutter mit Selina an der Hand und dem Märchenbuch im Kinderzimmer verschwunden war, das am Ende eines kurzen Flures lag.

»Nein, das wird nicht nötig sein«, sagte Glauser und nickte Emma zu.

»Frau Hartwig, wir verhaften Sie wegen des dringenden Tatverdachts, Leon Oswald ermordet zu haben«, sagte Emma mit klarer, aber ruhiger Stimme. Dabei schaute sie Sofia Hartwig in die Augen, die für einen kurzen Moment flackerten.

»Was? Was soll ich getan haben?«, fragte Hartwig, ihre Lippen zitterten leicht. »Warum sollte ich Leon töten?«

»Hass«, antwortete Glauser. »Sie haben ihren Exfreund aus Hass getötet.«

»Aus verständlichem Hass«, ergänzte Emma. Die Frau beging zwar ein Verbrechen, aber niemand hatte den Tod mehr verdient als Oswald. Jede Mutter würde Hartwig verstehen.

»Irgendwie haben Sie erfahren, dass Leon Oswald Ihre Tochter seit über einem Jahr massiv sexuell missbraucht hat«, fuhr Glauser fort. Er sagte das Unglaubliche so nüchtern und ohne jegliche Regung, dass es Emma schauderte. Aber sie wusste, dass ihr Chef nur dann so distanziert sprach, wenn ihn der Fall stark belastete.

Hartwig rührte sich nicht. Sie stand hinter an einem weisslasierten Stuhl, der vor dem Kirschbaumtisch an der ockerfarbenen Wand stand. Ihre Hände umgriffen die Lehne, die Fingerknöchel traten weiss hervor. Glauser stand breitbeinig vor der Wohnungstüre, Emma hatte sich vor dem Fenster positioniert, um jeden Fluchtweg zu versperren.

»Das scheint sie nicht zu überraschen, Frau Hartwig. Sie wussten, welches Leid Oswald Ihrer Tochter angetan hatte. Deshalb haben Sie ihn umgebracht.«

»Das behaupten Sie. Ohne irgendwelche Beweise«, entgegnete Hartwig. »Sie wissen doch, dass ich zur Tatzeit zu Hause war und mit meiner Mutter telefoniert habe.« Jetzt klingt sie wie eine Anwältin, die eine Klientin vor Gericht verteidigt, dachte Emma. Bedächtige Wortwahl, beherrscht, souverän. Sie gibt keine Informationen preis, sagt nicht mehr, als sie muss.

»Nein, Sie waren beim Mord an Oswald nicht zu Hause, das haben Sie schlau eingefädelt.«

»Wie soll ich das gemacht haben?«

»In der Nähe des Tatortes registrierte die Basisstation am Zoo kurz vor acht Uhr einen Anruf von einem Prepaid-Handy. Der Besitzer, der die SIM-Karte gekauft hatte, gab einen falschen Namen an. Wir wissen nicht, wer an jenem Abend telefonierte.«

»Und? Was hat das mit mir zu tun?«

»Er rief Sie an, auf Ihr Handy«, antwortete Glauser. »Mit wem haben Sie am Sonntagabend kurz vor acht Uhr telefoniert?«

»Keine Ahnung«, antwortete Hartwig ohne zu überlegen. »Vielleicht war jemand falsch verbunden.«

»Nein, das Telefongespräch dauerte eine Minute und vierunddreissig Sekunden, zu lange für jemanden, der sich verwählt hatte«, erwiderte Emma.

»Ich weiss nicht, wer mich angerufen hat.«

»Das waren Sie selbst, Frau Hartwig«, sagte Glauser. »Sie haben vom Tatort mit dem Prepaid-Telefon Ihre Tochter angerufen, die zu Hause war und Ihr Handy bei sich hatte.«

»Warum sollte ich das tun?« Hartwig schien unbeeindruckt. Pokerface, dachte Emma.

»Sie gaben Ihrer Tochter die Anweisung, sofort mit ihrer Grossmutter zu telefonieren. Das tat Selina auch. Kurz zuvor aber riefen Sie Ihre Mutter mit dem Prepaid-Telefon an. Die Basisstation registrierte auch diesen Anruf. Auf diese Weise verschafften Sie sich ein Alibi. Ihre Mutter konnte bestätigen, dass sie kurz vor acht Uhr mit Ihnen telefoniert hatte. Weil zur gleichen Zeit auch Selina ihre Oma anrief, und zwar mit Ihrem Handy, konnten Sie behaupten, Sie seien das gewesen.«

»Das sind wilde Spekulationen, Ihnen fehlen die Beweise«, entgegnete Hartwig. Emma bemerkte ein Zittern in ihrer Stimme.

»Zwei Telefonate, registriert von der Basisstation am Tatort, eines mit Ihrer Mutter, das andere auf Ihr Handy, sind starke Indizien«, sagte Glauser und griff in seine Jackentasche. »Zudem ist der Täter Linkshänder, so wie Sie. Und Sie haben ein überaus klares Mordmotiv. Der massive sexuelle Missbrauch von Oswald an Ihrer Tochter.«

»Das reicht niemals für eine Mordanklage«, erwiderte Hartwig. »Und das wissen Sie.«

Glauser klappte sein Smartphone auf und drücke auf eine Nummer, die er gespeichert hatte. Da ertönte ein leises Klingeln aus dem Kinderzimmer. Er hielt sein Handy ans Ohr. »Selina Hartwig, hallo wer ist da?«, hörte er am andern Ende der Leitung und legte auf, bevor er etwas sagte.

Sofia Hartwig stand wie versteinert hinter dem weisslasierten Stuhl, ihr Gesicht war aschfahl, die Hände hatte sie gefaltet.

»Sie wollen ein Geständnis von mir?«, fragte sie nach einer Weile mit geschlossenen Augen. »Einverstanden.« Sie zögerte kurz. »Ja, ich war es. Ich habe Leon Oswald getötet.«

***

Es war stockdunkel, als Sokrates erwachte. Der beissende Geruch von Sägespänen, Holzleim und Beize stach in seine Nase. Er führte eine Hand vor die Augen, konnte aber in der Finsternis nicht einmal ihren Umriss erkennen. Er hob seine Brille, doch das brachte nichts. Der Kopf pochte. Sein Buckel schmerzte wie schon seit Monaten nicht mehr. Er lag auf einer harten Unterlage. Auch sein Gesäss tat ihm weh. Die Beine kribbelten, sie waren eingeschlafen. Wo bin ich?, dachte er voller Angst. Er wollte sich aufrichten, dabei stiess er mit seinem Kopf heftig gegen eine Holzdecke. Es klang hohl. Benommen sank er zurück. Er rieb sich mit dem Handballen den Schädel. Der Ellenbogen berührte eine Seitenwand. Was war passiert? Vorsichtig tastete er den Boden ab, der sich nach lackierten Holzdielen anfühlte, strich mit einer Hand nach aussen und spürte schon nach wenigen Zentimetern eine Holzwand, die nicht vertikal stand, sondern schräg nach aussen verlief. Mit den Fingerspitzen fuhr er weiter und stiess auf eine Kante. Von dort lief die Holzwand wieder konisch zusammen. Er steckte in einer engen Kiste, in der er sich kaum drehen konnte. Plötzlich erschrak Sokrates wie noch nie zuvor in seinem Leben. Mit einem Male wusste er, wo er sich befand. Er lag in einem Sarg. Lebendig begraben! Sein Herz hämmerte so stark in der Brust, dass er es in der Stille hören konnte. In den Ohren pochte das Blut. Panikattacken schnürten ihm die Kehle zu. Er begann zu würgen.

Reiss dich zusammen, Max, du darfst jetzt nicht durchdrehen!

Überlege! Was war das Letzte, woran du dich erinnern kannst?

Ruhig atmen!

Er zwang sich dazu, er zermarterte sein Gehirn, damit es die letzten Eindrücke vor dem Blackout wiedergab. Allmählich lichtete sich der

Nebel. Er war in der Uhrmacherwerkstatt von Yannick Bodmer gesessen, der an der Werkbank seine Uhr reparierte. Der Bestatter hatte ihm einen starken Espresso serviert. Dann wurde es dunkel. Da dämmerte es Sokrates. K.-o.-Tropfen hatten ihn ausser Gefecht gesetzt. Wie viel Uhr war es? Er hatte keine Ahnung. Nicht einmal, ob es Tag war oder Nacht. Er dachte nach. Die Uhrmacherwerkstatt lag im Seefeld.

Seefeld! Dort hatte die Basisstation zuletzt die Handysignale von Felix Unteregger und Zara Anderwert registriert. Bodmer musste der Täter sein, er hatte beide entführt. Und nun ihn. Doch weshalb? Er kannte weder den Tierschützer noch die Regisseurin. Was hatte er mit den beiden zu tun? Warum hielt ihn Bodmer in einem Sarg gefangen? Den grauenhaften Gedanken, dass der Bestatter auch ihn bei lebendigem Leib verbrennen würde, schob er beiseite, so gut es ging. Er durfte nicht an die entsetzlichen Qualen denken. Lebendig begraben hatte er ihn jedenfalls nicht.

»Herr Bodmer, warum sperren Sie mich ein?«, rief er. Er versuchte, ruhig zu wirken. Das Zittern seiner Stimme bemerkte Bodmer hoffentlich nicht. »Hören Sie mich?«

Er tastete nach seinem Handy in der Jackentasche. Dabei musste er sich verrenken, weil er seinen Arm im engen Sarg nicht beugen konnte. Die Tasche war leer, sein Handy verschwunden.

»Herr Bodmer!«, rief er immer wieder.

Keine Antwort.

Was für ein Spiel treibt er mit mir? Mit beiden Händen stemmte er sich gegen den Sargdeckel, versuchte ihn aufzudrücken, doch er gab keinen Millimeter nach. Die Füsse konnte er nicht gebrauchen, zu wenig Platz. Sokrates atmete heftig.

»Herr Bodmer!«

Er leckte sich mit der Zunge über die Lippen, die spröde geworden waren. Seine Kehle war trocken. Er hatte Durst. Was sollte er nur tun? Er schloss seine Augen im stockdunklen Sarg. Er schwieg. Die Zeit verstrich. Stunden vergingen, so fühlte es sich an.

»Sie haben meine Frau getötet, Herr Noll. Zusammen mit Zara Anderwert und Felix Unteregger«, hörte er plötzlich eine Stimme unmittelbar neben sich. Sie klang dumpf. »Das werden Sie büssen.« An der gequetschten, heiseren Stimme erkannte er Yannick Bodmer, den Bestatter.

»Was? Was soll ich getan haben? Getötet? Ich habe keinen Menschen umgebracht.« Das musste ein furchtbarer Irrtum sein, dachte er und rieb sich die verschwitzten Handflächen an der Hose ab. Dabei schlug er mit dem Ellenbogen gegen die Sargwand. »Ihre Frau kenne ich nicht, ich bin ihr nie begegnet. Herr Bodmer, glauben Sie mir. Sie müssen mich mit jemandem verwechseln.«

»Nein, das tue ich nicht. Meine Frau behielt ihren Mädchennamen, als wir heirateten. Sie hiess Yasmin Binswanger.«

Als Sokrates den Namen hörte, war ihm mit einem Male bewusst, warum ihn Bodmer gefangen hielt. Er seufzte. »Frau Binswanger. Ja, ich kannte sie«, antwortete er leise. »Ich wusste nicht, dass sie Ihre Frau war, Herr Bodmer.«

»Warum haben Sie meine Frau ermordet, Herr Noll, warum haben Sie ihr den Giftbecher verabreicht?«

Sokrates schluckte leer. »Ich habe Ihre Frau nicht getötet, Herr Bodmer. Ihre Frau war todkrank, Bauchspeicheldrüsenkrebs, unheilbar. Sie litt unerträgliche Schmerzen. Sie hatte nur noch wenige Wochen zu leben. Die Palliativmedizin schlug nicht mehr an. Kein Medikament verschaffte ihrem Leiden Linderung. Opiate, die sie in einen Dämmerzustand versetzen würden, lehnte sie ab. Sie bat mich inständig, sie von ihren Qualen zu erlösen. Ich habe mehrmals mit ihr gesprochen. Sie war fest entschlossen. Sie wollte es so. Ich habe ihr deshalb das Rezept ausgestellt.«

»Warum haben Sie meine Frau nicht ermutigt, stark zu sein, den Schmerz auszuhalten?«, hakte Bodmer nach. Seine Stimme klang ruhig. Nur zum Schluss bemerkte Sokrates ein Flattern, was ihm die Erregung des Bestatters verriet. Er versuchte seine Atmung zu kontrollieren. Die Luft im Sarg roch verbraucht, er hatte Angst zu ersticken. Er atmete flacher. Ruhig, dachte er. Langsam. Du musst einen Ausweg finden, sonst bist du tot. Lebendig verbrannt.

»Yasmin hat mich darum gebeten, gehen zu dürfen, mit mir an ihrer Seite«, fuhr Bodmer fort. »Ich habe sie angefleht, durchzuhalten. Ich wollte sie nicht verlieren. Können Sie sich vorstellen, wie ich mich gefühlt habe, als ich eines Abends von der Arbeit nach Hause kam und meine Frau tot im Bett liegen sah? Neben ihr sass ihre beste Freundin, Zara Anderwert und der Sterbehelfer Unteregger. Sterbehelfer! Was für ein zynisches Wort.«

Ein klebriger Schweissfilm überzog das Gesicht von Sokrates. Im Sarg war es trocken und unerträglich heiss. Seine Nase juckte. Unter den Achseln spürte er, wie sich auf dem Hemd Schweissflecken bildeten. Er versuchte, sein Jackett auszuziehen, doch es gelang ihm nicht. Er konnte seine Arme nicht genügend beugen.

»Von woher kannten Sie meine Frau?«, fragte Bodmer. Sokrates hörte in seiner Stimme unterdrückte Wut.

»Über Mara, meine verstorbene Frau. Sie arbeitete als Kostümbildnerin im Schauspielhaus. Ihre Frau hat dort im Theaterfoyer gearbeitet. Sie waren Kolleginnen.« Im Pfauen hat Frau Binswanger auch Zara Anderwert kennengelernt und sich mit ihr befreundet, dachte Sokrates.

»Herr Bodmer, wie spät ist es jetzt?«, fragte er, nachdem er lange nichts mehr gehört hatte.

»Halb acht«, kam die Antwort nach ein paar Sekunden.

Maria wird sich Sorgen machen, dachte Sokrates. Sie steht vor meiner Türe und fragt sich, wo ich bin. Er versuchte erneut, den Sargdeckel mit ganzer Kraft aufzustemmen. Vergeblich. Er hätte auch nicht gewusst, wie er gegen Bodmer hätte antreten können. Der bullige Bestatter war ihm körperlich völlig überlegen. Er griff sich an den Hals und zog die feine Goldkette mit dem Kreuz heraus. »Bitte Gott, wenn es dich gibt und du die Macht dazu hast, dann rette mich«, betete er verzweifelt. Das Kreuz umschloss er mit seiner Hand. Er wartete. Die Minuten verstrichen. Oder waren es Stunden? Er dachte an Mara und Maria, die beiden Frauen, die er liebte. Und an Sara.

»Meine Frau und ich haben uns immer Kinder gewünscht«, sagte Bodmer unvermittelt. »Doch es klappte nicht.« Seine Stimme klang weit weg. Sokrates war sich unsicher, ob Bodmer zu ihm sprach. »Einmal wurde sie schwanger, wir freuten uns sehr. Aber im vierten Monat gab es Komplikationen. Sie musste mit der Ambulanz in die Frauenklinik gebracht werden. Die Ärzte konnten unser Kind nicht retten. Wir haben es verloren.«

Sokrates hörte zu. Er wusste nicht, was er sagen sollte. Warum erzählte ihm Bodmer diese Geschichte, worauf wollte er hinaus?

»Im Nachbarzimmer lag eine junge Musikstudentin. Sie hatte ihr Baby getötet, abgetrieben. Pille vergessen, ein blöder Unfall, hatte sie zu meiner Frau gesagt, ein Kind passe jetzt überhaupt nicht in ihre Planung, später vielleicht. Im gleichen Krankenzimmer befand sich eine über vierzig Jahre alte Frau. Sie erwartete Zwillinge. Nicht einfach so, nicht auf natürlichem Weg. Zuerst hatte sie es mit In-Vitro versucht, mit künstlicher Befruchtung, immer wieder, doch die nützte nichts. Dann probierte sie es mit ICSI. Das klappte. Sie hätte Drillinge bekommen.

Doch so viele Kinder wollte sie nun auch wieder nicht. Eines liess sie aus ihrer Gebärmutter entfernen, töten.« Yannick Bodmer schwieg eine Weile. Dann brüllte er: »Verstehen Sie, Herr Noll? Beide Frauen benahmen sich so, als ob sie Gott wären. Gott! Sie entschieden über Leben und Tod, so wie es ihnen passte. Und Sie, Herr Noll, taten es ihnen gleich. Sie verabreichten meiner Frau den Giftbecher und beendeten damit ihr Leben. Das durften Sie nicht! Das stand Ihnen nicht zu. Zusammen mit Felix Unteregger und Zara Anderwert haben Sie das Leben meiner Frau ausgelöscht. Sie haben in mein Leben eingegriffen. Gnade Ihnen Gott, Sie werden das gleiche Schicksal erleben wie Ihre Helfershelfer im Mordkomplott.« Danach schwieg er.

»Herr Bodmer? Herr Bodmer! Bitte reden Sie mit mir!«, rief Sokrates, als er nichts mehr hörte.

Keine Antwort.

»Ich kann Sie gut verstehen, dass Sie verzweifelt sind, weil Ihre Frau gestorben ist«, sagte Sokrates leise. »Mir erging es wie Ihnen. Vor vier Jahren stand ein Polizist vor meiner Türe und sagte, Mara sei tot. Meine Frau sei bei einem Unfall ums Leben gekommen. In diesem Augenblick bin ich gestorben, wie Sie. Ich habe die Kleider von Mara aus dem Wäschekorb genommen, die sie am Abend zuvor getragen hatte, und stundenlang daran gerochen, um ihren Duft ja nicht zu vergessen. Dann legte ich ihre Schmutzigwäsche in zwei Klarsichtbeutel und verschloss sie luftdicht mit einem Klebeband. Jedes Jahr, an ihrem Todestag, bin ich so verzweifelt, dass ich an ihrer Wäsche rieche. Ich vermisse sie so, ihren Geruch, ihre Stimme. Es klingt verrückt, aber ich weiss, dass es Ihnen ebenso ergeht.«

Keine Antwort.

»Herr Bodmer?« Sokrates klopfte mit der Faust gegen den Sargdeckel. »Herr Bodmer!« Ihm schien, als ob der Sarg immer enger würde und ihn erdrücken wollte. Er geriet in Panik. Mein Gott, bitte nicht! Er bekam keine Luft mehr. Schweiss trat auf seine Stirn, sein Hemd war klatschnass. Er fühlte das Kreuz in seiner Hand. Bitte nicht!

Nach einer Ewigkeit, so schien ihm, schwankte der Sarg plötzlich hin und her. Er spürte, dass er nach oben gehievt wurde. Es rumpelte, klapperte, ein dumpfer Schlag. Dann wurde er fortgerollt. Die Dunkelheit im Sarg empfand er wie eine Zwangsjacke. »Herr Bodmer, wohin bringen Sie mich?«, rief er. Die Angst drückte ihm die Kehle zu. Er wusste, dass er sich in unmittelbarer Todesgefahr befand.

»Sie treten jetzt Ihre letzte Reise an, Herr Noll«, antwortete Bodmer ohne Regung. »Ich fahre Sie ins Krematorium Nordheim.«

***

»Frau Hartwig, Sie können Ihre Aussage verweigern«, griff Glauser ein. »Falls Sie aber Aussagen machen, werden diese protokolliert und können als Beweismittel gegen Sie verwendet werden. Haben Sie das verstanden?«

»Ja, ich kenne die Gesetze.« Hartwig biss sich auf die Lippen. Emma stellte sich vor, wie ihr mit einem Male bewusst wurde, dass sie ihr gesamtes Leben für ihre Tochter geopfert hatte: ihre gutbezahlte Arbeit als Anwältin für Mergers & Aquisitions bei Homburger, Konferenzen in Asien, London und den USA, Lunchs mit Politikern, Dinners mit Wirtschaftsgrössen, Gastreferate an der HSG, Podiumsgespräche beim Schweizer Fernsehen und Interviewanfragen von Wirtschaftsredaktionen. Eine angesehene, attraktive und talentierte Wirtschaftsanwältin mit einer steilen Karriere stürzt ins Bodenlose: Jahre im Gefängnis, gesellschaftliche Ächtung, und auch ihre Tochter wird sich vielleicht von ihr abwenden, um nicht ständig an das Grauen erinnert zu werden, das sie durchmachen musste.

Die Kinderzimmertür öffnete sich und Selina stürzte nach draussen zu ihrer Mutter. »Mami, jemand hat mich angerufen, den ich nicht kenne.« Das kleine Mädchen weinte. »Was wollte der von mir?«

Sofia Hartwig ging in die Hocke und drückte Selina an sich. »Schatz, du musst nicht weinen. Hab keine Angst. Du weisst, wie lieb ich dich habe. Ich passe auf dich auf.«

Schniefend lief Selina wieder zurück ins Kinderzimmer, wo ihre Grossmutter vor der Türe stand und ihre Tochter anblickte. Emma hatte noch selten eine so traurige, alte Frau gesehen.

»Warum haben Sie Leon Oswald umgebracht?«, begann Glauser, als die Kinderzimmertüre wieder geschlossen war.

»Darf ich mich setzen?«, fragte Hartwig. Als Glauser nickte, nahm sie auf dem Stuhl Platz, die Hände hatte sie vor sich auf ihrem Schoss gefaltet.

»Leon hat Selina nicht missbraucht«, sagte sie nach einer Weile mit gesenktem Kopf. Sie schien gefasst, wie jemand, der am Schafott die letzten Worte sagen durfte. »Missbrauch klingt schlimm, aber es trifft nicht das, was Leon meiner Tochter angetan hat. Er hat sie vergewaltigt. Immer und immer wieder. Ein fünfjähriges Mädchen. Er hat sie andern

221

Männern angeboten. Für Geld. Er hat meine Tochter verkauft, sie zur Sexsklavin gemacht. Ihr eigener Vater. Er hat Videos gedreht, als er sie vergewaltigte und diese Filme ins Netz gestellt.« Während sie das sagte, erhob sie ihre Stimme nicht ein einziges Mal, sie sprach ruhig und besonnen, als ob sie den Text schon oft zu sich gesagt hätte.

»Wie haben Sie davon erfahren?«, fragte Emma leise, sie wollte Sofia Hartwig nicht zusätzlich mit lauten Tönen quälen.

»In den letzten Wochen sagte Selina, dass sie ihren Vater nicht mehr besuchen wollte, er würde ihr wehtun. Sie hätte Angst vor ihm«, antwortete Hartwig, wie wenn sie zu sich selbst spräche. »Sie weinte jedes Mal, wenn ich sie zu Leon fuhr. Das machte mich stutzig. Eines Abends, als ich sie ins Bett brachte, spreizte sie ihre Beine und hob ihre Hüfte an und sagte: Gell, Mami, so geht das? Sie können sich nicht vorstellen, wie hart mich ihre Worte im Innersten trafen. Völlig aufgewühlt stellte ich Nachforschungen über ihn an. Von früher wusste ich, dass er sein Mail-Account mit einem Passwort sicherte: Selina, ihr Geburtsjahr und zum Schluss ein Ausrufezeichen. Das funktionierte nicht. Aber eine Minute später hatte ich es raus: Selina, das laufende Jahr, ein Ausrufezeichen und ich war drin.«

»Was haben Sie gefunden?«

»Die Mails im ›Eingang‹ waren alle belanglos. Aber im Postfach unter ›Gesendet‹ mit der Betreffzeile ›Selina‹ fand ich einen Ordner, den er einem Mann in Marburg geschickt hatte. Er enthielt unglaublich brutale Videos und Fotos mit Leon und meiner Tochter.« Hartwig schüttelte angewidert den Kopf, in ihren Augen sah Emma tiefen Schmerz. »Wie konnte er ihr so etwas antun, einem kleinen Mädchen?«

»Warum haben Sie das nicht der Polizei gemeldet?«, fragte Glauser.

»Weil ich keinerlei Beweise vorlegen konnte. Als ich mich ein paar Stunden später wieder einigermassen gefasst hatte, griff ich nochmals auf seinen Mail-Account zu, um Beweise zu sichern, aber der Ordner war verschwunden. Leon hatte in der Zwischenzeit offensichtlich gemerkt, dass jemand drin war und alle Spuren beseitigt.«

»Und dann haben Sie sich entschlossen, Oswald zu töten?«

»Mir blieb nichts anderes übrig. Es war Notwehrhilfe. Ich musste meine Tochter schützen, nur das zählte.«

»Nochmals, Sie hätten sich an die Polizei wenden können.«

»Ohne Beweise? Eine frustrierte Mutter beschuldigt ihren Exfreund, einen angesehenen Tierarzt, ihre gemeinsame Tochter sexuell zu missbrauchen.« Hartwig lachte verbittert. »Das hören die Gerichte zu oft. Mir hätte niemand geglaubt. Kein Richter vom Zwangs-massnahmengericht würde bei dieser dünnen Beweislage zulassen, dass die Strafverfolgungsbehörden den Computer von Leon beschlagnahmen. Der einzige Weg, meine Tochter vor weiteren Vergewaltigungen zu schützen, war Leon zu töten. Die Richter hatten ihm das Besuchsrecht zugesprochen. Er durfte sie alle vierzehn Tage sehen. Das musste ich unter allen Umständen verhindern.«

»Das sind Schutzbehauptungen, Frau Hartwig. Sie haben nicht aus Notwehr gehandelt, sondern aus Hass.«

»Nein, das ist nicht wahr.«

»Warum haben Sie dann die Genitalien von Oswald verbrannt? Sie wollten ihn bestrafen. Sie haben ihm seine Männlichkeit genommen, mit der er Ihre Tochter gequält hatte. Das war Rache.«

Sofia Hartwig starrte auf ihre nackten Füsse. »Nein, Sie irren sich.« Ihr Gesicht verlor noch mehr an Farbe. Emma befürchtete, sie könnte vom Stuhl kippen. »Mit dem Brand habe ich nur Spuren vernichtet.«

»Wie meinen Sie das? Ich verstehe nicht.«

Hartwig zog ein Gesicht, als ob sie sich vor etwas ekelte.

»Leon hatte auf seinen Penis den Namen meiner Tochter tätowieren lassen. Auf einem Video, das ihn zeigt, wie er vor ihrem Gesicht onanierte, war der Name deutlich zu lesen.« Sie presste die Lippen zusammen. »Welcher Vater tut so etwas? Nur jemand mit einem kranken Hirn, der seine Tochter missbraucht. Hätte der Rechtsmediziner die Tätowierung entdeckt, wäre der Verdacht sofort auf mich gefallen. Das durfte nicht passieren.« Sie blickte auf und schaute Emma an, als hoffte sie auf etwas Verständnis. »Glauben Sie mir, ich habe Leon nur deshalb getötet, weil ich keine andere Wahl hatte. Ich musste Selina vor ihm schützen.«

»Darüber urteilt der Richter, Frau Hartwig«, sagte Emma. Ihr schien, als ob Sofia Hartwig noch etwas sagen wollte. Sie wartete einen Augenblick.

»Woher haben Sie erfahren, dass Leon meine Tochter sexuell missbraucht hat?«

»Er hat sich selbst verraten«, antwortete Emma. »Wir entdeckten Hinweise in seiner Wohnung, die darauf hindeuten, dass er pädophil war. Mehr können wir Ihnen nicht sagen. Aber unsere Experten konnten daraufhin auf seinem Computer eindeutige Beweise sichern.«

»Damit war ich sofort dringend tatverdächtig und das Zwangsmassnahmengericht gab grünes Licht, die Daten vom Handy meiner Mutter auszuwerten«, sagte Hartwig. »Damit habe ich nicht gerechnet, sonst hätte ich das Prepaid-Handy fortgeworfen.« Sie seufzte. »Wissen Sie, ich bin fast erleichtert, dass Sie mich gefasst haben. Jetzt hat das Versteck spielen ein Ende. Und Selina ist in Sicherheit.«

»Wir nehmen Sie fest«, sagte Glauser und ging auf sie zu. »Leisten Sie bitte keinen Widerstand.«

Hartwig erhob sich von ihrem Stuhl. »Können Sie mir die Handschellen ersparen? Ich will nicht, dass Selina mich so sieht. Das würde ihr Angst einjagen.«

»Einverstanden, aber nur hier, im Lift müssen wir Ihnen Handschellen anlegen.«

Hartwig lächelte zaghaft. »Darf ich meiner Tochter auf Wiedersehen sagen?«

»Ja, aber beeilen Sie sich.«

»Wer wird sich um Selina kümmern?«, fragte Emma.

»Meine Mutter. Ich habe ihr alles erzählt. Sie weiss, dass ich Leon getötet habe. Sie hält zu mir.«

Sofia Hartwig ging den Flur nach hinten, gefolgt von Emma, und öffnete die Türe zum Kinderzimmer. Glauser blieb vor der Türe im Wohnzimmer stehen. Selina, die neben ihrer Oma in einer grossen Hängematte lag und einem Märchen lauschte, sprang ihr entgegen. »Mami«, rief sie und umklammerte ihre Beine. Hartwig löste vorsichtig die Arme ihrer Tochter, hockte sich vor sie hin und nahm sie in die Arme. »Selina, ich muss jetzt fort. Ein paar Tage vielleicht oder auch Wochen. Ich weiss es nicht. Oma wird sich um dich kümmern.«

Selina fing an zu weinen. »Du sollst nicht gehen, Mami, ich will, dass du bei mir bleibst.«

In Hartwigs Augen traten Tränen, die sie mit dem Handrücken abwischte. In den Augenwinkeln verschmierte die Wimperntusche. Sie drückte ihre Wange an die Stirn ihrer Tochter. »Selina, ich komme zurück, das verspreche ich dir. Es wird alles gut. Niemand wir dir je wieder wehtun.«

***

Yannick Bodmer schob den Sargroller, einen verzinkten, höhenverstellbaren Scherenwagen auf zwei Gummireifen durch die Uhrmacherwerkstatt. Das Gewicht von Sokrates im Sarg bereitete ihm keinerlei Mühe. Das Transportgefährt war gut ausbalanciert. Er stiess den Roller durch einen kurzen Flur bis zum Hinterausgang seiner Werkstatt, der in einen Innenhof führte. Dort hatte er seinen schwarzen Bestattungswagen geparkt, einen komfortablen Kleintransporter von Mercedes. Er öffnete die Metalltüre der Werkstatt und rollte Sokrates ins Freie.

»Ein Leichentransport so spät am Abend?«, hörte er plötzlich eine Stimme neben sich, als er den Sarg mit Sokrates vom Sargroller in den Bestattungswagen schieben wollte. Es war der Hauswart, der wie aus dem Nichts aufgetaucht war. Bodmer erschrak. Hastig stiess er den Sarg ins Wageninnere und schlug die Heckklappe zu. »Ja, noch eine Tour, dann ist Feierabend.«

»Den Tod kann man nicht planen, nicht mal seinen eigenen«, erwiderte der Hauswart und hob zum Abschied zwei Finger an seine Stirn. »Schönen Abend.«

Bodmer setzte sich ans Steuer und startete den Motor. Er hörte, wie Sokrates heftig gegen den Sargdeckel klopfte und um Hilfe schrie. Offensichtlich hatte er den Hauswart gehört und wollte sich bemerkbar machen. Nun war es zu spät. Eine Leiche im Sarg, die Radau machte, hätte den Hauswart sicherlich alarmiert. Fast wäre er aufgeflogen. Nochmals Glück gehabt. Bodmer schaltete das Autoradio ein. Aus den Boxen erklang Ländlermusik. Langsam steuerte er den Leichenwagen aus dem Innenhof. Er gelangte auf die Bellerivestrasse und fuhr dann auf dem Utoquai in Richtung Altstadt. Die untergehende Sonne tauchte die Häuser in ein orangefarbenes Licht. Bodmer klappte die Blende herunter. Sokrates gab wieder Ruhe. Er hatte wohl eingesehen, dass er nichts mehr tun konnte. Sein Schicksal war besiegelt, wie das von Unteregger und Anderwert. Am Bellevue bog Bodmer rechts ab, fuhr zügig die Rämistrasse hoch, am Kunsthaus und an der Universität vorbei bis zum Rigiblick, wo er nach links abzweigte und bald darauf den Schaffhauserplatz erreichte. Weiter ging es zum Bucheggplatz. Die Käferholzstrasse führte ihn am Waldrand entlang zum Krematorium Nordheim. Die Digitaluhr im Wageninnern zeigte Viertel nach acht. Er lag im Zeitplan. Es lief so, wie er es sich ausgedacht hatte. Minutiös. Er liebte Präzision. Alles in seinem Leben musste wie ein Uhrwerk funktionieren. Sokrates hatte darin reingepfuscht. Dafür würde er wie die andern büssen.

Das Krematorium Nordheim war an einem grossen Friedhof mit altem Baumbestand am Fusse des Käferbergs gelegen. Zwischen Laubbäumen und Gebüsch erschien ein grosses Kupferkreuz, das vor

Patina grün verfärbt war. Es war vor dem Krematorium errichtet worden, einem Komplex von mehreren Gebäuden aus Muschelkalkstein, die hinter den bewachsenen Hügeln kaum sichtbar waren. Auf dem Besucherparkplatz, wo auch Mitarbeiter des Krematoriums ihre Autos abstellten, stand kein einziges Fahrzeug. Damit hatte Bodmer gerechnet. In den letzten Wochen mussten tagsüber nur wenige Leichen eingeäschert werden. Seit der schweren Grippewelle im Februar, die Hunderte alte Menschen dahingerafft hatte und deswegen die Kremationsöfen Tag und Nacht auf Hochtouren liefen, war es ruhig geworden. Die Arbeiter im Krematorium konnten frühzeitig Feierabend machen. Bodmer fuhr langsam am Krematorium vorbei, bis er eine kleine geteerte Auffahrt erreichte, die nach links abzweigte. Auf einem Schild stand »Aufbahrung«. Bodmer lenkte sein Fahrzeug auf dem Strässchen fünfzig Meter im Schritttempo nach oben. Linkerhand tauchte die Sargannahme auf, eine überdachte Einfahrt aus Beton, die von Gestrüpp überwuchert war und aussah wie halb im Erdboden versenkt. Bodmer wendete den Leichenwagen und fuhr rückwärts die Rampe hinunter. Vor einer kupferbeschlagenen Türe in der Einfahrt stoppte er das Fahrzeug. Er stieg aus und öffnete die Heckklappe. »Endstation, Herr Noll!«

Von Sokrates erhielt er keine Antwort. Ihm sollte es recht sein, wenn er schwieg. Es musste nicht so sein wie bei Felix Unteregger, der unentwegt auf den Sargdeckel eingehämmert und herumgebrüllt hatte oder wie bei Zara Anderwert, die in einem fort weinte. Das war ihm an die Nieren gegangen.

Seit dreizehn Jahren verfügte Bodmer als Mitarbeiter des Bestattungsamtes über einen Generalschlüssel für das Krematorium. Er schloss die von Patina verfärbte Türe auf und holte im Sargwagenraum einen schwarz lackierten Holzwagen heraus, worauf er den Sarg mit Sokrates aus dem Kleintransporter verfrachtete.

Das Krematorium lag unterirdisch. Nur die vier Kamine ragten turmhoch nach oben. Bodmer stiess Sokrates durch einen langen, weiss verputzten Korridor hindurch. An den Decken leuchteten Neonröhren, die ein gespenstisch grünes Licht warfen. Seine Schritte hallten auf dem hellgrauen Gussbetonboden. Er kam an einem grossen weissgekachelten Kühlraum vorbei, worin ein halbes Dutzend Leichen in Züri-Särgen aus Pappelholz zwischengelagert wurden.

Der Raum war auf sechs Grad heruntergekühlt, um den Verwesungsprozess zu bremsen, bis das Institut für Rechtsmedizin oder

der Staatsanwalt die Leiche zur Kremation freigab. Nach weiteren fünfzig Metern auf einem Flur erreichte Bodmer eine Schiebetüre, die in den Ofenraum führte. Davor war neben einem Wasserspender ein Regal aufgestellt, in dem Urnen in allen Formen und Farben standen. Bodmer nahm eine bauchige Urne aus gebranntem Ton heraus. Auf eine Blechmarke, die aussah wie der Grabstein, den Soldaten im Krieg an einer Kette um ihren Hals trugen, stanzte er mit Zange und Buchstaben den bürgerlichen Namen von Sokrates und seinen Todestag, das heutige Datum. Die Marke heftete er mit Draht und einer Plombe an den Urnendeckel. In die Urne würde er die Asche von Sokrates hineinschütten, wie er es auch mit der Asche von Unteregger und Anderwert getan hatte, die er jetzt bei sich zu Hause in einer Vitrine aufbewahrte.

Die Urne stellte er auf den Sargdeckel und rollte den Sargwagen durch die Schiebetüre in den Ofenraum. Darin standen auf einem ziegelroten Klinkerboden in einer Reihe sechs schrankgrosse Elektroöfen von ABB, die alle mit grünem Blech verschalt waren. Sonst war der fensterlose Saal leer. Neonröhren erhellten den Raum. Es roch nach Cheminéefeuer. Bodmer schob den Sargwagen vor den zweiten Kremationsofen, drückte einen Knopf, worauf zwei Schienen der automatischen Sargeinschubvorrichtung den Sarg mit Sokrates ein wenig anhoben, sodass Bodmer den Sargwagen darunter hervorziehen konnte. Dann begab er sich zum Schaltpult, das sich hinter den Öfen befand. Er tippte eine sechsstellige Nummer ins System ein, einen fiktiven Namen und Jahrgang. Damit gab die Anlage die Kremation frei. Bodmer kontrollierte auf einem Bildschirm die Ofentemperatur: neunhundert Grad. Perfekte Verbrennungstemperatur.

Er schätzte das Körpergewicht von Sokrates auf siebzig Kilogramm, was einen Brennwert einer durchschnittlichen Leiche von vierhundertsieben Megajoule ergab. Er wusste, dass ein Toter mehr Wärmeenergie freisetzte als es brauchte, um das Wasser im menschlichen Körper zu verdunsten. Ein Kremationsofen musste deshalb nicht extra geheizt werden. Im Gegenteil. Ein Wärmetauscher kühlte die heissen Rauchgase herunter. Die Krematorien nutzten das heisse Kühlwasser für die Bodenheizung der Abdankungskapelle oder für das Gewächshaus der Friedhofsgärtnerei. Die Stadt Zürich sparte bei sechstausend Kremationen in Nordheim auf diese Weise pro Jahr fünfzig Tonnen Heizöl.

Bodmer vermutete, dass die Einäscherung von Sokrates etwas mehr als eine Stunde benötigen würde. Als er den eidgenössischen Fachausweis als Bestatter erworben hatte, hatte er gelernt, dass nur bei Brenngut mit enorm viel Fettgewebe manchmal nachgeheizt werden musste. Dann bildete der Körper eine Kruste und brannte schlecht. Lange dauerte die Kremation auch bei Toten, die eine Chemotherapie hinter sich hatten oder drogenabhängig waren. Dies alles traf auf Sokrates nicht zu. Spätestens um halb elf Uhr würde er Feierabend machen können.

Nach wenigen Handgriffen war der Verbrennungsofen betriebsbereit. Bodmer stieg ein paar Metallstufen nach unten, wo sich die Ascheentnahme des Ofens befand. Er ging an einer Blechwanne vorbei, die zur Hälfte mit Hüft- und Kniegelenken aus Titan, Knochenschrauben und Metallklammern gefüllt war, Sondermüll aus den Spitälern, den die Kremationsarbeiter regelmässig aus der Asche entfernen mussten.

Er öffnete die Türe der Ascheentnahme und warf einen Blick hinein. Alles in Ordnung. Nach der Kremation würde er die ausgeglühten Knochen von Sokrates mit einem Schürhaken aus dem Ofen hervorkratzen und sie in das danebenstehende Schlagwerk kippen, das die Knochen zu Granulat mahlte. Laien meinten, nach der Kremation wäre der Mensch bereits feinpudrige Asche. Weit gefehlt. Das Feuer verbrannte die Leiche zu einem Gerippe, Knochen und Schädel waren noch in ganzen Stücken erhalten. Erst das Schlagwerk machte den menschlichen Überresten endgültig den Garaus. Dieser Schritt stand Sokrates noch bevor.

***

»Max Noll ist momentan nicht erreichbar. Bitte hinterlassen Sie Ihre Nachricht nach dem Signalton«, ertönte es, als Maria die Combox ihres Vaters abhörte. Sie stutzte. Bisher hatte sie es noch nie erlebt, dass Max sein Handy ausschaltete. Maria stand beim Rindermarkt vor dem Haus, in dem sich die Wohnung ihres Vaters befand. Die tiefstehende Sonne warf im Niederdorf lange Schatten. Die drückende Hitze des Tages kühlte allmählich ab. In den Gassen tummelten sich zahlreiche Menschen, die in einer der Bars ein Feierabendbier tranken oder in den Boutiquen shoppen gingen. Von überall her erklang Lachen, Musik und Getratsche.

Maria drückte zum vierten Mal die oberste Klingel, woran kein

Name angeschrieben stand, aber zur Wohnung ihres Vaters gehörte. Nichts rührte sich. Seltsam. Sie blickte auf ihre Armbanduhr: kurz nach halb acht Uhr. Er hatte sie um diese Zeit zum Abendessen eingeladen. Kein Irrtum. Es war noch nie passiert, dass Max sie versetzt hatte. Wäre ihm etwas dazwischen gekommen, hätte er sich vorher bei ihr gemeldet. Sie trat auf dem Kopfsteinpflaster ein paar Schritte zurück und warf ihren Kopf in den Nacken. Sie schaute hinauf in den dritten Stock. Die grünen Fensterläden waren geöffnet, aber die Wohnung im Innern war dunkel. Maria begann sich Sorgen zu machen. Irgendetwas stimmte nicht. War ihrem Vater etwas zugestossen?

Sie erinnerte sich daran, dass er gestern Abend gesagt hatte, vor ihrem Treffen seine Uhr zur Revision bringen zu wollen. In diesem Moment fiel ihr schlagartig ein, wo sie dieses hohe, zischende Pfeifen schon einmal gehört hatte, das als Hintergrundgeräusch auf dem Audiofile des Entführers aufgezeichnet war. In einer Uhrmacherwerkstatt. So klang ein Ultraschallreinigungsgerät. Vor ein paar Jahren hatte sie in »Schweiz aktuell« über den Unmut der Uhrmacherbranche berichtet, die sich darüber beklagt hatte, dass die Swatch Group ihr Monopol schamlos ausnutzte. Der Konzern hatte sich geweigert, den Uhrmachern weiterhin Ersatzteile für das ETA-Laufwerk zu liefern, was viele in existentielle Nöte brachte. Maria war zusammen mit Leo einen halben Tag lang in einer Uhrmacherwerkstatt gewesen und hatte sich das Handwerk erklären lassen. Damals fiel ihr das unangenehm hohe Piepsen des Ultraschallreinigungsgerätes auf. War der Mörder von Unteregger und Anderwert ein Uhrmacher?

Sie begriff auch mit einem Mal, warum sie auf der Tonaufnahme das Ticken einer Wanduhr und einer Standuhr gehört hatte. Zwei Uhren in einem Zimmer gab es selten, aber in einer Uhrmacherwerkstatt war das nicht ungewöhnlich. Ihr Herz begann zu klopfen. Hoffentlich befand sich ihr Vater nicht in der Gewalt des Mörders. Verdammt, das durfte nicht sein! Was hatte Max mit dem Tierpfleger und der Regisseurin zu schaffen? Er war jedenfalls kein Mitglied des Tierschutzbundes.

Mit zittrigen Fingern holte sie ihr Handy aus der Jeanstasche hervor und rief Leo an. »Leo, ich mache mir furchtbare Sorgen um meinen Vater!«, rief sie, sobald er abgenommen hatte. Sie bekam feuchte Augen. »Vielleicht befindet er sich in Gefahr.« Sie erzählte ihm von ihrem Verdacht. »Können wir uns am Predigerplatz treffen?« Leo versprach, sofort loszufahren. In zehn Minuten sei er dort.

»Ich warte auf dich im ›Corazon‹. Bitte mach schnell!« Maria eilte den Rindermarkt hoch, überholte eine Gruppe chinesischer Touristen, die durch die Altstadt schlenderten, und kam zur »Bauernschänke«, wo an wuchtigen Holztischen ein paar Handwerker Währschaftes assen und tranken. Auf gleicher Höhe bog sie links in die Froschaugasse ein. Den Comic-Shop, wo sie früher oft Comics mit erotischen Geschichten gekauft hatte, beachtete sie nicht. Zügig schritt sie vorwärts, vorbei an der »Wystube Isebähnli«, bis ans Ende der Gasse, die zum Sushi-Restaurant »Barfüsser« hinführte. Daran angebaut, an der Ecke des Predigerplatzes, stand das »Corazon«.

Maria betrat die Bar, setzte sich auf einen Holzhocker an die Theke und bestellte sich ein Mineralwasser. An der Decke rotierte ein riesiger Propeller aus Holz und pflügte sich durch die warme Luft. Das »Corazon« war gut besucht. Die Leute unterhielten sich lautstark. In einer Rauchernische stieg Zigarettendunst zur Decke.

»Mit Zitrone?«, frage die blondgelockte Bedienung, eine magere Studentin mit spitzen Schultern und rosaroten Armen.

»Ja, gerne«, antwortete Maria geistesabwesend. Sie starrte auf ihr Handy und dachte nach. Theo hatte ihr gestern am Telefon gesagt, dass sich beide Entführungsopfer zuletzt im Seefeld aufgehalten hätten. Sie seien mit dem Tram dorthin gefahren und an der Höschgasse ausgestiegen. Seither fehlte jede Spur von ihnen. Sie öffnete Google und gab in die Maske »Uhrmacher« und »Zürich« ein. Auf der Map ploppten in der ganzen Stadt Dutzende Uhrmachergeschäfte auf. Maria zoomte auf das Seefeld, rechts vom Zürichseeufer, nahe dem Bellevue. Dort war nur eine einzige Werkstatt aufgeführt. Sie klickte auf das tropfenförmige, rote Icon und las: »Uhrmacherwerkstatt Bodmer«. Die magere Studentin stellte ein Glas Mineralwasser mit Zitronenschnitz vor Maria auf die Theke. Maria nickte ohne aufzublicken. Bodmer führte keine eigene Website, erfuhr sie nach ein paar Klicks und recherchierte weiter. Sie tippte in die Google-Maske »Bodmer«, »Uhrmacher« und »Zürich« ein. Google nannte nur wenige Ergebnisse, darunter war ein Mann namens »Yannick Bodmer« aufgeführt.

Den Namen kannte Maria von irgendwoher. Nach ein paar Sekunden fiel es ihr ein: So hiess der Bestatter, mit dem sie schon mehrere Male zu tun gehabt hatte, zuletzt vor einem halben Jahr. Bodmer hatte sie über jeden neuen Mord informiert. Sie wurde nervös. Ihr Vater kannte den Bestatter ebenfalls. Er hatte ihn regelmässig bei aussergewöhnlichen Todesfällen angetroffen, wenn eine Leiche abtransportiert werden musste. Bodmer hatte ihm dabei sicherlich einmal erzählt, dass er auch als Uhrmacher tätig war. Max hatte seine Jaeger LeCoultre zu ihm gebracht. Maria rutschte auf ihrem Hocker hin und her. Sie konnte nicht mehr länger ruhig sitzen bleiben. Sie nahm einen Schluck Mineralwasser und legte eine Zehnernote auf den Tresen. »Stimmt so«, sagte sie zur Bedienung und verliess das »Corazon«.

Der Gedanke an ihren Vater drückte ihr die Luft ab. Was konnte sie tun? Sie spürte, wie sie in Panik geriet. Maria!, schalt sie sich. Du musst jetzt wie eine Rechenmaschine funktionieren. Denk nach! Auf dem Parkplatz vor der Predigerkirche blieb sie stehen. Wo war Leo? Sie wartete und trat von einem Fuss auf den andern. »Endlich!«, stiess sie aus, als er nach einer Minute vom Seilergraben auf den Predigerplatz einbog. Sie rannte ihm entgegen, öffnete die Beifahrertüre und stieg ein. »Wohin?«, fragte Leo. Er griff nach ihrer Hand und drückte sie kurz.

»Ins Seefeld! Bodmer betreibt seine Uhrmacherwerkstatt auf Höhe der Höschgasse, in der Nähe der Dufourstrasse.«

Leo wendete den Lieferwagen auf dem Parkplatz und fuhr der Mühlegasse entlang bis zum Limmatquai. Dort durften nur Trams und Lieferwagen verkehren. Leo riskierte eine Busse, doch auf diesem Weg kam er schneller ans Ziel. Die Zeit drängte. Womöglich zählte jede Sekunde.

»Warum befürchtest du, dass der Bestatter deinen Vater gefangen hält?«, fragte er. Er schaltete einen Gang höher und beschleunigte.

»Ich kann es dir nicht mit Gewissheit sagen, es ist nur ein Gefühl.« Sie knetete ihre Finger. »Mein Vater meldet sich nicht, seit einer Stunde schon, obwohl wir uns zum Abendessen verabredet haben. Er geht nicht ans Telefon. Das passt nicht zu ihm. Er ist verschwunden. Mir hat er gesagt, dass er heute Nachmittag seine Uhr zu einem Uhrmacher bringen würde. Yannick Bodmer lernte er bei seiner Arbeit kennen. Gut möglich, dass er dem Bestatter seine Uhr anvertraut hat. Die Uhrmacherwerkstatt von Bodmer befindet sich im Seefeld, dort wo die letzten Lebenszeichen der beiden Todesopfer von einer Handyantenne empfangen wurden.« Maria blickte Leo an, der seinen Wagen mit überhöhter Geschwindigkeit auf dem Limmatquai steuerte. »Zu viele Fäden, die allesamt zusammenlaufen. Ich glaube nicht an Zufälle.«

»Ich auch nicht«, knurrte Leo und gab noch mehr Gas.

Maria biss sich auf die Unterlippe. Sie durfte nicht daran denken, was passierte, wenn sie zu spät kämen, und Bodmer ihren Vater wie die anderen lebendig verbrannte.

»Kannte dein Vater die beiden andern Opfer?«, fragte Leo.

»Nein, bestimmt nicht. Sonst hätte er das schon längst der Kripo mitgeteilt.«

Sie fuhren an der Gemüsebrücke und am Rathaus vorbei. Links tauchten die Türme des Grossmünsters auf. Leo überholte waghalsig ein Tram und erreichte kurz darauf das Bellevue. Er raste weiter zum Sechseläutenplatz, liess das Opernhaus links liegen, bis er auf die Bellerivestrasse stiess, die stadtauswärts ins Seefeld führte. Hoffentlich kamen sie rechtzeitig!

Nach wenigen Minuten hatten sie es geschafft. Leo parkte sein Fahrzeug an der Lindenstrasse, ein wenig abseits der Uhrmacherwerkstatt, so gerieten sie nicht ins Blickfeld des Bestatters. Als Maria ausstieg, hörte sie ein Lied der spanischen Band »Jarabe de Palo«. Die Musik kam vom »Ristorante Toto« an der Ecke zur Seefeldstrasse.

»Auf der Tonaufnahme des Entführers war im Hintergrund ›Buena Vista Social Club‹ zu hören«, sagte sie. »Die Musik stammte sicherlich vom ›Toto‹.«

Gemeinsam eilten sie der Lindenstrasse entlang, bis sie ein fünfgeschossiges Backsteingebäude erreichten, worin die Uhrmacherwerkstatt von Bodmer eingerichtet war. Entschlossen trat Maria heran und drückte die Klingel. Sie hielt ihr Ohr an die massive Holztüre gepresst, doch es drang kein Laut nach draussen. Leo stand neben ihr. Nach zehn Sekunden klingelte er. Keine Reaktion. Maria hämmerte mit ihrer Faust gegen die Türe. »Herr Bodmer, ich muss mit Ihnen sprechen. Es ist wichtig.«

Vergeblich.

»Max ist nicht da«, sagte Maria verzweifelt. »Wo steckt er bloss? Wir müssen Bodmer finden.« Sie schaute auf ihre Armbanduhr. Es war kurz nach acht.

Sie ging um die Ecke und blickte durch ein vergittertes Fenster in die Werkstatt. Das Dämmerlicht erschwerte es ihr, etwas zu erkennen. Sie kniff beide Augen zusammen. Unmittelbar vor ihr befand sich ein Werktisch, worauf Geräte und Utensilien lagen, wie sie ein Uhrmacher benötigte. Als sich ihre Augen an die Dunkelheit im Raum gewöhnt hatten, bemerkte sie auseinandergebaute Uhren, Uhrwerke, mehrere Gehäuse, Kistchen mit Zahnrädern und Federn. Am Tischende lag eine Uhr mit Lederarmband. Marias Herz begann zu rasen.

»Eine Uhr! Vielleicht eine Jaeger«, rief sie Leo zu. »Sie sieht aus wie die von meinem Vater.«

Sie nahm ihr Smartphone hervor, klickte auf den Kamera-Button und zoomte mit Daumen und Zeigfinger die Uhr auf dem Werktisch durch das Fenstergitter heran. Hoffentlich konnte sie den Markennamen erkennen.

»Maria, einen Moment«, sagte Leo. »Ich leuchte mit meinem Handy in die Werkstatt, damit du besser sehen kannst.«

Er schaltete die Lampe an seinem Smartphone an und richtete den Lichtkegel auf den Werktisch. Maria schoss mehrere Fotos, zog die Hand durch das Gitter zurück und schaute sich die Bilder zusammen mit Leo an. Tatsächlich! Ganz unscharf. Eine Jaeger LeCoultre, wie sie ihr Vater trug. »Leo, das ist kein Zufall! Max war hier. Es ist seine Uhr.«

Sie blickte nochmals angestrengt durch das Gitter.

»Maria, wir müssen das sofort der Kripo melden«, sagte Leo. »Die Polizei muss eingreifen.«

Maria nickte, während sie in die Werkstatt starrte, aber keine Hinweise finden konnte, die ihr weiterhalfen.

»Was tun Sie hier?«, hörte sie plötzlich eine Stimme neben sich. Ein grauhaariger Mann mit rundem Schädel und ebenso rundem Bauch, der wie ein Hauswart gekleidet war, blickte Maria und Leo misstrauisch an.

»Wir haben einen Termin bei Uhrmacher Bodmer«, log Maria. »Er scheint nicht da zu sein. Das ist sehr ärgerlich.«

Die Miene des Hauswarts entspannte sich etwas. »Bodmer fuhr vor einer halben Stunde mit seinem Leichenwagen fort. Er hatte einen Sarg dabei. Ich glaube nicht, dass er bald wieder kommt«, sagte er und entfernte sich.

Aus Marias Gesicht war alles Blut entwichen. Aschfahl blickte sie Leo an. »Er hat meinen Vater in einem Sarg wegtransportiert. Bodmer sperrt seine Opfer nicht in eine Kiste, sondern in einen Sarg. Darin verbrennt er sie.«

Maria schluchzte. »Das darf nicht passieren. Mein Vater darf nicht sterben. Ich könnte nicht mehr weiterleben, wenn er lebendig verbrannt würde, und ich ihm nicht helfen konnte.«

Leo legte seinen Arm um ihre Schulter. »Hey, wir schaffen das. Noch ist es nicht zu spät. Wir finden deinen Vater.«

Maria erschrak heftig. Auf einmal wusste sie, wohin Bodmer ihren Vater hinbrachte. »Krematorium!«, rief sie laut. »Er verbrennt ihn in einem Krematorium. Im Nordheim. Wie die andern. Er hat dort Zugang. Er weiss, wie die Verbrennungsöfen funktionieren.«

Sie rannte los. Leo folgte dicht hinter ihr. Mit langen Sätzen erreichten sie den Lieferwagen. »Fahr so schnell du kannst, Leo!«, rief Maria keuchend. »Ich rufe die Kripo.«

***

Sokrates zitterte am ganzen Körper, sein Atem ging stossweise. Die Augen waren weit aufgerissen, ein Schweissfilm bedeckte sein Gesicht. Die Brille war ihm auf die Seite gerutscht. Im Sarg war es unerträglich heiss. Der Holzstaub juckte in der Nase. Sein Hals kratzte vor Trockenheit, die Zunge klebte am Gaumen. Immer wieder schüttelten ihn Wellen von Panikattacken. Er musste sich beherrschen, um nicht loszubrüllen und um sich zu schlagen. Die Dunkelheit drückte auf sein Gesicht wie eine schwere Decke, die ihm die Luft nahm. Er konnte nichts tun, um sein Leben zu retten. Eingesperrt in einen Sarg, ohnmächtig, ein qualvoller Tod im Verbrennungsofen vor Augen. Beim Gedanken daran setzte sein Herz für einen Schlag aus, auf seiner Brust lag ein tonnenschweres Gewicht.

Auf der Fahrt zum Krematorium, die ihm unendlich lang erschienen war und gleichzeitig auch sekundenschnell, weil er kein Zeitgefühl mehr hatte, war er unfähig, einen klaren Gedanken zu fassen. Er hatte gespürt, wie er von Bodmer aus dem Bestattungswagen herausgezogen worden war. Er hatte die hallenden Schritte durch die langen Flure gehört. Und wie er, vermutlich vor einem Kremationsofen, nach oben gehievt worden war. Seit geraumer Zeit tat sich nichts mehr. Wo war Bodmer? Sokrates zwang sich, nicht aufzugeben. Er versuchte, ruhiger zu atmen. Er blinzelte in der Dunkelheit. Du musst ihn hinhalten, Max!, befahl er sich. Irgendwie! Sag einfach irgendetwas!

»Herr Bodmer«, rief er.

Keine Antwort.

»Herr Bodmer. Was hätten Sie getan, wenn ich Ihnen meine Uhr nicht zur Revision gegeben hätte?«, fragte er mit rauer Stimme. Zeit schinden, dachte er. Rede! Rede immerzu! Sonst bist du tot. »Wie hätten Sie mich dann gekriegt?« Er hörte wie Bodmer auf einer Metalltreppe nach oben stieg und auf ihn zukam.

»Dann hätte ich Sie um ein Gespräch gebeten, wie ich das auch bei Unteregger und Anderwert getan habe. Ich hätte Ihnen gesagt, ich würde darunter leiden, dass ich nicht genau weiss, wie die Sterbebegleitung mit meiner Frau ablief. Ich hätte ein paar Fragen an Sie, die ich gerne mit Ihnen besprechen würde. Sie wären meiner

Einladung sicherlich gefolgt.«

Sokrates nickte innerlich. Ja, er hätte sich wie seine beiden Leidensgenossen verhalten, er wäre zu Bodmer gegangen, um ihm zu erklären, warum seine Frau sterben wollte. Und dass sie keine Schmerzen hatte, als sie starb. Und er hätte versucht, ihn zu trösten. Doch nun war es zu spät.

Hoffentlich würde Maria nicht allzu sehr darunter leiden, dachte er, dass ihr Vater einem Mörder zum Opfer gefallen war.

Von Weitem hörte er ein Martinshorn. Es schien näher zu kommen. Einen kurzen Moment hoffte er.

»Warum haben Sie Unteregger und Anderwert verbrannt?«, fragte Sokrates. Es war ganz gleich, welche Fragen er stellte. Er musste Bodmer in ein Gespräch verwickeln.

»Keine Leichen, keine Spuren, keine Beweise«, antwortete Bodmer unmittelbar neben seinem Sarg. »Nur Asche. Daraus kann man nicht einmal ihre DNA gewinnen. Es war die sauberste und einfachste Lösung. Die Polizei kann mir nicht einmal nachweisen, dass sie tot sind. Vielleicht sind sie miteinander durchgebrannt.«

Das Martinshorn war jetzt deutlich zu hören. Bodmer verstummte abrupt. Sokrates merkte, wie er sich von ihm entfernte. Plötzlich senkte sich der Sarg. Mein Gott! Jetzt ist es so weit. »Bitte, Herr Bodmer! Tun Sie das nicht!«, brüllte er vor Entsetzen. »Mit meinem Tod bringen Sie nur noch mehr Leid in die Welt. Niemandem ist dabei geholfen.« Sokrates umfasste das Goldkreuz mit seiner Hand. Er drückte es so fest, dass es in seine Haut stach. Er versuchte ruhiger zu werden. »Herr Bodmer, Ihre Frau würde das nicht wollen«, sagte er. »Yasmin würde Ihnen zurufen: Yannick, hör auf! Mir zuliebe, tu es nicht! Sie würde Ihnen sagen, dass sie sterben wollte, weil sie unter furchtbaren Schmerzen litt und sie nicht mehr lange zu leben hatte. Sie würde Sie vielleicht um Verzeihung bitten, dass sie aus dem Leben geschieden ist, ohne es Ihnen zu sagen. Herr Bodmer, ich weiss, was Sie durchmachen. Aber mit meinem Tod gewinnen Sie nichts. Es macht alles nur noch schlimmer.«

***

Die Ampel sprang auf Gelb. Leo drückte das Gaspedal durch, doch es reichte nicht. Am Bucheggplatz fuhr er bei Rot über die Kreuzung. Es blitzte. Leo presste die Lippen zusammen. Mit quietschenden Reifen bog er nach rechts in die Käferholzstrasse und jagte hinauf zum Krematorium. Die Nacht brach herein, der Wald war wie ein Scherenschnitt als Silhouette zu erkennen. Er schaltete die Scheinwerfer an. Mit achtzig Stundenkilometern raste er auf der gewundenen Strasse den Hügel nach oben. Maria krallte sich am Griff der Beifahrertüre fest. Von hinten hörte sie ein Martinshorn.

»Die Polizei!«, rief sie. »Hoffentlich ist es Theo.«

Als sie aus dem Wald hinausfuhren, hob sich das Kreuz vor dem Krematorium schwarz vom nachtblauen Himmel ab. Leo bremste ab.

»Wir müssen den Bestattungswagen finden.« Maria blickte angestrengt auf den Besucherparkplatz und die breite Auffahrt hoch, die links im grossen Bogen zum Verwaltungstrakt hinaufführte, während Leo das Fahrzeug am Gebäudekomplex vorbeisteuerte. Vom Leichenwagen fehlte jede Spur. Das Martinshorn wurde immer lauter. Im Aussenspiegel sah Maria ein Blaulicht, das schnell auf sie zukam.

»Gott sei Dank, die Kripo«, rief Maria.

Das Polizeiauto mit Glauser auf dem Beifahrersitz überholte sie mit hoher Geschwindigkeit. Leo gab Gas und jagte hinterher. Am Ende des Krematoriums bog die Kripo scharf nach links in eine geteerte Auffahrt. Vor der Sargannahme blieb das Polizeiauto abrupt stehen. Das Blaulicht warf kreisende Lichtkegel an die Betonmauern der überdachten Einfahrt. Glauser schaltete das Martinshorn aus und riss die Beifahrertüre auf. Auf der Fahrerseite stieg Lukas Oppliker aus. Leo stoppte seinen Wagen ein paar Meter hinter dem Polizeiauto. Maria entdeckte den Mercedes-Kleintransporter von Bodmer in der Einfahrt zur Sargannahme.

»Er hat meinen Vater tatsächlich hierher transportiert und will ihn verbrennen!«, schrie Maria aufgebracht. »Wir müssen uns beeilen.«

»Maria, haltet euch hinter uns«, rief ihr Glauser zu. Er öffnete sein Pistolenholster und entsicherte die P30. Dann drückte er die Türklinke zur Sargannahme. Die kupferbeschlagene Türe war verschlossen.

»Lukas«, sagte Glauser nur.

Oppliker nahm einen schweren Schlüsselbund aus der Jackentasche. Neben der Türe war ein Schlüsseltresor in die Wand eingelassen, zu dem nur Polizei und Feuerwehr Zugang hatten. Er öffnete die Tresortüre und entnahm ihm einen Generalschlüssel für die gesamte Anlage. Damit schloss er die Türe auf. Glauser stürmte voraus, hinter ihm rannte Oppliker, die Waffe nach oben gerichtet, gefolgt von Maria und Leo. Sie spurteten den langen, weiss gekalkten Flur entlang, stiessen eine Glastüre auf und gelangten in einen Raum, von dem zwei weitere Glastüren in verschiedene Richtungen abgingen. Glauser zeigte mit der Hand auf die rechte Glastüre. Oppliker rannte los, Glauser nahm die linke. Maria hielt sich dicht hinter ihm, Leo lief in langen Sätzen neben ihr her. Nach fünfzig Metern erreichten sie schwer atmend einen Vorraum mit einem Regal, in dem Urnen gelagert waren. In einer Ecke standen ein Dutzend Särge aus hellem Holz. An einer zitronengelb gestrichenen Wand hing ein Schild: »Ofenraum. Eintritt für Unbefugte verboten.«

Glauser drückte einen Knopf, der mit »Türantrieb« beschriftet war und die Schiebetüre zum Ofenraum in Gang setzen sollte. Sie war von innen her verriegelt. »Herr Bodmer, Kriminalpolizei Zürich!«, brüllte Glauser. »Öffnen Sie sofort die Türe! Ergeben Sie sich! Sie haben keine Chance!«

Oppliker, der nachgekommen war, versuchte mit dem Generalschlüssel eine weitere Türe zu öffnen, die ebenfalls in den Ofenraum führte. Sie war blockiert. Mit dem Schuhabsatz gab er der Türe einen gewaltigen Tritt. Vergeblich. Sie gab keinen Millimeter nach.

»Rammbock!«, wies Glauser an. Oppliker rannte zurück zum Polizeiauto.

Maria hämmerte mit ihren Fäusten gegen die Schiebetür. »Herr Bodmer, bitte tun Sie meinem Vater nichts!« Ihr liefen Tränen über die Wangen. »Lassen Sie ihn am Leben! Bitte!«

Leo lief unruhig auf und ab. Glauser stand vor dem Ofenraum, seine Hände ruhten an der Seite. Nach wenigen Sekunden schleppte Oppliker keuchend die fünfzehn Kilogramm schwere Einmann-Ramme heran, ein achtzig Zentimeter langer Stahlzylinder mit zwei beweglichen Griffen. Seine Halsadern traten hervor. Breitbeinig stellte er sich vor die Türe, schwenkte den Rammbock zwei Mal hin und her und liess ihn beim dritten Mal mit Wucht gegen das Holz krachen. Splitternd barst das Türschloss auseinander. Glauser gab der Türe einen Stoss, die daraufhin sperrangelweit aufsprang. »Warte hier, Maria, bis wir den Raum gesichert haben!« Mit gezückten Waffen betraten Glauser und Oppliker den Ofenraum.

»Herr Bodmer, Kriminalpolizei! Ergeben Sie sich«, rief Glauser.

Keine Antwort.

Langsam schritten die Polizisten an den grünverschalten Verbrennungsöfen vorbei, die Pistolen nach vorne gerichtet. Vor dem zweiten Ofen stand auf dem ziegelroten Klinkerboden ein heller Sarg, der auf zwei Schienen in Einschubposition stand.

»Sokrates!«, rief Glauser. »Wo bist du?« Und nach ein paar Sekunden: »Sokrates! Melde dich!« Er ging einen Schritt weiter, als aus dem Sarg eine dumpfe Stimme erklang. »Hier! Ich bin hier drin!«

Maria, die alles von der Türe aus mitverfolgt hatte, rannte durch den Ofenraum zum Sarg. »Papa!«, schrie sie. Mit ihrer Hand streichelte sie über den Sargdeckel. »Gott sei Dank bist du am Leben!«

Glauser nickte ihr zu und ging mit nach oben gerichteter Waffe weiter. Oppliker war schon vorausgegangen. Auf der Suche nach Bodmer begab er sich hinter die Verbrennungsöfen zum Schaltpult.

Hastig drehte Maria die Schrauben am Sargdeckel auf. Leo ging auf die andere Seite und löste dort die Schrauben. Gemeinsam hoben sie den Sargdeckel und kippten ihn zur Seite auf den Klinkerboden. Ihr Vater lag ausgestreckt im Sarg, er blinzelte ein paarmal und hob die Hand vor seine Augen. Das Neonlicht blendete ihn. Er sah bleich aus. Seine grauen Haare standen ihm wild vom Kopf. Maria bückte sich und strich ihm eine Locke aus der Stirn. Sokrates nahm seine Brille, die ihm vom Kopf gerutscht war, und setzte sie sich wieder auf.

»Danke«, sagte er mit belegter Stimme. Maria und Leo fassten ihn an den Armen und richteten ihn sanft auf.

»Vorsichtig Papa.«

Als Sokrates aus dem Sarg stieg, wäre er beinahe gestürzt, seine Beine trugen ihn nicht mehr. Er kippte um. Leo fing ihn auf. Maria nahm ihren Vater in ihre Arme und drückte ihn fest. »Ich hätte es nicht verkraftet, wenn du gestorben wärst«, sagte sie. Ihre Augen wurden feucht.

»Wasser. Ich habe Durst. Einen Schluck Wasser«, sagte Sokrates lallend, weil seine trockene Zunge schwer im Mund lag. Leo ging sofort in den Vorraum. Dort befand sich ein Waschbecken, worin die Kremationsarbeiter ihre Hände waschen konnten.

»Wie habt ihr mich gefunden?«, fragte Sokrates erschöpft und trank aus dem Plastikbecher, dem ihm Leo reichte. »Ich hatte alle Hoffnung aufgegeben, davonzukommen.«

»Das ist eine lange Geschichte, Max«, antwortete Maria und hakte sich bei ihrem Vater unter.

»Danke für die Rettung«, sagte Sokrates zu Leo und gab ihm die Hand. »Mich nennen hier alle Sokrates. Und wer sind Sie?«

»Ich bin Leo, ein Freund von Maria«, antworte Leo.

»Mein Freund«, schob Maria nach. Leo blickte sie an. Seine

Lachfältchen an den Augenwinkeln vertieften sich.

Glauser stieg währenddessen die Metallstufen hinter den Verbrennungsöfen hinunter in das Untergeschoss, wo sich die Ascheentnahme mit dem Schlagwerk und ein Urnenlager befanden. Zusammen mit Oppliker inspizierte er den verwinkelten Raum gründlich, öffnete jeden Spind. Selbst in Regalen und Schubläden, worin Menschen nur schwerlich Platz hätten, suchten sie nach Bodmer. Von ihm fehlte jede Spur. Er musste hier irgendwo stecken. Bodmer selbst hatte die Türen von innen verriegelt. Und der Ofenraum war fensterlos. Er konnte nicht einfach verschwinden.

Glauser ging wieder nach oben, am Schaltpult vorbei und um die Verbrennungsöfen herum. Plötzlich bemerkte er an einem der Öfen, dass es aus einem runden Guckfenster, durch das die Kremationsarbeiter die Verbrennung kontrollieren konnten, orangefarben herausleuchtete. Das Licht flackerte. Glauser stutzte. Er trat heran und schaute hinein. Im Ofen sah er einen Sarg, der lichterloh in Flammen stand. Verdammt! Verdammt! Wir kommen zu spät. Bodmer ist uns entwischt.»Im Ofen brennt ein Sarg!«, rief Glauser laut. Er konnte es nicht fassen.»Unglaublich! Das muss Yannick Bodmer sein. Er hat sich selbst gerichtet und den Feuertod gewählt. Bodmer ist tot.« Glauser schüttelte den Kopf.»Er hat sich kremiert.«

EPILOG

Die polizeilichen Ermittlungen ergaben, dass es Bodmer ohne fremde Hilfe möglich gewesen war, den grünen Automatikknopf am Kremationsofen zu drücken und, während sich die stählerne Ofentüre öffnete, in einen Sarg zu steigen, um sich mit der Sargeinschubvorrichtung in den Ofen schieben zu lassen.

Sokrates will nach wie vor kremiert werden, aber erst, wenn er tot ist. Er mag nicht todeslang in einem Sarg liegen müssen, vergraben in der Erde.

Sofia Hartwig musste nicht ins Gefängnis. Das Gericht urteilte auf Notwehrhilfe. Nach fünf Wochen in U-Haft kam sie frei.

Dank

Mein herzlichster Dank gilt wie immer meiner Frau.

Und:
Rechtsmediziner René Majcen,
Direktor der Klinik für Zoo-, Heim- und Wildtiere Universität Zürich,
Professor Jean-Michel Hatt,
Professorin für forensische Psychologie an der Universität Zürich,
Henriette Haas,
Medienstelle der Kantonspolizei Zürich,
Foyerleiter Robert Zähringer vom Schauspielhaus Zürich,
Andreas Bichler vom Krematorium Nordheim,
Heidi Vogt und Bernhard Sutter von Exit,
Esther Heeb, Teamchefin der Tontechniker Postproduction von SRF,
Uhrmachermacherwerkstatt Zeitzone,
Susanne Arcement.

Wertvolle Informationen über die Arbeit der Kriminaltechniker erhielt ich vom Nachschlagewerk »Spurensicherung« des Schweizerischen Polizei-Instituts.

Wolfgang Wettstein, geboren 1962 in München, Lehre als Landwirt im Schwabenland, Zivildienst in einem Kloster, Studium der Germanistik, Philosophie und Kunstgeschichte in Freiburg im Breisgau und Zürich. Mehr als zwanzig Jahre hat er als TV-Journalist beim Schweizer Radio und Fernsehen gearbeitet, zuletzt als Redaktionsleiter des TV-Konsumentenmagazins Kassensturz und der Radiosendung Espresso. Danach studierte er Theologie und schrieb als Printjournalist für ein Konsumentenmagazin. Heute arbeitet er an seiner Dissertation in Theologie und ist als Autor tätig.